4,50

D0926029

Knaur.

Im Knaur Taschenbuch Verlag ist von Hanne Tügel
bereits erschienen:
Projekt Schlaraffenland

Über die Autorin:
Hanne Tügel ist GEO-Journalistin und lebt in Hamburg. Mit ihrem
Erstling *Projekt Schlaraffenland* beschritt sie neue Wege des Science-
Krimis.

Hanne Tügel
Das
Messias-Phantom

Roman

Knaur Taschenbuch Verlag

Besuchen Sie uns im Internet:
www.knaur.de

Originalausgabe September 2004
Copyright © 2004 by Knaur Taschenbuch.
Ein Unternehmen der Droemerschen Verlagsanstalt
Th. Knaur Nachf. GmbH & Co. KG, München
Alle Rechte vorbehalten. Das Werk darf – auch teilweise –
nur mit Genehmigung des Verlags wiedergegeben werden.
Umschlaggestaltung: ZERO Werbeagentur, München
Umschlagabbildung: FinePic
Satz: Ventura Publisher im Verlag
Druck und Bindung: Clausen & Bosse, Leck
Printed in Germany
ISBN 3-426-62649-7

2   4   5   3   1

Das Messias-Phantom

Prolog
Böses Erwachen

Ihr Arm war nicht mehr da. Sie musste ihn suchen gehen. Nein, sie konnte nicht gehen. Aber vielleicht konnte sie ihn bitten zurückzukommen? Dazu musste sie ihn finden. Sie hörte sich keuchen. Das war gut, ihr Atem schien bei ihr geblieben zu sein. Sie fing an zu zählen. Bis drei, dann die Lider auseinander klappen, nahm sie sich vor.

Irgendeine Schwerkraft verhinderte es. Oder Klebstoff. Oder jemand hatte ihre Wimpern verknotet. Das war sicher schwierig gewesen, obwohl sie für die Länge ihrer Wimpern berühmt war. Konnte man Wimpern in eine Nadel einfädeln wie Nähgarn? Ein Fan hatte ihr einmal 1000 Euro für eine einzige Wimper geboten, 3000 für ein Schamhaar. Er wollte beides in einem Medaillon bei sich tragen. Hatte sie angenommen, abgelehnt? Sie konnte sich nicht erinnern.

Denken war überhaupt unendlich mühsam. Noch schwieriger war es allerdings, die Muskeln zu finden, mit denen sich Augen aufklappen ließen. Aber sie brauchte die Augen. Für den Arm. Sie würde noch einmal zählen. Bis sieben.

Es blendete, als das Draußen durch einen kleinen Lidspalt eindrang. Um sie herum viel Weiß. Stoff. Ein Laken. Darauf lag ein Fleischrohr, das früher ihr Arm gewesen war. Ja, ein Unterarm mit Hand. Aber nutzlos. Taub.

In ihrer Nase spürte sie ein Kitzeln. Sie nieste und hob dabei unwillkürlich den Kopf. Der Trick war gut, die Augen öffneten sich ein Stück weiter. Dort, wo der Kopf eben gelegen hatte, kam der Oberarm in einem geblümten Flanellärmel ins Blickfeld. Er war also doch nicht verschwunden. Aber das machte die Situation nicht viel besser, denn er war von bösartigen Wesen bewohnt, die nun revoltierten, pochten und stachen. Sie hatten sich eingenistet und still auf der Lauer gelegen, um jetzt ihre Attacke zu starten, sich unerbittlich in Richtung Unterarm und Handgelenk vorzuarbeiten und den Arm von innen her zu zerfressen. Wo waren ihre Ringe? Was war mit ihren Fingernägeln passiert?

Ihr Kopf sank auf das Kissen zurück; die Augen fielen wieder zu. Sie spürte, wie die Kribbelwesen weiter vordrangen, aber mit gebremstem Elan. Irgendwann beruhigten sie sich ganz. Ihr Name fiel ihr ein: Maria. Maria Coral. »Ich heiße Maria Coral, geboren in Hamburg. Beruf: Schauspielerin«, flüsterte sie in den leeren Raum. Es kam als leises Krächzen heraus. Und sonst? Adresse? Keine feste. Hotels. Sie legte sich auf den Rücken, starrte die weiße Decke an und dämmerte wieder ein.

Als sie das nächste Mal erwachte, fühlte sie sich noch benommen, aber nicht mehr ganz so matt. Es gelang ihr, sich aufzurichten. Auf dem Metallschränkchen neben dem Bett stand ein Gerät auf Rollen mit einem Kasten, in dem grüne Zahlen aufleuchteten. Von dort aus führte ein Schlauch in Richtung auf ihr Bett und verschwand unter der Decke. Sie zog die Decke hoch und sah, dass ihr Körper in einem Nachthemd aus dem geblümten Stoff steckte. Der Schlauch endete in der Nähe des Nabels. Weiter unten klebte ein Beutel mit gelber Flüssigkeit.

Sie fasste sich an den Kopf. Stoppeln. Waren ihre Haare nicht immer lang gewesen? Es gab keinen Spiegel im Raum. Sie hielt ihr Gesicht den runden Silberbeinen des Gestells entgegen. Zu sehen war ein winziges verzerrtes Gegenüber, das sie nicht erkannte.

Was war mit ihr passiert? Eine Krebsoperation? Ein neues Herz? Ihr Körper verneinte die Fragen. Er spürte keine Schmerzen, keine Narben. Sie schloss die Augen und versuchte sich zu erinnern, wo sie war. Aber ihr Kopf schien nicht mit Gehirnzellen, sondern mit Schaumstoff gefüllt. Immerhin, sie hatte nicht vergessen, dass dort eigentlich Gehirnzellen hingehörten.

Die ersten, die sich dazu herabließen, aktiv zu werden, präsentierten verschwommene Bilder einer Geburtstagsfeier. Eine Veranda, ein Strand, warme Luft, Musik, Champagner. Richtig, ihr Sternzeichen war Stier. Sie war am 7. Mai geboren, da war es fast Sommer. War das vor fünf Tagen, fünf Wochen, fünf Monaten gewesen?

Das Gedächtnis hakte sich am Champagner fest. »La, la, lall – ich bin das Schampusluder …«, ausgerechnet diese gemeine Überschrift aus der *Gala* fiel ihr ein. Obwohl – ein Glas Veuve Cliquot würde jetzt schmecken. Eine Flasche täte es auch – genau das Richtige, um den Schaumstoff aus ihrem Gehirn wegzupitzeln. Aber am Bett stand nicht einmal Wasser.

Irgendwo musste es etwas zu trinken geben. Aber da war diese Schnur, die an ihr und diesem Kasten hing und sie am Aufstehen hinderte. Oder doch nicht? Sie fühlte sich gestärkt, fast unternehmungslustig. Ihre Beine hatte sie unter dem Nachthemd hervorschauen sehen. Sie probierte mit den Zehen zu wackeln. Es klappte. Na also. Rechte Hand aufstützen, Oberkörper abknicken. Rechtes Bein über den Bettrand, dann das linke.

Sie würde das Rollgestell einfach mitnehmen. Sie zog es aus der Steckdose, nahm den Schlauch in die Hand, und es rollte hinter ihr her wie ein widerstrebender Hund an der Leine, als sie barfuß aufbrach, einen gekachelten Flur entlang. Linoleumfußboden. Pflegeleicht. Ein Schild: Haus IV, Abteilung 6b. Hinter einer Milchglasscheibe flimmerte etwas. Sie öffnete die Tür.

Vor dem Fernseher saßen ein gutes Dutzend Personen, einige in normaler Kleidung, andere in Morgenröcken und Bademänteln. Keiner hörte sie hereinkommen, alle starrten auf den Bildschirm.

»… die Gewissheit, dass ein höheres Wesen euch begleitet! Egal, ob ihr Gott sagt oder Allah oder Jehova oder große Mutter, wo ist der Unterschied? Macht euch frei von den Vorurteilen …« Die Predigerin war eine junge Frau in einem grob gewebten hellen Gewand. Sie hockte im Schneidersitz auf einem bunten Kissen. Blonde Locken umrahmten die Wangen und fielen über die Schultern.

»Aber das bin ja ich!« Im Moment, als ihr der Satz entfuhr, ahnte sie, dass es gefährlich und falsch gewesen war, ihn auszusprechen. Kaum hatte sie es getan, drehten sich alle Zuschauerköpfe um wie in einer schlecht koordinierten Theateraufführung.

Ein Mann im weißen Kittel war der Schnellste. Er sprang auf. »Frau Drengski, wie sind Sie hier…?« Er schaute auf die Uhr. Wie in Zeitlupe legte sich seine Stirn in Falten. »Herrje, sie sollte frühestens in zwei Stunden zu sich kommen! Und warum war die Tür offen?« Er rannte hinaus.

Als er zurückkam, folgte ihm ein anderer Mann in einem braunen Cordsakko und einer schwarzen Hose, der energisch ausschritt. Er war jünger als der Erste, aber eindeutig wichtiger. Vielleicht 35, braunes zurückgekämmtes Haar, schmale Lippen, eine zu lange Nase, die ihm etwas Falkenartiges verlieh. Beim Anblick des Rollgestells, das sie neben sich aufgestellt hatte, schüttelte er leise lächelnd den Kopf und tätschelte ihre Flanellschulter. »Sie Arme, aus dem Koma aufwachen, und keiner ist da, der irgendetwas erklärt. Sie haben sich mit Sicherheit zu Tode erschreckt!«

Ihr Körper reagierte. Ein Feind. Ihr Geist mochte sich noch auf Abwegen befinden, dafür meldete ein neues Radarsystem in ihrem Inneren, was der Unbekannte hinter seiner professionellen Freundlichkeit verbarg: Viel unterdrückten Ärger, eine Prise Mitleid. Sonst nichts. Früher hätte kein Mann zwischen 16 und 86 sie angeschaut wie ein Forscher eine widerspenstige Labormaus. »Augen einer wilden Fee«, hatte eine Zeitung ihr attestiert, und »einen Blick wie ein Laserstrahl, der den Macho im Mann zum Schmelzen bringt«.

Es waren dieselben grauen Augen mit den 1000-Euro-Wimpern, die jetzt auf dem Fernseher in Großaufnahme zu sehen waren, während die Rednerin die überirdisch heilsame Kraft des Gebets rühmte. Die Bildschirmaugen waren allerdings weit offen, während ihre eigenen Lider wieder Schwierigkeiten hatten, sich voneinander zu lösen.

»Frau Drengski, das hier ist eindeutig zu viel für Sie. Lassen Sie uns gemeinsam einen Spaziergang auf Ihr Zimmer unternehmen!« Die Stimme des Falken war leise und akzentuiert. Die Ärgerwellen schwangen mit. Unangebrachter Spott. Und die Gewohnheit, seinen Willen ohne Widerstände durchzusetzen.

Eine Instanz in ihrem Schaumstoffkopf befahl ihr, seine Hand loszuwerden, die immer noch auf der Schulter ihres gerade erst wieder gefundenen Armes herumklopfte. Ohne sich dessen recht bewusst zu sein, packte sie das Rollgestell fester und fuhr es ihm gegen die Füße. Er trug weiße Socken. Und weiße Gesundheitsschuhe, die hinten offen waren.

»Ich kenne keine Frau Drengski. Ich bin Maria Coral!«, beharrte sie.

Seine Füße wichen nach hinten aus, aber etwas zu spät. Die Hand ließ los. Eine ältere Dicke in der letzten Reihe stieß ein meckerndes Lachen aus. »Klar, junge Dame. Du bist Maria. Hier ist die Schwarzwaldklinik! Und unser Schizodoktor heißt Klausjürgen. Entweder du hältst jetzt die Klappe, oder du siehst gemeinsam mit uns TiVii!«

Ein Mann im Rollstuhl mit verrenkten Gliedmaßen und schiefer Kopfhaltung fuhr mit weit aufgerissenem Mund auf sie zu. »Maria Coral!«, wiederholte er, patschte in die Hände und rüttelte am Metallgestell. »Doktor Willer, haben Sie gehört?«

Der Falke hatte gehört. Seine Hände steckten jetzt beide

in den Taschen seines Kittels. Dafür hatte die leise Stimme an Schärfe gewonnen.

»Frau Drengski, wir wissen alle, dass Sie sich für Maria Coral halten. Und das ist leider nicht Ihr einziges Problem.«

Nein. Ihr Problem war, dass sie unter Verrückte geraten war, die ihr die Haare und die Fingernägel abschnitten, sie mit Schnüren an Elektrokästen banden, ihren Körper in hässliche Flanellnachthemden einsargten und ihre Schulter als Gemeineigentum betrachteten.

»Woher wollen Sie wissen, wer ich bin und was ich für Probleme habe?« Sie hörte ihre neue krächzende Stimme, die so gar nichts mit der gemein hatte, die jetzt vom Fernseher her die Zuschauer aufforderte, »zum Ruhm der Heiligkeit des Daseins gemeinsam die Silbe ›Om‹ zu intonieren«.

Die meisten der Personen im Zimmer befolgten den Wunsch, manche brüllend, manche leise; der Mann im Rollstuhl stieß ein lautes Wimmern aus.

Der Falke omte nicht mit. »Schauen Sie auf den Bildschirm! Sie erkennen Maria Coral?«

Sie nickte. Widerwillig. Er wollte ihr eine Falle stellen.

»Sie haben sich ja ausgiebig mit Film, Fernsehen und Ihrem Lieblings-Star beschäftigt. Ich nehme an, Sie wissen auch in Ihrem jetzigen Zustand, was eine Live-Sendung ist?«

Sie nickte wieder.

»Die Sendung, die Sie da sehen, wird live ausgestrahlt. Die Person, die Sie sehen, befindet sich vor irgendeiner Kamera an irgendeinem mir unbekannten Ort. Eins kann ich Ihnen versichern: Sie ist nicht in diesem Krankenhaus. Wenn Sie nicht an Paralleluniversen glauben, bedeutet das: Sie sind hier, die andere ist dort. Die dort ist Maria Coral. Sie hier sind Margot Drengski. Haben Sie verstanden?«

Sie schlug die Augen nieder. Der Schaumstoff in ihrem Kopf breitete sich wieder aus. Aber sie würde dem Falken nicht den Triumph gönnen zu antworten. »Om«, brummte sie. »Wenn hier kein Champagner serviert wird, verabschiede ich mich jetzt. Ich bin müde«, verkündete sie dann und verließ den Raum, das Rollgestell hinter sich herziehend.

01
Klau bei XTC-TV

Nein, bitte nicht noch das! Bitte nicht heute! Die Wohnungstür stand weit offen, als Ruth aus dem Fahrstuhl trat. »Leni!«

Keine Antwort. Ruth schüttelte ihren Schirm aus, hängte ihn ans Treppengeländer und fand ihre Befürchtung bestätigt. Ihre Großmutter war nicht in ihrem Zimmer, auch nicht in Ruths Schlafzimmer, nicht in Ruths Arbeitszimmer, nicht im Bad, nicht im Wohnzimmer, nicht in der Küche, nicht in der Speisekammer. Beide Fernseher liefen. Das Bett war gemacht. Das grüne Kleid mit den Blätterranken, das Leni gestern getragen hatte, lag ordentlich über dem Stuhl, der Mantel hing an der Garderobe. Sie musste im Nachthemd unterwegs sein.

Es war kalt. Es war nass. Es war windig. Es war Hamburg Mitte März, Hamburg zum Abgewöhnen. Eine Chance gab es noch. Neulich hatte Leni im ersten Stock auf den Stufen gesessen und sich über die vielen kleinen Gummistiefel vor der Tür gewundert. Wo doch ihre Freundin Martha weder Kinder noch Enkel noch Gummistiefel besaß … Was Lenis Kopf nicht mehr behalten wollte: Martha besaß auch keine Wohnung mehr, seit sie ihr Grab auf dem Ohlsdorfer Friedhof bezogen hatte. Das war ein Jahr her.

Ruth griff sich ihren Schirm und rannte treppab. Keine

Leni. Sie überlegte, ob sie bei Schulzes klingeln sollte. Aber es war unwahrscheinlich, dass sie ihr um diese Zeit Asyl gewährt hatten. Zumindest hätten sie einen Zettel oben an die Tür gemacht.

Müde tappte Ruth das letzte Stockwerk nach unten. Der Regen trommelte auf das Vordach, als sie die Haustür öffnete. Fußpatrouille oder Autostreife? Planten un Blomen, Lenis Lieblings-Spaziergangsziel, war die wahrscheinlichste Möglichkeit und die unangenehmste. Ein riesiger Park, ein Labyrinth mit Hunderten von Verstecken. Das Auto war dafür ungeeignet.

»Huhu, Ruth!« Die dünne, aufgeregte Stimme kam von oben. Leni stand auf dem Balkon im Regen und winkte ausgelassen. Sie hatte einen Schirm mit nach draußen genommen, aber die Haare waren trotzdem tropfnass. Ruth hob die Hand und winkte erleichtert zurück.

*

»Hast du mich nicht gehört?« Ruth hatte ihre Großmutter ins Bett zurückgebracht und rubbelte ihr vorsichtig die Haare ab.

Ein schelmisches Lächeln stahl sich auf Lenis Gesicht. »Doch. Aber du magst es doch nicht, wenn ich rauche! Und Horst hat es auch nicht leiden können. Ich bin extra rausgegangen. Da, schau mal, dein Kollege vom Frühstücksfernsehen! Heute hat er wieder die Bärenkrawatte an!«

Ruth nickte, ohne hinzuschauen. Horst war Lenis Mann gewesen. Vor zwei Jahren war er gestorben. Und Leni, die

75 Jahre alt war und bis dahin geistig rege, hatte seitdem schubartig geistige Ausfälle, selten, aber erschreckend. Nichts Organisches, meinte die Hausärztin, es sei die Trauer.

Und so sah Ruth mit an, dass die Frau, die früher begeistert gemalt, gestrickt, gelesen, Opern gehört und die Arien mitgesungen hatte, kaum noch Vergnügen an solchen Aktivitäten hatte. Heute bestand ihre Hauptbeschäftigung in Fernsehen. Seit ihre Enkelin im Sender arbeitete, sah Leni von morgens bis abends XTC-TV. Die Programmfolge, die Ruth als aufdringlichen Brei aus Rateshows, Gewinnspielen, Seifenoper-Serien und Werbung empfand, erzeugte bei ihrer Großmutter kindliche Begeisterung. Und nun noch die Maria-Show! Leni war Fan der ersten Stunde.

Es störte sie nicht, dass Ruth ihr schon häufig erklärt hatte, dass sie nicht in den Studios putzte, sondern in den Redaktionsräumen. Und dass die morgens um fünf Uhr, abgesehen vom bekittelten Personal, so leer waren wie jedes x-beliebige andere Bürogebäude. Nur sehr selten war Ruth einem der »Stars« im Flur begegnet. Wenn es passierte, merkte sie es am Getuschel ihrer Kolleginnen, die genauso bildschirmsüchtig waren wie Leni.

»Wann bringst du mir ein Autogramm von Mirco Mata mit?«, wollte ihre Großmutter wissen. Mata, der Schönling mit der Bärenkrawatte, löcherte gerade eine rothaarige Kandidatin vom Typ Hausfrauen-Luder, welcher Kämpfer in der Vergangenheit gegen stumpfen Schmutzbelag in Küche und Bad aktiv war: Meister Pril, Meister Sagrotan …?

XTC-TV am Morgen bot ein Niveau für die Seligen, die arm im Geiste waren.

»Ist die dumm!« Leni strahlte und klopfte sich aufgeregt auf die Schenkel. »Meister Proper natürlich!« Wenn es um etwas ging, das vor mehr als 20 Jahren passiert war, war ihre Erinnerung schwer zu schlagen.

Offensichtlich wusste sie weit besser Bescheid als Miss Rothaar, der die Frage augenscheinlich Magenschmerzen bereitete. »Meister Ajax?«, riet sie. Mirco Mata fuhr mit der Hand durch seine Balkanlöckchen, strahlte sie sinnend an und wiederholte nach wohldosierter Pause in zweifelndem Ton: »Meister Ajax …«. Es folgte die Umschaltung zur echten Werbung.

»Er lässt sie zappeln, die dumme Kuh«, stellte Leni befriedigt fest. »Du musst mir ein Autogramm mitbringen.«

»Bald.« Ruth wusste, dass die Pförtner stapelweise Karten verwalteten. Woran sie seit dem heutigen Morgen zweifelte, war, ob sie noch lange Gelegenheit haben würde, Kontakt mit den XTC-TV-Pförtnern zu pflegen.

So idiotisch sie XTC-TV fand, Ruth war dankbar und glücklich, dass es den Sender gab. Das Jonglieren zwischen Studium, Job und Lenis Versorgung war schwierig genug. Die Putzstelle war ideal, das Gebäude nur eine Viertelstunde mit dem Fahrrad entfernt und die Zeit günstig. Normalerweise schlief Leni fest, wenn Ruth nach Hause kam. Die Bezahlung war nicht üppig, aber auch nicht schlecht. Das Team war nett, viele Türkinnen, die kaum Deutsch sprachen, eine Bosnierin, die immer ihren Spaniel mitbrachte. Der Rest bestand aus wechselnden Studentinnen, die es selten länger als sechs Wochen aushielten. Ruth gehörte zu den Altgedienten und Privilegierten. Sie putzte inzwischen die Chefbüros — bis auf das des Intendanten, der so notorisch misstrauisch war, dass er sein Reich verriegelte und von seiner Privatputzfrau reinigen ließ.

Ruth hatte sich geschworen durchzuhalten. Sie hatte auch keine andere Wahl. Die Hoffnung, in ihrem Urlaubssemester auf anmutigere Weise Geld zu verdienen, war kurz gewesen. Ihre Leidenschaft war Modern Dance, und ihre Lehrerin hatte es geschafft, sie als Statistin mit kleiner Tanzeinlage bei einer Aufführung in der Kampnagelfabrik unterzubringen. Es hatte im *Hamburger Abendblatt* nach der Premiere sogar einen Nebensatz gegeben, der die »grazile Schwerelosigkeit« ihres Auftritts rühmte. Dazu jenes Bild, das jetzt über Lenis Nachttisch hing. Eine fliegende Ruth im türkisgrünen Schuppenkostüm, die langen Haare offen hinter ihr wehend. Dummerweise war das Stück trotzdem nach drei Aufführungen abgesetzt worden.

Kein Ausfallhonorar. Dafür Schulden: Noch 800 von 1500 Euro, weil Leni bei einem Haustürverkäufer den Vertrag für ein zigbändiges Lexikon unterschrieben hatte. Und 399 Euro für ein Topfset, das sie sich bei einer Party hatte aufschwatzen lassen. In beiden Fällen hatte ihre Großmutter ein so schlechtes Gewissen gehabt, dass sie Ruth erst gebeichtet hatte, als die Rücktrittsfrist vorüber war.

Gute Studentenjobs waren rar geworden in den letzten Jahren. Deshalb wusste Ruth zu schätzen, was sie an XTC-TV hatte. Doch selbst diese letzte Sicherheit schien nun gefährdet, denn was vor ein paar Stunden passiert war, sah wie die Fortsetzung ihrer Pechsträhne aus. Ein Diebstahl.

»Ich hab dir TV-aktuell mitgebracht. Verdammt, es ist alles nass geworden!« Ruth holte die kostenlose Fernsehzeitung aus ihrer Tasche, dazu ältere Exemplare von *Cosmopolitan*, *Chip* und *Eltern* für Schulzes. Wem sie den *Playboy* aus dem Programmleiter-Büro vermachen könnte, war ihr noch nicht klar. Beute in den Papierkörben zu jagen gehörte zu den Annehmlichkeiten des Jobs. Neben Gedrucktem aller Art fanden sich Werbegeschenke, funktionsfähige Hefter und Locher, die im Halbjahresrhythmus gegen hippere Modelle ausgetauscht wurden, Kugelschreiber und Druckbleistifte en gros, bei denen nur die Minen ausgewechselt werden mussten.

Der Intendant des Senders mochte es großzügig. Die Büroräume an der Kehrwiederspitze gehörten zu den schönsten, die Hamburg zu bieten hatte. Selbst die Zeit für die Putzfrauen war großzügig bemessen. Ruth war inzwischen Meisterin darin, den Job zu nutzen, um im Archiv zu stöbern oder Internet-Recherchen zu machen. Irgendein PC war immer an. Es gab sogar frei zugängliche Farbkopierer. Ihrer letzten Hausarbeit hätte sie am liebsten eine Danksagung an die Büroausstattung von XTC-TV beigefügt.

Die Freiheiten waren klein, aber alle schätzten sie. Die Türkinnen ließen gern Putzmittel oder Klopapier mit gehen. Doch es war klar, dass alles darüber hinaus tabu war. Einer Kollegin war fristlos gekündigt worden, weil sie eine einzige Schachtel Zigaretten aus dem Riesenvorrat für Gäste des Senders geklaut hatte.

Und nun also: ein richtiger Diebstahl.

Das Unheil hatte sich am Morgen mit charakteristischem Getrappel angekündigt. Wie eine Furie war die Putzfee-Chefin, die sich sonst allenfalls alle zwei Monate blicken ließ, durch die Gänge gerauscht. Beim Kopieren erwischt zu werden hatte Ruth routiniert verhindert – sie hatte den Apparat abgestellt und eifrig mit dem Staubtuch gewedelt, als sie jene Schuhe den Gang hinunterstöckeln hörte, die eindeutig nicht zu Putzfrauenfüßen gehörten.

Es kam schlimm. Die Chefin trommelte das ganze Team im Konferenzraum des Senders zusammen und ließ eine Wut-Tirade los. Die Fensterfront zum Hafen bot auch in den Morgenstunden, wenn es draußen stockdunkel war, ein unglaubliches Panorama. Doch an diesem Morgen richteten sich die Augen nicht auf Werftkräne und Schiffsleuchten und Wellengekräusel im Mondlicht. Die meisten blickten zu Boden, schuldbewusst, ohne noch zu wissen, warum. Die Mutigeren starrten auf ihre Vorgesetzte – man sah ihr an, dass sie normalerweise nicht früh aufstand, und das heizte ihren Zorn über den Vorfall wohl noch an.

In der vergangenen Woche waren zweimal Wertsachen verschwunden. Am Feierabend noch da, bei Arbeitsbeginn am nächsten Morgen perdu, unauffindbar, vom Teppichboden verschluckt. »Ich dulde keine Kriminellen!«, hatte die Chefin gebrüllt. Zlatko, der Spaniel der Bosnierin, hatte zustimmend gekläfft. »Und Hunde auch nicht!«

Dann hatte sie aufgezählt, was alles vermisst wurde. Eine der älteren Türkinnen hatte angefangen zu weinen, obwohl Begriffe wie Flachbildschirm, Diktiergerät und Halogenstrahler mit Sicherheit nicht zu ihrem Sprachschatz gehörten.

Ruth wusste eines: Sie selbst war es nicht. Sie ahnte noch etwas anderes. Unschuld musste nicht unbedingt etwas nützen. Die Chefin hatte gedroht, die Zuständigen für den 18. Stock oder den gesamten Trupp zu entlassen, wenn sich die Verantwortliche nicht bis zum Ende der Woche stellte. Und sie war eine, die Drohungen ernst meinte.

Wer im Team mochte sich dazu verleiten lassen, Büro-Elektronik zu stehlen? Mehr als ein paar Hundert Euro waren mit so einer Aktion nicht zu holen. Es war zwar unendlich einfach, im Morgengrauen menschenleere Büros auszuräumen und halbwegs handliche Gegenstände am Pförtner vorbeizuschleusen, aber es war auch unendlich dumm. Denn wenn es während der Putzzeit passierte, lag es auf der Hand, wo der Täter beziehungsweise die Täterin zu suchen waren.

Die Ausländerinnen? Niemals. Ruth kannte sie inzwischen gut genug. Sie wussten, was sie an dem Job hatten, und hatten berechtigte Angst, ihn zu verlieren. Bei einigen hing sogar die Aufenthaltserlaubnis an der Stelle.

Die Studentinnen? Sie ließ sie vor ihrem inneren Auge Revue passieren und landete bei Monika. Monika hatte die Sechs-Wochen-Hürde überstanden und inzwischen ein knappes halbes Jahr durchgehalten. Sie und Ruth hatten sich ein wenig angefreundet. Aber Monika hatte sich verändert. Zuerst hatte sie noch zutraulich von ihrem neuen Freund als einem »Typ mit Vergangenheit« erzählt und stolz die Tätowierung gezeigt, die er ihr rund auf die Schulter gestochen hatte. Zwei Herzen mit Flügeln.

Aber als Ruth sie ein paar Wochen später scherzhaft nach ihrem »Stichling« gefragt hatte, kam keine Antwort. Und neulich war Monika plötzlich sehr viel stärker geschminkt zum Dienst gekommen, als es um fünf Uhr morgens im Kreis schläfriger Putzfrauen üblich war. Dabei war der größte Teil ihres Make-ups um das rechte Auge herum aufgetragen, wo die Haut bläulich schimmerte. Sie hatten gemeinsam Wasser in ihre Eimer laufen lassen. Monika hatte sich abrupt weggedreht, als sie den neugierigen und besorgten Blick ihrer Kollegin im Spiegel über dem Waschbecken bemerkte. Und sie hatte Ruth seit diesem Vorfall gemieden.

»Tschubi, tschubi, tschi – Ecstasy-TV ...« Leni summte den Jingle des Senders mit, der das Ende der Werbepause ankündigte. Das ebenmäßige Gesicht einer fast überirdisch schönen jungen Frau mit langen, blonden, lockigen Haaren tauchte auf dem Bildschirm auf. Zoom rückwärts. Sie saß in einem schmucklosen Raum, ein gewinnendes Lächeln auf den Lippen. Eine Stimme aus dem Off verkündete zu Orgeltönen: »Heute Abend wieder live: MARIA. Ein Star findet zu Gott.«

Leni wurde aufgeregt: »Maria Coral. Hast du sie gesehen?«

»Nur auf den Plakaten, die im Sender herumhängen«, antwortete Ruth. »Sie hat sich doch irgendwo in Klausur begeben.«

»Um zu sühnen und andere zum Sühnen zu bewegen«, klärte Leni eifrig auf. »Sie hat gesagt, dass sie dankbar ist für den Zorn und die Gnade Gottes, die sie aus dem sündigen Pfuhl des Showgeschäfts auf den Weg des Lichts geführt haben.« Sobald es um den Sender oder um religiöse Fragen ging, war Lenis Geist so klar wie früher.

Ruth bezweifelte, dass die Abkehr vom Showbusiness vollkommen geglückt war ... auch wenn es nun Gott höchstpersönlich war, der verlangte, dass Maria ihre krausen Gedanken vor einem Millionenpublikum ausbreitete. Maria Coral war eine Schönheit mit schillernder Persönlichkeit und bekanntem Alkoholproblem, von den Medien mal zum Star, mal zur Schlampe stilisiert. Schauspielerische Erfolge und Zusammenbrüche wechselten ab. Die himmlische Wendung war neu und die erste tatsächlich unerwartete.

Ruth behielt Kommentare für sich. Sünden und der Zorn Gottes hatten, solange sie denken konnte, zu den Lieblingsgesprächsthemen in dieser Wohnung gehört, besonders bei Ruths Großvater, der Pastor gewesen war, und keiner von der sanften Sorte. Er hatte das Alte Testament geliebt, gepredigt, verteidigt – mit all den Grausamkeiten und Unwägbarkeiten, die Gott für Menschenkinder ersonnen hatte. Seit seinem Tod hatte Lenis Interesse für himmlische Strafen zwar nachgelassen. Aber sobald ein Anlass da war, drang die alte Gewohnheit wieder durch.

Zum Glück wurde Lenis Aufmerksamkeit von der rothaarigen Quizkandidatin abgelenkt, die jetzt wieder ins Bild rückte. Der Moderator zögerte ihren Abtritt noch etwas hinaus, indem er das Thema Reinlichkeit an und für sich erörterte und ihr entlockte, dass die Lieblingshaushaltsbeschäftigung ihres Mannes das Ausräumen des Geschirrspülers war.

Ausräumen, eine Männervorliebe … Ruths Gedanken kehrten zu dem Diebstahl im Sender zurück, und mit einem Mal stand ihr ein Szenario klar vor Augen: Mister Stichling, der Tätowierer, der Herr mit Vergangenheit, hatte seine geflügelte Herzensfreundin unter Druck gesetzt. Monika selbst hätte nie die Coolness besessen zuzugreifen. Aber sie hatte ihn relativ problemlos in den Sender schleusen können. Sie kam mit dem Auto, wahrscheinlich hatte er sich auf dem Rücksitz versteckt. In der Tiefgarage unbemerkt auszusteigen war kaum eine Hürde. Die Pförtner schauten auf ihre Monitore, wenn der Putzdienst kam und ging. Aber in einem Wagen, den sie für abgestellt und leer hielten, würden sie eine Bewegung nicht erwarten und folglich auch nicht mehr wahrnehmen.

Monika wusste, dass Ruth im zweiten Teil ihrer Schicht häufig ihren Nebenbeschäftigungen nachging. In der Zeit standen die Büros einladend offen. Und der Verdacht würde auf Ruth oder die beiden Türkinnen im 18. Stock fallen, denn Monika selbst arbeitete drei Etagen tiefer.

Mirco Matas Geplänkel mit seiner Kandidatin war vorbei. Während sie schmollend abzog, sagte Mata von einem Blatt den Vers ab, der Meister Proper berühmt gemacht hatte, als der Moderator selbst noch in den Sphären der Ungeborenen geschwebt hatte. »Er lässt alles wieder glänzen, wie am allerersten Tag …« Leni sang das Liedchen. »Ich hab's gewusst, ich hab's gewusst!«

Fast empfand Ruth Mitleid für Monika. Sie war der Typ, der leicht unter Druck geriet und unter die Räder kam. Ruths Stil war das nicht. Kampflos würde sie den Putzfee-Job nicht aufgeben, nur weil ihre Kollegin einem Stichling verfallen war, der Herzen mit Flügeln tätowierte.

Sie legte das Handtuch beiseite. Leni war wieder trocken, bedankte sich mit einem leisen Brummen und war schon eingeschlafen, als die nächste Kandidatin nach einem Hit der Spice Girls gefragt wurde.

02
Konferenz

Der Konferenzraum, den die Putzfeen um 5:56 Uhr in makellosem Zustand hinterlassen hatten, erlebte um 11 Uhr die nächste Verunreinigungswelle. Der Sportchef kam als Erster, brachte frisch ausgedruckte E-Mails und die Sportteile von fünf Tageszeitungen herein, setzte sich auf den Sessel, der vom Papierkorb am weitesten entfernt war, zerknüllte gelesene Seiten zu Bällen und warf mit wechselndem Geschick. Sein Nachbar düngte den Teppichboden mit Gartenerde aus einem nordöstlichen Vorort; er hatte gestern eine Zaubernuss gepflanzt. Die Gucci-Pumps der einzigen Frau, die hereinspazierte, waren in der Tiefgarage in eine Öllache geraten und steuerten kleine schwärzliche Flecken bei. Der Konferenzteilnehmer mit dem Pferdeschwanz zupfte sich eigene und fremde Haare vom Sakko, betrachtete sie sinnend und ließ sie zu Boden fallen. Sein Gegenüber verschüttete Apfelsaft auf dem ovalen, schwarz gebeizten Holztisch, um den herum sich alle gruppiert hatten.

Marius Kotte, der Intendant, betrat den Raum, grüßte mit einem leisen Grunzen und erteilte das Wort nach einer kurzen Einführung dem Apfelsafttrinker, der offensichtlich der Erregteste in der Runde war. Seinem PR-Chef.

Kotte betrachtete ihn durch halb geschlossene Augen, während er seine Tirade vortrug. Ein nettes, schüchternes

Bürschchen. Hoch motiviert. Hoch bezahlt. Hoch narzisstisch. Noch keine 30, natürlich promoviert. Kotte liebte Titel um sich herum. Und Geisteswissenschaftler. Dankbar, der Arbeitslosigkeit entronnen zu sein, widmeten sie sich jedem Trivialbusiness mit demselben Bienenfleiß, den sie früher aufgebracht hatten, um vielsilbige Begriffe auswendig zu lernen und Fußnoten aufzulisten. Der PR-Mann war ursprünglich Soziologe. Nach drei Jahren XTC-TV streute er souverän die branchenüblichen Englischbrocken in seine Rede. Optisch eiferte er nach einer langen schwarzen Phase inzwischen den waghalsigsten Moderatoren des Senders nach. Heute trug er zum groß karierten Schlips ein bunt gestreiftes Hemd.

Die rechte Manschette schlug auf den Tisch. »Mein Fazit ist: Wir können das Projekt so nicht durchziehen. Maria ist seit 14 Tagen auf Sendung! Fourteen lost days, wenn Sie mich fragen! Natürlich ist die Coral selbst davon überzeugt, dass ihr schöner Augenaufschlag reicht, um Millionen vor den Bildschirm zu locken. Aber diese Selbsteinschätzung ist, mit Verlaub, Bullshit. Außerdem ist es doch wohl nicht Marias Sache, darüber zu entscheiden, wie viel oder wenig zusätzliche Werbung wir zum Aufpeppen ihrer Predigten brauchen. Mit Om-Gesumme allein holt auch ein bekehrtes Luder keine Quote.«

Die Manschette fuchtelte in der Luft herum, ehe die zugehörige Hand an der Apfelsaftflasche Halt fand. Er goss sein Glas diesmal ohne Verschütten voll und trank, bevor er in seinem Plädoyer fortfuhr. »Und dann die Sache mit der Werbung! Eine einzige große Werbepause mittendrin – no, Sir, mit Verlaub. Das widerspricht allem, was wir über den Audience flow wissen. Die Leute werden wegzappen, und sie werden nicht wiederkommen.«

Er erwartete eine Reaktion. Als keine kam, sprudelte er in erhöhtem Tempo weiter. »Ich bin ja voll für dieses Experiment. Der Religions-Claim ist neu. Wenn wir Glück haben, wird er Kult. Und wir wissen alle, dass ein Touch von Seriosity XTC-TV gut tut. Was ich meine, ist …« – endlich traute er sich, den Blick zu heben und Kotte in die Augen zu schauen – »lassen Sie uns von vorn anfangen und eine solide Mediaplanung machen! Wir haben doch einen Etat, warum sollen wir das verdammte Geld nicht ausgeben? Doppelseiten in den TV-Magazinen. *Gala*. Überhaupt die gesamte Regenbogenschiene. Die Frauenpresse von *Allegra* bis *Glamour*.«

Er sah sich um, etwas erstaunt über seine eigene Courage. Widerspruch gegen die Stimme des Herrn war in dieser Runde, die man intern wahlweise den Hofstaat oder die Hofnarren nannte, so zwecklos wie verpönt. Aber die an der Konferenz Beteiligten schwiegen, statt über ihn herzufallen – was hieß, dass sie ihm Recht gaben oder nicht zugehört hatten. Auf Sport & Quiz auf der anderen Seite des Tischs traf Letzteres zu. Der Sport-Chef beschäftigte sich immer noch mit Zerknüllen und Zielwurf. Er hieß nicht nur Seeler; er war tatsächlich irgendein entfernter Großcousin des Fußballers, hatte dessen spärlichen Haarwuchs geerbt und moderierte am Anfang und zur Mitte jeder Bundesligasaison eine Sendung, die »Seeler meets Seeler« hieß. Kulke, der Leiter Quiz & Games, trug auch Glatze, allerdings aus modischen statt aus genetischen Gründen. Er las und schrieb wie üblich während der Konferenzen eifrig SMS. Er hatte bei der Gründung von XTC-TV als Praktikant in der Rateredaktion angefangen und steuerte trotz rasanter Karrieresprünge immer noch Fragen für die zahlreichen Quizsendungen bei.

Marius Kotte selbst saß nicht mit am Konferenztisch, sondern hinter einem Schreibtisch, vor sich ein Glas frisch und kalt gepressten Tomatensaft, dessen Reste der Geschirrspülmaschine wie üblich Probleme bereiten würden. Eine Hand spielte an dem Goldkettchen, das er um den Hals trug. Zwischen den Fingern kam ein goldenes Kreuz zum Vorschein. Eine Neuanschaffung. Er drehte es so lange zwischen Daumen und Zeigefinger, bis er sicher war, dass alle die Novität registriert hatten.

»Ohhh, Palastrevolution?« Seine Stimme klang belustigt, aber seine Augen blickten den Rebellen kalt an. »Es mag sein, dass wir die Sache nicht durchziehen können.« Die Betonung lag auf dem Wort wir. »Aber ich verspreche Ihnen: *Ich* kann sie durchziehen und ich werde sie durchziehen, Doktor Hohlkopf.« Der PR-Mann hieß Kopf. Es tat auch nach drei Jahren noch weh, dass der Intendant ihn je nach Laune mit verschiedensten Vorsilben traktierte. Immerhin hatte er es geschafft, die Reaktion unter Kontrolle zu bringen, die die anderen sein »Pawlowsches Kopf-Zucken« nannten. »Hat sonst noch jemand eine Meinung?« Kotte war relativ sicher, wer das Wort ergreifen würde, und er hoffte, dass kein Vulkanausbruch, sondern nur ein kleines Puffen zu erwarten war. Dana, Programmleiterin und gleichzeitig Chefin Show & Entertainment, hatte ihr maliziöses Schmunzeln getestet, als vom Om-Gesumme die Rede war. Sie hasste die Coral. Dass Kotte die Maria-Show auf einen ihrer Sendeplätze gerückt hatte, ohne sie rechtzeitig vorab zu informieren, würde sie ihm nicht so schnell verzeihen. Zumal dadurch Studio X blockiert war, das brandneue, technisch ausgereifteste, das sie für die Pilotfolgen des »Ehekriegs« vorgesehen hatte. Kurz vor der Scheidung stehende Paare sollten auf engem Raum einen Monat lang eingesperrt werden und sich richtig austoben.

Eine unerwartete Stimme mischte sich ein, bevor Dana zum Zug kam. »Printwerbung? Printwerbung ist – mit Verlaub – tot«, verkündete der News & Weather-Chef, ein 37-jähriger altjunger Pferdeschwanzträger, und gähnte, um seine Einlassung zu unterstreichen. »Ich schlage Sponsoring von Kindergottesdiensten und Plakate vom Kölner Dom und Ulmer Münster vor.« Hanjo Weiland, promoviert in Germanistik, fünf lebende und drei tote Sprachen fließend, interessierte die Showsparte nicht im Mindesten, aber er ließ ungern eine Gelegenheit aus, den PR-Chef zu ärgern. Inzwischen stand die Sonne so hoch, dass er sein Lieblingsspiel betreiben konnte: das Morgenlicht mit dem Glas seiner Uhr einzufangen und es wandern zu lassen, bis es jemand irritierte. Kottes neues Kreuz wäre ein ideales Ziel gewesen, aber selbst Weiland, der Mutigste unter den Narren, scheute allzu hohes Risiko. Opfer wurde stattdessen Kottes Assistent, Sprachrohr und Protokollant Charlie, der mit gesenktem Kopf auf handgeschriebene Zettel starrte. Als er hochschaute, traf der Lichtstrahl seine Brille. Er verrückte seinen Stuhl kommentarlos und senkte die Augen wieder.

Dana, 40, attraktiv und wortgewandt, zündete sich eine ihrer ultralangen Zigaretten an. Wichtige Beiträge verband sie gern mit einem Vorspiel, das Weiland ihr Anlasser-Auspuff-Röcheln getauft hatte: Sie wartete mit dem Sprechen, bis die erste ultralange Rauchwolke ihren Mund verlassen hatte. »Marius, du verrennst dich. Bleib Profi, ich bitte dich! Wenn Maria weiterlaufen soll, was ich persönlich im Übrigen nicht für eine besonders gute Idee halte, musst du werben, bis es dampft – und wenn du dafür den Etat für das kommende Jahrzehnt verpulvern musst.«

Dana war als Einzige mit dem Intendanten per Du. Sie war auch die Einzige, die rauchen durfte, und ließ sich einen Aschenbecher zuschieben. »Wobei es mir durchaus recht wäre, wenn unsere Freundin ihren Gottes-Trip ohne Anwesenheit von Kameras ausleben würde und wir zu unserem eigentlichen Programmschema zurückkehren könnten. Oder schmuggele ein bisschen Jägermeister oder Brandy in ihren Container. Ich bin sicher, dann geht was ab. Aber im Ernst: Wenn du auf der Sendung bestehst, warum wehrst du dich gegen Publicity? Du kannst doch nicht alle Regeln unserer Branche außer Kraft setzen.«

Kopf warf ihr einen dankbaren Blick zu und assistierte: »Erinnern Sie sich an den Auftrieb bei der ersten Big Brother-Staffel? Das war Electricity. Zigtausend Zuschauer beim Einlauf. Und jedes Medium von *Bild* bis zur letzten Schülerzeitung präsent. Und wir? Maria Coral zieht es vor, ihre Klausur unter Ausschluss der Öffentlichkeit zu beginnen. Ein Dutzend von ihr handverlesene Reporter werden informiert. Leider wackeln sie erst Richtung Studio, nachdem sich die Tür schon hinter ihrem hübschen Hintern geschlossen hat. Und wer berichtet zuerst? *FAZ* und ein paar Kirchenblättchen, die nicht gerade unsere Hauptzielgruppe repräsentieren. Womit kann ich die anderen füttern? I'm sorry, no story! Frau Coral hat sich beim Intendanten ausbedungen, die gesamte Kommunikation während ihrer Sendung diskret zu gestalten. Das nenne ich Anti-PR, das ist der GAU.«

»›I'm sorry, no story‹ ist gut«, schwärmte Weiland. »Für Ihre PR-Poeme sollten Sie ein Copyright beantragen. Ich schenk Ihnen noch eins: Ist die Sendung ultrahot, braucht sie keinen Werbespot.«

Der Quizmaster blickte auf. »Oder zur Eigenwerbung: Auch ohne Electricity bin ich ein PR-Genie«, schlug er vor.

Das Opfer des Spotts blieb still und malte mit dem Finger in der kleinen Apfelsaftpfütze eine Bombe.

Kotte sah das Schauspiel und beglückwünschte sich. Bravo, sie waren da, wo er sie haben wollte. Die einen erregten sich darüber, dass sein Alleingang mit Maria ihr Know-how, ihre Kompetenzen, ihre Sendeminuten beschnitt. Die anderen registrierten, dass die Veränderungen nicht an ihrem Status rüttelten und übten sich in Schadenfreude. Kotte beugte sich vor, stützte die Ellenbogen auf den Schreibtisch, faltete die Hände und legte sein Kinn darauf ab. Lächelte. Wehmütig. Besserwissend.

Als er schließlich sprach, lag ein väterlich-verzeihender Ton in seiner Stimme. »Was seid ihr bloß für ein ungläubiger und unkreativer Haufen? Da kommt jemand, nicht irgendein hergelaufener Asket, sondern Maria Coral. Ein Star. Unser Star. Kündigt an, ein halbes Jahr lang dieser Welt der Oberflächlichkeiten und Seichtigkeiten und Ego-Trips den Rücken zu kehren. Sich auf die Suche zu machen. Nach Gott. Nach Sinn. In einem 10-Quadratmeter-Container. Dauerüberwacht von Webcams. Bei Wasser und Brot.«

Er nahm einen Schluck von seinem Saft und deutete auf das Glas. »Kein Schampus, kein Bier, nicht einmal Saft, nicht einmal Evian. 182 Tage Leitungswasser. Wann habt ihr das letzte Mal Leitungswasser probiert? Maria wird das Publikum an dem teilhaben lassen, was du, liebe Dana, Gottes-Trip nennst – und wir werden eine Qualität erleben, von der wir bei all unseren Games und Events und Shows vergessen haben, dass es sie überhaupt gibt. Ihr Auftritt wird keine Ähnlichkeit mit dem Tamtam haben, das die Pfaffen sonntags veranstalten. Sie sucht etwas, auf das wir insgeheim alle scharf sind. Sinn. Reinheit. Ideale. Live. Ungeschützt. Und sie wird fündig werden.«

Er hatte ihre Aufmerksamkeit. Kopf schaute ihn an wie ein verschrecktes Huhn. Dana verdrehte die Augen und seufzte. Die beiden Glatzköpfe tauschten einen Blick und zuckten die Schultern. Weiland hielt sich ein Papiertaschentuch vor die Nase und schnäuzte, um nicht loszuprusten. Aber auch er blieb still.

Kotte stand auf und ging um den Schreibtisch herum. Er war mittelgroß und auf eine ansehnliche Weise massig. In seiner Zeit in den USA hatte er Rugby gespielt. Nun stützte er die Arme auf und setzte sich mit einem kleinen

34

Schwung auf die Schreibtischkante. Die grauen Anzughosen rutschten hoch und gaben den Blick auf Ringelsocken frei. Keiner lachte. Er musterte jeden Einzelnen in der Runde und fragte leise: »Und euch fällt nichts ein als blöde Jokes und doppelseitige Anzeigen?«

Kotte wippte ein paar Mal mit den Beinen, bevor er weitersprach. »Ich habe mit Maria vor ihrer Klausur gesprochen, ihr nicht. Es ist kein Witz. Sie ist verwandelt. Ich hab es im Bauch. In den Eingeweiden. Im Blut. Dass dieses Wunder passiert ist, ist für den Sender ein Geschenk. Das ist Big Brother und Bergpredigt und Benefizshow auf einmal. Die Welt lechzt nach Charisma, nach Wegweisern. Seht euch doch Amerika an. Billy Graham, Dutzende Fernsehprediger – Millionen liegen ihnen zu Füßen. Und in Europa? Nichts dergleichen. Bisher. Und wahrlich, ich sage euch: Diese Saat wird aufgehen. Aber nur wenn und weil wir alles anders machen als bisher. ALLES, Doktor Querkopf. Es bleibt dabei. Es wird keinerlei Werbung außer den Plakaten und den Ankündigungen in unserem eigenen Programm geben, sondern ausschließlich Mundpropaganda. Was nicht heißt, dass wir dabei nicht nachhelfen.«

»Amen«, sagte der News-Mann. »Müssen wir ab jetzt in der Kantine ein Tischgebet sprechen?«

»Interessant fände ich ja, wenn ihr Draht in den Himmel gut genug wäre, dass sie uns vorab über die Bundesliga-Ergebnisse informiert«, brummte Seeler.

Dana schüttelte den Kopf. »Bleib auf dem Teppich. Wir kennen doch Maria Coral. Und du kennst sie am besten. Wir können eine Wette abschließen, wann ihr diese Brot-

und-Wasser-Nummer zu langweilig wird und sie am Tor des Studios rüttelt und ›Lasst mich raus hier‹ blökt!«

Kotte blickte zur Uhr. »Es wird einiges an Überraschungen auf das Publikum zukommen, auch auf mich, auch auf euch. Wir werden in den nächsten Monaten sehr flexibel sein. Sport & Quiz bleiben vorerst bei ihren Sendezeiten. Bei Entertainment hat alles Vorrang, was mit Maria zusammenhängt. Sobald die Zuschauerzahlen in den Bereich kommen, den ich anpeile, wird es flankierende Zusatzelemente im Programm geben. Charlie hat aufgelistet, was ich mir an Umstrukturierung vorstelle.«

Er nickte seinem Assistenten zu, der an den Tisch heranrückte und seine Papiere konsultierte: »Angedacht sind vier Teams, jeweils ein Mix aus dem Pool von Redaktionen, Marketing, Recherche. Zeitprognose vorerst fünf bis zehn Wochenstunden pro Kopf. Team 1 wird von Entertainment gestellt, sucht sämtliche Aufnahmen der Coral im Archiv und bereitet Begleitsendungen vor, um ihren Werdegang zu dokumentieren: Kindheit, die ersten Rollen, ihre Filme, Alkohol, ihre Männer, ihre Zusammenbrüche.« Er machte eine kleine Pause, um Dana Gelegenheit zum Protest zu geben, aber der Kommentar beschränkte sich auf ein Schnauben im mittleren Dezibel-Bereich.

»Team 2 ist in der News-Redaktion angesiedelt und betreut den Maria-Fanclub und Zuschauerreaktionen. Team 3 wird von Dr. Kopf geleitet und ist für PR und Medien zuständig – Hintergrundberichte, Interviewwünsche mit einem von uns. Team 4 umfasst den gesamten Bereich

Web, die Kameras, Internetauftritt, Chats. Die Koordination liegt bei mir.«

»Wer macht denn eigentlich die Bildregie?«, fragte Dana.

»Ein freier Kameramann, dessen Name und Arbeitsort geheim bleibt, solange die Sendung läuft.«

Das neue Container-Studio X war so konzipiert, dass nur eine einzige Person für die Bedienung sämtlicher Kameras nötig war. Dieser Mitarbeiter konnte die Bildregie von einem beliebigen Arbeitsplatz außerhalb des Studios steuern. Wer immer sich bei XTC-TV freiwillig einsperren ließ, sollte das Gefühl haben, wirklich isoliert zu sein. Nur eine zusätzliche Notfall-Telefonleitung verband das Studio mit der Außenwelt, darauf hatte die Kontrollkommission der Medienanstalt bestanden.

Kotte sprang von seiner Schreibtischkante. Die Konferenz war beendet. »Essen?«, fragte Dana ihn. Kotte schüttelte den Kopf, deutete auf seinen Tomatensaft. Sie betrachtete ihn, berührte leicht das Kreuz an seiner Brust und brachte ein halb mitleidiges, halb verschwörerisches Lächeln zustande. »Junge, Junge, dich hat es ja ganz schön erwischt. Um im Jargon zu bleiben: Heaven help us all!« Dann ging sie mit wehendem Rock hinter den anderen zum Fahrstuhl, während er zurück in sein Zimmer schlenderte.

Sah so ein Triumph aus? Er hatte seinen Hofstaat richtig eingeschätzt. Nette egomane Marionetten. Große verwöhnte Kinder. Kein Gedanke, der über ihre eigene Nasenspitze hinausreichte. Die idealen Mitarbeiter für ein XTC-TV von gestern.

Zwei Jahre an List, an sorgfältiger, stiller Vorbereitung hatte er in das Projekt investiert. All die vielen Tage, wo seine Mitarbeiter ihn auf Besprechungen, auf Dienstreisen, im Urlaub wähnten. Für seine heutige schauspielerische Leistung konnte er sich beglückwünschen. Aber ein wenig bitter war es schon, dass sie ihn so unterschätzten. Dass sogar Dana und der lockenköpfige Newsmann mit seinem IQ von 131 glaubten, er ließe sich von einer spontanen Laune leiten und sei auf eine von Marias Kapriolen hereingefallen, schmerzte ihn. Jetzt würden sie in der Kantine über ihn und Maria herziehen und diskutieren, inwiefern die Entscheidung ihre Tantiemen und Gratifikationen beeinträchtigte.

Kein Argwohn. Keine Phantasie, welche weitergehenden Zwecke ein Mann wie Marius Kotte mit einer Bet-Sendung im Container verfolgen mochte. Und welche stichhaltigen Gründe es geben könnte, den Einzug des Stars in die dauerüberwachte Klausur nicht mit Kameras und Trara zu begleiten.

Für sein Experiment bot XTC-TV die perfekte Tarnung. Der Inbegriff von Harmlosigkeit. Die Großen in der Branche ignorierten einen Sender, der seit Jahren semistupides Unterhaltungsprogramm rund um die Uhr präsentierte. Maria war für sie eine von vielen Versuchen der kleineren Konkurrenten, Programmplätze mit einem neuen Format zu füllen. Sicher, wenn die Sache einschlug, würden die Journalisten Blut lecken. Aber wer immer sich beim Sender nach irgendwelchen Absonderlichkeiten, die Produktion betreffend, erkundigen würde, würde nach der heutigen Sitzung auf eine Gummiwand von höflichem Unverständnis stoßen.

Doktor Holzkopf würde mit seiner gesamten Überzeugungskraft darlegen, dass sich wegen der »Uniqueness« der Sendung ein Marketing im üblichen Sinn verbiete und Maria Coral sich im Übrigen vorbehalten habe, die Inhalte in völliger Unabhängigkeit von der Redaktion zu bestimmen. Die Teams 1 bis 4 würden ihre Jobs machen, wirbeln, sich bekämpfen, Eifersüchteleien austragen und keinen Grund haben zu zweifeln, dass im Studio X alles mit rechten Dingen zuging.

Von den beiden Spezialteams, die höchst diskret am unbekannten Ort angesiedelt waren, würde, wenn alles gut ging, keiner je erfahren. Team T, die Techniker, die das Herz des Projekts darstellten. Und Team J, die Joker, für die Diskretion zum Beruf gehörte.

Das Kuvert, das der Kurier vor der Konferenz abgeliefert hatte, lag in der verschlossenen Schreibtischschublade. Jetzt hatte Kotte Zeit, sich den Inhalt genauer anzusehen. Der Umschlag enthielt einen Reisepass auf den Namen Margot Drengski. Das Ausstellungsdatum lag ein Jahr zurück. Eine Absicherung für Notfälle. Sein Verbindungsmann zum Team J hatte garantiert, dass die Fälschungen so gut wie perfekt waren und Grenzübertritten und Polizeikontrollen standhalten würden. Er kontrollierte das Bild. Das Gesicht der kurzhaarigen Frau war hübsch, allerdings wirkten die Augen etwas verschleiert und abwesend. Er sah das Foto lange an, dann schloss er das Kuvert in seinem Wandsafe ein.

Kotte tippte eine Nummer in sein Handy. Am anderen Ende meldete sich eine Frauenstimme. »Ja?«

»Alles kann weitergehen wie geplant. Sie haben tatsächlich alles geschluckt. Euch Dreien toi, toi, toi!«

03
Pas de deux

Direkt vor der Tür des Ladens war ein Parkplatz frei. Ruth nahm es als Zeichen. Sie blieb eine Weile vor dem Schaufenster stehen, um einen Eindruck von dem Geschäft zu gewinnen. Ihr Blick blieb an einer Konservendose hängen: »Konsy«, dem »Speisekammer-Safe« für 8,95 Euro. Die Dose bot ihr einen harmlosen Vorwand, gleich völliges Neuland zu betreten – einen Spionage-Shop, dessen Sinn und Zweck ihr bis vor kurzem schleierhaft gewesen war.

Die Dose mit dem »Pichelsteiner-Eintopf«-Etikett war ein Meisterwerk angewandter Niedrigpreis-Sicherheitstechnologie. Sie glich ihren Schwestern aus dem Supermarkt bis auf ein kleines Detail. Ein Drehverschluss am Boden öffnete den Weg in ein leeres Inneres, ein ideales Versteck für Schätze im Kleinformat. Passend war direkt daneben der monströse Goliath der Auslage platziert, ein von der Stiftung Warentest mit Bestnoten ausgezeichneter 12 799-Euro-Tresor.

Monika war am Telefon zusammengebrochen. Ruth hatte ihre klägliche Stimme im Ohr. »Ich hab solche Angst! Er schlägt mich. Er hat den Hund getreten. Er hat mir meine Scheckkarte abgenommen. Du musst mir helfen!« Ein ziemlich dreistes Ansinnen, aber in gewisser Weise durchaus logisch. Die Hoffnung, dass Monika bei den

Putzfeen oder der Polizei die Wahrheit erzählen würde, war eine Illusion, solange der Stichling nicht außer Gefecht war. Um ihn zu bändigen, mussten sie ihm eine Falle stellen.

Den Hund getreten! Ruth kannte Bimbo. Er war ein schönes Tier, so groß wie ein Foxterrier, mit einem Fell, das nicht drahtig war, sondern ein seidiges Ringelreihen aus kupferfarbenen Locken. Er war so gutmütig und für jede Streicheleinheit dankbar wie seine Herrin – und offensichtlich genauso hilflos wie sie, wenn es darum ging, sich gegen Übergriffe zu wehren.

Ruths Blick schweifte noch einmal über die Auslage, ein Sammelsurium von martialischen Riegeln, dicken Sicherheitsketten, Schlössern verschiedenster Art, Bewegungsmeldern. Auf blauem Samt dahinter lagen die Stücke, die für ihr Vorhaben viel versprechend erschienen. Winzige, in Feuerzeugen und Zigarettenschachteln versteckte Aufnahmegeräte, »nur für den Einsatz im Ausland zugelassen«.

Seltsam, dass ein Laden wie »Das Auge« offen als »Spy-Shop« firmieren durfte. Eimsbüttel war ein gutbürgerliches Viertel, das Geschäft lag in einer beliebten Einkaufsgegend mit Straßencafés und Kastanien am Straßenrand. Der Nachbarladen war ein Drogeriemarkt. Eine Frau mit grotesk dicken Beinen wühlte in einem riesigen Korb voller Spülschwämmchen und zog immer wieder neue hervor, abwägend, prüfend, verwerfend, obwohl alle völlig identisch aussahen. Sie spürte Ruths Blick, zog hörbar Schleim die Nase hoch, spuckte auf das Schwämmchen, das sie in der Hand hielt, wischte sich damit über ihr Gesicht, warf es zurück in den Korb und schaute sie herausfordernd an. »Is was?«

Konsy zu erstehen war eine praktische Investition. Darin ließen sich Lenis Perlenkette und ihr Rubinring besser unterbringen als in der Strumpfschublade. Gleichzeitig würde Ruth eruieren, ob der Besitzer des Ladens ihr bei ihrem eigentlichen Problem weiterhelfen könnte. Sie versuchte sich einen Dialog vorzustellen.

Eine Wanze brauchen Sie? Wozu?

Ich muss Miss James Bond spielen, um einen Dieb zu überführen.

Leisten wir uns nicht Polizisten für solche Jobs?

Ich habe mit den Herren schlechte Erfahrung gemacht.

Ach?

Abgesehen davon, dass meine Kollegin sonst grün und blau geschlagen wird … Und dass alles schwierig ist und verdammt eilig.

Aber sie musste ihn gar nicht einweihen. Sie konnte Leni vorschieben. Eine senile Großmutter löste für gewöhnlich einen Mitleidsschub aus. Sie würde den Zustand Richtung Alzheimer dramatisieren und behaupten, dass sie kontrollieren wollte, welche Erinnerungsreste Leni in ihrer Abwesenheit von sich gab. Und dass sie dazu kein normales Tonbandgerät benutzen konnte, weil ihre Großmutter viel zu gewitzt war, um sich übertölpeln zu lassen.

Ruth versuchte durch die Sichtblende hinter der Tür in den Innenraum des Geschäfts zu spähen. Die Frau mit den dicken Beinen schlurfte an ihr vorbei, reckte das Kinn vor und raunte ihr ins Ohr: »Geheim, geheim!« Im selben

Moment ging die Ladentür auf. Zum Geheul einer Sirene, wie sie in amerikanischen TV-Serien Mord und Totschlag ankündigte, stürmte ein kleiner, vielleicht vierjähriger Junge heraus. Er umrundete erst Ruth, dann die Frau und rannte in den Laden zurück. Dabei schwenkte er triumphierend einen kleinen Kasten über dem Kopf. Das Geräusch erstarb. Ruth gab sich einen Ruck und folgte dem Jungen ins Ladeninnere.

»Da würde ich abraten. Das ist zu groß, eher ein Industriemodell.« Ein Mann mit Brille saß hinter einer Art Theke, vor sich diverse Kameramodelle. Ein Kundenpaar hörte ihm zu, allerdings leicht abgelenkt, weil die Frau nun dem kleinen Sohn im stummen Kampf den Kasten mit der Sirene zu entwinden versuchte, während der sie mit der freien Faust in die Waden boxte. Ruth erkannte die Familie, die ins Geschäft gegangen war, als sie ihr Auto geparkt hatte. Ein Bilderbuchtrio, elegant angezogen, auch der Junge mit seiner Breitcordlatzhose, Marke Design-Boutique für Minis. Keine Konsy-Typen, eher die Sorte, die wirklich etwas zu beschützen hatte. Neben materiellen Gütern augenscheinlich zur Zeit auch den Familienfrieden.

»Lass uns doch bitte einfach noch einmal ganz von vorn überlegen!« Die Worte der Frau waren an ihren Gatten gerichtet, aber ihr flehendes Lächeln wandte sie dem Verkäufer zu. »Wenn selbst unser Experte hier meint, dass es vielleicht übertriebene Vorsicht …«

Ihr Mann schnitt ihr das Wort ab. »Unsinn. Sobald wir zu Hause sind, geht das Gejammer wieder los. Kannst du jetzt bitte auf Timo aufpassen?«

Der Kleine war, nachdem er seiner Mutter die Beute hatte überlassen müssen, zielstrebig in den hinteren Teil des Ladens marschiert. Mama folgte gehorsam, während der Vater sich dem Fachgespräch hingab: »Und wie ist die Qualitätseinbuße draußen auf der Veranda? Wir haben volle Südlage!«

Mr. Experte zeigte mit einem gewissen Desinteresse auf das mittlere der fünf Modelle. »Nehmen Sie die CCD-210 E. Acht Stufen-Motor-Zoom-Objektiv. Outdoor-Funktionen mit voller Gegenlicht-Kompensation.«

Keiner achtete auf Ruth. Das gab ihr Gelegenheit, ihren potenziellen Helfer zu begutachten, während sie sich vor ein Regal mit Schlüsseln postierte. Schwarzes Polohemd. Bodybuilder-Arme. Hinter der Brille ein müdes Lächeln um die Augenwinkel. Dunkle Haare, fast militärisch kurz geschnitten, bis auf eine Locke, die ihm in die Stirn fiel. Eine Ausstrahlung ruhiger Gelassenheit. Sie konnte ihn nicht recht einordnen. War er Verkäufer oder der Inhaber? Dass er dem Unsympathen nicht nach dem Mund redete, war gut. Dass er höchstens 35 war, eher schlecht. Sie hätte sich einen etwas gesetzteren älteren Herrn gewünscht.

Das Kompetenz-Kauderwelsch kreiste um Pixel, Lux, Verschlusszeiten. Junior Timo hatte inzwischen das Regal mit den Alarmanlagen wieder in Beschlag genommen und verglich, vom hilflosen Protest seiner Mutter begleitet, unbekannte Sirenentöne beeindruckender Schrille – wahrscheinlich die akustischen Erkennungszeichen der Feuerwehren von Burkina Faso, Benin und Barbados.

Der junge Vater gehörte offensichtlich zu den Männern,

die beim Anblick von Kabeln, Lämpchen und Plastik-gehäusen aufblühen wie Frauen vor Kleiderstangen in Modegeschäften. Offensichtlich wollte er seinen Besuch ausreizen, weil er hier endlich einen Gleichgesinnten ge-funden hatte, mit dem er Geheimwissen über Begriffe wie Störabstand und Weißabgleich austauschen konnte. Ruth überlegte, ob sie gehen und später wiederkommen sollte. Nein. Sie musste es hinter sich bringen.

Kataloge wurden aufgeschlagen, weitere Modelle durch-diskutiert. Die akzentuierte und nach wie vor leicht ge-langweilte Stimme hinter dem Tresen schaffte es, sich gegen die immer unangenehmer dröhnende davor zu be-haupten; nun ging es um Rabatt. Von hinten drangen die Trompeten von Jericho. Timo erwies sich als würdiger Nachfolger seines Vaters. Er hatte sich zu den heulenden Sicherheitsetiketten vorgearbeitet, die Produkte in Kauf-häusern vor Ladendieben schützten. Offensichtlich besa-ßen weder der Junge noch seine Mutter das Know-how, den Gegenzauber in Gang zu setzen.

Ruth verfiel in eine Art Trance. Als sie die Türglocke und die plötzliche Stille danach wahrnahm, hatte sie keine Ahnung, ob das Verkaufsdrama zu irgendeinem Erfolg geführt hatte. Sie sah nur noch, dass der Mann hinter der Theke dem Jungen, der hinter seinen Eltern hertrödelte, zuzwinkerte und ihm etwas zuwarf. Einen kleinen Ball. »Für dich!«

Der Junge fing das Geschenk überrascht auf. Es gab einen Einschaltknopf. Der Ball blinkte. Er machte ein quäken-des Geräusch. Timo war glücklich. Die Eltern würden es nicht sein.

»Und Sie?« Die Kameras waren vom Tisch verschwunden. Der Mann musterte Ruth mit seinen leicht vergrößerten Brillenaugen. Grauen, taxierenden Augen.

Sie machte ein paar unentschlossene Schritte zur Theke. »Einen Konsy-Safe«, hörte sie sich sagen.

Er nickte, ohne auf ihr verschwörerisches Lächeln einzugehen, und zeigte mit dem Kinn in Richtung auf eine Glasvitrine. »Klein 6,95, groß 8,95. Suchen Sie sich einen aus.«

Eigentlich könnte er sich ruhig entschuldigen, dass er mich nicht kurz zwischendurch bedient hat, dachte sie mit einem Anflug von Ärger. Er kann schließlich nicht wissen, dass ich ihn allein sprechen will. Und zumindest jetzt könnte er sich erheben, hinter seiner Theke hervorkommen und einer hübschen, jungen, netten Erstkundin die Vorteile der größeren Dosen erläutern und fragen, ob es nicht doch lieber ein 10 000-Euro-Safe sein soll.

Es gab ein gutes Dutzend Fruchtkonserven- und fünf Eintopf-Varianten. Ruth entschied sich für Lenis Lieblingsobst. Ananas. In Scheiben. Der Boden der Dose war sorgfältig herausgefräst und durch eine Alu-Einlage ersetzt.

»Saubere Arbeit für den Preis«, lobte Ruth. »Machen Sie die selbst? Ziemlich raffiniert, mehr als eine Sorte anzubieten.«

Statt zu antworten, gab ihr Gegenüber Daten in eine Tastatur ein und starrte auf einen der beiden Computerbildschirme, die zu seinem Desk-Imperium gehörten. Er blickte kurz auf. »Bei Aldi finden Sie die Originaldosen. Man sollte in der Speisekammer ein paar davon daneben-

46

stellen, damit es echter aussieht. Es gibt auch Einbrecher, die in unser Schaufenster schauen. Acht fünfundneunzig, es wär' schön, wenn Sie es passend hätten.«

Zu schnell. Irgendwie musste sie versuchen, die Sache hinauszuzögern und das Gespräch in Gang zu halten, beziehungsweise überhaupt in Gang zu bringen. Sie kramte in ihrem Portemonnaie und fischte den größten Schein heraus, den sie finden konnte. Zum Know-how über Pixel und Weißabgleich konnte sie nichts beisteuern, zum Flirt schien er nicht aufgelegt.

Vielleicht verfing halbwegs intelligentes Geplänkel unter besonderer Berücksichtigung des Sicherheits-Business. »Haben Sie schon einmal überlegt, welchen Schauer ein Blick in Ihr Schaufenster einem normalen Menschen einjagt? Wenn man sieht, was man alles für seine Sicherheit tun könnte, wird einem die eigene Verletzlichkeit erst so richtig bewusst.« Sie reichte ihm den Fünfziger. »Wahrscheinlich stehe ich morgen wieder schlotternd vor der Tür, um das Beste aus meinem Wohnungstyp zu machen: einen Bunker mit Gegensprechanlage, Weitwinkelspion und Riegeln aus Ultraedelstahl.«

Er schob ihr den Schein wieder zu, ohne vom Tippen aufzublicken. Die Aufmerksamkeit, die er seinem PC widmete, grenzte an Unverschämtheit. »Nebenan die Drogerie kann meistens wechseln. Oder kaufen Sie ein paar Spülschwämmchen!« Sie hatte das Gefühl, dass sich sein Mund zu einem leisen Grinsen verzog, aber es konnte ein Irrtum sein. In seiner trägen Art fuhr er fort: »Wenn Sie sich für Indoor-Sicherheit interessieren, kann ich Ihnen Prospekte mitgeben.«

Ruth nahm den Schein wieder an sich. »Warten Sie, vielleicht hab ich es doch klein.« Er ist kein Idiot, er tut nur so, entschied sie. Sein Desinteresse war zu stark, um echt zu sein. Sie versuchte, einen Blick auf die Bildschirme zu erhaschen, aber er hatte sie so gedreht, dass es von ihrer Position aus nicht gelang. Nächster Versuch: »Dieser Timo war ja ein Racker. Aber es ist ja auch ziemlich spannend hier für ein Kind, mit den Sirenen und allem. Wahrscheinlich fühlte er sich wie Harry Potter im Zauberladen.«

Diesmal schaute ihr Gegenüber sie direkt an und lächelte das erste Mal.

Sie sprach hastig weiter. »Ich hab nicht recht verstanden, was haben die eigentlich gewollt?«

»Nanny Watch, Babysitter-Überwachung. Ein ziemlich gutes Geschäft für mich.« Er war also tatsächlich der Inhaber. »Erst heuern immer mehr Eltern Polinnen und Russinnen als Au-pair-Girls an, und dann kriegen sie Angst. Billige Humanware bedeutet teure Hardware. Homo homini lupus.«

Gewonnen! Erst Englisch, dann Latein – das zeugte von vanity, vanitas, Eitelkeit, Interesse. Der Mensch dem Menschen ein Wolf ... Er hatte angebissen. Und er war nicht dumm genug, es nicht zu merken. Er wandte sein Gesicht wieder dem Computer zu, was bedeutete, dass sie ihre Gegenrede in Predigerinnenstimme an irgendwelche Nackenmuskeln richtete: »Niemand glaube seinem Nächsten, niemand verlasse sich auf einen Freund! Bewahre die Tür deines Mundes vor der, die in deinen Armen schläft ...« Nach einer kleinen Pause fragte sie in normaler Stimmlage weiter: »Nanny Watch – ist das so etwas wie ein Babyfon mit Fernseh-Anschluss?«

Er drehte sich um, sah sie wieder direkt an und nickte langsam. »So ähnlich. Falls Mama und Papa ihr Kind leblos auffinden, wenn sie von der Party kommen, können sie den Tathergang bequem nachvollziehen. Oder bei Entführungen gleich ein Standbild des Täters für ›XY ungelöst‹ funken. Was war das für ein Zitat eben?«

»Altes Testament. Micha, ein Prophet zwischen Jona und Nahum. In den heutigen gottlosen Zeiten würde er vielleicht in Ihrer Branche arbeiten. ›Denn des Menschen Feinde sind seine eigenen Hausgenossen …‹, geht es weiter. Aber finden Sie das lustig, wenn Eltern Angst um ihre Kinder haben?« Ruth rollte ihre Münzen einzeln über den Tresen. Drei Zwei-Euro-Stücke, zwei Einer, einmal fünfzig Cent, der Rest Zehner und Fünfer. Ihr Gegenüber verzichtete auf die Chance, sie aufzufangen. Sie fielen auf der anderen Seite herunter. Nur der Fünfziger trudelte auf der Theke und blieb auf dem Kopf liegen.

Er machte keine Anstalten, den Geldsegen aufzuheben. »Vielleicht sagen Sie mir langsam, warum Sie wirklich hier sind?«

Erwischt. Die Alzheimerstory passte irgendwie nicht mehr. »Vielleicht habe ich bei der Konkurrenz eine CCD-210Y mitgehen lassen«, schlug sie vor. »Und weil ich nicht begriffen habe, wie die integrierbare Kommentarzeile funktioniert, muss ich jetzt eine neutrale Instanz um Rat fragen.«

Er seufzte. »Okay. Fangen wir ganz einfach an. Ich heiße Ruben. Ruben Langer. Und Sie?«

»Pfeifer. Annette Pfeifer.« Es kam etwas hastig, aber es hörte sich glaubwürdig an. Für eine spontane Erfindung ideal. Ein Name, der nicht zu häufig, nicht zu selten war.

»Ein oder zwei ›f‹?«

»Äääh, zwei.« Verdammt.

»Ganz sicher?« Er nahm die Brille ab, massierte sich die Augen und wandte sich erneut dem Computer zu.

»Nicht vielleicht Ruth Neumann, 28 Jahre, nein, warten Sie: noch 27. Punkte in der Flensburger Kartei wegen Parken vor der Einfahrt zu einer Polizeiwache …! Und dann …« Er zischte durch die Zähne. »Anzeige wegen Widerstands gegen die Staatsgewalt. Und Sie arbeiten bei XTC-TV.«

»Wie kommen Sie darauf?« Das klang defensiv. Sie setzte nach: »Das ist ja widerlich. Sie Schnüffler!«

Die Szene von damals trat ihr wieder vor Augen. Die Parkplatzsuche mit Leni auf dem Beifahrersitz, die dringend zum Arzt musste. Die einladende Lücke. Der Beamte, der triumphierend den Strafzettel an die Scheibe steckte, als sie keine zwei Minuten später aus der Praxis zurückhetzte, nachdem sie Leni abgeliefert hatte. Die spontane Reaktion, ihm gegen die Uniform zu trommeln, als er die Dringlichkeit nicht verstehen wollte.

Der Spy-Shop-Besitzer hatte nicht auf ihren Ausbruch reagiert. Immerhin war ihr nun klarer, was er ständig am Computer trieb. Aber nicht ganz. Woher wusste er ihren Namen? Konnte er sie kennen? Sie war sicher, den Mann nie im Leben gesehen zu haben. Ruth war wütend, aber die Neugier war stärker als der Impuls wegzulaufen. Sie verdrehte den Hals, um auf den Monitor zu spähen, dem er die Angaben entlockt hatte. Er schüttelte den Kopf und drehte ihn noch weiter weg.

Grinste.

Sie lehnte sich weiter über die Theke und sah etwas, was sie schockierte. Der Experte saß nicht auf einem normalen Bürostuhl, sondern in einem Rollstuhl.

Hinter ihm ging eine Tür auf. Ein junges Mädchen mit einem Piercing in der Nase und einer Dose in der Hand kam aus einem Hinterzimmer. »Ruby, wo ist der Lötkolben? Schau mal!« Sie mochte zwölf oder 13 sein und hielt eine Cola-Dose hoch, aus der ein Kreis herausgefräst war. Deshalb waren die Konsys also so billig. Kinderarbeit.

»Mittlere Schublade links.« Er nahm die Dose, fuhr mit dem Zeigefinger prüfend an der Schnittkante entlang und nickte anerkennend. »Gut gemacht!« Die Kleine strahlte.

»Da liegt Geld auf dem Fußboden.«

Sie klaubte die Münzen auf und legte sie vorsichtig neben die Kasse, nahm die Dose wieder an sich und zog die Tür hinter sich zu.

In Ruths Kopf sprühten Gedanken und Gefühle ohne rechten Zusammenhang. Mitleid. Scham darüber, dass sie die Münzen hatte über den Tisch auf den Boden rollen lassen, wo er sie nicht aufheben konnte. Die absurde Logik, dass sie ihm vertrauen konnte, weil er behindert war. Die Erkenntnis, dass die muskulösen Oberarme damit zu tun hatten, dass er seine Beine nicht benutzen konnte. Die Spekulation, dass das Mädchen eigentlich zu alt war, um seine Tochter zu sein. Die Frage, wie lange er schon im Rollstuhl saß, ob durch Krankheit oder Unfall, und ob man als Gelähmter Kinder zeugen konnte.

Er hatte den Monitor zu ihr hingedreht. Sie sah ein Pass-
bild. Blaugraue Augen, hohe Wangenknochen, Sommer-
sprossen auf der schmalen Nase, die schwarzen Haare
zurückgenommen in einem strengen Knoten, wie sie ihn
damals selten und inzwischen öfter trug. Heute auch. Sie
schaute an sich herunter, um zu prüfen, ob sie zufällig
auch denselben Pullover angezogen hatte wie damals im
Fotoautomaten. Nein.

Was er auf den Bildschirm gezaubert hatte, war eine
Vergrößerung ihres Führerscheins mitsamt allen Daten.
Sechs Jahre war das Foto alt, aber es ähnelte ihr noch er-
staunlich.

»Wie kommen Sie dazu? Woher haben Sie meinen
Namen? Sind Sie Hellseher? Oder heißt Ihr Großvater
George Orwell und hat Ihnen eine Technik hinterlassen,
um Fotos Ihrer Kundschaft mit den anderen sechs Milli-
arden Bürgern auf der Erde zu vergleichen?«

Er lachte. »Nicht schlecht, aber es geht auch einfacher.
Sehen Sie den Spiegel draußen vor dem Fenster?«

Sie schaute in die Richtung, in die er zeigte.

»Ein simples, aber äußerst hilfreiches Instrument, um zu
beobachten, was vor meiner Tür passiert. Inklusive der
Nummernschilder parkender Autos. Inklusive des XTC-
TV-Aufklebers an Ihrer Scheibe. Die Verbindung mit der
Flensburger Kartei spiele ich allerdings nur aus, wenn ich
jemanden beeindrucken will. Ruth also?«

Er hatte die Brille abgenommen, um sie zu putzen, und
sah ohne sie verletzlicher aus.

Sie war verwirrt.

Ein Typ im Rollstuhl passte nicht in ihre bisherigen Männerkategorien. Der spontane Rolli-Mitleid-Impuls schien ihr jedenfalls fehl am Platz. »Ja, Ruth. Ohne dass ich glaube, dass Sie das etwas angeht. Es mag in Ihrer Branche üblich sein, aber ich finde, dass Ihre Aktion hier unverschämt ist und entschieden zu weit geht«, sagte sie schärfer, als sie es meinte.

»Und dass Sie mich anlügen, wenn Sie etwas von mir wollen, ist in Ordnung?« Die müden Schatten um die Augen waren jetzt deutlicher zu sehen. »Betrachten Sie meinen Part als Präsentation. Für so etwas kassiere ich sonst eine Menge Geld.«

»Woher wissen Sie, dass ich etwas von Ihnen will?«

Er lachte trocken. »Frau Neumann, wenn jemand eine Viertelstunde vor dem Schaufenster steht, ohne hereinzukommen, dann lammfromm eine weitere Viertelstunde wartet, dann einen Konsy kauft und anschließend den Ausgang nicht findet, könnte es etwas Ernstes sein. Wenn Sie einem untreuen Liebhaber eine Wanze unterjubeln wollen, kann ich es Ihnen jetzt schon sagen. Die Antwort heißt: nein!«

Ruth stöhnte gespielt auf. »Sind Sie sich etwa nicht ganz sicher, was meine Liebhaber angeht, Mister Allwissend? Womit habe ich dieses Glück verdient? Wenn Sie mir jetzt offenbart hätten, warum ich wirklich hier bin, hätte ich angefangen zu schreien, und Sie müssten mich in Ihren Riesensafe sperren.«

Sie erzählte ihm von Monika und dem Stichling. Und weil er ein aufmerksamer Zuhörer war, erzählte sie auch von Leni und ihren Schulden. Sie erwischte sich dabei, dass sie ihm beinah auch noch von ihrer Tanzleidenschaft erzählt hätte, aber das war einem Rollstuhlfahrer gegenüber wohl nicht ganz fair.

Zwischendurch verkaufte er zwei älteren Damen ein Pfefferspray (»Was in den Rocky Mountains gegen Grizzlys gut ist, reicht auch als Handtaschenwaffe bei Abendspaziergängen im Stadtpark.«) Die Ladys waren nur mäßig zufrieden, eigentlich hatten sie ein Elektroschockgerät haben wollen. Ein Opa, der sich gegen Diebe schützen wollte, zog mit einer »Bello«-Kassette ab. (»Hundekläffen in drei Wutvarianten, sobald sich jemand an der Haustür zu schaffen macht.«) Ruben Langers kleine Helferin kam und brachte ihm grünen Tee. Sie wurde als Ina vorgestellt und übersah Ruth absichtlich.

»Helfen Sie mir?«, fragte Ruth zum Schluss.

»Wem?«, lautete die Gegenfrage. »Madame Pfeiffer mit Doppel-f oder Miss Neumann?«

Sie lachte. »Okay. Mir. Ruth.«

Er sah ihr durch die Brille eine Weile direkt in die Augen. Sie hielt stand. Er rollte hinter seiner Theke hervor an einen der Glasschränke im Verkaufsraum, öffnete ihn und holte etwas heraus. »Ich könnte Ihnen das hier leihen.« Es war eine Kleinstkamera, die fast in seiner Hand verschwand. »Sie funktioniert sogar durchs Knopfloch«, sagte er, »für Uneingeweihte absolut unsichtbar. Wenn Ihre Monika sie benutzt, während sie ihren Freund dazu bringt, die neuesten Gaunereien mit ihr zu besprechen, könnten Sie ihn unter Druck setzen. Der Sender dazu ist auch winzig.« Er präsentierte ein streichholzgroßes Kästchen. »Er muss in der Nähe postiert werden; man kann ihn beim Gespräch am eigenen Körper befestigen. Ein

Dritter kann die Szene dann auf dem PC verfolgen oder abspeichern und sogar Standfotos ausdrucken. Es ist nicht einmal richtig illegal.«

»Hört sich ziemlich gut an«, sagte Ruth.

»Es gibt einen Haken«, sagte er.

»Es ist teuer?«

Er schüttelte den Kopf. »Nicht wenn Sie alles wohlbehalten zurückbringen. Geld interessiert mich in diesem Fall nicht«, sagte er. »Aber umsonst ist die Sache auch nicht. Ich helfe Ihnen nicht, weil ich Sie mag.« Wirkungsvolle Pause. »Nicht *nur deshalb* jedenfalls. XTC-TV interessiert mich. Arbeiten Sie im Büro am Hafen oder in den Studios?«

»Stehen Sie auch auf Mirco Mata?«, fragte Ruth zurück.

»Ich erwäge, als seine offizielle Agentin einzusteigen. Autogrammkarte 10 Euro, weil Sie es sind, 9,99.«

Er schüttelte den Kopf. »Wenn mich jemand fasziniert, ist es Maria Coral. Wir besprechen das, wenn Sie mir die Kamera wiederbringen.«

04
Vier-Sterne-Klapse

Ihre Beine trugen sie die Treppe hinunter zum Hof. Hier hatte sie eine Ecke im Windschatten entdeckt, die man von keinem Fenster aus beobachten konnte. Sie lehnte sich an die Mauer und schnupperte Berliner Luft. Anders als die in Hamburg, wo man die Nähe zum Meer in der Nase spüren konnte. Es roch nach Osten. Braunkohle? Nachts hatte es geregnet; an den Büschen hingen noch schwere Tropfen, aber jetzt schien die Sonne, und es lag Frühling in der Luft. Sie hatte Brot vom Mittagessen mitgehen lassen, das sie verkrümelte. Sie blickte nach oben. Kein Rabe in Sicht.

Das Programm in der Klinik war überraschungsfrei. Essen, Dösen, Grübeln, Lesen, Grübeln, Dösen, Essen, ein paar Schritte im Hof. Sie hätte auch in der Gruppe Papierbatiken anfertigen und Modelliermasse verkneten dürfen, aber von den anderen Patienten der »Villa Moravis« hielt sie sich, so gut es ging, fern.

Trotzdem hatte sie einiges aufgeschnappt. Sie waren kaum mehr als zwei Dutzend, Irre wie aus dem Lehrbuch. Der Jüngste, ein Schüler kurz vor dem Abitur, war hier, weil er glaubte, sein Mathematiklehrer habe ihm einen Chip eingepflanzt, mit dem er ihn fernsteuerte. Der verdrehte Mann im Rollstuhl, den sie am ersten Abend kennen gelernt hatte, war an manchen Tagen souverän Herr über seine Muskeln, ein liebenswürdiger, schmächtiger Mensch mit weißem Haarkranz, der den »gnädigen Damen im Haus«, egal ob Personal oder Patientin, Türen aufhielt und kleine Flirts wagte. Dann wieder zog er sich in seine Spastik und auf seinen Rollstuhl zurück und malte Formeln auf Wände und Tische im Glauben, er sei der Astrophysiker Stephen Hawking. Die anderen nannten ihn den Professor.

Die grauhaarige Patientin aus dem Nachbarzimmer empfing Botschaften eines Außerirdischen. Zu Hause über die Dunstabzugshaube in der Küche. Hier, wo sie zur Küche keinen Zutritt hatte, plauderte der Marsianer durch die Heizrohre mit ihr, in der Regel nachts.

Tagsüber saßen viele Patienten in den Fernsehräumen. Dieser Hauptzeitvertreib blieb ihr versagt. Der Falke hatte ihr auf Grund ihres »medialen Traumas« Fernsehverbot erteilt: »Eine absolute Kontraindikation; es wäre Gift für Sie.« Er war der König in Abteilung VI b – was er sagte, war Gesetz. Es gab keine Instanz, bei der sie sich hätte beschweren können.

Nach einiger Zeit flogen zwei Raben in den Hof. Sie stürzten sich nicht auf die Krümel, wie Möwen oder Tauben es getan hätten. Sie staksten herum, pickten in die Erde, beäugten einander. Stumm und dennoch so, als ob sie miteinander kommunizierten.

Abgesehen von den Medikamenten und der Langeweile war der Aufenthalt erträglich. »Vier-Sterne-Klapse«, hatte ihre Zimmernachbarin ihr anvertraut. Auch die Kittel waren Vier-Sterne-Personal. Nicht ruppig, sondern höflich, aber unerbittlich. Sie kannten die Tricks ihrer

Zöglinge, sich dem Schaumstoffmedikament zu entziehen. Sie inspizierten den geöffneten Mund, kontrollierten Backentaschen, zogen die Lippen lang, um Verstecke hinter den Zähnen aufzuspüren. Sie versperrten die Badezimmertür nach der Medikamentengabe, um gezieltes Erbrechen auf der Toilette zu verhindern. Vorgestern hatte sie es das erste Mal geschafft, den jungen Mann aus der Morgenschicht zu überlisten. Sie tat so, als ob sie seine Medizin begeistert erwartete und unendlich dankbar dafür wäre. Sie war nicht umsonst Schauspielerin.

War sie Schauspielerin? Dass sie Maria Coral war, erschien den anderen genauso abstrus wie ihr die Story mit dem eingepflanzten Chip und dem Marsmännchen, das Heizrohre wählte, um mit einer 70-jährigen Erdlingsdame zu plaudern. Die unendlich langen Stunden, die zum Grübeln blieben, zermürbten fast mehr als das Schaumstoffmedikament. Seit sie wieder klarer denken konnte, mehrten sich die Selbstzweifel. Stunde um Stunde verbrachte sie vor dem Spiegel in ihrem Badezimmer. Der Körper war abgemagert, das ungepflegte kurze Haar stand ihr wie bei einem schlampigen Schulbuben vom Kopf ab; die Augen blickten verquollen und glanzlos.

An guten Tagen sah sie hinter dem Bild trotzdem eine Vision der Maria, die sie in Erinnerung hatte. Eine Perücke, ein wenig Make-up, ein wenig Bewunderung von Menschen, die sie um ihre Schönheit und ihren Erfolg beneideten – das würde schon reichen, um das alte Ich hervorzuzaubern. Aber wenn sie Maria war, warum suchte sie dann niemand? Weil die Villa Moravis in Berlin war und nicht in Hamburg? Das wäre für findige Reporter nie und nimmer eine Hürde gewesen. Sie kannte die Medien. Gerade im Fall eines freien Falls aus Starruhmhöhe würden Paparazzi im Dutzend vor der Tür lauern. Und mindestens die von *Bild* und von der *Super Illu* hätten es geschafft, sich hereinzumogeln, dem Falken den perfekten Neurotiker à la Woody Allen vorzuspielen und nebenbei Exklusivbilder zu schießen.

Die Raben hatten sich den Krümeln genähert. Sie ging in die Hocke und betrachtete die Vögel, ihre schwarzen, glänzenden Federn, die kräftigen Schnäbel. Wusste jeder von den beiden, dass er genauso aussah wie der andere? Wenn ja, woher? Das war ein Rätsel, das sie als Kind beschäftigt hatte. Jeder Vogel, jedes Tier hatte ein Bild von seinen Artgenossen und den anderen Tieren in seinem Blickfeld. Aber von seinem eigenen Körper waren selbst mit Kopfverdrehen und akrobatischen Verrenkungen immer nur Teile sichtbar. Woher also wusste ein Rabe, dass er ein Rabe war, und keine Amsel, keine schwarze Taube, kein Star?

Star – die Assoziation hätte den Doktor gefreut. Und er hätte ihr nachgewiesen, warum sie nicht der Star Maria sein konnte: Keiner interessierte sich dafür, wo sie war, und das sprach gegen sie. An schlechten Tagen wiederholte sie den Namen Drengski, Drengski, Drengski wie ein Mantra, um endlich die angeblich verdrängte Wirklichkeit ans Licht zu zerren. Als sie das erste Mal ihr Geburtsdatum auf der Akte gesehen hatte, hatte sie Hoffnung geschöpft. Margot Drengski war am 7. Mai geboren. Das Datum, an das sie sich erinnert hatte, stimmte also, auch der Jahrgang. Vielleicht war doch alles nur ein großes seltsames Missverständnis. Ein allzu herber Scherz. Hinter der versteckten Kamera würde bald ein strahlender Moderator auftauchen, und alle Zweifel würden sich in Luft auflösen.

Aber der Scherz dauerte inzwischen allzu lange. Schon drei Wochen waren seit ihrer Einlieferung vergangen. Danach hatte man sie ins Koma versetzt, um den Alkohol aus ihrem Körper zu vertreiben. Seit zwölf Tagen war sie wieder wach.

Und der Falke hatte eine plausiblere Erklärung für das, was er ihre Identifikations-Paranoia nannte. In seinem Fremdwort-Jargon hatte er ausgeführt, dass genau die Koinzidenz der Geburtsdaten zu ihrem Syndrom geführt habe, zur vollständigen Identifikation mit ihrem Alter Ego Maria Coral. Eine nicht häufige, aber durchaus in der Literatur beschriebene Wahnvorstellung bei labilen Persönlichkeiten mit schizoider Affektkonfiguration. Ein gefährlicher Zustand, der bis zur Selbstaufgabe, im Extrem bis zur Selbstauslöschung führen konnte. In ihrem Fall habe die Imitation des destruktiven Alkoholabusus der Frau Coral zum akuten Schub geführt. In der Alkoholvergiftung sah der Falke den eigentlichen Grund für den Gedächtnisverlust.

All ihre Fragen liefen ins Leere; der Falke war nie um eine Erklärung verlegen, die er wortreich dozierend vorbrachte. Warum erinnerte sie sich, je länger die Zeit fortschritt, an immer mehr Details aus dem Maria-Leben, während Margot eine Persönlichkeit im Nebel blieb und sie keine Ahnung hatte, ob sie Supermarktkassiererin, Zahnärztin oder Striptänzerin war?

Antwort Dr. W.: Ein typisches Blockademerkmal ihres Syndroms.

Warum erhielt sie keinen Besuch von Freunden und Verwandten, die sie als Margot kannten?

Dr. W.: Kein anderer sollte und durfte ihr Einzelheiten aus ihrer eigentlichen, aus der Drengski-Biografie verraten. Sie musste selbst die Erinnerungsarbeit leisten, Stück für Stück ihr verschüttetes Ich ausgraben, die De-Identifikation vorantreiben, wie er es nannte. Das war die Therapie.

Sie selbst hatte sich eine Alternativkur verordnet. Sie würde sich Glauben schenken und nach Indizien suchen, die ihre Version gegen alle Wahrscheinlichkeit unterstützten. Schon am zweiten Tag war ihr der Name Marius Kotte eingefallen. Sie hatte eine Affäre mit ihm gehabt. Oder hatte sie noch? Ein kräftiger Mann, silberne Locken. Sein Apartment auf dem Süllberg in Blankenese. Die Veranda mit dem grandiosen Blick. Er hatte ihr Smaragdohrringe geschenkt vor langer Zeit, ziemlich zu Beginn ihrer Bekanntschaft. Sie hatte sich unwillkürlich ans Ohr gefasst. Ja, die Löcher waren vorhanden.

Am Anfang hatte sie dem Falken solche Erinnerungsstücke noch preisgegeben. Und er hatte mit wissend-traurigem Lächeln genickt: Selbstverständlich, Marius Kotte existierte. Marias turbulente Liaison mit dem Chef von XTC-TV war aktenkundig. Wie übrigens alles, was es über Maria Coral zu wissen gab, in zig Varianten in Wort und Bild wieder und wieder in der Regenbogenpresse nachzulesen war.

Sie selbst habe diese Literatur süchtig verschlungen wie

andere Menschen Schokolade und Drogen. Eine signierte Biografie von Maria Coral hatte sie in der Handtasche bei sich gehabt, als die Polizei sie betrunken und randalierend aufgegriffen hatte. Dazu zwei Dutzend Maria-Autogrammkarten. Keinen Ausweis.

Keinen Ausweis? Natürlich nicht. Sie neigte dazu, alles zu vernichten, was auf ihr ungeliebtes wahres Selbst hinwies.

Das war der Hoffnungsschimmer an Tag 7 gewesen. »Woher wussten die Beamten denn dann, dass ich Margot Drengski war?«

»Bravo!«, hatte der Falke gratuliert. »Das erste Mal, dass Sie Ihren Namen ohne Negation in den Mund nehmen. Sie machen Fortschritte!«

Natürlich hatte er eine Antwort. Ihr Bruder hatte sie angeblich vermisst gemeldet und identifiziert, als man sie sternhagelvoll aufgegriffen, in eine Ausnüchterungszelle und dann ins nächstgelegene Hamburger Krankenhaus gebracht hatte. Dort hatte man die Berliner Spezialklinik empfohlen. Ein kleines Haus, keine Anstalt im üblichen Sinn. Daraufhin hatte ihr Bruder die Überführung veranlasst und dem Therapieansatz zugestimmt.

Auch das klang nicht unwahrscheinlich. Wenn man von der Tatsache absah, dass sie, Maria, als Einzelkind aufgewachsen war. Aber die Alternativ-Version, die ihr einfiel, hörte sich jedenfalls auch nicht gerade glaubhaft an. Der angebliche Bruder, der sie identifiziert hatte, musste vorher dafür gesorgt haben, dass sie in den Zustand der Hilflosigkeit geriet. Aber wer sollte so etwas tun? Und warum sollte es ihm gelingen, eine bekannte

Schauspielerin einsperren zu lassen? Weil alle dachten, dass sie in einer Live-Show auftrat. Sie hatte trotz Fernsehverbot einiges über diese Show in Erfahrung gebracht. Die Marsmännchen-Kontaktfrau gehörte zu den Fans.

Der eine Rabe hüpfte zum Sandweg und blieb bei einer Pfütze stehen. Er drehte den Kopf hin und her. Es schien, als ob er sich in dem schmutzig-braunen Spiegel musterte. Was mochte er denken, bei diesem Anblick? Sie hatte gelesen, dass nur die intelligentesten Tierarten, Schimpansen und Delfine, fähig waren zu erkennen, dass es sich beim Spiegelbild um sie selbst handelte. Alle anderen, auch Hunde und Katzen, versuchten den vermeintlichen Körper hinter dem Spiegel zu finden, wollten ihn jagen, mit ihm kämpfen, mit ihm spielen. Den Experimenten zufolge hatten sie keinen Begriff von Identität, keine Ahnung vom Ich.

Trotzdem hatten Tiere mit diesem Mangel keine Probleme. Mit sicherem Instinkt fanden sie Artgenossen, um sich zu paaren, um Nester zu bauen, gemeinsam auf die Jagd zu gehen.

Nun hüpfte auch der zweite Rabe auf die Pfütze zu. Er tauchte seinen Schnabel ins Wasser. Wellen breiteten sich aus, die Spiegelbilder verschwanden. Der eine krächzte, und dann breiteten beide wie auf Kommando ihre Flügel aus und flogen über die Villa Moravis davon.

05
MESSIAS

Hallo, Maria, du erzählst Scheiße. Gott liebt seine Kinder nicht, jedenfalls nicht alle. Von mir hat er sich zum Beispiel abgewandt. Karl Winter. P.S.: Wenn du wirklich oben Einfluss hast, veranlasse bitte, mir 5000 Euro zu überweisen, ich bin pleite. Mehr geht auch«, las Carla vor. »Das Nächste ist süß: Liebe Maria, ich bin sechs Jahre alt und finde Gott toll und dich auch. Dein Fan Rufus.«

»Glückwunsch! Schnorrer und Erstklässler. Exakt die Zielgruppe, die wir erreichen sollen!« Tony saß vor dem Fernseher, schnitt sich die Fingernägel und sah Baseball über Satellit. »Ich habe Hunger auf etwas Vernünftiges. Bitte mach deinem Intendanten die Hölle heiß, damit er endlich in dieser Stadt irgendeinen Laden auftreibt, in dem es Macadamia-Eis gibt. Sonst streike ich ab morgen.«

»Bete doch zu Maria, das bringt vielleicht mehr!«, schlug Maggie vor. »Ich würde sie ja gern mal kennen lernen und hören, wie ihr gefällt, was wir hier treiben. Wo, sagst du, hat man sie hingeschickt?«

»Ich fürchte, an einen Platz, wo wir nicht zu empfangen sind«, antwortete Carla. »Tuamotu, Marquesas Inseln, Mond … Kotte hat panische Angst, dass Journalisten sie finden. Und das ist ja nicht ganz unberechtigt.«

Maggie blätterte in der Bibel. »Kennt ihr den Propheten Obadja? ›Wenn du auch in die Höhe führest wie ein Adler und machtest dein Nest zwischen den Sternen, dennoch will ich dich von dort herunterstürzen, spricht der Herr.‹ Ganz schön martialisch. Aber vielleicht irgendwann als Abschreckung brauchbar.« Sie markierte die Stelle mit einem gelben Post-it-Kleber.

Carla seufzte. »Von der Sprachpower her ist das Alte Testament jedenfalls unübertroffen. Heute, die Stelle mit dem goldenen Kalb – diese Wut von Moses, der mit seinen frisch gelieferten Gesetzestafeln den Berg runterstapft und sein ungläubiges Volk beim fröhlichen Ringelreihen erwischt! Das ist einfach Emotion pur.«

Sie suchte die Passage: »›Und da entbrannte sein Zorn, und er warf die Tafeln aus der Hand und zerbrach sie unten am Berge und nahm das Kalb, das sie gemacht hatten, und ließ es im Feuer zerschmelzen und zermalmte es zu Pulver und streute es aufs Wasser und gabs den Kindern Israels zu trinken.‹«

Maggie blätterte in den Ausdrucken. »Dazu hat auch einer ein schönes Mail geschrieben: ›Liebe Maria, wenn du uns aufträgst, all den Schrott, den wir heute anbeten, in Brand zu stecken und zu zermahlen – ich bin dabei. Aber wer soll das alles essen???? M. P.‹«

Sie waren ausgelassen. Kotte hatte ihnen nach der Sendung 373 E-Mails weitergeleitet. Noch nicht weltbewegend, aber ein neuer Rekord.

Die Predigt war vorbei; sie hatten ihre Arbeit für den heutigen Tag getan. Den Rest erledigte der Rechner automatisch. Wer bei www.xtctv-maria.de auf die Option

»Webcam« klickte, würde die Szene zu sehen bekommen, die auf dem Kontrollmonitor neben Tonys Fernseher lief. Zur Zeit, zwischen 21:15 Uhr und 22:30 Uhr, das Modul »Versenkung«: Die Monitor-Maria in vorbildlichem halben Lotossitz mit geschlossenen Augen auf ihrem Kissen. Gerade strich sie sich eine Locke aus dem Gesicht. Hunderte solcher Miniaturgesten hatte Tony in sein Programm integriert. Kleine Bewegungen, per Zufallsgenerator in zig Varianten eingebaut.

Tony, Carla und Maggie waren ein eingespieltes Team. Charlotte Hilczykow, Künstlername Carla Hill, war in Zürich Tänzerin und Choreographin gewesen, bevor sie für ein »Dance-and-Drama«-Studium in die USA ging. Sie landete schließlich beim Film, allerdings nicht vor den Kameras von Hollywood, sondern bei Silicon Graphics, dem Eldorado für Trickfilm und Animation.

Es war die Goldgräberzeit Mitte der 1980er, wo Mensch und Computer zusammenstießen und merkten, dass sie sich gegenseitig viel zu bieten hatten. Carla gehörte zu den wenigen Frauen der Pioniergeneration. Sie gab es auf, sich mit Ballerinen zu streiten und menschliche Körper in Reih, Glied und organisiertes Chaos zu zwingen.

Carla streckte sich. »Ich brauche Bewegung. Ein Kalb, um das ich rumtanzen kann. Ich fühle mich total ungelenkig! Wenn meine Truppe von früher mich so sehen würde, würden sie heulen.«

»Unsinn, Mom.« Maggie stand auf, summte ein paar Takte Schwanensee, tänzelte mit den passenden Schritten auf ihre Mutter zu und senkte Kopf und Rumpf zu einer formvollendeten Verbeugung. Sie fasste Carla an der

Hand, und sie bewegten sich gemeinsam graziös durch die Kulissen der Predigt-Show.

»Los, zehnmal!«, kommandierte Maggie. Sie drehten zehn synchrone Pirouetten. Carla zeigte kein Zeichen von Atemlosigkeit.

»Siehst du! Und was deine alte Truppe anbetrifft: Du weißt genau, was aus dir geworden wäre, wenn du dabei geblieben wärst: eine Aspirantin für Sozialhilfe und Suppenküche! Und so bist du Trickfilmqueen und Religionsstifterin. Auch, wenn das Letztere außer uns noch kaum jemand ahnt.«

Tanztheater hatte seinen Reiz gehabt, aber es war ein Hungerleiderjob gewesen. Objekte in Bewegung zu setzen, die letztlich nichts anderes waren als Zahlencodes im Rechner, war dagegen nicht nur faszinierend, sondern außerdem geradezu unverschämt lukrativ. Carla hatte sich alle Theorie angeeignet, die es über Biomechanik zu lernen gab, Bewegungsabläufe, Muskelfunktionen, Gelenkspielräume bei Mensch und Tier. Sie spezialisierte sich darauf, computergenerierte Echsen zu animieren. Eine glückliche Wahl. Die Effekte in Filmen wie »Jurassic Park« oder »Dragon Heart«, die ihre Crew zu verantworten hatte, erreichten ein Millionenpublikum. In Insiderkreisen genoss das Team bald Kultstatus.

Carla fiel auf im Business der Computerfreaks, nicht nur durch ihr Talent, auch durch ihr ungewöhnliches Äußeres: Ihr unverwechselbares Markenzeichen waren schon zu Beginn ihrer zweiten Karriere, mit 30 Jahren, ihre weißen Haare gewesen, die sie zu einem Zopf geflochten trug, der ihr bis in die Mitte des Rückens reichte. 1995 durfte sie sich »Virtual Choreography Director« in einem der größten Animationsunternehmen der Welt nennen.

Carla und Maggie walzten im Dreivierteltakt zurück, kamen bei Tony an und bemühten sich, seine dreieinhalb Zentner aus dem Stuhl zu zerren. »Du bist es, der hier Bewegung braucht!«

Tony war ungefähr so breit wie hoch, inhalierte außer Ingwerbier und extrem gesüßten Espresso Cholesterin möglichst hochprozentig und erhob sich ungern von seinem Bürostuhl mit spezialangefertigtem Sitz. »Aufhören!«, knurrte er. Er deutete auf die Studio-Uhr, schaltete den Fernseher aus und konzentrierte sich auf den Computerbildschirm. »Es ist Zeit!«

Als sei sie durch die Worte geweckt worden, hob die Monitor-Maria in diesem Moment die Lider. Das berühmte strahlende Ein-Grübchen-Lächeln der Maria Coral erschien auf ihrem Gesicht. Die grauen Augen schienen direkt in die Kamera zu blicken. Dann erhob sich die Frau auf dem Bildschirm, machte einige bewusste Atemzüge und verschwand in der Tür ihres winzigen Badezimmers.

»Immer wieder genial, Tony«, sagte Carla. »Es wirkt so völlig natürlich.« Alle drei schauten jetzt auf den Monitor. Das Modul »Versenkung« wurde vom Modul »Nacht« abgelöst. Nie ganz genau auf dieselbe Weise, nie ganz genau um dieselbe Zeit. Die fließenden Übergänge zu programmieren gehörte zu den schwierigsten Aspekten der Simulation.

»Ja, man merkt es nicht mal, wenn man *weiß*, dass alles reiner Computerspuk ist. Wisst ihr noch: Vor zehn Jahren haben uns die Kollegen für verrückt erklärt, als wir gesagt haben, dass so etwas noch zu unseren Lebzeiten technisch machbar sein wird.« Tony Zimmermann stammte aus einem Nest in der Lüneburger Heide. Er hatte erst in Berlin, dann in Chicago Computergrafik studiert und sich als Genie für Trickfilmsoftware erwiesen. Schon vor seinem Praktikumsjahr bei Walt Disney hatte er alles animiert, was sich von Natur aus steif, starr und bockig präsentierte: Er entlockte seinem Rechner turtelnde Telefonzellen. Er ließ Bäume Salto schlagen und zauberte Autos, die über Asphalt, Berge, Meer oder durch den Weltraum schwebten – all das zu einer Zeit, in der das Gros der Konkurrenz noch mit Modellen arbeitete, die wie Marionetten an Fäden gezogen wurden.

Jetzt sah er seiner Monitor-Maria zu, die im Nachthemd aus dem Bad kam und ihr Abendgebet sprach, ehe sie sich auf ihre Pritsche legte und das Licht löschte. Auf dem Bildschirm wechselte die Beleuchtung, so als ob ein Switch von einer normalen zu einer Infrarotkamera stattgefunden hätte. Nach einem kurzen Zurechtrücken zeigte das Bild Maria als ruhig Schlafende, deren Brust sich im Rhythmus der ruhigen Atemzüge hob und senkte.

Maggie gähnte. »Ich gehe auch schlafen!«

Carla schenkte sich einen Eistee ein und holte ein Ingwerbier und eine Tüte Marshmallows für Tony. Der kontrollierte am Computer das Menü, in das er am Morgen die Uhrzeiten eingegeben hatte. Fünfmal Umdrehen war während dieser Nacht vorgesehen. Kurz vor vier Uhr früh würde Maria erwachen und sich für ihre Morgenmeditation zurechtmachen. Dass er es geschafft hatte, den Tagesablauf seines Stars bis auf die Hauptattraktion vorzuproduzieren, war der Clou ihrer Show. So hatten sie genügend Zeit, sich auf den eigentlich schwierigen Teil der Animation zu konzentrieren: auf die Predigt.

»Ein ganz schön weiter Weg von den Shampooflaschen damals«, meinte Carla und ließ die Eiswürfel in ihrem Glas kreisen. Die »Dancing Bottles« waren sein Bewerbungs-Spot gewesen, als Carla ihre eigene Firma »Anima« gegründet hatte. Shampooflaschen, die auf dem Badewannenrand nach »Rock around the clock« hotteten. Tony warf einen rosa Marshmallow hoch, lehnte den Kopf zurück, fing ihn mit den Lippen auf und begann zu kauen. »Ja, wenn es dich und Maggie nicht gegeben hätte, wäre ich wahrscheinlich in der Werbung stecken geblieben und hätte jetzt einen Waschbrettbody und das elfte Magengeschwür.« Er sortierte die gummiartigen Süßigkeiten in farbgleiche Häufchen und schaufelte eine Handvoll weiße in den Mund.

Bei Carla hatte Tony angefangen, mit »Avataren« zu experimentieren: Kunstfiguren, die eine Mischung aus Wirklichkeit und Phantasie darstellten. Der Markt dafür war groß. Virtuelle Stars wie Lara Croft wurden von den Kids aus der MTV-Generation mit derselben Intensität verehrt wie Britney Spears oder Madonna.

Um seine Avatare im Computer erstehen zu lassen, arbeitete Tony mit so genannten Performern: Schauspielern, die bereit waren, sich stundenlang in hautenge verkabelte Gummianzüge zu quetschen. Seine Haupt- und Lieblingsdarstellerin wurde Carlas Tochter Maggie. Sie war im Scheinwerferlicht groß geworden. Mit vier lockte ihr verschmiertes Mäulchen in der Smarties-Reklame. Mit sechs präsentierte sie Junior-Camelboots, mit sieben »Levis for Girls«, mit acht kamen die ersten Sprechrollen. So ging es weiter bis 13, dann kam der Unfall, ein Sturz vom Pferd.

Die Gehirnerschütterung war schnell vergessen; die Nase nach dem doppelten Bruch wieder zu richten dauerte etwas länger. Was lebenslänglich blieb, war eine Narbe, die sich von der Nasenwurzel über die rechte Hälfte der Stirn bis zum Haaransatz zog. Sie war nicht wirklich entstellend, man sah sie nur, wenn Maggie sich ihren rehbraunen Pony aus dem Gesicht strich. Aber die Narbe bedeutete das Aus für die große Karriere auf der Leinwand. Und den Einstieg in die Starkarriere hinter den Kulissen. Maggies Sturz hatte sich 1998 zugetragen, in jenem legendären Jahr, als Carlas und Tonys Zunft der Animationskünstler das erste Mal Tote auferstehen ließ. In »Forrest Gump« schüttelte Tom Hanks diversen Berühmtheiten die Hand, deren Überreste bereits im Grabe ruhten, unter anderem John F. Kennedy. Die Szenen waren kurz und wirkten ein wenig hölzern. Aber sie verhießen einen historischen Durchbruch. Aus der Annäherung zwischen Mensch und Maschine war eine Symbiose mit unabsehbaren Folgen geworden. Das Wirkliche und das Mögliche näherten sich an, wirkliche Wirklichkeit bekam Konkurrenz von gefühlter, ersehnter oder gefürchteter Wirklichkeit.

Zu ihrem 49. Geburtstag schenkte Tony Carla einen Kurzfilm, der sie beide bei einem ziemlich orgiastischen Liebesakt zeigte – eine grandiose Fälschung. Denn obwohl sie inzwischen zehn Jahre zusammenarbeiteten, hatte Carla Tonys Haut, abgesehen vom Gesicht, das er hinter reichlich Vollbarthaar verbarg, vorher nur in kleinen Ausschnitten kennen gelernt: die prallen Oberarme vom T-Shirt-Ärmel abwärts. Den beeindruckenden Speckhügel über dem Hosenbund, den er manchmal selbstvergessen kratzte, wenn er ein besonders kniffliges Programmierproblem durchdachte. Und die Füße, die Sommer wie Winter nackt in Sandalen Größe 46 steckten. Nun sah sie Neuland: obszöne Fettrollenkaskaden, die voluminösen Oberschenkel, Brüste, die eines Sumoringers würdig waren, und einen Hintern, der einem Nilpferd Ehre gemacht hätte.

Der Film spielte in einem Bett, dessen Federkernmatratze unter dem Gewicht beängstigend ächzte. Tony war in Rückenlage zu bewundern, eine weißliche Masse aus Fleisch, Fett und Falten. Um ihn herum schmiegte sich Carlas zierlicher solariumsbrauner Körper. Ihre Hände strichen über das weiche Fleischgebirge und banden einen Kranz aus ihren weißen Haaren um Tonys erigiertes Glied. Ihre kleinen Brüste fanden Halt auf seinen breiten angewinkelten Knien. Seine kräftigen Finger, die sie sonst auf der Computertastatur herumhacken oder Ingwerbierflaschen umklammern sah, tasteten über ihre Wangen, ihre Lippen, ihr Kinn, ihre geschlossenen Augen. Die Szene endete in rhythmischer, matratzengefährdender Brandung, mit Beethoven untermalt.

Tony war nicht Carlas Typ. Aber als sie die Szene auf ihrem Monitor sah, den er zur Feier des Tages mit einer Rosengirlande aus dem Farbdrucker dekoriert hatte, spürte sie deutliche Erregung. Im Bauch. Im Kopf. Sie kamen ihrem Ziel näher. Carla betrachtete den realen Tony neben sich, der ein wenig nervös an seinem Ingwerbier nippte und Barthaare kaute.

»Fantastisch«, kommentierte sie. »Jetzt weiß ich, wozu die ganzen Überstunden gut waren. Meine Unterlippe ist einen Tick zu voll. Die Augenbrauen sind zu sauber gezupft. Und der Scheitel sitzt nicht völlig an der richtigen Stelle. Aber dass du den Haarfall so hingekriegt hast! Kompliment, Ehrfurcht, Verbeugung! Und ich muss wohl aufpassen, dass die Pornofilmer dich nicht abwerben. Wer war diese ›sie‹ im Bett? Oder war es ein ›er‹?« Tony war schwul.

»Bleibt Betriebsgeheimnis«, sagte Tony.

»Und du? Hast du dich selbst gespielt?«

»Ich werde dir auch das nicht verraten. Was glaubst du?« Sie sah ihn an. »Ich trau es dir zu. Du bist zu eitel, um dich simulieren zu lassen.«

Das Zauberwort hieß »Motion Capture«. Der Trick bestand darin, reale und virtuelle Körper zu koppeln. Egal, ob John F. Kennedy, ein Außerirdischer oder eine Carla neu ins Bild gesetzt werden sollten – als Basis reichte, grob gesprochen, ein dreidimensionales Modell ihrer Körperoberfläche im Computer. Diese 3-D-Darstellung wurde in winzige Einheiten unterteilt, so genannte Polygone. Fertig war der virtuelle Überzug, den Spezialisten wie Tony als Rohmaterial verwendeten. Nun konnten lebendige anonyme Performer dieser virtuellen Hülle neues Leben einhauchen.

Sie trugen dafür mit Sensoren bestückte Anzüge. Markante Punkte im Gesicht wurden mit reflektierender Farbe gekennzeichnet. Sobald die Kamera die Sensor-

und Reflektordaten einfing, rechnete der Computer die Informationen auf den 3-D-Leib um – und das Wunder manifestierte sich auf dem Bildschirm: Wenn der Reflexpunkt auf dem Nasenflügel des Performers zuckte, zuckte auf dem Monitor der Nasenflügel Kennedys. Egal, ob sich Sensoren auf der Brust des Performers beim Atmen hoben und senkten, ob sie signalisierten, dass Finger am Kopf kratzten oder Beine einen Flic Flac aufs Parkett legten – alle Aktionen übertrugen sich auf das Modell.

Was theoretisch einfach klang, war in der Praxis höllisch kompliziert. Unglaublich viel Software, enorme Rechenzeit und Nachbearbeitung waren nötig, um die Illusion real wirken zu lassen. Heere von Grafikern waren bei Silicon Graphics damit beschäftigt gewesen, jeden Ausschnitt eines digitalen Films Pixel für Pixel zu kontrollieren. Auf dem Gesicht eines Simulators ließen sich nicht beliebig viele Markerpunkte unterbringen. Aber in Großaufnahmen musste jede Hautpore, jede Falte, jeder Lidschlag, jeder Schatten glaubwürdig wirken.

Die meisten Animationsfirmen verzichteten inzwischen auf Performer. Sie erschufen synthetische Schauspieler Bit für Bit, Pixel für Pixel im Rechner. Der Nachteil: Jede Szene, jeder Handgriff musste umständlich programmiert werden. »Final Fantasy« von Silicon Graphics, der erste Film mit ausschließlich virtuellen Akteuren, kam 2002 auf den Markt. Die Produktion hatte vier Jahre in Anspruch genommen.

Tony hatte eine andere Vision. Denn Helden à la »Final Fantasy« hatten einen gewaltigen Nachteil. Sie konnten zwar übermenschliche Dinge tun: fliegen, platzen, sich in

Luft auflösen. Aber sie waren dazu verdammt, ausschließlich in der fiktiven Welt zu agieren. Die Grenzen zwischen Simulation und Realität sprengten sie nicht.

Das Verwischen zwischen Sein und Schein erforderte einen anderen Zugang. Und eine Software, die eine perfekte Symbiose zwischen Mensch und Maschine garantierte. Den Namen dafür hatte Tony gewählt, bevor die erste Programmzeile geschrieben war: MESSIAS, »Motion Enhanced Simulation Software In Action Surroundings«.

Irgendwann war die MESSIAS-Testversion so weit, dass sie Tonys Ansprüchen genügte. Und das Schicksal fügte es, dass kurze Zeit später Marius Kotte zu Carla Kontakt aufnahm. Gemeinsam hatten sie ein Script für ein Experiment entwickelt, das Fernsehgeschichte schreiben würde. Kotte mit seinem Sender und seinem Wunsch, Macht und Einfluss zu gewinnen. Carla, Maggie und Tony mit ihrer Software und ihrem Know-how.

Das Dreierteam zog nach Hamburg. Incognito.

Als Eistee und Ingwerbier ausgetrunken und die Marshmallowhäufchen gegessen waren, gingen Carla und Tony zu Bett. Die Webcam-Einstellung zeigte die schlafende Monitor-Maria in Rückenlage, leise atmend. Um 2:13 Uhr würde sie sich auf die linke Seite drehen. MESSIAS wachte über sie.

06
Vorsicht, Kamera!

Die Kamera war unglaublich. Für die Probeaufnahme hatte Monika sie in der Küchenuhr in ihrer Wohnung platziert. Besser gesagt, in der Wohnung des Stichlings, in die sie in voreiligem Glückstaumel zwei Wochen nach dem Kennenlernen eingezogen war.

Fünf Kilometer entfernt erhielt Ruth Einblick in eine Küche, die noch immer sehr nach Junggeselle ausschaute: auf dem Fußboden PVC, an der Decke eine nackte Glühbirne, ein Resopaltisch mit zwei Plastikstühlen, ein Geschirrschrank. Allerdings warteten eine blank polierte Mikrowelle und eine Espressomaschine auf ihren Einsatz. Dennis, so hieß der Stichling, schätzte Monikas hausfrauliche Fähigkeiten und hatte die Hardware nach ihrem Einzug aufgerüstet.

Monika bereitete einen Kuchen vor. Sie wirkte entspannt und las zum Akustiktest das Rezept mit übertriebener Betonung vor: »Die Eier mit dem Zucker und der zerlassenen Butter in den Quark geben.« Sie drehte sich um und schob die weite Bluse hoch, um Ruth den darunter versteckten Sender auf dem Rücken zu zeigen. Bild- und Tonqualität waren perfekt. Ruth hörte das Klacken des Messers an der Eierschale, als Monika die Eier aufschlug, und das Räuspern des Nachrichtensprechers, der im Radio die Wettermeldungen verlas. Dennis war nicht zu erwarten. Er arbeitete zur Abwechslung in seinem gelernten Job als Gerüstbauer.

Ruth hatte inzwischen einiges über den Stichling erfahren. In krimineller Hinsicht war er Einzelgänger und ein kleiner Fisch. Ein bisschen Handel mit Marihuana, ab und zu ein Ladendiebstahl. Größeres nur, wenn sich eine ziemlich sichere Gelegenheit bot wie bei XTC-TV.

In dem Moment, wo Ruth zum Telefonhörer griff, um Monika zu sagen, dass die Kamera funktionierte und sie Schluss machen konnten, öffnete sich die Küchentür. Ein Typ in Lederjacke und einer Baseballkappe kam herein. Ruth hatte ein Muskelpaket erwartet. Einen Mann vom Bau, der einer stattlichen Frau wie Monika Angst einjagte.

Der Eintretende war ein Hänfling, der außer der Glanzlederjacke und einem tätowierten Drachen am Hals wenig Einschüchterndes an sich hatte. Er war schmal und kaum 1,65 m groß. Eigentlich ein hübsches Gesicht mit weit auseinander stehenden Augen. Nur der Zug um die Mundwinkel ließ ahnen, dass Dennis zu denen gehörte, die sich zu kurz gekommen fühlten.

Er trat ohne Begrüßung ein und machte einen Schritt auf die Teigschüssel zu, blieb aber stehen, als er sah, dass Monika ihn anstarrte wie ein Gespenst und dann furchtsam auf die Uhr blickte, als ob die stecknadelkopfgroße Kamera im nächsten Moment ihre Existenz laut herausschreien würde. Er interpretierte den Blick falsch. »Was glotzt du so?« Er sah selbst zur Küchenuhr hoch. »Ja, halb zwei, was dagegen?« Sie blieb stumm, er wurde lauter. »Ich kann Schluss machen, wann ich will, oder?

Okay, ich hab den Job geschmissen – ich lass mich nicht von jedem Kanaken-Polier anschnauzen.«

Ruth betrachtete die Szene mit eigentümlicher Faszination. Sie verstand mit einem Mal, was Voyeure empfanden. Eine Szene zu beobachten, die nicht für die eigenen Augen bestimmt war, hatte etwas ungeheuer Intimes – selbst dann, wenn die Beteiligten, wie in diesem Fall, nur Banalitäten von sich gaben.

Am verblüffendsten war Monikas Verwandlung von der fröhlichen Kollegin in ein geducktes, ängstliches Weibchen.

Monika war größer als Dennis. Sie studierte. Sie schaffte es, trotz ausgiebigen gemeinsamen Alkohol- und Haschischkonsums noch Englisch-Nachhilfe zu geben, ihren Putzjob zu managen, seine Wohnung sauber zu halten und russischen Zupfkuchen mit Kirschen zu backen. Und trotzdem führte sie sich auf wie ein erschrecktes Huhn.

Sie hatte den Kochlöffel losgelassen und die Hände hinter dem Rücken verschränkt, um den Sender zu schützen. »Du hättest doch anrufen können, dass du früher kommst!«, stammelte sie. Kein idealer Willkommensgruß für einen Choleriker. Er konnte nicht wissen, dass Monika die Rede nur deshalb auf die Uhrzeit brachte, weil ihr Blick schon wieder wie ferngesteuert auf Kamera und Uhr fiel.

»Rühr weiter, lenk' ihn ab, benimm dich doch einfach normal!« Ruth versuchte sich in Fernanfeuerung und verfluchte, dass sie nicht eingreifen konnte. Aber während ihr Gehirn analysierte, inwieweit der überraschende Auftritt von Dennis ihr Vorhaben gefährdete, blieb im Bauch jener untergründige Kitzel präsent: Das hier war besser als jedes Fernsehspiel.

Monikas Angst, Dennis' schlechte Laune – alles war echt, und ein böses Ende schien absehbar wie in einer Seifenoper. Entweder Monika würde alles beichten. Oder Dennis ging auf sie zu und umarmte sie, um sie aus ihrer Schreckstarre zu lösen – und entdeckte dabei den Sender …

Es kam anders. Ruth hätte später nicht mehr sagen können, was sie zuerst wahrgenommen hatte – das hässliche Klatschen, die Bewegung oder den Schrei. Blitzschnell holte Dennis aus wie ein Tischtennisspieler zu einem verdeckten Rückhandschlag. Seine Hand traf Monikas Backe. Er trug einen Siegelring. Monika schrie. Blut tropfte in die Kuchenschüssel.

Dennis erhob die Hand gerade zur Wiederholung, als durch die Tür ein kupfernes Wollknäuel in die Küche stob. Ruth saß entsetzt und gebannt vor ihrem Bildschirm. Was konnte, was sollte sie tun? Die Polizei rufen? Selbst eingreifen? Wenigstens in der Wohnung anrufen? Das Telefon lag noch auf ihrem Schoß. Aber ehe sie die Nummer gewählt hatte, war alles vorbei.

Dennis ließ von Monika ab und warf den Kochlöffel in die Schüssel zurück. Die betupfte ihre Backe, wischte Teigreste vom Boden und fing wieder an zu rühren. Der Hund ließ von Dennis ab und verschwand.

»He, das ist immer noch meine Wohnung hier, okay? Hast du deine Tage oder was?«, maulte Dennis.

Er hängte die Jacke über den Stuhl, nahm sich eine Flasche Bier aus dem Eisschrank und öffnete sie. Dithmarscher Pilsener verriet die Kamera. Das Schnalzen des Verschlusses konnte Ruth so genau hören, als hätte Dennis im Computer gesessen. »Ach, leck mich doch«, setzte er noch hinzu. Dann verließ er den Raum.

»Los, runter mit dir vom Sofa, du Köter. Wo ist denn die Fernsehzeitung, verdammt noch mal?«, schallte es aus dem Wohnzimmer. Dennis fluchte, Bimbo bellte – die Übertragungsqualität blieb konstant gut. In der Küche kauerte sich Monika in eine Ecke und fing an zu heulen. Mit einem Mal sah sie entsetzt zur Kamera hoch und nestelte an ihrem Rücken. Das Bild wurde schwarz.

»Tu's nicht«, flehte Ruth innerlich. Sie wettete darauf, dass Monika sich in diesem Moment ins Bad rettete, um den Sender loszuwerden. Im besseren Fall würde sie ihn in ihrer Camelia-Packung verstecken, im schlechteren stocherte sie jetzt mit der Klobürste herum, um ihn die Toilette hinunterzuspülen.

Ruth sah sich in »Das Auge« spazieren: Ja, lieber Herr Langer, ich weiß, dass das Equipment, das Sie mir geliehen haben, 3000 Euro wert ist. Leider verzögert sich die Rückgabe auf unbestimmte Zeit. Nein, an eine finanzielle Kompensation ist nicht zu denken; ich verfüge momentan über keinerlei Einkünfte mehr ... Verdammt, warum hatte sie das Gerät nicht im Park oder im Büro oder in der Uni getestet? Und warum, warum, warum hatte Monika keine besseren Nerven?

Eigentlich wäre die Gelegenheit ideal gewesen, um zu improvisieren und ihr Vorhaben sofort zu erledigen. Monika hätte Dennis mit einem Löffel Kuchenteig plus ein paar Bierchen bezirzen und aus der Reserve locken können. »Ach, einer wie du ist doch auf blöde Jobs nicht angewiesen.« Platt, aber ihre ganze Strategie zielte darauf ab, dass der Stichling für Schmeicheleien empfänglich und nicht mit besonders hohem IQ gesegnet war.

Denn fast genau so hätte ihr Plan ablaufen sollen, allerdings erst morgen. Die Idee war, Dennis vor laufender Kamera in eine seiner redseligen Stimmungen zu versetzen und dazu zu bringen, seine kriminelle Heldentat bei XTC-TV zu schildern.

Als eine zitternde und verheulte Monika zwei Stunden später samt Hund bei Ruth vor der Tür stand, war klar, dass Plan A gescheitert und nicht reaktivierbar war. »Ich kann das nicht«, jammerte sie. »Ich weiß, dass es Unsinn ist, aber es geht nicht.« Wenigstens die Kameraausrüstung war heil geblieben.

Sie tranken Tee. Leni sah XTC-TV und fütterte Bimbo mit Keksen. »Ihr braucht Komplizen«, sagte sie, ohne von ihrer aktuellen Sendung, einer Gerichts-Show aufzublicken. »Maria hat gestern gesagt, dass das Wichtigste auf dem geistigen Weg die rechten Freunde sind. Um das Unheilsame zu überwinden, das Heilsame zu entfalten und den höchsten Frieden zu finden.«

Der Besuch tat Leni sichtlich gut. Rote Bäckchen, strahlende Augen – das hatte Ruth lange nicht erlebt. »Welche Bibelstelle soll das denn sein?«, fragte sie.

»Das ist nicht aus der Bibel, sondern von Buddha«, gab Leni zurück. »Ihr braucht Komplizen«, wiederholte sie. »Und zwar Männer.« Bimbo wuffte zur Bestätigung. Nach einer Weile fuhr sie versonnen fort. »Warum wollt ihr überhaupt ein Geständnis? Vielleicht solltet ihr lieber sein Versteck finden. Denn die ehrlich Suchenden werden fündig werden. Das hat Maria auch gesagt.«

Eine halbe Stunde später war Plan B fertig, eine Variante, in der Männer und Mützen eine Rolle spielten. Dabei würde der Stichling sein eigener Kameramann sein. Voraussetzung war allerdings, dass die männlichen Familienmitglieder der Putzfrauenkolonne mitmachten.

Am nächsten Nachmittag rief der Bruder einer der Türkinnen aus dem 18. Stock Dennis an, bekundete Interesse für »gebrauchte Bürogeräte« und ließ durchschimmern, dass er großzügigere Konditionen bieten konnte als andere. Man verabredete sich für denselben Abend in einem Lokal in St. Georg. Der Stichling versprach, eine Warenprobe mitzubringen.

Eineinhalb Stunden vor dem vereinbarten Termin verabschiedete sich Dennis von Monika und stieg in seinen Golf, Bimbo bei Fuß. In einem Skoda folgte das Paar aus Bosnien samt Sender und dem Spaniel Zlatko.

Ruth verfolgte die Fahrt zu Hause vor dem Bildschirm. Aus der Baseballkappenperspektive sah sie Eimsbüttel im Turbo-Stop-and-go an sich vorbeiziehen, Kavalierstart nach der Kreuzung, Vollbremsung vor Ampeln, ein selbstverliebter Blick in den Rückspiegel bei Rot. Dennis war ein Chauffeur, der sich Solo-Autofahrten durch Kommentare verkürzte. »Zieh ab, du Trottel! Na, also!« »He, Opa, mach hinne!« Als die von Monika eingenähte Mini-Kamera sich auf den Seitenspiegel richtete, kam der Skoda ins Bild.

Ab der Grenze von Altona und St. Pauli wurde zur Abwechslung über fehlende Parkplätze gewettert. Zum

Schluss landete Dennis auf dem Kundenparkplatz eines Weindepots.

»Bitte, bitte, bitte, nimm die Mütze nicht ab«, bat Ruth zu Hause vor dem Bildschirm.

Sie rief Monika an. »Thadenstraße Ecke Wohlwill.«

»Da ist das Tattoostudio in der Nähe. Das gehört seinem Kumpel Paul. Wenn er den nur besucht, ist alles falscher Alarm.«

»Bleib in der Leitung«, sagte Ruth.

Dennis behielt die Mütze auf. Er ging um den Wagen herum und öffnete für Bimbo die Tür. Als er heraussprang, kam Zlatko aus dem bosnischen Auto. Die Hunde beschnupperten sich.

»Passen Sie auf Ihren Scheißköter auf!«, blaffte Dennis, »mein Hund mag keine Ausländer.« Er pfiff. Bimbo trottete gehorsam hinter ihm her, verpatzte aber den Abgang durch fröhliches Schwanzwedeln in Richtung Spaniel.

»Sie überqueren die Clemens-Schultz-Straße. Ja, du hast Recht, ich seh das Studio«, sagte Ruth in den Hörer. »Er geht aber nicht rein, sondern in den Hauseingang danehen.«

Dennis zog einen Schlüsselbund aus der Tasche. Er öffnete zuerst die Haustür, dann eine Metalltür.

»Er geht in den Keller. Er schließt hinter sich ab. Zlatko & Co. bleiben vor der Tür stehen; die Kamera funktioniert!« Dennis stieg ein paar Stufen hinab. Hinter Lattentüren gerieten alte Schränke ins Bild, mit Plastikplanen bedeckte Polstermöbel, Fahrräder, Schubkarren, Schlitten, Regale mit Konserven. Dann kam ein Raum mit einer Metalltür.

Bimbo bellte. Dennis zuckte kurz und lauschte. Dann entspannte er sich wieder. »Angst vor Ratten, du blödes Vieh? Du bist genauso ein Schisshase wie deine Alte. Los, rein mit dir in die Schatzkammer!«

Sie betraten den Raum, Dennis zog die Tür hinter sich zu. Es wurde dunkel. »Scheiße, ausgerechnet jetzt fällt die Kamera aus!«, stöhnte Ruth. »Nein, falscher Alarm.«

Die langsam zunehmende Helligkeit war mit einem Geräusch verbunden. Dennis zog eine Jalousie hoch. Schummriges Tageslicht fiel in den Raum. Es drang durch eine Tür, die zu einem Lichtschacht hinausging.

»Ein zweiter Ausgang«, meldete Ruth. »Eine Hintertür mit dicken Riegeln, die anscheinend zu einem Hof oder Garten führt.« Der Raum war vielleicht 10 Quadratmeter groß und ziemlich leer. An einer Wand stand ein Metallregal. Nicht mit Einmachgläsern, sondern mit Umzugskartons.

»Ziemlich ordentlich, dein Freund«, berichtete Ruth. »Lauter Kartons. Sie sehen alle ziemlich gleich aus. Jetzt zieht er einen vor und kramt darin. Du glaubst es nicht, da steht jeweils ein Datum drauf. 20.3., wunderbar! Ja, er nimmt etwas raus. Es klappt!!!«

Bevor er das Objekt in die Tasche steckte, musterte Dennis es leicht wehmütig. Es war ein Palm Top, einer von der Sorte, die Ruth zuletzt auf dem Schreibtisch des Sportchefs von XTC-TV gesehen hatte.

»Wow, perfekt, das muss reichen«, rief Ruth, legte auf und klingelte das Handy der Bosnier an, damit sie den Rückzug antraten, bevor Dennis herauskam. In St. Georg würde er vergeblich auf seinen Kunden warten. Der Türke, dem das Lokal gehörte, saß mit dem Rest des Einsatzteams in Ruths Wohnung. Sie feierten den Erfolg bei türkischer Pizza, Krautsalat und Döner und schauten sich das Programm Verfolgungsjagd mit Golf, Mazda und zwei Hunden noch einmal auf dem PC an. Selbst Leni leistete ihnen Gesellschaft, obwohl sie dadurch Mirco Matas Abendquiz EUROmania verpasste.

*

Ruth hatte sich fein gemacht, als sie den Stichling am nächsten Nachmittag in seinem Wohnzimmer erwartete. Faltenrock, ein Sakko. Sie teilte ihm mit, dass Frau Liebherr, seine Lebenspartnerin, sie freundlicherweise hereingebeten habe, und forderte ihn auf, auf seinem eigenen Sofa Platz zu nehmen. Der Überraschungsangriff erwischte ihn kalt. Dennis war zu verdutzt, um sich zu weigern. Ehe er die Lücken in der Einrichtung sah und begriff, dass seine backende Haushälterin ihn verlassen hatte, setzte Ruth den DVD-Player in Gang.

»Was soll das denn?« Dennis sah sich selbst in den Rückspiegel blicken, sah die Treppe, den Keller, das Versteck.

»Kennen Sie die Räumlichkeiten?«

»Na und? Was wäre dabei?«

Ruth ging nicht auf seine Frage ein. »Mein Name ist Annette Pfeiffer. Ich arbeite für die Versicherungsgesellschaft von XTC-TV. Wegen der häufigen Einbruchsdelikte in den Geschäftsräumen testen wir neue Methoden der Gefahrenabwehr. Sie haben zwei Möglichkeiten. Entweder ich gebe meine Informationen an die Polizei weiter. Ihre Fingerabdrücke sind – wenn ich mich nicht sehr irre – amtlich registriert. Oder ich verzichte darauf, wenn Sie unsere Bedingungen erfüllen, die mehr als kulant sind.«

Dennis schien keine Sekunde darüber nachzudenken, wer ihn verraten hatte und wie die Aufnahmen zustande gekommen sein mochten. Einen einzigen kleinen Widerstandsversuch unternahm er. Er stampfte mit dem Fuß auf, sprang vom Sofa auf und versuchte es mit Brüllen. »Sie haben kein Recht, mich hier anzuklagen. Das ist … Das ist … Hausfriedensbruch ist das. Ich … ich werde …«

Ruth blieb sitzen. »… die Polizei rufen?«, setzte sie den Satz fort. »Nein, ich glaube, das tun Sie nicht. Sie hinterlegen die Objekte, die auf dieser Liste stehen, in dem Lokal in St. Georg, in dem Sie gestern bereits einmal waren.« Sie nahm die DVD aus dem Player und stolzierte mit einem knappen Kopfnicken hinaus.

*

Der Transfer dauerte eine Stunde. Der endgültige Rücktransport erfolgte mit der Putzfrauenschicht von Donnerstag, einen Tag vor Ablauf des Ultimatums.

»Is bled, einfach zurücklegen, ohne Erklärung!«, hatte Sveta, die Bosnierin, gemeint. Die anderen stimmten zu. Wieder hatte Leni die zündende Idee: »Schreibt doch: ›Ich habe gesündigt, aber dann habe ich Ihre Sendung mit Maria Coral gesehen. Maria hat mich auf den rechten Weg zurückgebracht. Vergeben Sie mir. Danke, XTC-TV! Danke, Maria! Hochachtungsvoll, Ihr Dieb‹«.

Sie legten das computergeschriebene Papier auf den Palm Top. Ruth war stolz auf ihre Großmutter. Sie hatte ohne weiteres zugestimmt, dass Monika und Bimbo in jenes Zimmer einzogen, das seit dem Tod ihres Mannes unberührt geblieben war. Sie schien die neue Gesellschaft zu genießen und verhielt sich wie eine mitunter zerstreute, aber sonst aufmerksame Gastgeberin, nicht wie eine Greisin kurz vor der Demenz.

Ruth gestand sich noch etwas anderes ein. Sie würde die Kamera vermissen. Ein gefährlich schönes Spielzeug – am liebsten hätte sie sie noch bei XTC-TV installiert, um von zu Hause aus zu beobachten, wie die Mitarbeiter dort auf die wundersame Rückkunft des Diebesguts reagierten. Aber sich mit Ruben Langer zu verabreden und ihm von dem Abenteuer zu erzählen war nicht die schlechteste Alternative.

07
Aufgewärmte Gnocchi

Ruben Langers Wohnung lag direkt neben dem Laden. Die Küche war groß und hatte eine breite Glasfront mit Ausgang zu einem kleinen Garten. Das auffälligste Kennzeichen war, dass Herd und Spüle, Steckdosen, Schalter und Türgriffe niedriger angebracht waren als üblich. Dass Geschirrspüler und Eisschrank auf einer Art Füßchen standen, damit man mit dem Rollstuhl dicht genug heranfahren konnte. Und dass es keine Hängeschränke gab. Ein Kochbuch lag aufgeschlagen auf dem Tisch. Auf dem Gewürzbord standen mindestens doppelt so viele Dosen wie bei Ruth und Leni.

Der Koch rollte ungezwungen zwischen Herd und Arbeitsplatte hin und her und zeigte auf eine Tür. »In der Speisekammer sind Zutaten für Salatsauce; frische Kräuter gibt es draußen. Trauen Sie sich?« Ruth fand Knoblauch, Senf, Zitrone, Sojasauce und Öl und zupfte Petersilie, Schnittlauch und Majoran. An einer Mauer hing ein Basketballkorb.

»Wie ist es gelaufen? Hat meine Zauberkamera ihren Zweck erfüllt?«

Ruth hatte sich dagegen entschieden, ihm einen Mitschnitt des Triumphs über Dennis mitzubringen, obwohl sie es am liebsten getan hätte. Während sie erzählte, schnitt Ruben Langer Salbeiblätter, rieb Parmesan und schüttete Gnocchi ins Kochwasser. Ruth verlor ihre Befangenheit.

Als er sie zum Essen zu sich nach Hause eingeladen hatte, war sie spontan erschrocken. Dann hatte sie sich über ihre Reaktion geärgert – schließlich hatte sie ihn im Laden lange genug beobachtet, um zu wissen, dass er nicht wie ein ausgehungerter Sonderling wirkte, der über die erstbeste Frau herfallen und sie im Rollstuhl entführen würde. Je näher der Termin rückte, desto mehr freute sie sich über die Einladung. Seit Lenis Zustand sich verschlechtert hatte, war Ruth kaum mehr abends ausgegangen.

Allerdings hatte sie lange gerätselt, was sie ihm mitbringen sollte. Blumen schienen ihr zu persönlich. Wein? Trank jemand in seinem Zustand Alkohol? Der Gedanke an seine Behinderung verunsicherte sie. Schließlich hatte sie ihren Lieblingsnachtisch eingepackt, Lenis selbst gemachte Trüffel. Im Übrigen wollte sie ihm begegnen, als gäbe es den Rollstuhl nicht.

Dennoch hatte ihr Herz entschieden heftiger geklopft als vor dem Auftritt bei Dennis, als sie auf die Klingel drückte. Zu Unrecht. Ruben Langer goss einen »Koch-Prosecco« ein. Er erwies sich als konzentrierter Zuhörer, schenkte ihr einen aufmerksamen Blick, als sie von ihren bisher unbekannten voyeuristischen Tendenzen sprach und lachte, als er von Lenis Bekennerbrief hörte, der Maria für Bekehrung dankte.

Sie aßen im Wohnzimmer. Als sie mit dem Salat fertig waren und die erste Gabel Gnocchi testen wollten, tauchte das Mädchen auf, das Ruth als Konsy-Bastlerin kennen gelernt hatte. Sie sagte keinen Ton, sondern lehnte sich an den Türrahmen und starrte Ruth feindselig an. Durch die Haustür war sie nicht gekommen. Offenbar gab es eine Verbindung zwischen Wohnung und Werkstatt.

»He, Ina – ich dachte, du bist längst weg. Magst du Salat?«

Sie schüttelte den Kopf. Trotzig.

»Tja, dann tschüss. Und bis morgen.«

»Morgen kann ich nicht.« Theatralisch-zickig. Sie sah auf die Holzdielen des Fußbodens, in die sie die Spitze ihres Dockers-Stiefels bohrte.

»Schade.« Liebevoll.

Sie zuckte die Schultern, warf den Kopf herum und ging hinaus. Die Haustür fiel mit überhöhter Lautstärke ins Schloss.

Ruben überlegte einen Moment, sah Ruth an, machte eine kleine entschuldigende Geste und rollte hinaus, hinter Ina her.

Ruth starrte in Richtung Flur. Ein klarer Fall von Eifersucht. Ein bisschen übertrieben für eine 13-Jährige, wenn die Nebenbuhlerin außer Möhren, Radicchio und einer Überwachungskamera nichts mit dem Herrn des Hauses teilte. Ziemlich idiotisch von ihm, die Kleine noch darin zu bestärken und aus ihrer Laune eine Viertelstunden-Affäre zu machen. Denn ihr Gastgeber schien so schnell nicht wiederkommen zu wollen. Ruth fing an, sich zu ärgern. Sie hatte keine Lust, alleine weiterzuessen. Sie würde aber auch nicht die Hausfrau spielen und das Essen warm stellen.

Wenn er unhöflich war, konnte sie es auch sein. Die

Türen zu den übrigen Räume waren angelehnt. Sie war zu neugierig, um sie nicht zu inspizieren. Das Schlafzimmer hatte ein Doppelbett, aber nur eine Bettdecke. Über dem Bett gab es eine Metallstange mit einem Dreiecksbügel zum Aufrichten.

Gerahmte Vergrößerungen von Schwarzweißfotos hingen an der Wand. Ruben, nicht viel jünger als jetzt, ohne Rollstuhl. Mit einer Frau mit feschem kurzen Haarschnitt auf einer Wiese beim Picknick. Mit einer höchstens siebenjährigen Ina beim Pingpong. Mit Trikot und Helm auf dem Rennrad im Kreis anderer Radler. Was für eine Selbstbeherrschung musste dazugehören, diese Bilder jeden Morgen beim Aufwachen zu sehen, bevor der Blick auf den Rollstuhl fiel? Auf der anderen Wandseite waren neuere Fotos aufgehängt: Ruben im Kreis anderer Rollstuhlfahrer in einer Turnhalle beim Basketball; Rollstuhl-Ruben Tauben fütternd auf dem Markusplatz in Venedig.

Der nächste Raum war voller Technik: Fernseher, Computer, diverse zusätzliche Monitore, Schränke voller Videokassetten und DVDs.

Auf einem der Bildschirme war Action ohne Ton zu beobachten, zumindest etwas Ähnliches. Ein Mann stand vor einem WC-Becken. Er drehte sich um; die Kamera nahm ihn auf, wie er den Reißverschluss seiner Jeans hochzog. Typ Schönling, Mitte 30, blonde Thomas-Gottschalk-Locken. Der Schirm wurde kurz dunkel. Dann eine neue Einstellung. Derselbe Typ in der Küche; er zog eine Pizza aus der Mikrowelle.

Ein Überwachungsauftrag? Ruth stand und staunte. Sie

merkte, wie das prickelnde Gefühl sich wieder einschlich, etwas Ungehöriges zu tun, bei etwas zuzuschauen, was privat war und sie nichts anging. Jetzt, wo der Blonde unbefangen vor seinem Esstisch saß, waren die Scheu und die gleichzeitige Spannung sogar noch intensiver als bei der Pinkelszene.

Er war kein Genuss-Esser, er teilte die Pizza in Achtel und schlang sie ohne besondere Anteilnahme in sich hinein, während er in einer *auto motor und sport* blätterte. Nicht sehr gesund. Wahrscheinlich war seine Mahlzeit nicht besonders lecker – aber wenigstens war sie warm! Ruths Magen knurrte. Wer mochte das sein? Ein Mafiaboss, Auftragsmörder, Drogenkurier, Wirtschaftskrimineller, untreuer Gatte?

Ruth kam sich dumm vor in dieser fremden Wohnung, bei diesem ziemlich fremden Mann. Gut, sie hatte allen Grund, ihm dankbar zu sein. Aber wer einen zum Essen einlud, übernahm gewisse Pflichten. Sie überlegte, ob sie ihre Trüffel dalassen und einen Abgang durch den Garten wählen sollte. Gleichzeitig fand sie sich selbst egoistisch – woher wollte sie wissen, ob die beiden nicht etwas wirklich Wichtiges zu besprechen hatten? Aber warum ausgerechnet jetzt, mitten im Essen, wenn sie sich anscheinend täglich sahen?

Gnocchis und Sauce waren kalt, als Ruben wieder in die Küche rollte, wo Ruth betont konzentriert im Rollstuhlfahrermagazin *Wheel-it* las.

»Sie ärgern sich«, stellte er fest und schmunzelte frecherweise dabei.

»Warum sollte ich? Ich stehe auf Typen, die mich hungern lassen und mich dabei mit dem Anblick von Schlemmern foltern. In Ihrem Arbeitszimmer verzehrt jemand gerade Pizza Quattro Stagioni.«

»Ich könnte jetzt sagen, dass ich Ihnen Gelegenheit geben wollte, ein bisschen zu schnüffeln.«

»Ich könnte antworten, dass die Zeit nach dem Essen dramaturgisch günstiger gewesen wäre.«

»Ein Punkt für Sie. Für Ina ist die Situation immer noch schwierig. Sie ist die Tochter meiner Ex. Es hat mit dem Unfall zu tun.«

»Und deshalb darf die Kleine auf meine Kosten ihre Launen ausleben? Ich kenne keine anderen Rollstuhlfahrer. Aber es kommt mir als etwas billige Lösung für Probleme aller Art vor, dass Behinderte immer an das Mitleid der Mitmenschen appellieren können. Ich habe den Eindruck, das weiß Ina. Und nutzt es aus.«

Ruth erschrak. Sie mochte zwar Recht haben. Aber sie kannte ihn längst nicht gut genug, um solch heikle Themen anzusprechen. Und warum regte sie sich wegen so einer Lappalie so auf? Sie legte die Zeitschrift beiseite und schlug versöhnlich vor: »Kommen Sie, lassen Sie uns leckere kalte Gnocchi essen!«

Er schüttelte den Kopf. »Zorn steht Ihnen gut. Man merkt, dass Sie in einem Predigerhaushalt groß geworden sind. Über Ina können wir später noch reden. Aber vielleicht ist es gut, wenn wir die Frage mit dem Mitleid und dem schlechten Gewissen gleich klären.« Er zeigte auf den Rollstuhl. »Wenn ich nämlich jetzt sage, dass Sie mal einen halben Tag in diesem Ding hier rumkutschieren sollten, um mitzukriegen, wie furchtbar Mitleid sein kann, bin ich in der Falle. Weil die Aussage schon wieder Mitleid provoziert, Mitleid Stufe 2 sozusagen.«

»Und wie kommen wir aus dem Teufelskreis raus?«, fragte Ruth.

»Indem wir ihn beobachten. Und experimentell damit umgehen. Die Kutschier-Idee gefällt mir. Fünf Minuten.«

Ehe sie reagieren konnte, wuchtete er sich behände vom Rollstuhl auf das Sofa und schob ihr sein Gefährt zu.

»Was soll ich machen?«

»In die Küche fahren und Nudeln aufwärmen.«

Sie setzte sich in den Stuhl.

»Eine Spezialkonstruktion«, erklärte er. »Er funktioniert mechanisch und elektrisch; mechanisch ist fürs Erste einfacher.«

Sie nahm ihre beiden gefüllten Teller, balancierte sie nebeneinander auf dem Schoß, griff in die Räder und rollte in die Küche. Zu eifrig. Etwas Sauce kleckerte auf ihre Jeans.

Erst jetzt merkte sie, wie perfekt die Küche auf seine Bedürfnisse zugeschnitten war. Die Perspektive war verschoben, aber alles war erreichbar. Sie stellte den Backofen an, schob die Teller hinein. Das Wendemanöver war ein Problem, aber nach einer Weile klappte auch das.

»Kompliment. Sie stellen sich geschickt an.«

Die aufgewärmten Gnocchi schmeckten. Beim Espresso erzählte er von seinem Unfall.

»Keine lange Geschichte. Es war vor drei Jahren, ein Dienstag im März. Ich fuhr geradeaus, er bog ab. Ich hatte grün, er mehr PS. Ich saß auf dem Fahrrad, er im BMW.«

Ruben Langer machte eine Pause und spielte mit seinem Uhrarmband.

»Ich habe diverse Reha-Kliniken kennen gelernt. Es gab eine unschöne Gerichtsverhandlung und irgendwann Geld von der Versicherung. Davon habe ich den Laden aufgemacht. Ich hatte Elektrotechnik studiert und keine Lust mehr aufs Examen. Es hätte auch nicht viel gebracht. Jeder weiß, wie gern die Privatwirtschaft Krüppel einstellt.«

Das klang nicht zynisch, nicht resigniert. Er stellte Fakten fest.

»Wie lange haben Sie gebraucht, um damit fertig zu werden?«

Er schaute sie lange an, eher liebevoll als mitleidig. »Damit fertig werden?« Er strich mit dem Finger am Rand seines Chiantiglases entlang und nahm dann einen Schluck.

»Am Anfang gibt es viel Wut. Danach folgt so etwas wie Ergebenheit. Trotz. Normalität. Das ist der gedankliche Fehler, den die anderen machen. Die sehen jemanden im Rollstuhl, kriegen einen Schreck und so viel Mitleid, dass sie kaum mit einem zu reden wagen, um bloß nicht taktlos zu sein. Nein, fertig wird man damit nicht. Aber wir Krüppel selbst denken nicht pausenlos daran, dass wir Krüppel sind. Um weiterzuleben, muss man sich arrangieren. Wie ein Diabetiker, der seine Spritzen braucht. Es ist nicht unbedingt ein Vergnügen, mit einem Blasenkatheter umzugehen, statt an der Pissrinne zu stehen, aber es ist auch nicht der Weltuntergang. Und in der Reha wird man demütig, weil man viele kennen lernt, die es noch schlimmer getroffen hat.«

»Wo ist die Frau vom Picknick geblieben?«

»Chantal ist wieder zurück nach Frankreich gegangen. Ina wollte in Deutschland bleiben, sie wohnt bei Chantals Eltern; ihr echter Vater hat nie eine Rolle in ihrem Leben gespielt.«

»Also ist sie jetzt ein Großelternkind wie ich.« Ruths Vater war Architekt gewesen und bei einem Arbeitsunfall ums Leben gekommen, als sie drei war. Seine Frau hatte seinen Tod nie verwunden. Sie war am Tag von Ruths Konfirmation an Krebs gestorben.

Ruth erzählte ihre Geschichte, als sie abgeräumt hatten und Lenis Trüffel aßen. Er hatte leisen Jazz aufgelegt. Sie fühlte sich wohl. Ruben fragte nach den Männern in ihrem Leben.

Sie lachte und wich aus.

»Ich bleibe nachts gezwungenermaßen brav zu Hause, und meine Großmutter duldet kein Konkubinat in unseren Räumlichkeiten.«

Schließlich erzählte sie doch von Said, der nach Ägypten zurückgegangen war, weil er die Verdächtigungen nicht aushielt, die jedem, der nach Moslem aussah, nach dem 11. September entgegenschlugen.

»11. September? Das ist lange her.«

»Anscheinend noch nicht lange genug.«

»Wie lange waren Sie zusammen?«

»Drei Jahre. Er will immer noch, dass ich nach dem Examen zu ihm ziehe. Kairo ist eine schöne Stadt.«

Ruben kommentierte das nicht. Als die Pause lang wurde,

fragte Ruth: »Sie hatten sich für Maria Coral interessiert?«

»Ja. Haben Sie Maria schon gesehen?«

»Nein, aber ich weiß, worum es geht. Leni verfolgt die Serie und schwärmt mir nach jeder Folge davon vor. Stimmt es, dass sie jetzt statt zweimal wöchentlich viermal senden will?«

»Ja.«

»Und Sie? Gehören Sie zu den bekehrten Fans, die nun ihr bitteres Schicksal bereitwillig annehmen?« Als sie die Frage ausgesprochen hatte, bekam Ruth Angst, dass er sie als geschmacklos empfand. Aber er blieb gelassen.

»Nein, das nicht. Ich hoffe auch nicht darauf, dass sie die Lahmen wieder gehend macht. Es ist eine andere, etwas komplizierte Geschichte.« Er spielte wieder mit seiner Uhr. »In der Reha habe ich mich mit einem Pfleger angefreundet. Er ist nach Berlin gezogen und arbeitet jetzt in einer kleinen privaten, exklusiven Klinik, in der hauptsächlich Psychiatriepatienten aus schwerreichen Familien untergebracht sind. Dort hat man vor gut sechs Wochen eine Frau eingeliefert, die sich für Maria Coral hält. So etwas kommt öfter vor, als man denkt. Fred, so heißt mein Freund, hat schon früher mit psychisch Kranken gearbeitet. Er kennt jede Menge Berühmtheiten. Hitler, Queen Elizabeth, John Lennon, Liza Minelli.«

»Und was ist an diesem Fall ungewöhnlich?«

»Die Patientin. Die Umstände. Alles Mögliche. Die Details sind nicht so wichtig. Er hält es jedenfalls nicht für ausgeschlossen, dass diese Margot Drengski tatsächlich Maria Coral sein könnte.«

»Es muss doch hunderte Wege geben, die Identität eindeutig herauszufinden: Personalausweis, Chipkarte der Krankenkasse …«

»Dass so etwas fehlt, ist bei solchen Patienten nicht unüblich, sagt Fred. Sie steigern sich so sehr in ihre Rolle hinein, dass sie ihre eigenen Ausweispapiere vernichten. Trotzdem haben Sie natürlich Recht. Jeder von uns zieht normalerweise eine dicke Datenspur hinter sich her. Deshalb hat Fred mich gebeten, ihre Vergangenheit zu durchleuchten.«

»Wie machen Sie das?«

»Ich lasse mir helfen. Es gibt Privatdetektive und Polizisten, denen ich manchmal mit Equipment aushelfe – so ähnlich wie bei Ihnen. Zum Dank schauen sie für mich im Computer nach.«

»Und was ist dabei herausgekommen?«

»Es gibt immerhin einen vor kurzem verstorbenen Manfred Drengski, der ihr Mann hätte sein können. Eine Margot ist bei meinen Recherchen bisher nicht aufgetaucht. Aber das heißt nicht, dass es sie nicht gibt. Frauen, die bei der Hochzeit ihren Namen ändern, sind datentechnisch eine Katastrophe.«

»Wenn dieser Fred Recht hat – was soll das Ganze für einen Sinn haben?«

»These 1: Maria versteckt sich unter Pseudonym in der Irrenanstalt. Was weder so schlimm noch so schwierig ist, wie es sich anhört. Die Villa ist komfortabel, und sie ist schließlich Schauspielerin. These 2: Sie ist gegen ihren Willen eingeliefert worden, weil jemand sie aus dem Weg haben will.«

»Und was macht dieser Fred, wenn sie Maria ist? Will er sie rausholen? Oder an die Presse verraten?«

»Nein. Egal, ob sie Coral oder Drengski heißt – zur Zeit ist sie dort wohl ganz gut aufgehoben. Dass tatsächlich irgendein Trauma vorliegt, scheint unbezweifelbar. Fred will sicher sein, ob sein Chef mit der Therapie richtig liegt. Sagt er. Im Grunde ist er neugierig. Wie ich.«

»Und was hat das alles mit mir zu tun?«

»Falls die Frau tatsächlich Maria ist, ergibt sich ein ganz neuer Blick auf die Serie. Der Sender verwendet ja unendlich viel Mühe darauf, uns zu erzählen, dass es sich um eine Livesendung handelt. Und dass Maria bei diesem Unfall, dem sie auf wunderbare Weise entkommen ist, die Vision gehabt hat, sich jetzt für dieses halbe Jahr in Klausur begeben zu müssen. Dass sie das Gelübde abgelegt hat, in diesem Jahr keusch und einsam zu bleiben. Wenn es stimmt, was mein Freund vermutet, ist das alles Unsinn. Das Ganze ist nichts anderes als eine Seifenoper, die im Studio vorproduziert worden ist.«

»Und Maria ist freiwillig in der Klapse und täuscht alle?«

»Ich plane einen Test.«

»Welchen?«

»Erschrecken Sie nicht! Ich denke daran, XTC-TV zu erpressen. Wenn sie die Serie vorproduziert haben, gibt es sicherlich einen Hintergedanken. Und es wäre für den Betreffenden äußerst schmerzlich, wenn das ans Licht käme.«

»Erpressen? Das ist nicht Ihr Ernst!«

Er antwortete nicht, sondern lächelte sie mit seinen großen grauen Brillenaugen an.

»Wer könnte dieser Betreffende sein?«, fragte Ruth.

»Eigentlich kommt nur einer in Frage: Marius Kotte, der Intendant. Er war eine Zeit lang mit Maria liiert. Vielleicht haben sie sich nach den Dreharbeiten zerstritten, und sie hat gedroht, die Sache auffliegen zu lassen. Da hat er sie in der Anstalt geparkt. Sie ist starke Alkoholikerin.«

»Und warum überhaupt der ganze Schwindel?«

»In den USA haben Evangelisten und Prediger einen riesigen Einfluss. Hier in Deutschland bisher kaum. XTC-TV ist bisher nur durch Dümmlichkeit aufgefallen. Wenn man so will, ist Maria deren erstes ernst zu nehmendes Programm. Und es hat Erfolg. Aber wohl nur, solange die Leute die Bekehrung für echt halten.«

Ruth überlegte. Was er vorbrachte, klang nicht unlogisch. »Jetzt verraten Sie mir sicher noch, was ich damit zu tun habe«, sagte sie.

»Ich könnte eine Komplizin gebrauchen. Ich bin ...« Ruben Langer zeigte an sich herunter, »... mitunter nicht besonders mobil.«

Er lachte über ihren Gesichtsausdruck. »Keine Angst, Sie müssen sich in dieser Sache noch nicht entscheiden. Aber in einer anderen: Darf ich Sie du nennen?«

»Von mir aus gern. Ina wird schäumen.«

Es war halb zwölf, als Ruth ging. Es gab keinen Körperkontakt beim Abschied, aber einen gegenseitigen Blickwechsel, der klar machte, dass das Arbeitsessen beidseitig gefallen hatte.

Ruth machte sich zu Fuß auf den Heimweg und pfiff vor sich hin. Es blieben ziemlich viele Fragen offen. Zum

Beispiel, warum sie nicht empört ihre Sachen gepackt hatte, als er von Erpressung sprach. Warum sie stattdessen vorgeschlagen hatte, am Sonntag gemeinsam einen Ausflug an die Elbe zu unternehmen. Außerdem hatte sie vergessen zu fragen, wer der Gottschalk-Schönling mit der Pizza war.

08
Beichte

Hinten kneift es, am Po! Verdammt, ich hätte gestern das Tiramisu nicht essen dürfen, das spannt so über den Oberschenkeln. Wie soll ich bloß den Lotossitz durchstehen?«

»Warte, da hat sich das Latex verklemmt.« Carla half Maggie dabei, sich in den Sensoranzug zu zwängen. Sie zupfte das widerspenstige Material am Rücken zurecht und fand die Stelle, wo zwei Schichten übereinander lagen und eine Falte gebildet hatten. Maggie seufzte. Die Garderobe war jedes Mal von neuem eine zeitaufwändige Prozedur; der Bodytracking Suit ähnelte einem dünneren und engeren Taucheranzug und musste den Körper bis zum Hals umschließen wie eine zweite Haut.

Der Anzug war schwarz. Maggie schlüpfte vorsichtig in die Ärmel und betastete die Punkte, an denen die Sensoren saßen, während Carla behutsam die Reißverschlüsse hochzog, einen am Rücken, einen an der Seite. Dann kam noch die Kappe für den Kopf, unter der die Haare verschwanden und die Maggie endgültig aussehen ließ wie eine Außerirdische.

Sie machte ein paar Dehn- und Streckübungen, um sich an die Bewegungen im Anzug zu gewöhnen. Als Letztes zog sie die Handschuhe an. »Alles in Ordnung?«, fragte sie in das unsichtbare Mikrofon.

»Noch 20 Minuten. Bitte kontrolliert noch einmal, ob Sensor 73 richtig sitzt, am linken Schienbein. Ich kriege noch kein Signal.« Tony saß an seinem Pult in dem mit Glas abgetrennten Regieraum und checkte die Technik. »Okay, jetzt ist es da!«

»Komm, wir gehen das Script noch einmal durch.« Maggie und Carla vertieften sich in das Treatment der aktuellen Folge. »Also erst Marias eigene Verstrickungen und die Erinnerung an die eigene Verantwortung. Die Ameisen. Das reicht. Das Loslassen und den Vorschlag der Online-Beichte verschieben wir auf das nächste Mal.«

Sie unterhielten sich, bis Tony sein Zeichen gab. »Noch zwei Minuten.«

Carla hauchte ihrer Tochter einen Kuss auf die Wange und ging zu ihm hinter die Glaswand.

Maggie fühlte sich völlig entspannt. Kein Lampenfieber. Sie nahm ihren Platz auf der Studiobühne ein, deren Kargheit die Zuschauer der Maria-Show kannten. Da war im Hintergrund rechts der IKEA-Kiefernbeistelltisch INGO. Links ein Schrank, das Waschbecken, die einfache Pritsche und das Bord mit den Büchern und der Buddhastatue. An der Wand zwei Poster und ein einfaches Kreuz. Vorn das Meditationskissen, auf dem sich jetzt die junge Frau im Latexanzug niederließ, glitzernde Markierungen der reflektierenden Farbe im Gesicht.

Es war so weit. Ins Bild rückte das Maria-M. Es folgten einige schnelle Schnitte aus früheren Predigten. Das Om. Maria in Versenkung.

Schnitt. Die Scheinwerfer brannten. Tony steuerte die Frontalkamera von seinem Regiepult aus. Zoom auf

Maggies Gesicht. »Na, ihr Lieben«, begann sie, »nichts Besseres zu tun, als eure Zeit mit mir zu vertrödeln? Überlegt es euch vielleicht noch mal. Für Emotionen, Gewissensbisse und andere Nebenwirkungen übernimmt der Sender keine Gewähr. Heute könnte es ernst werden.« Sie prostete ihrem Publikum mit dem Wasserglas zu.

Sensoren und Reflexpunkte gaben ihre Informationen an den Rechner weiter. Auf Tonys Kontrollmonitor wie auf knapp zwei Millionen eingeschalteten Fernsehapparaten zwischen Niebüll in Schleswig-Holstein, Bad Schandau in Sachsen und Kempten in Bayern erschien: Maria. Nicht brünett wie Maggie, sondern blond. Nicht grün-, sondern grauäugig. 15 Jahre älter und reifer als die Frau, die vor den Kameras im Studio agierte. Nicht in der engen Latexkluft, sondern in dem weit fallenden, grob gewebten Gewand, das ihr Markenzeichen geworden war.

Das größte Wunder war die Sprache. Die Tonlage, mit der Maggie in die im Studio verteilten Mikrofone sprach, war Sopran; die Intonation nach langem Training ähnlich, aber immer noch ein wenig anders als bei Maria. Stimme und Sprechweise in Einklang zu bringen und die Mundbewegungen zu koordinieren hatte Tony ein Jahr gekostet. An die 100 Liter Schweiß. Mindestens 1000 Liter Coca Cola. Dann hatte er auch das hingetüftelt. Das Voice-Balancing-Modul von MESSIAS wandelte die hereinkommenden Frequenzen in Echtzeit um. In diesem Fall in die dunkle Altstimme, die das Publikum erwartete. Aus knapp zwei Millionen TV-Lautsprechern tönten Maggies Worte im charakteristischen Tonfall von Maria Coral.

Die Illusion war selbst für Carla immer wieder verblüffend. Fünf Meter entfernt richtete Maggie in ihrem Latex-Outfit einen langen Blick in die Kamera. Und auf dem Kontrollmonitor erschien in exakt derselben Haltung die Frau im groben Leinen. Das Publikum blickte in Marias Augen mit den dichten langen Wimpern, in Großaufnahme und mit einem überirdischen Funkeleffekt aus Tonys Trickkiste.

Maggie hob das halb volle Glas vor ihre Augen. Ein Scheinwerfer fiel so auf das Wasser, dass Regenbogenfarben sichtbar wurden. »Da seht ihr es wieder«, sagte Maggie scheinbar erstaunt. »Die Botschaft ist immer die Gleiche: Das Einfache ist das Wunder. Das Klare. Das Reine.« Sie drehte das Glas eine Weile versonnen, bevor sie es neben sich auf den Tisch stellte. Dann sagte sie: »Ich werde euch heute von mir selbst erzählen. Sex. Schmutz. Intimitäten. Das, was man ganz gerne über andere hört. Was einen davon ablenkt, an die eigenen kaputten Seiten zu denken. Aber wiegt euch nicht zu früh in Sicherheit. Ihr kommt auch dran.«

Carla stand hinter Tony und beobachtete abwechselnd die Monitor-Maria und ihre Tochter. Die Mischung zwischen locker-spöttischem Ton und Dringlichkeit hatte sie unendlich lange geübt. Sie hatten zur Vorbereitung Evangelisten und Sektenführer in großen Zelten und winzigen Hinterzimmern besucht. Sie hatten die Auftritte von Wahlkampfrednern und von Fernseh- und Radiopredigern studiert. Maggie hatte Plädoyers von Juristen in Mordprozessen auswendig gelernt und nachgespielt. Als sie aus dem Stegreif wütende Brandreden und zu Tränen rührende Beichten improvisieren konnte, hatten sie das Drehbuch entworfen. Nur in groben Linien und hauptsächlich die Abfolge jener Punkte, die für ihre ganz spezielle Mission wichtig waren.

Spontaneität war das Entscheidende – egal, ob das Publikum im selben Raum saß oder zu Hause zusah und zuhörte, vielleicht nur mit halbem Ohr. Die Kunst bestand darin, das Tempo zu wechseln, zwischen tiefsinnig scheinenden Platitüden, Passagen voller Selbstironie und heiligem Zorn hin- und herschalten zu können. Pausen einzustreuen und einen Gedanken bei den Zuhörern sacken zu lassen. All das ließ sich trainieren. Aber was einen echten Prediger ausmachte, war das gewisse Etwas, das man nicht lernen konnte. Ausstrahlung. Charisma.

Maggie fuhr im Plauderton fort: »Ich werde euch erzählen, wie ich zu meiner ersten Rolle gekommen bin. Ich war jung, ich war naiv. Blond und hübsch war ich auch. Davon, dass ich mehr als nur ein bisschen Talent hatte, war ich überzeugt.«

Sie trank wieder einen Schluck.

»Gut, da war also Gunnar Drexel, dieser Regisseur. Und ich hatte gehört: Der steht auf die Ludernummer und schleppt jeden zweiten Abend eine andere ab. Meine Logik war simpel. Du musst in sein Bett. Und du musst ihn reinlegen. Was auch geschehen ist. Allerdings etwas anders, als ihr jetzt denkt.«

Die Anekdote hatte Carla von Kotte. Sie war nie bis in die Boulevardpresse gedrungen: Maria hatte von einer Verflossenen des Regisseurs gehört, dass der große Drexel ohne Viagra nicht sehr erfolgreich im Bett war. Sie hatte auch gehört, wo er seine Pillen versteckte. Und hatte sie vor dem entscheidenden Moment durch andere ersetzt, die ähnlich aussahen, aber keine entsprechende Wirkung entfalteten. Maggie erzählte ihrem Publikum die Geschichte zunächst im Ton einer Großmutter, die über die Irrungen ihrer Jugend berichtet.

»Die Rechnung ging auf. Die anderen Betthupferl konnte er nach Gebrauch einfach abservieren. Aber ich hatte ihn in der Tasche. Denn natürlich ließ er das Versagen nicht auf sich beruhen und musste immer wieder probieren. Manchmal hat es geklappt, manchmal nicht, er war meine Marionette. Er spürte, dass ich ihn irgendwie in der Gewalt hatte, aber er wusste nicht, warum. Und das veränderte ihn, er wurde richtig anhänglich. Also lief alles nach Plan, sogar noch besser.«

Sie schnippte mit den Fingern. »Erinnert ihr euch an diese Serie mit den vier Schwestern – ›Four sisters – Pech und Schwefel, Blut und Tränen‹? Ich war scharf auf die Nebenrolle der Jüngsten. Ich kriegte sie, und nicht nur das. Gunnar baute die Rolle so um, dass ich den anderen die Show stehlen durfte. Ich war Minou. Die Pfiffige. Die Patente. Der Startschuss zu meiner Karriere.« Sie sprach jetzt schnell, fast gehetzt, damit man merkte, wie sehr sie die Erinnerung belastete. »Und wisst ihr warum? Weil dieser Idiot angefangen hatte, mich richtig zu mögen.«

Carla beobachtete auf dem Monitor eine zerknirschte Maria, die ihre Hände vors Gesicht schlug, gequält lachte. Die dann lange an der Kamera vorbeizuschauen schien, wie abwesend. Maggie machte ihre Sache gut, sehr gut. Carla wettete, dass es nicht wenige Zuschauer gab, die in genau diesem Augenblick vom Abendbrottisch aufschauten, ihr Bierglas beiseite stellten, zu kauen aufhörten und den Atem anhielten. Die mitlitten, als Maggie-Maria ihnen erzählte, mit welch brutaler Kälte sie Drexel abserviert hatte.

»Ich konnte es ihm nicht verzeihen, dass er mir gegenüber nett und großzügig war.«

Prediger arbeiteten mit denselben Methoden wie Zauberer. Sie lullten ihr Publikum ein. Und schlugen in dem Moment zu, wo es die anderen am wenigsten erwarteten. Marias Ton wurde schneidend und scharf. »Wer von euch da draußen mir erzählen will, dass er solche Gefühle nicht kennt, den nenn ich Heuchler! Der werfe den ersten Stein, um mit Jesus zu sprechen.«

Sie ließ die Worte nachwirken und streckte den Zeigefinger Richtung Kamera. »Ich hab eine Aufgabe für euch nachher. Stellt euch vor den Spiegel. Drei Minuten, Auge in Auge. Wie sieht es aus hinter eurer Fassade? Ihr denkt, ihr habt alles schön weggesperrt, eure Undankbarkeit, euren Hass, eure Gier! Vielleicht versteckt ihr sie vor euch selbst? Schon mal drüber nachgedacht? Ich kann euch eins verraten: Diese Drexelstory, an die hab ich jahrelang einfach nicht mehr gedacht. Ich hab sie vergessen. Weggespült. Ganz einfach.«

Maggie-Maria hob wieder ihr Glas an, verdrehte die Augen nach oben, verzog den Mund zu einem debilen Grinsen und fing an, in einem Singsang zu lallen. »Mir gehss doch gut, gehss prima, gans gut. Wo is hier ein Broblem?«

Sie löste ihre Beine aus dem Lotossitz, streckte sie aus und ließ sie über die Umrandung der Bühne baumeln, als sie mit ihrer Geschichte fortfuhr, der kleinen Episode im unendlichen Auf und Ab des Showbusiness. Ihr Stern ging auf, seiner sank. Drexel hatte einen Dreiteiler mit ihr geplant. Sie sagte im letzten Moment ab. Er fand nicht schnell genug Ersatz, musste Konventionalstrafe zahlen. Seine Produktion wurde ein Flop. Ihr Film bekam den Publikumspreis des Festivals in Locarno.

»Und wisst ihr, was mich rasend gemacht hat? Ich hab es nie geschafft, dass er endlich wütend auf mich wurde. Und ich hab es versucht, das könnt ihr mir glauben. Aber er gratulierte mir zu jedem Erfolg.« Sie berichtete, dass sie nicht hatte aufhören können, ihn zu demütigen, sogar dann noch, als er schon ziemlich am Boden war. Sie ließ sich am Telefon verleugnen, schickte seine Blumen zurück.

Die Beichte ging dem Ende entgegen. Maria erzählte den Höhepunkt in nüchterner Sachlichkeit. Als Drexel schließlich mit 58 am Schlaganfall starb, war sie so erleichtert, dass sie Champagner trank. Statt auf seine Beerdigung zu gehen und sich die Seele aus dem Leib zu heulen, feuerte sie ihren Agenten, der in ihrem Namen einen Kranz in Auftrag gegeben hatte.

»Verdammt, glaubt es mir oder nicht. Das ist lange, lange her. Und ich schäme mich, als ob es gestern gewesen wäre. Nein, es ist nicht die Tatsache, dass ich mich prostituiert habe.« Zorniges selbstkritisches Augenfunkeln. »Es ist die Tatsache, dass er mir getraut hat.« Die Selbstanklage wurde langsamer und lauter. »Er hat an mich geglaubt.« Jetzt ein Crescendo. »Er ist nie auf die Idee gekommen, dass ich im Kern eine widerliche, egoistische Schlampe bin.«

Maria schwieg. In sich gekehrt. Schlug die Augen nieder, um sie dann ganz zu schließen. Etwas zuckte um ihre Lider. Perfekt. Nein, hier spielte niemand die reuige Sünderin. Hier war eine verletzte Frau zu sehen, die ihr Inneres preisgab.

»Ich fühle mich wie ein Stück …«

»Oh, Shit, doch nicht ausgerechnet jetzt!« Carla, die gebannt auf den Monitor geschaut hatte, sah Marias Gesicht für einen längeren Moment zur Maske erstarren, als sie Tonys Fluch hörte. Sie blickte auf. Die Augen auf Steuerpult und Monitor gerichtet, gestikulierte Tony hektisch in Maggies Richtung. Er hatte eine Hand gehoben und wedelte damit vor seinem Kopf hin und her. Carla begriff: Was sie für eine mimische Meisterleistung gehalten hatte, war eine böse Panne. Die funkgesteuerte Elektronik, die dazu diente, die reflektierenden Marker auf Maggies Gesicht abzutasten, war ausgefallen. Tony hatte alles Equipment zur Sicherheit doppelt ausgelegt. Beide Sensoren mussten gleichzeitig ihren Geist aufgegeben haben.

Maggie zeigte, dass sie Profi war.

Sie senkte den Kopf, schlug die Hände vors Gesicht und flüsterte durch den Fingervorhang. »… wie ein Stück Dreck.« Den Nacken weiterhin gebeugt, faltete sie die Hände vor der Stirn nach Buddhistenart und murmelte ein Gebet.

Die Finger von Tonys linker Hand waren am Schaltpult,

die der rechten flogen über die Tastatur. Seine Zähne nagten an den Lippen.

»Kann ich was tun?«, fragte Carla. Er antwortete mit einem unwilligen Brummen. Dann stieß er einen Seufzer aus und gab ein Zeichen. Die Ersatz-Ersatz-Elektronik übernahm.

Maggie hob den Kopf. Marias bildfüllendes Gesicht war wieder zu sehen, tränenüberströmt, als sie hauchte. »Gunnar, vergib mir!«

Jetzt musste der Break folgen. Tempowechsel. Speed.

»Genug geheult«, stellte Maggie-Maria fest. Sie griff zum Wasserglas, aber statt zu trinken, holte sie aus und schwappte sich den Rest ins Gesicht. Ein Platschen – eine Art Dick-und-Doof-Effekt, der Aufmerksamkeit erzeugte für die folgende wichtige Passage. Vielfach geübt: Die reflektierende Farbe war wasserdicht.

»Und jetzt sage ich euch, was ich daraus gelernt habe. Und was ihr daraus lernen könnt. Wir alle wissen ganz, ganz, ganz tief innen in unserem kleinen Herzen«, sie legte ihre Hand auf ihr eigenes, »was richtig ist und was falsch. Gott hat uns die Fähigkeit gegeben zu erkennen, was Sünde ist. O ja, ich kann unendlich viele Entschuldigungen für mein mieses Verhalten anführen, und ich habe es jahrelang weidlich ausgereizt.«

Sie leierte Argumente herunter.

»Die Ellenbogengesellschaft, die es nötig macht, dass man austeilt, wenn man vorwärts kommen will. Darwins Gesetze, die dem Stärkeren das Recht geben, sich durchzusetzen. Die Sitten in der Haifisch-Branche, die arme, kleine, unschuldige Gören verdirbt. Die schlechte Erzie-

hung – meine Mama war bekanntermaßen Trinkerin.«
Lange Pause. »Bullshit.«

»Solange ihr so denkt, rattert ihr durch euer Leben wie ferngesteuerte Zombies. Wie Scheuklappengestalten. Wie … die hirnlosesten und belanglosesten Wesen, die ihr euch vorstellen könnt.« Sie schaute nach oben, wie um sich von höchster Stelle Hilfe für ihre Predigt zu erbitten. Nach einer Weile nickte sie befriedigt über die Eingebung. »Ja, das ist es: Ameisen. Ihr rennt durch die Welt wie blöde, chitingepanzerte Ameisen.«

Carla und Tony grinsten sich an. Tony machte mit den Fingern eine Krabbelbewegung – die Ameisen waren seine Idee gewesen.

Maria neigte sich vor. »Aber wenn ihr einmal begriffen habt, dass ihr die Verantwortung für jede Minute eures Lebens ganz alleine tragt, wird sich alles ändern. Verantwortung ist keine Last. Sie ist ein Segen. Sie macht uns frei.«

Das war der Ausklang. Maria fasste noch einmal zusammen. Betonte, dass jede Sünde auf ihren Verursacher zurückfiel. Wies darauf hin, dass die Sache mit der persönlichen Verantwortlichkeit auch die Quintessenz der Lehre der großen Religionsstifter war. Erinnerte an die Hausaufgabe mit dem Spiegel. »Na, traut ihr euch, Ameisen? Drei Minuten, die euer Leben verändern können!«

Ganz zum Schluss wandte sie den Blick gen Studiodecke und lächelte. »Falls da ganz oben jemand zuhört: Lieber Gott, Allah, Gaia, Brahma und so weiter. Habt Geduld mit uns. Gebt jedem von uns die Chance, die Sachen loszuwerden, die wir als Riesenballast aus der Vergangenheit mit uns rumschleppen. Nach dieser Sitzung kann ich es sagen: Beichten ist die beste Erfindung seit Adam und Eva. Danke!«

Es war 19:57 Uhr. Maria erhob sich, schüttelte die Beine aus und verneigte sich vor den Göttern und den Menschen an den Bildschirmen.

Die reagierten unterschiedlich. Die Psychiatrie-Patienten in der Villa Moravis zum Beispiel klatschten wie üblich, machten anschließend eine »Om«-Runde und schnitten dann vor dem Spiegel im Foyer Grimassen. Im Übrigen waren sie mehrheitlich der Meinung, dass Maria sich zu viele Sorgen machte und Gott ihr ihre Sünden längst vergeben hatte.

Dana sah die Folge auf ihrem Minimonitor bei XTC-TV, während sie Überstunden machte, um Archivmaterial aus Marias Anfangszeiten zu sichten. Sie seufzte. Sie wusste, Kotte würde nach dieser Beichte darauf dringen, eine Wiederholung der unsäglichen Schwestern-Serie von Gunnar Drexel ins Programm zu nehmen. Wahrscheinlich auf dem Nachmittags-Sendeplatz, wo bisher die Wellness-Show lief, für die sie mit Riesenmühe und Seelers Hilfe ein Dutzend Spitzensportler eingekauft hatte.

Leni stand eine Viertelstunde vor dem Badezimmerspiegel, bevor sie sich an eine echte Sünde erinnern konnte. Dann fiel ihr ein, dass sie Bimbo von der Entenbrust gegeben hatte, die Ruth eigentlich für sie gekauft hatte.

Ruth selbst versäumte die Sendung dieses Abends. Sie verfolgte zur selben Zeit das erste Rollstuhl-Basketballspiel ihres Lebens. Neben Ina, die sich dazu herabließ, ihr die Regeln zu erklären. Rubens Mannschaft verlor verdient mit 50:68. Was allerdings nicht an ihm lag. Er spielte auf der Center-Position mit Überblick und einem beachtlichen Repertoire an Täuschungsmanövern.

*

Maggie, Carla und Tony holten sich Pizza, nachdem Tony die automatische Maria-Einspielung für die Webkamera eingeschaltet hatte. »Das war verdammt knapp«, sagte er und lutschte eine Peperoni aus, »wenn wir Pech gehabt hätten, hätte unser Star für den Rest der Sendung Gesichtsmuskellähmung gehabt, und du hättest mit dem Rücken zum Publikum predigen müssen.«

»Ich hatte schon eine andere Idee!«, sagte Maggie ausgelassen und verfiel in schrillen Jammerton, den Mund zur starren Fratze verzogen. »›Wehe, wehe, Schande über mich, die Strafe Gottes hat mich ereilt. Es geht mir wie Lots Frau, ich bin zur Salzsäule erstarrt. Wehe, wehe! Betet für mich!‹ Spot off. Und in der nächsten Folge dann das Wunder: ›Halleluja, Kyrie eleison. Ich kann wieder lachen. Es hat gewirkt!‹ Trotzdem danke!« Sie schenkte ihm ihre Oliven. Tony schwor, noch in der Nacht eine Dreifachsicherung für die Funkelektronik einzubauen.

09

Hosenknöpfe auf der A 6

Die tägliche Stunde mit dem Falken war die einzige Abwechslung im Klinikalltag. Er opferte ihr höchstpersönlich täglich eine Sitzung ab 10 Uhr 30. Ein Privileg; die anderen Zöglinge sah sie selten im Chefarztzimmer verschwinden. Gleichzeitig eine Qual: 45 zähe Minuten lang versuchte sie sich nicht anmerken zu lassen, wie elend sie sich fühlte. Ihr Instinkt hatte ihr diese erste Regel verordnet: Keine Schwäche zeigen im verbalen Schlagabtausch. Denn es war ein Duell, bei dem sie sich wie zwei Kämpfer begutachteten, umeinander schlichen, herumtänzelten, um die gegenseitigen Blößen abzuschätzen.

Für ihn ein Spiel, für sie ein Überlebenskampf. Der Falke war schlauer und vorsichtiger geworden, viel schlauer seit jenem ersten Abend. Er hielt Distanz und vermied falsche Liebenswürdigkeit. Kein Getätschel mehr. Seine Lippen erklärten, fragten, dozierten, ermutigten, heischten Verständnis. Nur die seelenlosen Raubvogelaugen warnten sie.

10 Uhr 30. Sie zählte bis sieben, klopfte und trat ein.

»Wie geht es Ihnen heute?« An seiner Standardeinleitung war nichts auszusetzen, wenn man den Hohn außer Acht ließ, den sie beinhaltete. Er sollte eigentlich wissen, wie es ihr ging: wie einem wilden Tier, einer Tigerin oder Gazelle vielleicht, die sich unversehens im Zirkus oder im

Zoo wieder findet, die Nachwirkungen der K.o.-Spritze im Kopf und in allen Gliedern. Zugegeben, in der Villa bemühte man sich um halbwegs artgerechte Haltung: Schließlich gab es Auslauf auf dem halben Dutzend Linoleumfluren, dazu jenen Innenhof mit einer Primelarmee in Reih und Glied und Hecken, die nach Art des Hauses konsequent zurechtgestutzt wurden.

Flapsige Antworten zu unterlassen, wenn der Falke sie provozierte, war ihre zweite Regel. Er machte seine übliche Geste in Richtung auf den niedrigen für Patienten vorgesehenen Holzstuhl ihm gegenüber. Dabei blätterte er in der Akte, auf der Drengski stand und die täglich etwas dicker wurde. Sie setzte sich. »Nicht sehr schlecht, danke«, war die Antwort, die sie sich zurechtgelegt hatte. Heute fügte sie hinzu: »Und selbst?«

Ein spontanes irritiertes Aufblicken. Stirnkräuseln. Eine Gazelle fragt den Wärter nicht nach seinem Befinden. Eine Tigerin beißt zu oder gibt sich grollend geschlagen; Zwischenstadien gibt es nicht. Aber sie hatte das treuherzigste Lächeln aufgesetzt, das sie zustande brachte, und er schluckte es und beehrte sie mit der knappestmöglichen Antwort. »Danke.« Ein Punkt für sie.

Sie hatte sich für die Rolle entschieden, sein Ego zu streicheln und ihn in Sicherheit zu wiegen. Das, was er wollte, Unterwerfung, würde sie verweigern. Aber sie durfte ihn nicht verärgern. Sie musste Zeit gewinnen, um stärker zu werden. Also würde sie Märchen erzählen. Psychiater mochten Träume, Psychiater liebten sexuelle Untertöne. Sie würde ihm etwas anbieten, woran er sich abarbeiten konnte.

»Ich hatte einen Traum. Wollen Sie ihn hören?«

»Natürlich. Gern.«

»Es war heute Morgen kurz vor dem Aufwachen. Ich saß in einem Fiat. Fiat Panda, glaube ich. Er fuhr zuerst langsam und dann schneller, immer schneller. Die Straße war holprig. Ich hatte das Gefühl, auf der Federung zu wippen.« Sie ahmte die Bewegung auf dem Stuhl nach. »Das Autoradio war eingeschaltet. Es gab irgendeine Musik, deren Rhythmus zu dem Wippen passte. Aber dann brach sie ab, und ich hörte ganz deutlich eine Meldung: ›Achtung, auf der Autobahn A 6 liegen abgesprungene Hosenknöpfe.‹« Sie machte eine Pause. »Können Sie damit etwas anfangen? Besitze ich einen Fiat, Dr. Willer?«

So etwas wie echtes Interesse zeigte sich in seinem Blick. »Ich werde das nachprüfen lassen.« Er tippte die Information in sein Laptop ein. »War der Traum farbig oder schwarz-weiß?«

»Farbig.«

»Und es waren nicht irgendwelche Knöpfe, sondern Hosenknöpfe?«

Sie nickte.

»A 6, Sex, holpriges Pflaster, Hosenknöpfe … fast prototypisch. Das könnte durchaus bedeutsam sein. Eine gewisse, ich möchte sagen ›libidinöse Komplikation‹ tritt allerdings mitunter auch als Nebenwirkung des Kusamarol auf.« Er hatte angebissen, aber er blieb auf der Hut. Ein Punkt für ihn. »Kam im Traum irgendein Mann oder eine andere Person außer Ihnen vor?«

Jetzt schon einen Mann ins Spiel bringen, womöglich ihn

selbst? Das schien dann doch zu plump. Oder vielleicht genau richtig?

Die Entscheidung wurde ihr abgenommen. Von draußen war eine Stimme in Panik zu hören. »Lassen Sie mich gefälligst los!« Dann Stimmengewirr. Die Tür ging auf. Es war einer der Kittel, mit rotem Gesicht, er massierte sein Handgelenk. »Herr Doktor, können Sie mal eben? Der Neuzugang ...«

Der Falke runzelte die Stirn. Er schob ihr ein Stück Papier und einen Filzstift zu, bevor er hinausging. »Versetzen Sie sich in den Traum zurück und schreiben Sie auf, was Ihnen einfällt. Ich bin gleich wieder da. Hoffentlich.«

Sie hörte, wie er mit seiner leisen Stimme auf den neuen Patienten einredete. Der schrie ihn an. »Sie haben sie doch nicht alle! Was wollen diese Typen denn von mir?«

Das war das Bedrohlichste hier. Sie war keineswegs die Einzige, die sich für völlig normal hielt. Überall derselbe Refrain: Nur die anderen waren zu Recht in der geschlossenen Abteilung.

Der Mann draußen randalierte weiter. Willkommen im Zoo! Wahrscheinlich würde er bald seine Dosis Kusamarol bekommen, die den Löwen zum Lämmchen machte. Es war das Medikament, das den Schaumstoff im Kopf produzierte und den Widerstand irgendwann zusammenbrechen ließ.

Ein Gefühl sagte ihr, dass dieser innere Widerstand das Wichtigste war, das sie besaß. Dass sie ihn hüten musste. Dass keiner merken durfte, dass er noch vorhanden war, am wenigsten der Falke.

In den ersten Tagen hatte sie, wann immer er sprach,

innerlich abgeschaltet. Hatte ihn als Wärter betrachtet, der seinen wilden Tieren im Zoo einredete, dass es die Vergangenheit, von der sie träumten, gar nicht gab: keine Wüste, keinen Dschungel, keinen grenzenlosen Himmel, kein Meer. Dass sie alle, die Gazellen und die Tigerinnen, die Walrösser und die Papageien, nicht dort ihre Heimat hatten, nicht von dort gekommen waren, sondern Waisen aus einem anderen Zoo waren, dessen Existenz sie bloß vergessen hatten.

Seit sie den anderen, den netteren Wärter, dazu gebracht hatte zu übersehen, dass sie das Schaumstoffmedikament morgens nicht mehr nahm, fing sie an, wieder logisch zu denken. Erinnerungen kamen zurück. Irgendwann würde sie stark genug sein, um eine Art Strategie gegen den Falken zu entwickeln. Die Sache mit dem Traum war ein viel versprechender Anfang.

Sie zeichnete ein kleines Männchen mit Riesenaugen und Hörnern auf das Papier, das er ihr gegeben hatte, und fügte ein kleines Auto und ein paar Knöpfe hinzu. Darunter schrieb sie A6 und eine ganze Reihe Sechsen.

Der neue Patient draußen schien das Personal immer noch in Atem zu halten. Anscheinend waren Patienten dazugekommen. Sie hörte einen kakophonen »Om«-Chor, der seit dem Fernsehabend, den sie miterlebt hatte, große Mode geworden war. Außerdem schien der Streit wieder zu eskalieren. Schritte waren zu hören, die sich rasch entfernten. Die inzwischen ungeduldiger gewordene Stimme des Falken entfernte sich ebenfalls.

Ihre Hand mit dem Stift malte weiter. Sie schaute auf das Ergebnis und sah, dass sie eine echte Zahlenkombination auf das Papier gekritzelt hatte. Die Ziffern stellten einen Code dar, den sie einmal gekannt hatte und nur entschlüsseln musste. Sie begann die Folge laut zu lesen: 0175 ... Die Vorwahl eines Funktelefons. Die Geheimnummer des Handys von Marius Kotte. Eine Nummer, die selbst ein Fan wie Margot Drengski nicht wissen konnte.

Das Telefon des Falken stand unbeaufsichtigt auf dem Schreibtisch. Eine ideale Gelegenheit. Auf VI b durften Patienten nur unter Aufsicht telefonieren. Sie musste sich kurz fassen. Und mehr als Gestotter parat haben, falls die Mailbox ansprang. »Man hat mich in die Villa Moravis eingeliefert. Psychiatrie, Zimmer 17, bitte hol mich ab.« Sie drückte sich selbst die Daumen, holte tief Luft und fing an, bis sieben zu zählen.

Als sie bei fünf war und den Arm schon nach dem Telefon ausgestreckt hatte, öffnete sich die Tür. Sie knickte den Zettelrand hastig so um, dass die Telefonnummer nicht zu sehen war.

Willer kam zurück und setzte sich wieder. »Tut mir Leid, ein Notfall. Und leider ist unsere Zeit abgelaufen; ich muss mich auf die Visite vorbereiten.« Die Raubvogelaugen ruhten mit einem gewissen Wohlwollen auf ihr.

»Viel ist Ihnen ja nicht mehr eingefallen!«, kommentierte er das fast leere Blatt Papier, »aber lassen Sie sich nicht entmutigen. De-Identifikation ist ein langwieriger Prozess.« Er stand auf und begleitete sie zur Tür. Dort hob er den Arm, als ob er sie tätscheln wollte, besann sich aber rechtzeitig. »Und wir machen Fortschritte. Wir sehen uns morgen.«

10
Schein-Verbrennung

Als er aufwachte, hatte Marius Kotte das Bedürfnis, die Sendung des Vorabends vom Bett aus noch einmal anzuschauen. Zumindest das Finale. Die Beichte in der Woche zuvor war der Durchbruch gewesen. Seitdem war Maria ein Faktor. Immer beliebter. Immer besser. Die Idee mit den Hausaufgaben kam an. Und die von gestern war genial.

Er spulte das kurze Stück zurück. Maria saß beinebaumelnd und augenfunkelnd auf ihrer Bühne und zitierte feierlich und langsam einen buddhistischen Weisen namens Hui Hai: »Euch, die ihr auf der Suche nach der Wahrheit seid, möchte ich eine Sache ans Herz legen, in der alle zehntausend Übungen und alle Vollkommenheiten enthalten sind. Das Loslassen.«

Maria hob die Brauen. »Versteht ihr? Capito? LOSLASSEN. Weniger ist mehr. Auch wenn es nicht ganz sooo wenig sein muss ...« Sie zeigte an sich herunter. Auf ihren Leinenumhang. Auf ihr Wasserglas. »Aber es steckt eine simple Einsicht dahinter. Wir kommen ohne Gepäck auf die Welt. Und wir können auch nichts mitnehmen, wenn wir wieder gehen. Da kann es ganz sinnvoll sein, zwischendurch mal zu üben, sich von dem einen oder anderen Päckchen zu befreien.«

Sie grinste. »Die kleine Hausaufgabe bis zum nächsten

121

Mal. Trennt euch von etwas, was euch richtig schmerzt. Nein, ihr sollt nicht eure Partner und eure Kinder verlassen! Aber wie wär's, wenn ihr einen 20-Euro-Schein aufgebt? Na gut, für Schüler und Sozialhilfe-Empfänger erniedrige ich auf 10 Euro. Unter zehn Jahre: fünf. Die Art der Vernichtung des Scheins bleibt freigestellt. Ihr dürft ihn zerreißen, verbrennen, in den Müllschlucker werfen, aufessen.«

Sie machte eine kleine Pause, um die Zumutung der Aufgabe wirken zu lassen.

»Und ich sage euch, wie ihr euch hinterher fühlt. Wie Idioten!« Sie lachte ihr ausgelassenes Maria-Lachen. »Das soll ich getan haben? So ein Schwachsinn!!! Es laufen genug Obdachlose herum. Die Welt außerhalb Europas ist voller Leid. Ich hätte das Geld zumindest spenden können.« Sie fuhr mit normaler Stimme fort: »Okay, Recht habt ihr. Spenden könnt ihr außerdem. Aber diesen Schein eben nicht. Den vernichtet ihr!«

Kotte kannte die nächsten, mit tiefem Ernst gesprochenen Worte inzwischen auswendig: »Aber danach werdet ihr etwas sehr Seltsames erleben. Nachdem euch all diese Gedanken durch den Kopf geschossen sind – und sie werden mit Sicherheit kommen – garantiere ich euch etwas anderes. Ihr werdet Euphorie spüren. Glück. Die unbeschreiblich köstliche Seite des Loslassens. Einen Hauch Freiheit.«

Sie verbeugte sich. »Das war's für heute. Tschüss.«

Kotte schaltete um auf das aktuelle XTC-TV-Programm, hörte sich Nachrichten und Wetter an und ging ins Bad. Er war spät dran, es war fast zehn. Er hatte kaum geschlafen in der Nacht, aber statt Müdigkeit spürte er Erregung.

Electricity, wie Kopf gesagt hätte. Der hatte ihm gestern gleich nach der Sendung die Quote durchgegeben – »nicht gut, sondern besser: sensationell!« Daraufhin hatte Kotte die Aufzeichnung noch dreimal hintereinander angeschaut. Und anschließend jedes Mal einen 500-Euro-Schein verbrannt. Beim ersten Mal aus Übermut. Dann aus Aberglauben. Dann aus Überzeugung. Maria hatte Recht. Es war ein grandioses Gefühl. Ob normale Zuschauer verrückt genug waren, so etwas zu tun?

Die morgendliche Rasur gehörte zu Kottes Lieblingsbeschäftigungen. Sorgsam zog er vor dem Spiegel auf dem eingeschäumten breiten Gesicht die erste Bahn: in sanftem Schwung von der rechten Wange bis zum Kinn, dann die scharfe elegante Kurve hinunter zum Hals. Er war Linkshänder. Er liebte diesen ersten Schnitt; er erinnerte ihn an einen Schneepflug, der in einer unberührten Winterlandschaft eine Schneise freilegte. Der Dachshaarpinsel stammte aus dem Erbe seines Großonkels, die Klingen ließ er sich aus Schottland kommen. Der Seifenwürfel made in Belgium für den Schaum lag auf einer Muschel, die Maria und er vor zwei Jahren am Strand von Sulawesi eingesammelt hatten.

Maria hatte oft genug gespottet über sein »Oparitual«. Als das Telefon neben der Badewanne klingelte, überkam ihn für einen winzigen Moment die Furcht, dass er ihre Stimme am anderen Ende der Leitung neue Racheschwüre lallen hören würde. Aber die alte Maria, das Luder, gab es zum Glück nicht mehr. Und in dem Etablissement, in dem sich die verwirrte Margot Drengski aufhielt, standen keine öffentlichen Telefone zur Verfügung.

Die neue Maria sagte mit keuschem Lächeln tiefsinnige Dinge. Kotte verstand noch immer nicht genau, wie MESSIAS funktionierte. Er hatte sich gestern gezwungen, sich nicht mitreißen zu lassen, sondern genau hinzuschauen. Doch selbst er, der wusste, dass es Carlas Tochter war, die agierte und formulierte, verfiel der Täuschung, beim ersten Mal, beim zweiten Mal, beim dritten Mal. Eine unschuldige, reine, perfekte Maria war auferstanden und sprach, den Blick hinter die Kamera gerichtet, als ob sie jeden einzelnen Zuschauer persönlich festnageln wollte: »Ja, auch du ganz persönlich bist gemeint. Versteck dich nicht. Du hast Verantwortung für dein Leben. Wer bitte sonst? Mach was draus!«

Sie hatte verdammt Recht. Zum Beispiel, was das Telefon betraf. Jeder andere hätte abgenommen. Kotte ließ es läuten. Er schätzte es nicht, beim Rasieren gestört zu werden. Er dachte über Verantwortung nach. Trug er Verantwortung für eine Alkoholikerin, die dabei gewesen war, sich in den Juhnke-Status zu trinken? Seine Gefühle der alten Maria gegenüber waren inzwischen völlig neutral. Sie hatten sich begehrt, benutzt, bekriegt, sich für die Öffentlichkeit Szenen von Scharmützeln und Versöhnung geliefert. Aber diese Phase war vorbei. Seinerseits gab es kein Begehren mehr, keinen Hass, kein schlechtes Gewissen. Eher die Dankbarkeit eines Schachspielers gegenüber einer lange gehaltenen Figur, die er nun, in einer entscheidenden Phase des Spiels, hatte aufgeben müssen. Er hatte sich nichts vorzuwerfen. Er hatte die kleine Coral von ziemlich weit unten in ziemlich stürmische Höhen katapultiert. Klar, dass von dort oben der Fall härter war.

Der Anrufer war hartnäckig. Kotte angelte sich den Hörer. Er schaltete den Lautsprecher ein, um sich weiter rasieren zu können, und knurrte gut gelaunt: »Wer immer da ist: Sie haben Verantwortung für Ihr Leben. Was jetzt kommt, sollte besser wichtig sein.«

Er tippte auf Dana. Sie war die Einzige, die genügend Mut hatte, ihn so früh zu stören. Im Büro benahm sie sich immer noch zickig. Machte ein Riesentheater, weil sie ihre blöde Wellness-Show für die »Four Sisters« hatte opfern müssen. Er hatte schon an Rosen oder Gehaltserhöhung oder ein Dienstcabriolet oder alles zusammen gedacht, um Friedensverhandlungen einzuleiten. Andererseits hätte so eine Geste ihren Argwohn geweckt. Dana war diejenige im Team, der am meisten praktische Vernunft zuzutrauen war. Dummerweise versprühte sie ihren Charme neuerdings rund um Weiland. Sie mochte jüngere Männer, und ihm schien der kleine Altersunterschied nichts auszumachen. Es war nicht ausgeschlossen, dass Dana gemeinsam mit dem 131 IQ aus dem News-Room den Maria-Coup genauer analysieren würde. Sein Horrorszenario.

Am Apparat war nicht Dana, sondern das beflissene Superhirn aus der PR-Abteilung. »Ich, also, ich weiß, dass es vielleicht noch zu früh, aber …«, hörte er Kopf stammeln. Es gehörte zu dessen seltsamen Eigenheiten, dass er oft eine Art Anlauf brauchte, um zu seiner gewohnten Eloquenz zu finden. Heute war seine Nervosität durch eine Woge von Enthusiasmus gesteigert, und er stotterte sich durch eine Reihe weiterer Entschuldigungen, bevor er zum Punkt kam.

Kotte ahnte den Grund des Anrufs. Die Quote von gestern hatte die Branche alarmiert. Übermütig zog er das Rasiermesser über die linke Backe zum Maria-M. Das Logo bestand aus zwei geschwungenen Bögen, ähnlich wie bei McDonald's, allerdings liefen die Schwünge in der Mitte schneller zu einer senkrechten Linie zusammen. Das Besondere war der kurze Querstrich, der durch diese Linie gezogen war – die Assoziation eines Kreuzes.

»Blubberkopf, ich bin beim Rasieren. Sie haben genau drei Worte.« Die Erfahrung hatte gelehrt, dass präzise Anweisungen Wunder wirken konnten, wenn Kopf in diesem Zustand war. Tatsächlich beendeten sie sein Vorgeplänkel abrupt. Es gab eine Pause. Kotte sah seinen Mitarbeiter vor sich, wie er, die Augen geschlossen, Kurzphrasen formulierte, Wörter zählte, den 3-Wort-Ausruf »Sie arrogantes Schwein« herunterschluckte, andere Sätze wie »Es ist vollbracht« oder »Maria ist top« verwarf, um irgendwo einen eigenen Anteil am Erfolg unterzubringen. Zum Schluss hauchte Kopf andächtig ins Telefon: »Wir sind Kult.«

Kotte wischte vorsichtig den Restschaum ab, grinste sich im Spiegel an und erlaubte Kopf weiterzusprechen. *Bild* wollte ein Exklusiv-Interview. Noch an diesem Morgen. Das Reporterteam würde hinkommen, wo immer er wolle. Das PR-Modul in Kopfs Kopf übernahm die Regie und präsentierte ein »Proposal für die ultimative Präsentation«: Ein Interview auf dem Boot. »Dann kann der Fotograf von der Elbe aus auf das Office zoomen, Sie im Halbprofil, Maria-Logo im Background.«

»Nicht schlecht, Wirrkopf. Sagen Sie Schmidt Bescheid,

er soll mich in einer Stunde unten am Anleger abholen. Sie können mit den Journalisten am Ponton auf der Landungsbrücke zusteigen.«

Als Kotte durch das Oberlicht schaute, war er nicht mehr ganz sicher, ob die Idee wirklich so gut war. Westwind Stärke 7 und acht bis zwölf Grad hatte Weilands Meteorologe aus dem Newsroom vorhin fröhlich angekündigt. Tiefe Regenwolken hetzten einander über den Himmel. Selbst auf der kurzen Strecke würde es eine kabbelige Fahrt werden. Ihm selber machte das nichts aus. Aber seekranke Journalisten waren nicht unbedingt die geneigtesten Sympathisanten. Egal – irgendetwas würde ihm einfallen. Ein Lichtblick in stürmischer Zeit war eine gute Metapher.

Kotte setzte sich zehn Minuten aufs Trimmrad und warf dabei ein paar Pfeile auf die Dartsscheibe. Bisher hatte er keine Interviews gegeben. Die Medien-Resonanz bewegte sich ziemlich genau in dem Rahmen, den er sich ausgemalt hatte. Von linken Feuilletonisten spöttische Aufmerksamkeit, die sich langsam, aber stetig steigerte. »Banal-Bibel-Show«, hatte die *SZ*-Rezensentin bei der dritten Folge geschrieben. Die *TAZ* hatte »ultimatives Luder-TV, sponsored by God« gehöhnt, der *Spiegel* über »Exhibitionismus mit Jesus-Faktor« gelästert.

Katholische Bischöfe hatten protestiert, die evangelische Synode mit einer Eingabe beim Presserat gedroht. Aber die Kirchen waren ziemlich schnell zurückgerudert, als die Mitglieder der Maria-Fanclubs gegen die unchristliche Haltung in empörten Briefen und E-Mails protestierten.

Die Leute aus Weilands Team machten ihre Sache hervorragend, diskret und effizient. Sie hatten alte Maria-Coral-Fans aktiviert und auf die religiöse Schiene eingeschworen. Sie hatten die Gründung neuer, ganz anderer Gruppen auf den Weg gebracht, unter anderem SPPM »Seventy-plus pro Maria« in Altenheimen. So wie während des Irakkriegs von Tag zu Tag mehr Regenbogen-Flaggen mit dem »Pace«-Zeichen aufgetaucht waren, grüßte jetzt immer häufiger das Maria-M von den Fenstern.

Die Fans standen zu ihrem Idol. Die entscheidenden Medien, die gesamte Boulevardpresse, liebte die Verwandlung der Schlampe Maria Coral. Und einige seriöse Zeitungen wie die *Welt* oder der *Tagesspiegel* aus Berlin waren bisher mit Kommentaren zurückhaltend gewesen und hatten vom Mut gesprochen, persönliche Überzeugungen schonungslos zu offenbaren. Ob höhnisch oder zustimmend, ein Gutes hatte der gesamte kakophone Chor: Keine einzige Stimme hatte bezweifelt, dass Marias Predigten echt waren. Reality TV in einer neuen, vielleicht fragwürdigen Variante, aber zweifellos eine Seifenoper aus dem wahren Leben.

Durchschnitt 27,5 km/h. Nicht übel. Kotte warf den üblichen kurzen Blick in den Spiegel, als er vom Rad stieg und den Bademantel auszog. Für 50 war seine Figur passabel. Er vermisste das Rugby. Darts war kein echter Ersatz.

Den Orangensaft trank er beim Anziehen. Auf dem Großbildmonitor im Wohnzimmer wirbelte ein Geldscheinregen durch die Luft, die Vorankündigung für EURO-mania, das Abendquiz mit Mirco Mata. Wer hatte das zu verantworten? Die Entertainment-Gruppe. Dana. Er

hatte strikte Anweisung gegeben, ausschließlich den
»Maria«-Jingle zu senden.

Kotte zog den Mantel über, schlug den Kragen hoch
und ging die Stufen durchs Treppenviertel zum Steg, wo
Schmidt auf der »Endurance« gerade anlegte.

*

»Nicht das ideale Skipperwetter!« Schmidt verstaute Sakko und Weste seiner Chauffeurskluft, die auf der Motor-
yacht affig gewirkt hätte, in einem Schapp. An Bord trug
er eine Kapitänsjacke mit Schulterstücken und Gold-
knöpfen. Er war 62, ehemaliger Soldat und für Emotionen weitgehend unempfänglich, aber heute betrachtete er
Kotte mit einem sinnenden, fast scheuen Blick. Er schien
etwas sagen zu wollen, aber dann räusperte er sich bloß,
wandte sich ab und ging ans Ruder, während Kotte die
Leinen löste.

Die Luft im Cockpit war eisig, und die Tour zu den Landungsbrücken dauerte fast dreimal so lang wie mit dem
Wagen. Doch als sie Fahrt gewannen und er parallel zum
Fluss die Endlosschlange auf der Straße an sich vorbeiziehen sah, fragte sich Kotte, wie er es sonst aushielt, Teil
dieser Karawane zu sein.

Maria hatte in ihrer Beichtsendung einen Nerv getroffen.
Ferngesteuerte Zombies. Ameisen auf dem Weg zum großen Haufen … Man könnte die Aufzählung erweitern:
eingequetschter Blechsoldat in einer Stop-and-go-Ar-
mee, der Willkür der Ampelprogrammierung ausgelie-
fert. Zum Massenmenschen gestempelt, selbst wenn der

Metallkäfig noch so schmuck im Design war, blank gewienert und mit 168 PS ausgestattet ...

Auf dem Wasser war jeder ein Individuum – die Jugendlichen aus dem Segelclub, die mit ihren Jollen geschickt gegen den Wind kreuzten, genauso wie die Mannschaften der zigtausend Bruttoregistertonnen schweren Containerfrachter, die mit Millionenwert im Lloyds Register standen. Von zwei Schleppern gezogen, kam ihnen einer dieser Riesen mit breitem Bug entgegen, chinesische Schriftzeichen auf dem blauen Stahlrumpf. Als das Schiff auf ihrer Höhe war, begrüßte es die Yacht mit tiefem Tuten. Vom Oberdeck winkten drei Asiaten in blauen Overalls. Beinahe hätte sich Kotte beim Zurückwinken ertappt. Schmidt drückte dreimal kurz auf die Hupe und manövrierte den Bug in die Wellen, die von dem großen Schiff ausgingen, um nicht Schlagseite zu bekommen.

Auf der Backbordseite lag wie ein riesiger Klotz aus rotem Backstein das einstige Kühlhaus, das vor Jahren zum Nobel-Altenheim umgebaut worden war. Drei Treppenhausfenster in den mittleren Stockwerken waren mit Plakaten verklebt und auf dem obersten prangte ein großes M in der Maria-Schrift. Der Text auf den unteren war zu klein, um mit bloßem Auge lesbar zu sein. Kotte kniff die Augen zusammen und griff zum Fernglas.

»Augustinum-Aktion pro Maria. Psalm 40«, las er vor. »Kennen Sie das, diesen Psalm?«

Schmidt schüttelte den Kopf. Er deutete wortlos auf ein Buch mit schwarzem Einband neben dem Seezeichen-Manual. Eine Bibel. Die hatte letzte Woche noch nicht im Cockpit gelegen.

Kotte blätterte.

»Nicht so weit vorn. Altes Testament, Mitte. Irgendwo nach Hiob«, half Schmidt.

Kotte hatte die Stelle gefunden. »Ich harrte des HERRN, und er neigte sich zu mir und hörte mein Schreien. Er zog mich aus der grausigen Grube, aus lauter Schmutz und Schlamm, und stellte meine Füße auf einen Fels, dass ich sicher treten kann. Er hat mir ein neues Lied in meinen Mund gegeben, zu loben unseren Gott …«

Er legte das Glas zurück und lachte. »Grausige Grube. Hübsch.«

Sie passierten die Hafenstraße. Aus den Fenstern der ehemals besetzten Häuser hingen politisch korrekte Transparente. Internationale Solidarität gegen den Klassenfeind wurde beschworen, Attac bejubelt, die USA als Heimat von Killer-Rambos gegeißelt.

Diesmal war Schmidt derjenige, der zum Fernglas griff. Als er es absetzte, schaute er mit einem seltsamen Ausdruck im Gesicht zu Kotte herüber. »Tatsächlich. Ganz oben. Das Dachfenster.«

Die Hafenfähre kreuzte, die »Endurance« schlug hart auf einer Welle auf. Elbwasser spritzte über die Scheibe und nahm Kotte die Sicht. Es dauerte eine Weile, ehe er die Transparente fokussiert hatte. »Das Kapital zeigt seine Fratze / bekämpf' es klug wie eine Katze«, las er.

»Nein, das Nachbarhaus!«

Tatsächlich. Ein weißes Laken mit Maria-M und geballter Faust: »Viva Maria! Internationale Volxfront-Solidarität für alle Luder!«

»Hatten Sie das schon gesehen?«

Schmidt nickte. »Ja, heute früh in der *Morgenpost,* Seite 3.«

In dem Hochhaus mit den Ein-Zimmer-Apartments, das Studenten mit reichen Eltern und Edel-Callgirls beherbergte, trugen drei Fenster das M-Symbol. Zwei der Fischbrötchen-Kioske hatten M-Fahnen auf ihren Dächern befestigt, die im Wind zappelten.

Sie legten an.

Die Reporterin war jung, klein, hatte kurze rote Hexenhaare und ein freches Gesicht. Sie wollte das Interview an Deck machen und stand wie ein Matrose, ohne sich an die Reling zu lehnen, während sie ihr Notizbuch aus der Riesentasche ihrer Wachsjacke kramte. Ein Kugelschreiber rollte über die Planken. Sie kniete sich hin und hob ihn auf, während das Boot bedenklich schaukelte. Wahrscheinlich Seglerin. Der Fotograf turnte vorsichtig hinter ihnen herum, etwas grün im Gesicht. Kopf, der die Sache eingebrockt hatte, war am Kai zurückgeblieben und hatte irgendetwas wie »Sorry, guys, ich muss leider noch …« gemurmelt.

»Erstaunt Sie der Erfolg von MARIA?« Die Reporterin hatte kein Aufnahmegerät, nur ihren Karoblock.

Kotte tat, als überlege er. »Ehrlich gesagt, ja. Die Sendung ist ein absolutes Experiment.«

»Wie würden Sie sie charakterisieren? Ein bisschen Pastor Fliege, ein bisschen Big Brother, ein bisschen Superstar?«

»Nichts davon, das ist das Verrückte. All diese Formate waren von einer Regie bis ins Letzte durchgeplant. Das hat funktioniert. Bei uns ist gar nichts geplant. In meinem eigenen Sender haben mich alle für verrückt erklärt, als ich entschieden habe, mich auf Marias Wunsch einzulassen.«

»Und Sie selbst, hatten Sie keine Zweifel? Immerhin war Frau Coral in der Vergangenheit nicht nur für angenehme Überraschungen gut.«

»Ich glaube an Maria, wenn ich dieses religiöse Wort gebrauchen darf.«

Sie nahm ihren Stift und tippte mit dem Ende vorsichtig an das goldene Kreuz an seinem Hals.

»Okay, das mussten Sie jetzt sagen. Aber mal unter uns: Was denken Sie im Innersten, wenn Sie sie in ihrer neuen Rolle sehen?«

Sie hatte den Kugelschreiber jetzt zwischen die Lippen genommen und ließ Kotte nicht aus den Augen. Er sah, wie ihre rosa Zunge am Stift leckte.

Er legte den Kopf schief und fragte zurück: »Wie meinen Sie das?«

Sie lachte ein spöttisches, aber fröhliches Lachen. »Nun ja. So ...« Sie suchte ein passendes Wort. »So dezent. Sie standen sich schließlich einmal auf andere Weise nah.«

»Sie glauben also, was in der Boulevardpresse steht.«

»Sollte ich nicht?«, fragte sie amüsiert zurück. Sie klopfte auf ihre Umhängetasche, aus der ein dicker Stapel Papier in einer Sichthülle ragte. »Ein Kilogramm Beweise. Meine Lieblings-Überschrift ist ein Ausspruch von Ihnen, der direkt aus der Nach-Drexel-Zeit von Frau Corals Karriere stammt. Ich zitiere: ›Die Neue des Intendanten. Kotte prahlt: Ich weiß genau, was in ihr steckt!‹«

Es klatschte laut, bevor er antworten konnte. Sprühregen

schwappte über das Cockpit. Hinter ihnen fluchte der Fotograf. Miss Rothaar lachte nur und strich sich ihren benetzten Schopf aus der Stirn.

Er nickte. »Das war einmal. Maria Magdalena stand Jesus auch sehr nah. Trotzdem hat sie ihn nicht davon abgehalten, der Messias zu werden.«

Sie ließ nicht locker und fragte, wie stark Kotte persönlich von Marias Botschaft berührt war. Er erzählte von dem Ameisengefühl, das Maria angesprochen hatte und das wohl alle kannten. Sie wollte wissen, wie er das Bedürfnis nach Glauben in der modernen Gesellschaft einschätzte. Er war vorbereitet, antwortete schlagfertig. Sie schrieb eifrig mit, nickte bestätigend, lachte oft.

Und dann kam der Vorstoß: »Haben Sie ein paar Scheine dabei? Es ist so schön windig. Mein Kollege würde gern fotografieren, wie ein Geschäftsmann sein Vermögen in die Elbe flattern lässt.«

Freche Falle. Natürlich wusste sie, dass er nie und nimmer vor der Kamera Geld wegwerfen würde, und war gespannt, wie er sich herauswand. Er hatte Glück. Die Entscheidung wurde ihm abgenommen. Der Fotograf rief seine Reporterin und deutete nach vorn. Schmidt hatte die Elbe gequert und fuhr jetzt auf die Kehrwiederspitze zu. Vom Turm wehte ein Riesenbanner mit dem Maria-M. Vor dem Eingang des Senders war eine Großbildleinwand aufgestellt. Maria in Meditationsstellung.

Vor der Leinwand stand ein Grüppchen von Menschen vor einem offenen Feuer. Ein Chor wehte zu ihnen hinüber: »… in times of trouble Mother Mary comes to me, speaking words of wisdom, let it be.«

»Seit sechs Uhr sind sie da«, sagte Schmidt. »Der Fanclub hatte einen Aufruf im Internetforum. Morgens und abends von 6 bis 9. Sie verbrennen Ecstasy-Pillen.«

Es begann zu regnen. Kotte schluckte. Es war passiert. Ganz egal, ob sein großer Plan aufgehen würde, eins war sicher: Die Serie würde Fernsehgeschichte schreiben. Wie man es später wohl einmal nennen würde – Virus-TV oder Hystery-TV? Egal, die Sache war ins Rollen gekommen, wie er es vorhergesehen hatte. Senioren und Revoluzzer, kleine Krauter, Discokids – die kritische Masse war mobilisiert. Sie brauchten nichts mehr zu tun als den Schwung geschickt auszunutzen.

Er notierte im Geist, was zu regeln war. Zuerst einmal würden sie noch ein paar Leute einstellen müssen, um Wunder zu initiieren und die entsprechenden Aktionen vor Ort zu covern und filmisch zu dokumentieren. Ein paar Prominente und Halbprominente dazu bringen, sich zu Maria zu bekennen. Und dann langsam auf die heiße Phase hinarbeiten …

Schmidt fuhr an den Pier und vertäute das Boot. Marius Kotte blickte in den Himmel, nach oben, wo, wie er wetten würde, kein Allmächtiger wohnte. Die allgegenwärtigen Hafenmöwen hoben sich weiß gegen das dunkle Grau. Elegant nutzten sie den Wind für ihre tollkühnen Flugmanöver. Für den Bruchteil eines Moments schien es Kotte, als hätten sie sich zu einem großen geschwungenen M gruppiert. Gleich darauf waren sie auseinander gestoben und kreischten lachend.

Die Schreie wurden leiser und angenehmer fürs Ohr. Er entdeckte sogar eine fast melodiöse Klangfolge darin.

Ave Maria? Die Rothaarige schien sie auch zu bemerken. Sie war vom Bug zurückgekehrt und musterte Kotte leicht irritiert. Da merkte er, dass es sein Handy war, das klingelte.

Er nahm das Telefon ans Ohr und drehte sich von der Reporterin weg. »Ja, bitte?«

Zuerst nichts. Dann ein wenig atemlos: »Marius, du bist es, oder?«

Kein Lallen. Ihre Stimme. Ängstlich und ein ganz klein wenig triumphierend.

»Wer sind Sie?« Er übertrieb die Pose des Falsch-verbunden-Seins für den Fall, dass Miss Rothaar die Ohren spitzte. »Ich weiß nicht, wovon Sie reden.«

Er schüttelte demonstrativ den Kopf und steckte den Apparat ein. Es kostete ihn Kraft, die Reporterin anzustrahlen. Er zeigte auf die Menge vor dem Studio. »Tut mir Leid, wir müssen aufhören. Da wartet Arbeit. Lassen Sie mich wissen, wenn Sie mal wieder Lust zu einer Bootstour haben? Ich habe ein Herz für inquisitorische Matrosinnen.«

Etwas war schief gelaufen. Er hatte gehofft, auf den nochmaligen Einsatz der Joker in dieser Angelegenheit verzichten zu können. Aber vielleicht war alles ohne sie zu lösen. Die Nummer auf dem Display beruhigte ihn. Zumindest befand sich die ungebetene Anruferin noch in der Villa Moravis.

Logolügen

Mir ist etwas eingefallen«, sagte Ruth und nippte an ihrem Kaffee. »Etwas, was zu deiner Theorie passt.«

Es war Sonntag, und sie hatten sich in Planten un Blomen verabredet. Am Kinderspielplatz vor dem großen Turngerüst. Sein Vorschlag. Es zog ihn an Orte mit viel Bewegung. Orte, die sie selbst spontan für ein Rendezvous ausgeschlossen hätte. Seit sie ihn aber beim Basketball gesehen hatte, hatte sie diese Scheu verloren. Danach war es kein Problem mehr gewesen, vom Tanzen zu erzählen. Von dem Rausch, der sie von Kindheit an erfüllt hatte, wenn sie sich mit ausgebreiteten Armen schwindlig drehte. Wenn sie mit weiten Schritten auf irgendeiner Wiese rannte, hochsprang und zu fliegen meinte.

Die Sonne schien. Ein ziemlich kleines Mädchen rieselte ihrem noch kleineren Bruder Sand aufs Haar. Er gluckste vor Vergnügen. »Sandmännchen, Sandmännchen.«

Ruth hatte Kekse und gebrannte Mandeln mitgebracht, Ruben eine Thermoskanne mit Kaffee. Keine Milch. Er konnte nicht wissen, dass ihr schwarzer Kaffee auf den Magen schlug. Jetzt war es zu spät. Sie saßen auf einer Parkbank, auf gleicher Höhe, die Leckereien zwischen sich ausgebreitet. Hätte der Rollstuhl nicht in Griffweite gestanden, hätten sie ausgesehen wie ein rundum glückliches Parkpaar. Scheißrollstuhl, dachte Ruth. Es könnte so schön sein ohne. Idiotin, schalt sie sich. Als ob es nicht auch so verdammt schön war. Die letzten drei Wochen waren das Beste, was ihr in den letzten zwei Jahren passiert war.

Zwei Wunder hatte Maria schon bewirkt. Sie hatte Lenis Lebensgeister wieder erweckt. Vielleicht waren es auch Monika und der Hund. Auf jeden Fall gab es neuerdings Lachen und Bellen in der Wohngemeinschaft. Und Ruth ging aus, statt Omasitterin zu spielen. Mit einem Mann, den sie reichlich attraktiv fand. Einem Behinderten, den sie attraktiv fand.

Ruben beobachtete sie. Kluge graue Augen. Spionaugen.

»Du nimmst Milch in den Kaffee, oder?«

Ruth lachte. »Ist schon okay.«

Ruben schüttelte den Kopf. »Du sollst nicht lügen. Achtes Gebot. Das müssten Sie eigentlich kennen bei Ihrer Erziehung, Fräulein Neumann. Außerdem sollten Sie langsam ein zwölftes Gebot beherzigen: Du sollst deinen Nächsten nicht schonen, auch wenn er im Rollstuhl sitzt!«

»Am liebsten mit Sahne«, gab sie zu. »Aber es ist wirklich okay.«

»Schon besser«, sagte er. »Wir haben ja schon Übung in Mahlzeitverzögerung.« Er goss ihren und seinen Kaffee in die Thermoskanne zurück, hievte sich auf den Rollstuhl und verschwand in Richtung auf das Park-Café.

Es war ein Wunder, wie vergnügt er sein konnte. Wenn sie zusammen waren, war er ausgelassen, albern. Seit sie wusste, dass es auch einen anderen Ruben gab, machte ihr das Angst. Sie überlegte, ob heute ein guter Tag wäre, ihn auf die Szene anzusprechen. Dagegen stand womöglich ein dreizehntes oder einundvierzigstes Gebot: Du sollst deinem Nächsten seine Geheimnisse lassen.

Sie entspannte sich und sah den Kindern zu, die rutschten, seilsprangen, hangelten, tobten, balancierten. Das sandige Geschwisterpaar kletterte vorsichtig über eine Wackelbrücke. Am Ende sprang das Mädchen aus einem Meter Höhe in den Sand, der kleine Bruder hinterher. Direkt im Anschluss sprang unbeholfen ein dickerer älterer Junge und landete um ein Haar auf dem Rücken des Kleinen. Der schrie vor Schreck. Ruth zuckte zusammen. Seit sie Ruben kannte, erschien ihr der Alltag plötzlich unendlich gefährlich. Leni, auf dem Küchenstuhl balancierend, um Staubflusen abzuwischen. Monika, die konsequent bei Rot über die Ampel ging.

Die Geschwister und der dicke Junge standen schon zum nächsten Sprung auf der Wackelbrücke. Wie konnte Ruben es nach außen hin ungerührt ertragen, andere springen zu sehen und zu wissen, dass er selbst nie wieder würde gehen, hüpfen, rennen können? Wenn man ein paar Monate zwischen Leben und Tod verbracht hat, betrachtet man es als Geschenk, dass man auf der richtigen Seite gelandet ist, hatte er ihr erklärt. Bewundernswert. Aber nicht ehrlich, wie sie inzwischen wusste.

Sie hatte ihn besucht, um mit ihm im Garten zu werkeln. Er war noch im Laden. Sie war hinübergegangen, um eine Hacke zum Unkrautjäten aus der Werkstatt zu holen. Und fand sich vor dem Spiegel wieder, von dem aus man überblicken konnte, was im Shop vor sich ging. Ruben war nicht allein.

Sein Kunde war vielleicht Mitte 30, Typ Schnösel, schwarz gefärbte Haare mit reichlich Gel. Draußen vor der Tür stand ein ultrablank polierter schwarzer Mazda. Der Besitzer hatte eine Zigarette im Mundwinkel, Ruth wettete auf Marlboro.

»Hey, zeig doch mal die neuen Dinger, mit denen man Radarfallen überlisten kann. Der Visitronic schafft auch Laser, stimmt das? Ich hab es auf den Websites der Radarfeinde gelesen.«

Er hätte nicht so unbefangen weitergeplappert, wenn er statt auf die Auslagen auf Rubens Gesicht geschaut hätte. Ruth sah es nur im Profil. Aber das reichte. Da war mehr als Wut.

Der Kunde schwärmte von dem neuen US-Patent, das K-Band, X-Band und Y-Band mattsetzte. »Mein Kumpel hat es. Astrein. Kaum noch Fehlalarme. Nicht wie dieses idiotische Teil, das mir einer deiner Kollegen aufgeschwatzt hat. 200 Euro – einziger Schrott. Ich habe in einer Woche neun Punkte in Flensburg kassiert. Am liebsten würde ich der Firma die Rechnung schicken.«

Er nahm einen tiefen Zug. Asche fiel auf den Tresen und blieb dort neben dem Aschenbecher liegen. »Mann, da kann man ja gleich Reflexfolie aus dem Bastelladen nehmen.«

Ruben war nicht laut geworden, aber die Schärfe in seiner Stimme hatte Gillette-Qualität. »Bevor ich Sie hier rauswerfe, will ich Ihnen eines sagen. Wenn es nach mir ginge, würden Sie schon für Ihre Frage zwei Jahre kassieren. Nicht im Gefängnis. Sondern in der Notaufnahme im Unfallkrankenhaus.«

Der Typ begriff noch immer nicht. Mehr Asche landete auf dem Tresen. »Soll das ein Witz sein? Klar weiß ich, dass du die Dinger offiziell in Deutschland nicht verkaufen darfst. Aber natürlich machst du das. Tut doch jeder in deiner Branche. Du brauchst null Angst zu haben, dass ich dich verpfeife. Seh ich so aus? Ein Bulle könnte sich doch so eine Karre gar nicht leisten!« Er wies zur Bekräftigung seines Plädoyers nach draußen. »128 PS, die sich danach sehnen, ausgefahren zu werden. Also, hör zu: Ich bin bereit, 795 Euro in deinem Laden zu lassen. Jetzt wünsche ich mir eine King-Kunden-Behandlung.«

Ruben sah ihn eine Weile an. Dann schnippte er die Asche in Richtung auf sein Gegenüber. Sie streifte das Poloshirt seines Kunden in Nabelhöhe, ehe sie zu Boden fiel.

Ruth fürchtete den Moment, wo der Asphaltcowboy sich zu Ruben hinüberbeugen und mitbekommen würde, dass ihm ein Querschnittsgelähmter gegenübersaß. Sie traute ihm zu, über den Tresen zu springen und eine Prügelei anzufangen. Was ihm wahrscheinlich schlecht bekommen würde. Die Armmuskulatur sportlicher Rollstuhlfahrer glich der von Ringern.

Teil eins ihrer Theorie bewahrheitete sich. Der PS-Mann bemerkte den Rollstuhl. Doch statt handgreiflich zu werden, ließ er ein Lachen hören. »Ah, die impotente Sorte mit den Gummibeinchen! Hat dich ein Kollege etwas hart erwischt? Glückwunsch im Nachhinein!«

Was dann genau passierte, konnte Ruth nicht erkennen. Sie sah nur, dass der Kunde sich an die Augen griff und einen Schrei ausstieß: »Du Sau!«

Ruben saß noch immer ruhig hinter seiner Theke, in der

rechten Hand eine Dose. Das grizzlybärentaugliche Spray aus den Rocky Mountains, vermutete Ruth.

Er sprach noch leiser als vorher. »Jetzt gehen Sie zurück zu Ihrem Spielzeug-Auto. Wenn ich irgendwann hören sollte, dass HH-SA 669 in etwas Straßenverkehrsordnungswidriges verwickelt ist, werde ich dafür sorgen, dass Sie sich an mich erinnern. Ich zeichne meine Kundengespräche auf. Aus Sicherheitsgründen.«

»Du dreckiges … Woher weißt du … Ich werde …« Die gestotterten Drohungen klangen nur noch halbherzig. Teil des Rückzugsgefechts eines Besiegten, der in Richtung Tür taumelte und sein Polohemd aus der Hose gezogen hatte, um die Augen zu reiben.

Ruth hatte sich ihre Gartengerätschaften gegriffen und sich leise zurückgezogen. Sie war gespannt darauf, was und wie Ruben ihr von dem Vorfall berichten würde. Ob er in solchen Situationen Trost brauchte? Oder die Sache herunterspielen würde? Einerseits war sie fast beruhigt, dass es nicht nur den abgeklärten, immer verständnisvollen Ruben gab. Aber jetzt stellten sich neue Fragen. Kam es häufig vor, dass er auf solch brutale Weise an seinen Unfall erinnert wurde? Wo versteckte er seine Wut, wenn ihm nicht gerade ein geeignetes Opfer über den Weg lief? Sicher, der Typ war ein Unsympath, eine Gefahr für die Allgemeinheit; er hatte einen Dämpfer verdient. Aber auf diese Weise? Per Selbstjustiz?

Fünf Minuten später war Ruben in den Garten gerollt. Was folgte, empfand Ruth als gespenstisch. Er erwähnte den Streit mit keinem Wort. Fröhlich und aufmerksam wie immer zeigte er ihr die ersten Erdbeeren, die heranreiften. Wenn sie die Szene mit Mr. 128 PS nicht mit eigenen Augen gesehen hätte, hätte sie nicht geglaubt, dass sie stattgefunden hatte. Sie war zu verblüfft, um Ruben direkt darauf anzusprechen. Nicht sofort. Sie wollte ihn kennen lernen. Seine Abgründe auch.

»Der hat ja irres Tempo drauf!« Die Äußerung kam von einem Jungen auf dem Spielplatz. Ruben lieferte sich ein Rennen mit einem kleinen Skateboard-Fahrer. Er winkte seinem Konkurrenten zu und stoppte den Rollstuhl elegant vor ihrer Bank, ein Paket auf dem Schoß, das er ihr zuwarf. Sie fing es auf, eher ein Reflex als ein bewusster Akt.

Ruben schwang sich wieder auf die Bank, goss die Becher voll und gab einen ordentlichen Klacks Sahne auf ihren Kaffee. Aus einer Park-Café-Serviette zauberte er Kakaopulver, das er vorsichtig darüberstreute. »Mach nicht dein Problemgesicht«, verlangte er.

»Danke!« Sie schlürfte. »Oberlecker!«

»Du wolltest mir was Nettes erzählen«, erinnerte er sie. Er hatte Recht. Psychogespräche konnten warten.

»Du kennst doch das Logo der Sendung. Das Maria-M?« Er nickte.

»Wenn alles so ist, wie der Sender behauptet, stammt ja die ganze Idee zu der Serie von Maria selbst. Und sie ist spontan gekommen, als sie vor einem Vierteljahr diesen Beinahe-Unfall hatte und ihre Bekehrung erfahren hat, korrekt?«

Er nickte wieder.

»Dann wäre es doch reichlich seltsam, wenn das Logo von der Sendung schon ein halbes Jahr früher fertig gewesen wäre. Als die Bekehrte noch gar nichts von ihrem Unfall und von Gottes Willen gewusst haben konnte.« Ruth biss in einen Keks und schaute ihn befriedigt an wie eine Anwältin nach einem erfolgreichen Plädoyer.

»Ich muss gestehen, dass ich dir nicht ganz folgen kann.«

»Okay. Ich hab dir ja erzählt, dass die Putzfeen alles bei XTC-TV putzen bis auf das Intendantenbüro. Das ist abgeschlossen, code-gesichert. Kotte gilt als Geheimniskrämer. Die Chefin sagt, er lässt nur seine private Putzfrau in sein Büro.« Sie schenkte sich Kaffee nach.

»Normalerweise treffen wir die nicht, sie kommt früher als wir, jeden Donnerstag. Das Einzige, was sie uns übrig lässt, sind volle Staubsaugerbeutel und ein Müllsack mit den Schnipseln aus dem Aktenvernichter, den sie füttert.«

»Lass mich raten. Weil du eine begeisterte Bastlerin bist, nimmst du seit einem halben Jahr all diese Schnipsel mit nach Hause, um für Leni zum Geburtstag eine Skulptur aus Pappmaché zu machen. Zum Glück warst du dazu noch nicht gekommen. Jetzt hast du den Papiersalat für unser gemeinsames Projekt zusammengesetzt und festgestellt, dass es sich um das Drehbuch zur Maria-Serie handelt.«

»Nicht ganz so. Aber dieser Aktenvernichter war im Winter zwei Wochen lang kaputt.«

»Und du hast keine Schnipsel bekommen, sondern die Papiere, die wir für unsere Erpressung brauchen, frei Haus mitnehmen können.«

»Papiere stimmt. Derselbe Müllsack stand da, zugebunden mit dem Hinweis: Bitte in den Aktenvernichter! Beim Programmchef steht auch so ein Gerät. Da stopfen wir die Geheimnisse rein, die in den anderen Zimmern für vernichtungswürdig erachtet werden. Hörst du mir noch zu?«

Eine Elster war in den Papierkorb neben ihrer Bank geflogen und durchsuchte ihn nach Beute. Ruben zerbröselte einen Schmalzkuchen, legte die Krümel neben sich, platzierte zwei gebrannte Mandeln daneben und machte schnalzende Lockgeräusche.

»Ja, entschuldige. Ich stimme mich gleichzeitig auf die Maria aus der Villa Moravis ein. Fred, der Pfleger, hat mir anvertraut, dass sie eine passionierte Vogelfütterin ist.«

»Und da willst du eine Geistesverwandtschaft herstellen?«

»Vielleicht im zweiten Schritt. Im ersten führe ich ein zoologisch-kulinarisches Experiment zur Klärung der Frage durch, welche Desserts verwöhnte Parkvögel bevorzugen. Für den Elster-Michelin.« Der Vogel zupfte einen Strohhalm aus dem Papierkorb, ließ ihn fallen und flog weg.

»Aber erzähl doch weiter!«

»Ich muss zugeben, dass ich neugierig war, welche großartigen Geheimnisse der Müllsack verbarg. Aber es war, ehrlich gesagt, enttäuschend. Sendepläne, Protokolle, Briefe, das übliche Zeug, auf dem ›streng vertraulich‹ draufsteht und das in all den anderen Zimmern völlig offen rumliegt. Aber ein paar Zettel waren anders. Sie sind mir aufgefallen, weil sie mit der Hand beschrieben waren. Mit Füller und grüner Tinte. Marius Kottes Markenzeichen. Es war die Wiederholung eines einzigen Zeichens,

ein bisschen wie früher in der ersten Klasse im Schön-
schreibheft.«

»Ein M«, riet Ruben und leckte seinen Zeigefinger, um
die von der Elster verschmähten Schmalzkuchenkrümel
aufzutupfen und zu essen.

»Ein rundes M mit Querstrich«, bestätigte Ruth. »Beziehungsweise verschiedene geformte Ms, als ob jemand
sich noch nicht für eine Variante entschieden hätte.«

»Und du bist sicher, dass das vor dem Beginn der Serie
war?«

»Lange vorher. Vor Weihnachten.«

Ruben legte aus den letzten gebrannten Mandeln ein Maria-M. Die Elster kam zurück, ließ sich in diskreter Ent-
fernung auf der Lehne des Rollstuhls nieder und beäugte
die Bank nun sichtlich interessiert. Plötzlich flog sie auf,
aber statt das Mandelangebot zu sichten, schnappte sie
nach dem momentan unbeaufsichtigten Päckchen mit
den restlichen Schmalzkuchen. Zwei fielen zu Boden, als
sie wegflog. Und etwas anderes kam vom Himmel. Der
Schiss landete genau im Sitz des Rollstuhls.

»Cool«, sagte ein Junge, der die Szene beobachtet hatte.

»Volltreffer!«, kicherte Ruth. »Ich würde sagen, dass für
manche Wesen der gelungene kriminelle Akt interessanter ist als die Gourmet-Qualität.«

»Auch Volltreffer«, sagte Ruben.

Ruth gab Ruben ein Papiertaschentuch. »Im Sender rotie-
ren sie. Totaler Stellenboom. Schade, dass ich kein Un-
dercover-Girl mit Uni-Examen bin. Sie suchen dringend
Verstärkung. Für die Maria-Fanclub-Betreuung und für
Recherchen. Ein halbes Dutzend Leute; Soziologen, Psy-

chologen, Philosophen, Theologen. Aber nur mit Diplom! Bei der Leiterin vom Entertainment liegen schon die Bewerbungsmappen rum. Pech, dass ich noch nicht fertig bin, sonst könnte ich meine Unterlagen einfach beim Putzen in den ›Angenommen‹-Korb schmuggeln.«

»Miss Marple würde es tun. Du hast mir nie erzählt, was du eigentlich studierst.«

»Ursprünglich wollte ich mich bei einer Tanzakademie bewerben. Leni war sogar dafür, aber mein Großvater hat es mir ausgeredet. Ich habe dann mit Anglistik angefangen – wichtige Sprache, wunderbare Literatur. Ich kann halbe Shakespeare-Dramen auswendig. Und notfalls reicht es zur Lehrerin.«

»Sein oder Nichtsein? Das sind doch beste Voraussetzungen für die Maria-Hilfstruppen.«

»Vergiss es. Ich bin Putze im Urlaubssemester!«

»Und woher sollen sie das wissen? Eine Top-Bewerbung mit besten Zeugnissen zaubern wir dir am PC. Wir machen dich zur Philosophin. Was war noch das Thema deiner Diplomarbeit?«

Sie warf die leeren Tüten in den Papierkorb, packte die Thermoskanne ein und überlegte. »Relevanz und Konsistenz der biblischen Gebote unter den Bedingungen einer postmodernen Moral.«

12
Irr-Garten

Irgendwann hatte es sich eingebürgert, dass sich eine ganze Gruppe nach dem Nachmittagskaffee in der Hofecke zum Rabenfüttern zusammenfand. Wobei der Rollstuhlmann darauf bestand, dass es sich um Krähen handelte. »Corvus corone, die Rabenkrähe«, dozierte er.

Die zoologische Zuordnung war umstritten, die kleine Grauhaarige, die von allen Miss Mars genannt wurde, war ziemlich sicher, dass es sich bei den größten und frechsten Exemplaren um Außerirdische in Vogelgestalt handelte. »Margot, was meinst du?«, fragte sie.

»Ich enthalte mich.« Sie hielt sich an einem Trick fest, um halbwegs klar bei Verstand zu bleiben. Sie hatte angefangen, die Perspektive einer Schauspielerin einzunehmen, die in eine neue Rolle eintauchte und das Drumherum zu Recherchezwecken aufsog.

Tobias, der Junge mit dem eingepflanzten Chip, saß still da und streute mit Krümeln ein Unendlichkeitssymbol auf die Erde. Er hatte die Gabe, mit den Raben zu kommunizieren. Der Neugierigste kam näher und fing an zu picken. Eine seiner Krallen war merkwürdig verkrümmt. Zwischendurch hob er den Schnabel in Richtung Miss Mars und drehte keck den Kopf, als wolle er ihr mit einem Auge zuzwinkern. »Siehst du, Margot, ich habe Recht!«, sagte diese befriedigt. »Komm, wir drehen eine kleine Runde.«

Die Sonne schien. Wenn man dem Kalender beim Falken trauen durfte, war schon Juni. Die Luft wehte Fliederduft in den Hof. Ein idealer Drehtag für Außenaufnahmen – wenn man sich nicht gerade im Hof der Villa Moravis befand. Die Möglichkeiten für den Regisseur waren hier auf Dauer bescheiden. Kamera ab! Totale auf Gruppe mit Raben. Kamera ab! Zoom auf Paar im Gleichschritt. 20 Schritte bis zur Mauer. 180-Grad-Drehung. 20 Schritte zurück bis zur Hecke, wo die anderen saßen. 180-Grad-Drehung ...

Miss Mars war ihre Komplizin. Sie hielt sie über das XTC-TV-Programm auf dem Laufenden. Doktor Willer habe ja allen verboten, mit ihr über »Maria« zu sprechen. Dabei gebe es jetzt so interessante Zusatzsendungen. Die Serie mit den vier Schwestern. Vormittags um 10 Uhr 5, Szenen aus dem früheren Leben der Maria C. und Interview-Ausschnitte, gleich nach dem Frühstücksquiz von Mirco Mata. Ob Margot wusste, dass schon die Mutter der Coral Alkoholikerin gewesen sei?

Sie schüttelte stumm den Kopf, um Miss Mars zum Weitersprechen zu ermuntern.

Gleichzeitig sah sie Szenen vor sich. Mama, die ihr mit glasigen Augen bei den Rechenaufgaben half und vergessen hatte, wie viel fünf mal sieben war. Mama, die eine Vase gegen die Vitrine warf, weil ihr Mann die Flaschen weggesperrt hatte. Ihr irres Lachen, als die Scheiben schepperten. Wie sie eine Scherbe nahm und sich in die Pulsgegend ritzte.

Sie versuchte, die Bilder loszuwerden. »Alles reprojizierte Reminiszenzen, Margot!«, würde der Falke sagen.

Aber jetzt hatte sie einen Trumpf. Das Telefonat. Sie hatte die Stimme erkannt, obwohl irgendein starkes Störgeräusch im Hörer gewesen war, das die knappen Worte übertönt hatte. Ein rhythmisches Klatschen, nicht ganz im Takt.

Die Worte hatten sich trotzdem eingebrannt. »Ja?« Pause. »Wer sind Sie?« Pause. »Ich weiß nicht, wovon Sie reden!«

Zugegeben, so reagierten viele, wenn sie mit einem unbekannten Anrufer konfrontiert waren. Aber der Ton der Stimme war nicht zu verkennen gewesen. Diese hochtrabende Art, jemanden abfahren zu lassen. Typisch für ihn. Sie war sicher. 90 Prozent. Na ja, mindestens 85 Prozent. Trotzdem war sie wütend auf sich, weil sie sich den Gesprächsablauf vorher nicht besser überlegt hatte.

Die Gelegenheit war zu plötzlich gekommen. Sie hatte brav vor Doktor Willers Tür gesessen und auf ihre Sprechstunde gewartet, einen frisch ausgedachten Traum in petto. Sie spielte die Rolle einer ziemlich verängstigten, durch die Medikamente gedämpften Margot D. inzwischen relativ sicher. Die Augenlider hängen zu lassen, Watte-Pads in die Backentaschen zu schießen und mit schleppender Stimme zu reden, das war alles, was sie tun musste, um den trägen, leicht aufgedunsenen Ausdruck zu erzeugen, für den im Normalfall das Kusamarol sorgte.

Fred, der Pfleger, hatte einen Weg gefunden, ihr das Mittel zu ersparen, auch wenn er die Runde mit den Medikamenten nicht selbst machte. Er war für die Tablettenzuteilung zuständig und legte Placebo-Pillen in das ihr zugedachte Schälchen. Er hatte außerdem ein paar Daten aus dem Krankenblatt der Drengski verraten, die ihr angeblicher Bruder bei der Einweisung offenbart hatte.

Seitdem fiel es ihr leicht, den Falken zu täuschen. Sie gab vor, sich nach und nach an Bruchstücke aus diesem früheren Leben zu erinnern. Erzählte in den Sprechstunden Details, Bilder von Hochöfen und Schloten – die Ruhrgebietskulisse, die zur Kindheit der Tochter eines Bergbau-Ingenieurs in Essen passte. Dazu schöpfte sie frei assoziierend aus einem Fundus von Unterwasserträumen, Schwimmbadträumen, Eisenbahn-Albträumen – ihr Mann, Manfred Drengski, reisender Vertreter in Sachen Swimmingpools, war angeblich beim Zugunglück von Eschede ums Leben gekommen.

Diese Vita kam ihr tatsächlich bekannt vor. Nach längerem Grübeln glaubte sie auch zu wissen, woher. Sie erinnerte sich, eine Rolle in einem ZDF-Krimi gespielt zu haben, zu deren Hintergrund diese Biografie gehörte. Den Namen der Frau, die sie damals verkörperte, hatte sie vergessen; Margot Drengski war es mit Sicherheit nicht gewesen. Aber Teile der Rahmenhandlung kamen ihr nach und nach ins Gedächtnis. Die Frau im Drehbuch war Zeugin eines Mordes geworden, konnte sich allerdings nicht an das Geschehen erinnern, weil sie nach dem Tod ihres Mannes hemmungslos dem Alkohol verfallen war.

Zwanzig Schritte. Rechts um. Zwanzig Schritte. Mauer.

»Bist du eigentlich gern hier?«, fragte sie.

Miss Mars schaute sie überrascht an. »Natürlich. Es ist hier doch viel sicherer für die Auserwählten.«

Sie blieben an der Mauer stehen. Die Steine waren warm. Sie lehnten sich nebeneinander mit dem Rücken daran und schlossen die Augen.

»Für dich auch«, flüsterte Miss Mars.

Der Falke war nicht dumm, aber er war eitel. Und das nutzte sie aus. Am besten klappte ihre Vorstellung, wenn sie etwas darin versteckte, was sie bei sich »Therapeutenköder« nannte. So wie es beim ersten Mal spontan mit der A6 geglückt war. Vor kurzem hatte sie ihm eine Szene geschildert, die in einem ICE-Waggon begonnen hatte und dann abrupt in eine Orgie auf der Böschung übergegangen war. Grünes Gras, zuckende Leiber, Gliedmaßen, die ein Eigenleben führten. Sie schilderte eine Mischung aus Dantes Inferno und Swingerclub, sie selbst nackt mittendrin. Sie hielt inne, als ob sich plötzlich etwas aus ihrem Unbewussten ins Bewusstsein arbeitete. »Das Wort Entgleisung fällt mir ein!«, sagte sie verblüfft.

Der Falke zog die Augenbrauen hoch. »Sehr gut!« Er überlegte und nickte. »Sehr, sehr, sehr gut, Margot. Wir machen Fortschritte!« Kleine Kunstpause. »Sie machen Fortschritte, Margot!« Seine neue Angewohnheit, sie beim Vornamen zu nennen, ließ sie innerlich zusammenzucken. Seit sie die willige Patientin spielte, war sie gegen solche Übergriffe wehrlos.

Er notierte etwas mit seinem Druckbleistift und nickte wieder, nun angetan von seiner eigenen Assoziation: »So könnte man Ihr gesamtes Leben in den letzten Jahren bezeichnen: als ›aus der Bahn geworfen‹«. Er sah sie Beifall heischend an. Sie nickte in Zeitlupe zurück. Die Sitzung war beendet.

Das war am Mittwoch gewesen, am Tag vor dem Anruf. Am Donnerstag stürmte der Falke aus dem Zimmer und ohne sie zu sehen die Treppe hoch. Sie hatten den Neuen nach oben in Zimmer 26 verlegt. »Das ist doch hier schlimmer als im Abschiebeknast«, hörte sie ihn brüllen. »Da hat man wenigstens das Recht auf einen Anwaaa auuu!«

Der Falke hatte seine Tür nicht abgeschlossen. Ihre Chance.

Zwei, drei Minuten mindestens, rechnete sie sich aus und schlüpfte in den Raum. Die Tür ließ sie angelehnt. Wenn er sie erwischte, könnte sie sich herausreden. Sie sei nach dem Klopfen hineingegangen.

Die Null vorweg, hatte ihr der Rollstuhlmann verraten. Das Freizeichen in der Leitung zu hören war wie ein Stich. Frei-Zeichen. Sie hatte in den Gesprächen mit dem Falken gelernt, auf Doppelsinn in Wortbedeutungen zu achten. Wie lange hatte sie kein Telefongespräch mehr geführt? Wie lange konnte man eine erwachsene Frau behandeln wie ein Baby? Ihr verbieten zu telefonieren? Die Villa Moravis – schlimmer als ein Abschiebeknast, es stimmte … Was ging es diese Leute in einer Abteilung VI b an, ob sie Maria war oder Margot oder sich für die Prinzessin von Saba hielt – schließlich tat sie keinem Menschen etwas zu Leide! 0175 … Plötzlich die Stimme.

Sie hätte sich viel mehr Zeit lassen können. Sie saß längst wieder draußen auf dem Flur, als der Falke zurückkam. Die Sitzung war ein Desaster geworden. Sie war aufgewühlt und abweisend. Sie bat ihn, die Sprechstunde ausfallen zu lassen, sie fühle sich nicht.

»Margot, Sie dürfen sich jetzt nicht gehen lassen!« Sein Arm kroch über den Schreibtisch und näherte sich ihrer Schulter.

Sie stand abrupt auf. »Doch, das darf ich! Das darf ich, Hans!«

Sie war hinausgerannt und hatte die Tür zugeknallt. Zwei Wochen Wohlverhalten und Verstellung für die Katz. Egal. Sein konsternierter Blick bei der Erwähnung seines Vornamens war es wert gewesen. Und an Rückfälle musste er gewöhnt sein. Schließlich war sie eine anerkannte Irre.

Sie hätte Kotte in eine Falle locken müssen. Mit etwas Vorbereitung hätte sie ihn ohne weiteres in ein Gespräch verwickeln können. Unter irgendeinem Vorwand, zum Beispiel in der Rolle einer ausländischen Agentin mit einem Geschäftsangebot. Dann hätte sie ihn sogar auf die Maria-Serie ansprechen können. Stattdessen war ihr nichts eingefallen, als dieses atemlose »Marius-bist-du?«-Gestammel.

Die Raben krächzten höhnisch. Sie nahmen ihren Spaziergang wieder auf.

Wie sicher war sie wirklich? 80 Prozent? 75? Und wenn es stimmte, was für Schlüsse konnte sie daraus ziehen? Sie konnte sich nicht konzentrieren.

Miss Mars hatte jetzt Kontakt zu dem Vogel mit der verunstalteten Kralle aufgenommen. Sie lockte ihn mit dem Finger und ließ tiefe Gurgeltöne hören. Der Vogel machte ein paar Hüpfer auf sie zu und legte den Kopf schief, weigerte sich aber, zu antworten.

Was hatte sie sich erhofft? Seufzer der Erleichterung?

»Maria. Endlich. Ich habe mir solche Sorgen gemacht. Wo bist du? Nicht im Studio?? Villa Moravis??? Oh Gott. Ich hole dich sofort da heraus …«

These A: Er war 0175/3459812 und hatte sie nicht erkannt. Unglaubwürdig. These B: Er war es, hatte sie erkannt und weigerte sich mit ihr zu sprechen, weil er genau wusste, wo sie war. Weil er und kein anderer dafür gesorgt hatte, dass sie hier eingeliefert worden war. Um sie aus dem Weg zu schaffen. Plausibel. Beunruhigend. These C: Er war es. Aber sie war nicht sie. Sie war eine Verrückte namens Margot Drengski, der die Marsianer über Hirn-zu-Hirn-Kommunikation zufällig seine Nummer verraten hatten …

»Hat man auf dem Mars eigentlich unser Ziffernsystem?«, fragte sie. »Dasselbe wie auf der Erde?«

Die alte Frau blickte sich verstohlen um, zuckte die Schultern und legte den Finger auf den Mund. »Ich weiß nicht, aber ich kann nachfragen!«, hauchte sie.

»Aber nicht bei diesem hier.« Sie zeigte missbilligend auf den Raben, der das Interesse an ihr verloren hatte und jetzt kritisch die Grashalme beäugte. »Das geht nur über die Heizung.«

Es wurde kühler. Die Raben flogen fort, die Patientengruppe steuerte wieder aufs Haus zu. Auch Miss Mars ging in die Villa zurück und zwinkerte ihr vorher verschwörerisch zu: »Morgen weiß ich Bescheid.«

Maria folgte ihr ein paar Minuten später. Auf der Treppe hielt ein weiblicher Kittel sie an. Übertriebenes Lächeln. Munterer Ton. Achtung, meldete der Radar. »Frau Drengski, wir haben Sie schon gesucht.« Sie schwenkte fröhlich ein Glas vor der Brust. »Wir brauchen eine Urin-probe.«

»Von wem?«

Sie biss sich auf die Zunge. Solche Rückfragen galten als Unbotmäßigkeit.

Aber das Lächeln auf dem Schwesterngesicht wurde eher noch breiter, und die Stimme verfiel in eine Art Singsang. »Von Ihnen, Schätzchen! Doktor Willer muss eine Unter-suchung machen. Kommen Sie, wir gehen auf Ihr Zim-mer, schön brav zum Pipi.«

Es wäre ein Fehler gewesen, sich zu sträuben. Sie musste in die Rolle der demütigen Margot D. zurückfinden, die alles tat, um ihrem Syndrom auf den Grund zu gehen und sich kurieren zu lassen. Nur solange sie als Musterpatientin galt, konnte sie hoffen, noch einmal ans Telefon zu kom-men. Sie verzog ihr Gesicht zu einem dümmlichen Grinsen und nahm der Schwester das Glas ab, damit sie nicht auf die Idee kam, sie bis ins Badezimmer zu begleiten.

Fred hatte sie gewarnt. Er hatte mit der Möglichkeit ge-rechnet, dass Willer misstrauisch werden würde. Und er hatte vorgesorgt und ihr ein Fläschchen mit Urin vorbe-reitete, der die richtige Dosis Kusamarol enthielt.

Maria schüttete ihn vorsichtig in das Glas um. Sie vergaß nicht, die Spülung zu ziehen, bevor sie der Schwester das Glas überreichte. »Bitte!«

Sie schlief trotzdem nicht gut in dieser Nacht. Sie träumte wirklich von Eisenbahnen. Der Falke war der Schaffner. Und sie hatte keine Fahrkarte.

*

Der Beginn des nächsten Morgens war wie eine Vorwarnung. Miss Mars war aus irgendeinem Grund eingeschnappt und schaute sie mit einem merkwürdigen Blick an. Die Frage nach dem Zahlensystem sei verboten, zischte sie. Sie nahm ihr Geschirr und setzte sich an den Nebentisch.

Sie wollte dem Falken diesmal etwas Besonderes bieten. Keinen Traum, sondern etwas Handfestes. Eine Erinnerung an einen Streit mit einem Mann, der vielleicht ihr Mann gewesen war. Schuldgefühle.

Sein Telefon klingelte, ehe sie mit ihrer Geschichte anfangen konnte. Er hob ab, ohne sich zu entschuldigen, hörte zu, antwortete gereizt: »Nein, nicht schon wieder. Sie wissen doch, ich habe Sprech… Na gut. Aber höchstens fünf Minuten …«

Er erhob sich seufzend. »Immer Ärger mit Nummer 26. Ich wünschte, alle Patienten hätten so viel Interesse an ihrer Therapie wie Sie, Frau Drengski. Ich bin sofort zurück.«

Ihr Radar sprang an. Sie hatte in ihrem Leben genug mit Schauspielern zu tun gehabt, um schlechte zu erkennen, wenn sie sie sah. Etwas war faul. Er komplimentierte sie nicht nach draußen, um abzuschließen. Normalerweise ließ er Patienten nie allein. Doch nun verließ er das Zimmer eilig mit den Worten: »Bin sofort wieder da.« Sie hörte das Klappern seiner Arztpantoffeln auf der Treppe. Fast übertrieben laut.

Das Telefon stand lockend auf dem Schreibtisch. Sie blieb sitzen, wo sie war, und zählte langsam.

Sie war bei fünfunddreißig angekommen, als die Tür aufgestoßen wurde. Der Falke rauschte ins Zimmer zurück. Diesmal waren keine Schritte zu hören gewesen, weder auf der Treppe noch auf dem Gang. Sie glaubte, leise Enttäuschung auf seinem Gesicht zu lesen. »Ich habe die Akte vergessen.«

Ein Punkt für sie. Sie erlaubte sich ein kleines Triumphlächeln. Jetzt war ihre Chance gekommen. Nun musste der Falke wohl oder übel die fünf Minuten draußen verbringen, um nicht unglaubwürdig zu wirken.

Diesmal würde sie die Agentinnen-Nummer durchziehen. Sie wählte. Wieder das barsche »Ja?«

»Good morning, I am Joy Henning, Fox TV. May I talk to Mr. Kotte, please.« Ja, der Ton war getroffen, die richtige Mischung aus Hochnäsig- und Höflichkeit.

Für Sekundenbruchteile kribbelte es in ihrem Magen. Aber schon der kurze Moment des Schweigens war anders als damals, vor jenem »Ich weiß nicht, wovon Sie reden.« Und dann – kein unwirsches Abwimmeln, sondern Umschalten von Deutsch auf Englisch, von abweisend auf hocherfreut. »Hello, Ms. Henning, what can I do for you?«

Er war es also tatsächlich. Was nun? Wieder auflegen? Sie hatte sich vorgenommen, genaueres über die Maria-Show herauszufinden. Also sprach sie von einer Anfrage ihres Networks, die Sende-Idee zu übernehmen. Zu welchen Konditionen wäre das möglich? Sie sprach hastig. Aber das würde keinen Argwohn wecken. Eine amerikanische Business-Frau würde sofort zum Punkt kommen.

Sie spulte den eingeübten Monolog ab, behielt gleichzeitig die Tür zum Gang im Auge und versuchte, in Richtung Flur zu horchen.

»Miss Henning, wenn Sie jetzt vielleicht Ihre Spielchen beenden könnten! Ich denke, wir können Deutsch miteinander reden.«

Die höhnische Stimme kam nicht aus dem Telefonhörer. Sie war im Raum, aus unerfindlichen Gründen direkt hinter ihr. Wie konnte jemand ins Zimmer gelangt sein? Sie drehte sich langsam um und sah, dass sie es ihm leicht gemacht hatte. Die Tür zum Zimmer der Assistenten stand jetzt offen. Sie hatte sie nicht beachtet, weil sich dort um diese Zeit nie jemand aufhielt. Aber das Zimmer besaß zusätzlich einen Flur-Ausgang. Der Falke hatte einfach eine kleine Runde gedreht.

Nun stand er da, die Hände in den Taschen seines Cordsakkos, die Nüstern seiner schmalen Nase gebläht, die dunklen Augen funkelten. »Wollen Sie unsere Einrichtung noch weiter mit Telefongebühren belasten?«

Sie ließ den Hörer sinken und legte ihn wie in Trance auf die Gabel zurück. Der Dompteursblick. Die schneidende Stimme.

»Könnte es sein, dass Sie uns hier eine Komödie vorspielen, Frau Drengski?«

Sie schüttelte trotzig den Kopf.

»Warum habe ich dann vorgestern den Anruf eines Marius Kotte bekommen, der sich als Intendant des Senders XTC-TV vorstellt und mir erzählt, dass ihn eine Frau belästigt hat, und zwar von einem Apparat unserer Klinik aus?«

»Woher will er das denn wissen?«

»Darf ich die Frage so interpretieren, dass Sie den Sach-
verhalt nicht bestreiten?«

»Woher er das wissen will.«

»Sie sind doch technisch so bewandert.« Er zeigte auf das
Telefon. »Praktisch zumindest. Dann dürfte Ihnen nicht
entgangen sein, dass die moderne Kommunikationstech-
nologie Verfahren bereitstellt, bei denen die Rufnummer
des Anrufers gespeichert wird.«

Er setzte sich hinter seinen Schreibtisch und komplimentierte sie auf ihren Stuhl zurück. »Herr Kotte war wütend, was ich ihm nicht verdenken kann. Er sagte, ich
zitiere: ›Es war diese Psychopathin mit dem Maria-
Wahn! Ich dachte, diese Dame ist in der Anstalt. Können
Sie sie uns nicht einmal dort vom Leibe halten?‹ Das ist
kein Witz, Frau Drengski. Solche Zwischenfälle bringen
unsere Einrichtung in Verruf!«

»Und wo, bitte schön, soll ich die Privatnummer dieses
Herrn Kotte herhaben?«

»Das entzieht sich meiner Kenntnis. Wenn ich ihn richtig
verstanden habe, ist es allerdings nicht das erste Mal,
dass Sie ihn belästigen. Wir haben ein Weilchen miteinander geplaudert. Er erwähnte, dass vor einigen Monaten
mehrfach lallend dieselbe Dame angerufen habe, die darauf bestand, Maria Coral zu sein. Sie hatten die Nummer also schon in Ihrer aktiven Zeit der Identifikations-
Paranoia.«

Er blätterte in der Akte.

»Ich bin enttäuscht, Margot. Und, ich muss gestehen, ich
habe Sie unterschätzt. Sie sind zwar vom Talent her keine
Maria, aber für eine Laienspielgruppe würde es durchaus

reichen. Vom medizinischen Standpunkt aus bedeutet Ihre Schmierenkomödie leider: Sie sind weit kränker, als mir klar war. Und Ihr Organismus scheint das Kusamarol schneller zu resorbieren als üblich. Ich habe die gestrige Urinprobe analysieren lassen. Aus pharmakologischer Sicht ist nichts zu beanstanden. Ich werde die Dosis verdoppeln lassen. Einverstanden?«

Er sah sie an.

Sie wich seinem Blick aus. Kotte war am Apparat gewesen. Er hatte reagiert. Nicht erst heute, schon nach ihrem ersten Anruf. Er war ein Feind. Wie der Falke.

Irgendwann blickte sie hoch und nickte.

Willer erhob sich, ging um den Schreibtisch herum und blieb vor ihr stehen. »Sie sind ein interessanter Fall, Margot.« In Zeitlupe hob er den linken Arm. Der Ärmel seines Sakkos rutschte zurück. Sie sah das weißliche Fleisch eines Unterarms, das vom Uhrarmband eingequetscht wurde. Die Pulsader trat bläulich unter der Haut hervor. Ohne sie aus den Augen zu lassen, tätschelte er ihre Schulter.

Sie ließ es geschehen.

Der Dompteur hatte die Tigerin unter Kontrolle.

Es gab einen Hoffnungsschimmer: Er hatte Fred nicht im Verdacht.

13
Maria First Aid

Der erste Arbeitstag des neuen Teams begann mit einer zweistündigen Einführung. Am Ende konnte Ruth nur noch mit Mühe die Augen aufhalten. Nicht allein deshalb, weil sie ein paar Stunden vorher noch in ihrer Rolle als Putzfee aktiv gewesen war. Eher, weil sich der Referent als Langweiler entpuppte. Irgendwann kam er doch zum Ende und wies noch einmal auf die Punkte hin, die er unter die Überschrift »Maria First Aid« auf eine Stellwand geschrieben hatte.

- Politeness counts: Immer höflich bleiben!
- Safety first: Credibility der Informanten testen!
- Facts, facts, facts – keine Action ohne konkrete Vorwürfe!
- Success durch cooperation: Proposals mit Fanclub-Betreuern und Reportern durchsprechen!

»Dr. Kopf, ich habe eine Frage zu Punkt 2. Wir dürfen ja nicht jedem, der sich bei uns meldet, Vertrauen entgegenbringen. Aber wie sollen wir merken, wer aufrichtig ist und wer nicht?« Der Frager, dessen Finger hochgeschossen war, war im Vikars-Outfit erschienen, schwarzer Anzug, weiße Schleife. Ein verunsicherter Musterschüler. Er fuhr fort: »Sollen wir vielleicht alle das ›Vater unser‹ beten lassen und unsere Hilfe nur dann anbieten, wenn sie es auswendig kennen?«

Er saß neben Ruth und suchte hilflos ihren Blick. Sie nahm den Faden auf, um die anglophile Nervensäge zu provozieren: »Manchmal dürfte die Glaubwürdigkeitsfrage tatsächlich, wie soll man sagen, nicht ganz easy sein.«

Die anderen in der Runde kicherten. Kopf hatte den sechs Neuen erst eine Stunde lang alte Maria-Predigten vorgespielt und dann ausufernd von der »Challenge« geschwärmt, die nun vor ihnen allen lag. Sie seien auserwählt, »Marias Message zu transportieren«. Wahrscheinlich hatte man absichtlich den PR-Chef des Senders mit der Unterweisung des Teams betraut, damit sie alle merkten, wie wohltuend Marias einfache und plastische Sprache war.

Er ignorierte das Kichern und strahlte Ruth und den Vikar an. »Sie brauchen, was die Amis ›Gut feeling‹ nennen.« Er klopfte auf seinen nicht vorhandenen Bauch.

Die Frau, die den Raum betreten hatte und nun im Türrahmen stand, hatte die letzten Worte mitbekommen und lachte. »Dr. Kopf will Ihnen nur klarmachen, dass Ihre Mission delikat ist. Maria zieht reichlich Jüngerinnen und Jünger an, die es mit der Revolution der Herzen bitterernst meinen.«

Es lag Spott in diesen Worten. Ruth hatte den Eindruck, dass ihre neue Chefin von dieser Revolution weit weniger hielt als der PR-Mann. Kopf trat zwei Schritte zur Seite, während sie sich neben die Schautafel stellte und das Papier mit seinen Merkpunkten energisch nach hinten umschlug. »Man könnte das Ziel Ihrer Recherche-Arbeit vielleicht so formulieren: die Sünder retten und dem Sender nützen.«

Sie sah alle reihum an. »Maria weckt Hoffnung bei Menschen, denen Unrecht widerfahren ist. Aber Trittbrettfahrer gibt es auch unter den Gläubigsten. Sie werden die Aufgabe haben, die Spreu vom Weizen zu trennen. Verlassen Sie sich auf Ihre Intuition. Dr. Kopf zeigt Ihnen jetzt die Kantine.«

Kopf zuckte kurz. »Danke, Dana!« Als sie hinausgestöckelt war, wirkte sein Strahlen leicht lädiert. »Wir nehmen den Fahrstuhl. Please follow me.«

Beim Einstellungsgespräch drei Tage zuvor hatte Ruth der legendären Dana allein gegenübergegessen, Daniela Mussin, die einzige Frau in der Chefetage. Ruth hätte ihr gern erzählt, dass sie der heimliche Star aller XTC-TV-Putzfeen war. Dass sie allen Ernstes einmal überlegt hatten, ihr einen Orden in Form eines goldenen Staubwedels auf den Schreibtisch zu stellen. Die Entertainment-Chefin war ein Ordnungs- und Organisations-Genie. Während sich bei den Männern im 18. Stock Chaos pur türmte, hinterließ sie täglich ein picobello aufgeräumtes Büro. Selbst der benutzte Aschenbecher war sorgfältig ausgewischt.

Dieselbe Effizienz zeigte sie beim Personalgespräch. Sie hatte Ruth ein paar Fragen zu ihrer angeblichen Diplomarbeit gestellt und schien mit den Antworten zufrieden. Dann erklärte sie ihr, was Rechercheure bei der Produktion von »Maria First Aid« zu tun hatten. Alles drehte sich um die Aufbereitung und Verbreitung von »Wundern«, die Marias Revolution der Herzen auslöste.

Denn Marias Erfolg hielt an. Schulklassen trafen sich nachmittags freiwillig, um Maria-Hausaufgaben zu erledigen. Ein bekannter DJ landete mit einer CD in den Charts, für die er Ausschnitte aus Predigttexten mit Heavy Metal unterlegt hatte. Discos gingen dazu über, Punkt Mitternacht ein Gebet sprechen zu lassen. Täglich bildeten sich neue Fanclubs, die von einer anderen neuen Gruppe im Sender koordiniert wurden.

Seit Maria ihre Zuschauer aufforderte, Sünden und Ungerechtigkeiten anzuprangern, hatten sich außerdem Schleusen des Jammers geöffnet. XTC-TV wurde mit Anrufen, Briefen, E-Mails, Besuchern überschüttet. Es gab die Nörgler, die Missgünstigen, die Querulanten. Aber es gab auch diejenigen, denen echtes Unrecht widerfahren war.

Und genau um die sollte sich die First-Aid-Gruppe kümmern: recherchieren, welche Klagen berechtigt waren, das Umfeld der Sünder auskundschaften, geeignete Bibelzitate, Lieder und Gebete suchen und eine Filmidee entwickeln, das so genannte Proposal.

»Wir stellen uns eine Art Greenpeace für die Seele vor«, hatte Dana Mussin erklärt. »Aktionen, Provokationen, Happenings – erlaubt ist alles, was gerade noch legal ist, pfiffig wirkt und irgendeinen religiösen Bezug hat.«

»Geht es hauptsächlich darum, Sünden und Sünder anzuprangern?«, fragte Ruth.

»Das ist ein erster Schritt. Noch besser wäre es, die Sünder dazu zu bringen, ihr Unrecht einzusehen und quasi live zu bereuen.« Sie zündete sich eine Zigarette an, ohne Ruth eine anzubieten. »Wo wir schon bei Sünden sind …« Sie sog den Rauch genüsslich ein und blies einen ziemlich perfekten Ring in die Luft. »Trauen Sie sich den Job zu?«

Ruth lächelte. »Der Herr wird schon wissen, warum er mich heute zu Ihnen geschickt hat.«

Dana sah sie forschend an und lachte dann. »Schöne Antwort. Ich habe in der letzten Zeit zu viele zu schnell Bekehrte erlebt. Mir reicht es, wenn wir hier professionelles Fernsehen machen. Eins noch: Sie können und sollen die Fanclubs einbeziehen. Sobald Sie glauben, dass Sie ein überzeugendes Proposal haben, geben Sie es an einen meiner Redakteure. Jeden Morgen um zehn ist Konferenz. Da wird entschieden, welche Ideen zum Zuge kommen. Wenn Ihre dabei ist, besprechen Sie mit dem Reporterteam die Einzelheiten und begleiten die Crew beim Drehen.«

Sie hatte noch einmal in Ruths Unterlagen geblättert und stellte eine letzte Frage: »Was machen Sie, wenn Sie im Vorgespräch merken, dass Sie es mit einem Vollidioten zu tun haben?«

Ruth überlegte kurz: »Ich gebe ihm höflich, aber bestimmt zu verstehen, dass Marias Hilfstruppen zur Zeit leider überbeschäftigt sind. Oder soll ich ihm sagen, dass er der ideale Kandidat für Mirco Matas Millionärs-Quiz ist?«

Ihre neue Chefin lachte. »Wehe! Die Personalabteilung ist im vierten, Ihr Büro im zweiten. Viel Erfolg bei uns.«

Kein Hafenblick. Das Maria-First-Aid-Team war in einem düsteren ehemaligen Lagerraum untergebracht, der in ein Großraumbüro mit Stellwänden umgestaltet worden war. Die Aufträge wurden nach Alphabet verteilt. Der Vikar saß in der Nachbarbutze und bearbeitete die Buchstaben E bis H. Ruth bekam I bis N.

*

Der erste Einsatz, den Ruth selbst koordinierte, fand eine Woche später in Pinneberg am Stadtrand von Hamburg statt. Das Opfer war der lokale Sparkassendirektor. Sie hatte herausgefunden, dass er die frühen Morgenstunden schätzte. Tatsächlich bog er um sieben Uhr in den Innenhof vor seiner Filiale auf den für ihn reservierten Platz ein. Kein anderes Auto war zu sehen. Doch als er seinen Mercedes per Fernbedienung verriegelt hatte, schlenderten von den beiden Durchgängen aus Passantinnen auf ihn zu. Plötzlich sah er sich von einer Menschengruppe umringt. Eine Fernsehkamera war auf ihn gerichtet.

»Warum haben Sie Frau Karp den Kredit gekündigt?«, fragte die XTC-TV-Reporterin traurig und mit leisem Vorwurf. Es war eine junge Journalistin, die bisher in der Nachrichtenredaktion gearbeitet hatte und sich nun mit Elan in den neuen Job stürzte. Sie hatte die Eingangsfrage samt Tonfall auf der Fahrt Dutzende Male geprobt – bis hin zur Variante Chefanklägerin im Den-Haag-Tribunal. Aber die sanfte Art war der aggressiven eindeutig überlegen.

Ruth hielt sich im Hintergrund. Mit der aufgeregten Frau Karp an ihrer Seite beobachtete sie, wie der mittelgroße, hagere Mann im Trenchcoat verwirrt innehielt, als er seinen Weg versperrt sah. Der Maria-Fanclub, den sie ausgewählt hatte, war rein weiblich, acht Frauen zwischen 16 und 76. Auf dem sonst menschenleeren Parkplatz wirkte es, als ob Fans einen Popstar umringten. Sie hatten am Vortag ein regelrechtes Training absolviert, sehr nah an ein potenzielles Opfer heranzutreten – es war ein Verhalten, das Frauen im Umgang mit Fremden instinktiv vermieden. Nun bildeten sie einen Kreis ohne Lücken, keine berührte den Mann, aber keine war mehr als einen Meter entfernt.

Als die Scheinwerfer aufleuchteten, fühlte sich Ruth an Michael Moore erinnert, der die Präsidenten von Weltfirmen vor laufender Kamera erschreckte. Nike, General Motors.

Die Taktik verfing auch in Pinneberg.

Der Sparkassenmann hob reflexartig den Aktenkoffer hoch, um sein Gesicht zu verbergen, als er das grelle Licht und die Kameras sah. Er versuchte nervös, sein Handy aus seinem Mantel zu fischen. Die Älteste in der Gruppe nahm es ihm aus der Hand. Nicht bedrohlich, aber entschieden. So, wie man einem unartigen Kind sein Spielzeug entwindet. Nun versuchte er es mit einem Ausfallschritt, um die Kette zu durchbrechen. Aber die Frauen, die an der Stelle standen, die er anvisiert hatte, wichen mit zurück. Und die anderen folgten nach. Auch das hatten die Fan-Gruppen wieder und wieder trainiert.

Die Reporterin wiederholte ihre Frage. Auf dem Mikrofon, das sie ihrem Gegenüber hinhielt, prangte das Maria-M.

»Wer sind Sie, was wollen Sie?«, stammelte er.

Die Jüngste im Kreis hob den Arm und dirigierte den liturgischen Einsatz. Im Chor stimmten sie an: »Maria First Aid / Wir zeigen, wie's geht / Wenn das Herz regiert, und nicht das Geld / Wir sanften Krieger der besseren Welt ...« Die Ehrenamtlichen hatten weitgehende Freiheiten, was ihre Auftritte betraf. Es gab in jeder Gruppe mehr oder weniger ausgeprägte lyrische Talente. Ein hauptberuflicher Trainer lehrte in einem Online-Kurs für Fanclub-Mitglieder das kleine Einmaleins der Propaganda. Sprechchöre, Transparente oder kleine Maskeraden peppten jede Aktion auf.

Ruth sah, dass sich rundum Fenster geöffnet hatten. In den oberen Stockwerken hielten einige Ferngläser bereit.

»Kennen Sie Maria?«, fragte die Reporterin.

Der Mann schüttelte den Kopf. »Nein. Das heißt, meine Frau sieht das manchmal.«

»Ich frage Sie noch einmal: Warum haben Sie den Kredit gekündigt?«

Er fügte sich in sein Schicksal. »Wem? Frau …, wie sagten Sie, hieß sie?«

»Karp«, antwortete die Reporterin kühl. »Sie heißt immer noch so. Umgebracht hat sie sich nicht – trotz der entwürdigenden Art, in der Sie mit ihr umgesprungen sind.«

Die Frau hatte heulend im Sender angerufen. Ihr vierzehnjähriger Enkel hatte seine Handyrechnung nicht bezahlen können. Stolz auf das neue Gerät, hatte er alle seine Kumpels telefonieren lassen. In drei Monaten waren so fast 2000 Euro aufgelaufen. Sein Vater war ein jähzorniger Mann, der noch an die Prügelstrafe glaubte; die Mutter hatte in der Familie nichts zu sagen.

Also war die Oma eingesprungen – und hatte eine Kettenreaktion in Gang gesetzt. Die Summe auf ihrem eigenen Konto war am Monatsende zu klein für die Rate des Kredits, den sie für den Kauf ihrer Wohnung aufgenommen hatte. Daraufhin hatte die Sparkasse der Rentnerin ohne Rücksprache den gesamten Restkredit gekündigt. »Bitte überweisen Sie den Betrag von 21 323,26 Euro umgehend, sonst sehen wir uns genötigt, rechtliche Schritte einzuleiten«, hieß es lapidar.

»Da kann ich leider nichts machen. Anweisung vom Chef«, hatte ihr Sachbearbeiter schulterzuckend gesagt, als die 68-Jährige zu ihm gekommen war.

Ein Fall für Maria.

Inzwischen hatte sich ein Kreis von Gaffern um die Gruppe versammelt. »Vergessen Sie den Typ«, mischte sich ein kleiner Mann mit Hut ein. »Er hat die Kassiererin entlassen, weil sie eine Woche unbezahlten Urlaub brauchte, als ihre Mutter im Sterben lag.«

Die Reporterin sah den Sparkassenmann nach dieser neuen Information entsetzt an und schüttelte traurig den Kopf. »Frau Karp ist seit 40 Jahren Kundin Ihrer Sparkasse«, sagte sie. »Sie hat ihr Konto vorher noch nie im Leben überzogen. Außerdem besitzt sie ein Sparbuch, das den Betrag problemlos gedeckt hätte.«

»Dann hätte sie das Geld eben von diesem Sparbuch nehmen sollen.« Der Sparkassenmann geriet in die Trotzphase. »Wir sind kein Wohlfahrtsunternehmen. Wenn ein Kredit Not leidend wird, hat unser Institut jederzeit das Recht der Kündigung.« Er sah die Reporterin gönnerhaft an, bevor er nachschob: »Ich möchte sogar sagen: die Pflicht zur Kündigung. Schließlich müssen wir unsere seriösen Kunden schützen, die alle Verpflichtungen ordnungsgemäß erfüllen.«

Wunderbar, dachte Ruth. Es hätte gar nicht besser laufen können. Der Mann redete sich Rage und merkte nicht, dass er sich als Prototyp des Apparatschiks offenbarte. Und er wusste nicht, welcher Tiefschlag auf ihn wartete.

»Diese seriösen Kunden – sind das solche wie Ihr Golfclub-Kollege Walter M.?« Die Reporterin hatte ihre Augenbrauen hochgezogen. »Dem Sie ein Zweimillionen-Darlehen ohne Sicherheiten vermittelt haben, kurz bevor seine Baufirma Pleite ging? Und gegen den die Staatsanwaltschaft inzwischen wegen betrügerischem Konkurs ermittelt?«

Ein wunderbarer Moment. Der Sparkassenmann klappte seinen Mund auf und zu, ohne dass ein Wort herauskam. Dann kniff er die Augen zusammen, als wollte er den Albtraum Wirklichkeit ausblenden. Als er sie wieder öffnete, schluckte er. »Kein Kommentar. Wenn Sie mich jetzt bitte an meine Arbeit gehen lassen ...«

Zeit, Frau Karp selbst ins Spiel zu bringen.

Ruth klopfte ihr beruhigend auf die Schulter. Der First-Aid-Kreis ließ eine Lücke. Sie schlüpfte hindurch und trat nach vorn.

Sie war eine Bilderbuch-Omi, klein, schiefbeinig, mit einem freundlichen Gesicht voller Fältchen. »Ich habe eine Frage, junger Mann«, sagte sie zu dem Sparkassendirektor. »Glauben Sie an Gott?«

Sie wussten, dass er im Pinneberger Kirchenchor sang.

Er witterte eine neue Falle und zog misstrauisch die Stirn in Falten. Dann nickte er widerwillig.

»Dann wissen Sie ja, dass es nie zu spät für Reue ist.« Sie lächelte ihn strahlend an und begann mit leicht brüchiger Stimme zu singen: »Schenk uns Weisheit / Schenk uns Mut / Für die vielen kleinen Schritte / Gott bleib du in unsrer Mitte.« Die anderen fielen in den Refrain ein: »Schenk uns Weisheit / Schenk uns Mut!«

Die Miene des Direktors entspannte sich ein wenig. Er presste seinen Aktenkoffer an die Brust und versuchte seine Chef-Stimme wieder zu gewinnen: »Machen Sie doch nicht so einen Riesenaufstand aus der Angelegenheit. Wenn Ihnen so daran gelegen ist, werden wir die Sache gern prüfen. Und jetzt ...«

»Das heißt, Sie nehmen die Kündigung von Frau Karps Kredit zurück?«

Er nickte gequält.

»Und Ihre Kassiererin stellen Sie gefälligst auch wieder ein«, polterte der Mann mit dem Hut aus dem Zuschauerring.

»Um Himmels willen. Ja. Und jetzt lassen Sie mich bitte wirklich ...«

Die Umstehenden brachen in Klatschen und Johlen aus. Sie klopften den Fanclub-Mitgliedern auf die Schultern. Die sangen das Gloria, während die XTC-TV-Kamera einen Mann im Trenchcoat fokussierte, der sich fast im Laufschritt entfernte.

14
Dünnes Eis

Ruths Film lief am nächsten Tag, direkt vor der Predigt-Show, als das »Wunder von Pinneberg«. Die zuständige Redakteurin hatte Ruth und die Reporterin schon nach dem Rohschnitt enthusiastisch beglückwünscht: genau die richtige Mischung aus Vorbereitung und Improvisation. Die erwünschte Prise Theologie. Ein Opfer, mit dem man mitlitt, ein Sünder, der notgedrungen bereute und eine Lektion erhalten hatte, die er sein Leben lang nicht vergessen würde. Dana hatte ihr nach der internen Vorführung eine Mail geschickt: »Prima. Weiter so!«

Die Kolleginnen hätten sich sehr gewundert, wenn sie gesehen hätten, was ihre talentierte neue Mitarbeiterin nach Feierabend tat.

Wenn sie ehrlich mit sich war, wunderte Ruth sich selbst. Sie kurvte eine Weile in St. Georg herum, ehe sie einen freien Parkplatz fand. Es war sechs Uhr. Hauptverkehrszeit. Das Internet-Café war verqualmt. An den Computern saßen hauptsächlich Ausländer. Sie hörte ein paar Brocken Arabisch heraus.

Sie fand ein Terminal in einer Ecke mit halbwegs guter Luft.

Ruben hatte dieses spezielle Café für ihre Mission ausgesucht. Er wusste, dass der Besitzer Vorsorge getroffen hatte, dass keiner zurückverfolgen konnte, woher die Mails kamen, die von hier aus gesendet wurden.

Ohne auf den Zettel zu schauen, tippte sie die Botschaft ein, für die sie sich entschieden hatten: »Wer ist Maria? Nicht die, die sie scheint. Ein Zweikörperwesen. Zweieinigkeit – heilig oder fleischlich? Wir fürchten: eine unheilige Allianz. Wir glauben, hinter diesem Mysterium verbirgt sich ein großer Schatz ...«

Keine Forderung, keine Details. Vage und kryptisch wollten sie den Text halten. Hauptsächlich, um zu kaschieren, dass sie keine Ahnung hatten, worum es Kotte ging. Aber der wolkige Stil passte auch zum Thema. Ruth las die Mail noch einmal durch, setzte »Besorgte Freunde« ans Ende und drückte auf den Button »Senden«.

Sie sah auf die Uhr und erschrak. Ihr neues Leben war anstrengend. Früh morgens Putzfee, tagsüber Rechercheurin, abends Erpresserin. Und dann noch Chauffeurin. Sie hatte versprochen, Monika und Leni abzuholen. Sie zahlte. Es würde knapp werden.

Die beiden standen schon vor der Tür, als Ruth einbog. Sie hatten ihre gemeinsame Begeisterung für klassische Musik entdeckt; Monika hatte Billigkarten für »Fidelio« ergattert. Als sie vor der Oper ankamen, dauerte es einen Moment, Bimbo klarzumachen, dass Hundejaulen keine erwünschte Zugabe darstellte. Schließlich blieb er ergeben auf dem Rücksitz liegen, als Ruth den beiden winkte und wieder losfuhr.

»Du wirst den Mann mögen«, sagte sie zu Bimbo. »Achte auf die Augen. Immer wieder anders.«

Ruben hatte Ruths Film gesehen. »Ihr habt ihn ganz

schön ins Schwitzen gebracht. Sogar Ina hat es gefallen. Zwei aus ihrer Klasse wollen einen Fanclub gründen. Sie selbst findet es eigentlich albern, aber gibt ziemlich damit an, dass sie jemand bei XTC-TV kennt.«

»Oh, eine Auszeichnung der Sonderklasse. Ich bin im Sender auch schon ausgiebig gelobt worden.« Ruth goss Bimbo eine Schale mit Wasser voll. »Zum Glück hat keiner gefragt, woher ich die Information mit dem Darlehen und dem Pleitefreund habe. Sonst hätte ich schon wieder gegen das achte Gebot verstoßen müssen.« Es war seine Idee gewesen, die anderen Golfclub-Mitglieder genauer unter die Lupe zu nehmen, und er hatte seine eigenen Kanäle benutzt. Die First-Aid-Gruppe durfte nur legale Informationen verwerten.

Es war ein warmer Abend. Im Garten wehte ein leichter Wind Duftwolken von einem blühenden Strauch zu ihnen herüber. Bimbo schnupperte interessiert und nieste.

Ruben schenkte Mineralwasser ein und stieß mit Ruth an. »Auf deine Karriere! Wie ist dein Gefühl bei der Sache?«

»Weißt du, was das Absurde ist?«, fragte Ruth. »Es macht unheimlichen Spaß. Du hast das Gefühl, genau das Richtige zu tun. Maria hat absolut Recht. Diese grauen Typen sind auswechselbare Marionetten. Computerspiel-Figuren, denen man irgendeinen Auftrag einprogrammiert hat, und den erfüllen sie pflichtgetreu, ohne Herz und Verstand.«

»Und trotzdem …« Ruth ließ sich von Bimbo die Hand lecken. »Trotzdem kommt mir die Arbeit falsch vor. Hohl. Denn wir sind ja im Grunde genau solche Figuren.

Wir initiieren gute Taten als bezahlte Auftragsarbeit. Du müsstest diesen PR-Chef sehen. Der ist wirklich 180-prozentiger Maria-Jünger. Aber mit genau derselben Überzeugung, die er für den Verband der Fleischgroßhändler aufbringen würde. Oder für die Stadtreinigung. Ich garantiere dir: Wenn er ein Diener der Pinneberger Sparkasse wäre, er hätte die arme Frau exakt genauso behandelt. Vielleicht in einer Broken-English-Variante: ›Sorry, no exceptions, liebe Dame.‹«

Ruben lachte ein leises kehliges Lachen. »Und du bist sicher, er glaubt daran, dass Maria bei Brot und Wasser im Studio sitzt und predigt?«

»Völlig sicher«, sagte Ruth. »Alle glauben es. Sogar Dana. Sie ist total sauer auf Maria, weil die ihr Studio blockiert. Und dieser Dr. Kopf erst recht. Der Mann ist zu jedem Selbstbetrug fähig, aber für seine Illusionen braucht er ein felsenfestes Fundament. Und das ist in diesem Fall die Tatsache, dass das Idol des Senders echt ist.«

»Was denkst du selbst?«

»Ich glaube, dein Fred sieht Gespenster. Kotte wird morgen früh unsere Mail sehen und denken, er hat es mit Verrückten zu tun. Wenn wir Recht haben und die Maria in der Villa die wahre Maria ist, müsste das doch bei XTC-TV bekannt sein. Klatsch ist in dem Sender sofort rum. Wir sind kaum eine Woche da, und selbst wir wissen schon, dass der Intendant den armen Dr. Kopf mit immer neuen Vorsilben traktiert. Und dass Dana eine Romanze mit dem News-Chef hat. Und irgendwann war sie mit Seeler liiert, der dadurch die Ressortleitung Sport bekommen hat.«

Ruben dachte nach. »Die Alternative ist, dass er die Sache vor den eigenen Leuten geheim hält, selbst in seinem engsten Kreis. Und das bedeutet, dass wir vielleicht nicht nur 100 000, sondern eine halbe Million fordern sollten, wenn wir erstmal so weit sind.«

Ruth nahm einen Hundekeks aus dem Päckchen, das sie mitgebracht hatte, und legte ihn Bimbo vor die Pfoten. Er schubste ihn hin und her wie eine Katze, bevor er ihn auffraß. Dann legte er seinen Kopf auf Ruths Knie.

Sie kraulte ihn gehorsam. »Aber ist es nicht eigentlich völlig egal, ob Aufzeichnung oder live?«, fragte sie. »Immerhin kommt letztlich etwas Positives dabei heraus.«

»Noch«, meinte Ruben.

»Ja, noch. Aber ich muss zugeben, dass mich Maria mit ihren schlichten Wahrheiten beeindruckt, je intensiver ich mich mit ihr beschäftige. Der Predigt von gestern zum Beispiel, als sie sagte: ›Jedes Vorbild öffnet uns die Augen, wie einfach es ist, Gutes zu bewirken.‹ Ja, ich gebe zu, es hört sich banal und kitschig und nach Pfadfindern an. Aber ich erlebe jetzt täglich, dass es stimmt. Kommt es nicht genau darauf an, im Leben, beim Glück – auf die kleinen Aufmerksamkeiten?«

Ruben griff in die Tüte mit den Hundekeksen, deutete eine leichte Verbeugung im Sitzen an und reichte Ruth einen: »Werte Hungrige, darf ich mir erlauben, Ihnen etwas Labsal anzutragen?« Er hielt sich den Karton vor die Brille und las vor. »Mit Leberextrakt, Ballaststoffen und lebenswichtigem Tetramin.«

Kobold-Augen funkelten hinter der Brille. Seine Hand schwebte verführerisch nah vor ihrem Mund. Oh ja, sie verspürte durchaus Lust, an dieser Hand herumzulecken und zu knabbern, notfalls sogar unter Inkaufnahme des Geschmacks von Hundekuchen.

Stattdessen nahm sie ihm den Keks aus der Hand und warf ihn Bimbo zu. »Quatschkopf, ich meine es ernst!« Sie erzählte Ruben von einigen der Fan-Projekte. Die Mitglieder eines Clubs gingen ins Krankenhaus, besuchten Patienten ohne Angehörige, lasen ihnen vor oder spielten Skat, Schach, Mensch-ärgere-dich-nicht mit ihnen. Dann gab es die Blumenkinder, die in Blumenläden um Sträuße bettelten, die zu alt zum Verkaufen und zu gut zum Wegwerfen waren, um sie in Asylantenheimen zu verschenken.

»Mein Liebling ist der Handtaschenräuber. Ein Fall von unserem Vikar. Er hat sich per Telefon gemeldet, unter Vorbehalt, wie er gesagt hat. Denn das Geld, das er der Oma geklaut hatte, sei längst ausgegeben, und er sehe keine Möglichkeit der Wiederbeschaffung, ohne eine weitere Straftat zu begehen. Wir haben die beiden zusammengebracht. Nun hilft er ihr bei der Gartenarbeit.«

»Wunderbar«, sagte Ruben. »Ich liebe Geschichten mit Happy End.«

Eine Steilvorlage. Eine bessere würde es kaum geben. Ruth holte innerlich Luft und zog eine von Bimbos Rastalocken lang. Wie sagte Maria: »Fangt mit dem Schwersten an, und ihr werdet sehen, dass danach alles leicht fällt.« Also gleich in der eigentlichen tiefen Wunde bohren, statt Ruben auf die Szene mit dem Mazda-Rüpel anzusprechen. Auch wenn das Thema dünnes Eis bedeutete.

»Nur mal als Gedanke«, Ruths Stimme klang unsicher,

»könntest du dir vorstellen, dass du dich mit diesem Typen triffst, der dich angefahren hat?«

Das Flackern in seinen Augen war kurz. »Wie bitte? Wollen Sie mich bei XTC-TV vermarkten, Fräulein Neumann?«

Eine Antwort wie ein Knurren. Noch ohne Kettenrasseln. Nicht Alarmstufe Rot, nur dunkles Orange. Der Nerv war getroffen. Sie tastete sich einen Schritt weiter vor.

»Quatsch. Ganz unabhängig davon. Aber mir ist tatsächlich klar geworden, wie heilsam Versöhnungen sind. Durch Maria, durch den neuen Job. Dein Unfall ist jetzt drei Jahre her. Du hast den Kerl zuletzt bei der Gerichtsverhandlung gesehen, oder? Die Atmosphäre dort ist bestimmt nicht ideal, um mit dem Ganzen ins Reine zu kommen. Nicht für dich und nicht für ihn.«

Seine Augen hinter der Brille wurden dunkel. »So?«

Ein Kältehauch aus der Mazda-Szene. Sie hatte die höhnische Stimme des anderen noch im Ohr: »Aha, die impotente Sorte mit den Gummibeinchen. Hat dich ein Kollege etwas hart erwischt?« Dann das Wutgeheul, als er die Sprayladung in die Augen bekam, und Rubens unheimliche Ruhe …

Ruth seufzte. »Okay, Gebot 23a. Du sollst deinem Nächsten nicht in seine Angelegenheiten pfuschen.« Sie wartete eine Weile und fügte hinzu: »Noch nicht.«

Er wandte sich ab und drehte den Kopf in Richtung des duftenden Strauches.

Ihre Hand, die eben noch Bimbos Fell gestreichelt hatte, fand einen Platz, der ihr richtiger erschien. Glitt über die weiche Haut von Rubens Wange. Streifte Bartstoppeln.

Strich am Brillenbügel entlang. Entdeckte eine Ohrmuschel mit Rillen und Höhlungen. Zupfte am Ohrring Morsezeichen, dreimal kurz, dreimal lang.

Bisher hatten sie beide jede Berührung vermieden.

Ruben hatte die Augen geschlossen. Seine Gesichtsmuskeln entspannten sich, während er sein Ohr sanft gegen ihre Hand drückte und daran rieb.

Dann nahm er ihre Hand und legte sie vorsichtig zurück auf Bimbos Rücken. »Danke für die Aufmerksamkeit. Ich habe meinen eigenen Weg diese Probleme zu lösen.« Nach kurzem Nachsinnen fügte er hinzu: »Aber wer weiß, vielleicht lässt sich die Lösung in diesem Fall ja mit unserem Vorhaben kombinieren.«

Ruth war zu sehr mit ihren eigenen Gedanken beschäftigt, um auf die seltsame Nachbemerkung einzugehen. Der Mann ihr gegenüber war verletzt worden, war verletzlich geblieben, würde verletzlich bleiben. Seelische Wunden zu heilen kostete Zeit. Zeit und Behutsamkeit. Sie tauschten einen Ruth-Ruben-Blick: Ja, dünnes Eis. Eingebrochen. Aber nicht ertrunken. Irgendwo an einem anderen Ufer angekommen.

Ihre Streichelhand blieb gehorsam auf Bimbos Fell. Der Hund freute sich über doppelte Aufmerksamkeit, denn auch Rubens Hand vergrub sich jetzt in die Locken und strich dem Hund über den Rücken. Manchmal begegneten sich Fingerspitzen, berührten Haut ohne Fell, die zu einer fremden Hand gehörte. Das vierundzwanzigste Gebot hing im Raum: Du sollst sehr behutsam und vorsichtig sein!

Sie blieben draußen, als es dämmerte und schließlich dunkel wurde. Streichelten und schwiegen, bis es Bimbo langweilig wurde und er aufsprang, um Mücken zu jagen, die um die Gartenlaterne herumschwirrten. Ließen die Hände für einen Augenblick ineinander ruhen, bevor sie sie zurückzogen.

Es gab ein weniger glatteisträchtiges Thema als Unfallfahrer und Zuneigung und sexuelle Gefühle, die beim einen unterhalb des soundsovielten Wirbels endeten und bei der anderen nicht. Die Erpressung.

»Wie geht es jetzt weiter?«, fragte Ruth. Die Finger der Streichelhand fuhren die Konturen des Weidengeflechts auf der Lehne des Korbstuhls nach.

»Wir werden noch ein paar Köder mehr auswerfen«, antwortete Ruben. Seine Hand hatte die Brille abgenommen und suchte ein Tuch, um die Gläser zu putzen. »Du sagst, du hast auch seine private E-Mail-Adresse herausgefunden?«

Ruth nickte. »Sehr hübsch. Ein Anagramm: Ikarus@ motte.de.«

»Das fordert ja einen Absturz geradezu heraus. Er muss ein ziemlich selbstbewusster Mensch sein.«

»Allerdings. Ich habe ihn noch nie zu Gesicht bekommen. Aber alle haben unheimlichen Respekt vor ihm. Er bekommt also noch mehr Post von uns?«

Ruben hauchte die Brille an. »Ja. Wir machen ihn neugierig. Mehr können wir nicht tun, bis wir eine Idee haben, worauf er mit der ganzen Geschichte eigentlich hinauswill. Ich hoffe, wir erfahren es durch irgendeine der Predigten.«

»Wie zum Beispiel?«, fragte Ruth.

»Vielleicht rät Maria morgen ihren Fans, irgendwelche Aktien zu kaufen, die sie für heilig erklärt. Und da Kotte es weiß, hat er sich schon vorher eingedeckt, verkauft sie antizyklisch und macht einen hübschen Gewinn.« Er schaute probehalber durch die Brille. Sie schien sauber. Er rieb weiter.

Ruth schüttelte skeptisch den Kopf. »Und dazu dieser immense Aufwand? Verfolgen die Aufsichtsbehörden nicht größere An- und Verkäufe? Selbst wenn er Strohmänner einschaltet, wäre das wahrscheinlich zu ihm zurückverfolgen. Und es passt nicht zu Maria. Ich habe inzwischen Mitschriften aller Predigten gelesen. Es gab schon ziemlich am Anfang eine, wo es um Jesus und die Pharisäer ging, und diese berühmte Szene, wo Jesus die Geldwechsler aus dem Tempel treibt. Da hat sie Zinswucher und Spekulation gegeißelt.«

»Hast du eine bessere Idee?« Ruben setzte die Brille wieder auf, griff in die Hundekeks-Schachtel und lockte Bimbo mit einem Keks. Der Hund kam zurück und blickte von Ruth zu Ruben zu Ruth. Dann setzte er sich gnädig in die Mitte und wartete auf seine Doppelstreicheleinheiten.

»Wenn wir davon ausgehen, dass diese ganze Sache samt dem Verschwinden in der Villa von vornherein geplant war, muss er irgendetwas richtig Großes vorhaben. ›Think big!‹, wie unser PR-Mann sagen würde.«

»Und was könnte dieses richtig Große sein?«

»Ich habe nicht die leiseste Ahnung«, gab Ruth zu.

»Macht nichts«, sagte Ruben fröhlich. »Vergiss eines nicht: Er hat ja auch keine Ahnung, dass diese Widersacher, mit denen er plötzlich zu tun hat, völlig im Dunkeln

182

tappen. Er merkt nur, dass sie allgegenwärtig sind. Dank deines Doppeljobs haben wir inzwischen eine geniale Ausgangsposition. Zugang zum Gebäude, wenn es leer und wenn es besetzt ist. Wir können ihn per Hauspost und per normaler Briefpost erreichen. Wir haben seine beiden E-Mail-Adressen. Wir haben die Telefonnummer seines Sekretariats. Und Fred hat eine private Handy-Nummer beigesteuert. Er denkt, sein Vorhaben ist absolut geheim …«

»… und plötzlich kommen von allen Seiten Belege auf ihn zu, die ihn daran zweifeln lassen«, führte Ruth den Gedanken weiter. »In der Hauspost findet er ein Bild von Maria mit wegretuschierten Haaren. Eine Stimme in seiner Mailbox fragt: Was passiert wirklich in Studio X? Jemand mit dem Namen Coral ruft die Sekretärin an und behauptet, sie hätte ihre Nichte Maria beim Einkaufen in Berlin gesehen. Ein Päckchen mit dem Absender der Villa Moravis erreicht ihn. Inhalt: eine leere Tablettenschachtel …«

»Nicht so schnell!« Ruben nahm einen Zettel und listete die Punkte auf. »Feine Idee. Es muss ja weder das echte Briefpapier von dort sein, noch brauchen es die Pillen zu sein, die sie wirklich kriegt.« Er schaute auf die Liste und sagte: »Das Beste an dem Ganzen ist, dass das bisher alles nicht kriminell ist, sondern allerhöchstens grober Unfug.«

Ruth seufzte. »Klingt gut. Was schlagen wir ihm vor?«

»Wir brauchen eine Reaktion von ihm, die zeigt, ob wir mit unserer Theorie Recht haben. Wenn wir danebenliegen, wird er all die zarten Andeutungen ignorieren. Weil er sie gar nicht versteht. Aber wenn er sie versteht, wird er wissen wollen, mit wem er es zu tun hat. Er wird demjenigen eine Falle stellen wollen. Wir fordern ihn auf, uns ein Zeichen zu geben.« Ruben dachte einen Moment nach. »Er soll etwas im Sendegebäude verändern, so dass man es von innen und außen erkennen kann. Du kennst das Gebäude. Was böte sich da an?«

»Der Konferenzraum. Der ist ständig besetzt. Von den verschiedensten Leuten und Gruppen. Und sein Büro ist im selben Stockwerk.«

»Und was könnte man da umarrangieren?«

»Noch ein Maria-Emblem ins Fenster hängen?«

»Nein, es muss unauffälliger bleiben. Es müsste etwas sein, das jeder, der sich in dem Raum aufhält, tun könnte.«

»Eine der Jalousien hakt. Man könnte vorschlagen, sie auf halbmast zu stellen.«

»Sehr gut.«

Sie schaute auf die Uhr. »Zeit für meinen Viertjob: das Opern-Abholkommando.«

Sie wollte aufstehen. Er schüttelte den Kopf und legte ihr die Hand auf die Schulter. »Sitzenbleiben!«

Er griff in die Bimbo-Schachtel und holte drei Kekse heraus. Er gab sie ihr, rollte zwei Meter zurück, öffnete den Mund. »Mal schauen, ob du Basketball-Talent hast. Drei Freiwürfe.«

Der erste Versuch prallte an seinem linken Brillenglas ab und wurde Beute für Bimbo. Der zweite landete in der Hecke. Der dritte passte. Ruben kaute. »Mmmmh, Tetramin!«

Dann rollte er wieder neben sie und zog vorsichtig ihren Kopf zu sich herüber. Der Kuss schmeckte nach Hundekuchen und Abenteuer und Vergnügen. Irgendwann spürte Ruth wieder Luft an ihren Lippen. Und eine Stimme sagte: »Fräulein Neumann. Ich kann dich ziemlich gut leiden. Und das macht mir Angst.«

15
Joker

Das Team, das Marius Kotte »die Joker« nannte, bestand aus zwei nebenberuflichen Schauspielern, die für ungewöhnliche Gagen ungewöhnliche Aufträge übernahmen.

Kotte traf sie im »Lord von Barmbek«, einem Lokal im gleichnamigen Hamburger Stadtbezirk. Der legendäre Einbrecherkönig, der als Namensgeber fungierte, hatte gut 100 Jahre zuvor in der Nähe selbst eine Kellerkneipe besessen und Wirt gespielt, wenn ihn seine Verpflichtungen in der von ihm gegründeten und geleiteten »Barmbeker Verbrechensgesellschaft« nicht davon abhielten. Das Nachfolge-Etablissement hatte eine laute Musikbox, die diskrete Gespräche ermöglichte. Dass es noch nicht von der Szene entdeckt und gekapert worden war, lag an der Gegend und an der Speisekarte. Freunde der leichten und natürlichen Küche wurden nicht befriedigt. Kotte bestellte Speckscholle. H1 wählte Bauernfrühstück, H2 Currywurst.

Die Grundlagen des Gewerbes hatten die Joker sich mit staatlicher Hilfe in der Theatergruppe im Knast von Santa Fu angeeignet. Helmut, H1, war der Größere und Ältere. Zumindest sah er meistens größer und älter aus, wenn nicht Hartwig, H2, seine Plateausohlen trug und sich graue Schminke ins Haar schmierte.

186

Sie spielten eine Runde Darts, bevor das Essen kam.

Kotte sah sich um, während H2 zwei Pfeile mit traum-wandlerischer Sicherheit im Bull's Eye versenkte. An ei-ner Wand hing ein lebensgroßes Porträt des Lords hinter ein paar Originalgitterstäben, eine andere war mit Steck-briefen tapeziert. Am Tresen klebten Postkarten mit Au-togrammen, zum Großteil Fußballer und Boxer, aber auch ein paar Schauspieler. Tappert. Fritz Wepper. Götz George als »Totmacher«.

Kein Zeichen von Maria. Kein M, nirgends. In den alten Arbeitervierteln war die Quote eher mau. Hier sah man Bundesliga, Champions League und die Fehlleistungen des FC St. Pauli, ehe man zu XTC-TV umschalten würde. Kotte nahm einen Bierfilz und machte sich eine Notiz. Seeler musste irgendeine Verbindung zwischen Fußball und Maria knüpfen.

»Spezielle Wünsche?« H2 hatte wie gewohnt gewon-nen.

»Elvis«, sagte H1.

»Johnny Cash«, sagte Kotte und schoss seine letzten Pfei-le ab.

H2 spazierte zur Musikbox und drückte.

»Sie haben Nerven.« H1 legte seine Serviette auf den Schoß und schnupperte an seinem Teller, während die ersten Takte von Jailhouse Rock aus den Lautsprechern dröhnten. »Erst suchten wir für Ihre Dame ein Etablisse-ment der Spitzenklasse aus. Wir finden die Villa. Ge-schlossene Abteilung mit Besuchsverbot. Security vom Feinsten, damit Madame nicht auf die Idee kommt, sich selbstständig zu machen. Und nun sollen wir sie da wieder rausholen? Und denselben Zirkus noch mal in diesem Kaff hinter der polnischen Grenze aufführen?«

Er schüttelte in gespieltem Jammer den Kopf und zeichnete mit den Gabelzinken sorgfältig ein Muster von Gitterstäben in einen Rest Senf auf seinem Teller. »Warum beauftragen Sie uns nicht gleich, einen RAFler aus dem Hochsicherheitstrakt zu klauen?«

Kotte signalisierte per Schulterzucken, dass das Leben mitunter seltsame Kapriolen schlug.

Sie aßen eine Weile schweigend weiter.

Das größte Plus der beiden Hs war neben ihren Verbindungen ins Milieu die eigene einschlägige Vorbildung. Bei Helmut war es Einbruch/Diebstahl, bei Hartwig Betrug/Urkundenfälschung. Körperverletzung nur, wenn es nötig war. Ein weiterer Vorzug war ihre Unscheinbarkeit. Seit sie die Finessen der Kostümbildnerei kannten, agierten sie praktisch unsichtbar. Nach einem Zwischenfall erinnerten sich Zeugen regelmäßig an Details: einen Schnauzer, einen Vollbart, Pausbacken, eine Narbe am Kinn, ein verräterisches Hinken, einen Höcker auf der Nase, eine Brille mit einem Sprung, einen verrückten Hut – wenn man die Merkmale aus der Requisite abzog, blieb nur die Erkenntnis, dass zwei Männer am Schauplatz gewesen waren.

Sie waren Perfektionisten geworden und hatten sich auf Aufgaben spezialisiert, bei denen die Beteiligten aus verschiedensten Gründen davon absahen, nach Gericht und Gerechtigkeit zu rufen. Warum-Fragen stellten sie nicht. Kotte hatte ihnen bei ihrem ersten Einsatz trotzdem von Mann zu Mann angedeutet, weshalb Margot Drengski eine Weile untertauchen musste: eine abgelegte, allzu aufdringliche Flamme, deren Alkoholismus es nötig machte, sie eine Weile aus seinem Umfeld zu entfernen, um seinem Ruf nicht zu schaden. Und zu allem Überfluss hatte sie sich auch noch in diesen Maria-Wahn hineingesteigert.

Johnny Cashs Knarrstimme verkündete, dass ihr Besitzer jeden Inch von San Quentin hasste. H1 schob seinen leeren Teller zur Seite und tupfte sein Kinn ab. »Wissen Sie, was ich unterschreiben musste, als ich diesem Oberdoktor damals großzügig die Kosten für drei Monate in die Hand gedrückt habe? Dass ich meine liebe Schwester Margot der therapeutischen Obhut der Villa Moravis übergebe, so lange seine Hoheit das für nötig hält. Freiwillig rückt er sie nicht raus.«

Der Ober kam zum Abdecken. »Dessert, die Herren?«

»Nein, freiwillig wohl nicht«, sagte Kotte.

»Gezwungen wird hier niemand«, brummelte der Ober und zog ab.

Sie lachten.

»Einen Einbruch können wir vergessen«, fuhr H1 fort. »Tagsüber sowieso. Das Haus ist klein. Da fällt jeder Fremde auf. Nachts ist es noch schwieriger. Es gibt eine doppelte Schleuse für die Mitarbeiter. Erst Chipkarte, dann Irisdiagnose. Das packen wir nicht. Wir sind solide altmodische Handwerker. Gib uns ein ABUS-Zylinder-Schloss, und wir knacken es in fünf Minuten. Von dem Hightech-Kram lassen wir die Finger.« Er hob die rechte Hand und drehte sie vor seinen Augen. Die Finger waren schmalgliedrig wie bei einem Pianisten. Die Nägel manikürt.

Kotte wusste, dass die beiden einen fertigen Plan mitgebracht hatten. Aber er drängte nicht. Sie waren eitel, wie Experten in jedem Metier. So wie Seeler bei Konferenzen gern zur Schau stellte, dass er sich an jedes einzelne Bundesliga-Ergebnis aus den frühen 1980er Jahren erinnerte, mussten ihm diese beiden beweisen, wie schwierig das Projekt war, mit dem er sie betraut hatte. Er ging darauf ein. »Wenn Einbruch ausfällt, müssen Sie also einen Vorwand finden, um reinzukommen.«

»Irgendetwas, wo man mit dem Wagen in den Hof kommt. Kammerjäger. Gewerbeaufsichtsamt. Haben wir überlegt und verworfen. Da kann zu leicht jemand bei den Behörden nachfragen.«

Kotte dachte an Marias Trick mit der amerikanischen Agentin. »Ein Professorenteam aus USA, das den Chefarzt besucht«, schlug er vor. »Da ist der mit Sicherheit gebauchpinselt und macht die Tür weit auf.«

»Sorry, Sir, Englisch ist nicht unsere ganz große Stärke«, sagte H1. »Außerdem taucht bei all diesen Varianten das nächste kleine Problem auf: Wie sollen wir hinterher mit einer Patientin unterm Arm aus der Villa spazieren, ohne dass es jemandem unangenehm auffällt? Dass der liebe Chefarzt ungerührt zusieht, wenn seine Gäste mit quietschenden Reifen und einem seiner Schützlinge abhauen, ist nicht zu erwarten. Nein, zu heiß.«

Der Ober brachte unaufgefordert die Rechnung und legte sie vor Kotte auf den Tisch. Der sagte: »Ich nehme an, Sie haben eine Alternative?«

»Nein, mein Herr. Geschirrspülen statt Zahlen ist bei uns nicht.« Er rauschte ab.

»Das einzig Gute an diese Klapse war, dass es eben doch kein Knast ist. Richtig?«, stellte H1 fest. »Also rufen wir den Oberdoktor an und erzählen ihm, irgendeine Tante der Drengski ist gestorben. Notfalls faxen wir die Sterbeurkunde mit. Ich als ihr Bruder und Hartwig als Cousin kommen höchstpersönlich, um sie zur Beerdigung abzuholen. Und wir versprechen hoch und heilig, Margot anschließend bei Onkel Doktor wieder abzuliefern.«

»Und wenn sie nicht mit will?«

»Sie will! Verlassen Sie sich drauf! Auch wenn es eine Edelklapse ist, nach dieser Zeit ist sie auf einen kleinen Ausflug scharf.«

Kotte rieb sich die Nasenflügel. »Elegant. So lässt sich die Aufregung über das Verschwinden hinauszögern.«

»Hinauszögern? In Luft auflösen!« H1 sah Kotte triumphierend an. »Denn nach der Trauerfeier rufe ich diesen Willer an und mache ihm klar, dass sich Margot über die Behandlung in der Villa Moravis beklagt hat. Kakerlaken auf dem Klo, Schimmel auf dem Brot. Ich bin wütend, ich drohe mit Klage. Und wenn er sagt, dass sie das nur im Delirium gesehen haben kann, antworte ich, dass das schon möglich ist. Und ich gebe zu, dass der Tod der Tante wie ein Schock gewirkt hat. Margot hat ihre Familie wiedererkannt. Und dass der Familienrat übereingekommen ist, die verlorene Tochter draußen zu behalten. Denn nun ist ja bei dem Onkel Witwer Platz. Auf eine Rückerstattung der Therapiekosten lege ich keinen Wert.«

Kotte legte das Geld auf den Tisch und gab H2 das Kuvert mit dem Drengski-Pass und dem Honorar. »Gute Arbeit«, sagte er, »auch das Dokument, das Sie mir übermittelt haben. Bitte bei Gelegenheit zurück!« H2 deutete eine Verbeugung an.

Kotte ging. H und H spielten noch eine Runde Darts.

»Irgendwas ist verrückt an der Geschichte«, sagte Helmut.

»Erzähl mir was Neues.«

»Dass er sie los sein will, wenn sie säuft, kann ich ja noch verstehen. Aber warum soll die zweite Klapse besser sein als die erste?«

*

Das Zucchini-Soufflee war gerade fertig, als das Telefon klingelte.

»Nein!«, sagte Ruth, »nicht schon wieder!«

Aber es war nicht Ina.

»Hallo, Fred!« Ruben schaltete den Lautsprecher ein, damit Ruth mithören konnte.

»Wie war dein Spiel?«, fragte eine Männerstimme.

»Wir waren gut. Wenn wir noch besser gewesen wären, hätten wir gewonnen. 64 : 69.«

»Und was macht die Liebe?«

Es war ziemlich dunkel im Zimmer. Am Tisch flackerten nur die fünf Kerzen auf dem Leuchter. Aber Ruth hätte schwören können, dass sich Rubens Gesichtsfarbe um eine Nuance veränderte. »Ich verweigere die Aussage. Sie hört mit.«

Lachen auf der anderen Seite. »Grüß sie! Hör zu, hier tut sich etwas mit unserer Patientin. Stör' ich gerade?«

Ruth nickte heftig.

»Nein, wenn dir gelegentliche Schmatzlaute nichts aus-
machen. Wir haben gerade die erste Ernte verarbeitet.«
Ruben rollte mit dem Telefon zum Esstisch. Ruth füllte
zwei Teller und stellte Ruben einen hin. Es dampfte und
roch köstlich.

»Guten Appetit.«

»Danke. Hat sie neue Ideen, warum sie doch Maria sein
kann?«, fragte Ruben. »Gibt es eine Zwillingsschwes-
ter?«

»Nein, sie ist ziemlich am Boden, obwohl ich sie wieder
von den Medikamenten runter habe. Starrt Löcher in die
Wand. Unterhält sich nur noch mit mir und der Marsia-
nerin und den Raben. Aber sie kriegt übermorgen Besuch,
von dem sie nichts wissen soll. Der Bruder kommt, der die
Einlieferung bewirkt hat.«

»Ich denke, Besuch ist bei euch verboten.«

»Gut aufgepasst. Aber der Clan drängt. Und Willer
kommt mit ihr bei der Therapie nicht weiter, deshalb
spielt er mit. Er wird ihr sogar erlauben, die Villa für einen Tag zu verlassen. Für eine Beerdigung. Angeblich
eine Tante. Auf der Stationsbesprechung hat er uns erzählt, die Konfrontation mit einer existenziellen Situation
böte eine Chance, die Paranoia zu knacken. In Wirklichkeit ist er frustriert.«

»Du solltest ein Soufflee für ihn kochen, für sie auch.
Ich verrate dir ein Geheimnis. Eine Prise Salz in den
Eischnee, damit er fester wird. Und Muskat. Frisch ge-
rieben.«

»Muskat ist kein Gewürz, sondern eine Droge. Mein Geheimnis ist, dass ich dir zwei Papiere faxen kann, aus

denen irgendwelche Familienverbindungen der Drengskis hervorgehen. Vielleicht erledigt sich damit ja alles.«

»Heißt das, dass du die Drengski-Story jetzt doch glaubst?«

»Ich weiß, ehrlich gesagt, immer weniger, was ich glauben soll. Sie erinnert sich an so verdammt viele Kleinigkeiten aus dem Maria-Leben. Ich hab in meiner Zeit hier schon einige Identifikations-Typen gehabt. Aber die sind nicht so verzweifelt wie sie. Sie will wirklich wissen, wer sie ist. Willer ist ein cleverer Typ. Es gehört ganz schön viel Stärke dazu, ihm etwas vorzuspielen. Und jetzt, wo sie zu Kräften kommt, sieht sie der echten Maria ziemlich ähnlich. Aber sie kann sich zum Beispiel überhaupt nicht daran erinnern, diese Bet-Sendung aufgenommen zu haben. Und wenn sie DIE Maria wäre, wer hat dann den Hokuspokus mit dem Bruder und den Drengskis inszeniert?«

»Und warum?« Ruben hielt Ruth seinen leeren Teller hin. Sie schüttelte den Kopf und signalisierte ihm, dass sie das Telefon haben wollte. Er gab es ihr und teilte den Rest Soufflee auf. Seine Portion war deutlich größer.

»Hallo, Fred, ich bin Ruth.« Sie sicherte sich einen Happen von Rubens Teller, während sie weiterredete. »Kennen Sie das siebenundzwanzigste Gebot? Du sollst deinen Nächsten nicht beim Soufflee übervorteilen! Aber für Sie möchte ich das achtundzwanzigste zitieren: Du sollst aufhören zu telefonieren, wenn es am schönsten ist. Es klingt egoistisch, und ich mag Ihre Stimme. Aber den zweiten Teil der Mahlzeit möchte ich andächtig zu zweit genießen.« Sie machte eine Pause. »Wo wir schon mal miteinander reden: Ich finde, die tote Tante hört sich nicht nach Zufall an.«

»Sie glauben also, dass es Unholde im Hintergrund gibt, die Tanten umbringen, damit sie eine Person aus einer Klinik rausholen können, in die sie sie vorher mühsam haben einweisen lassen?« Fred klang amüsiert. »Darf ich Sie auf das neunundzwanzigste Gebot aufmerksam machen? Du sollst dich vor Nächsten hüten, die Ruben heißen und auf Verschwörungstheorien abfahren! Sie sind ansteckend!«

Ruth lachte. »Maria würde sagen: ›Theorien, was sind schon Theorien? Wir brauchen Gewissheiten!‹ Faxen Sie Ruben, was immer Sie wollen! Aber frühestens in einer halben Stunde. Es gibt noch Pudding. Tschüss!« Sie legte auf.

Das eine Dokument war eine Sterbeurkunde. Die Frau war 67 Jahre alt geworden. Sie hieß nicht Drengski, sondern Annemarie Schulte und war vor drei Tagen an Herzversagen gestorben. Das zweite Fax, die Kopie einer Todesanzeige, illustrierte die Drengski-Verbindung. Neben verschiedenen Schultes und Carstensens tauchten drei Mal Drengskis auf, die um »unsere geliebte Tante, Nenntante und Großtante« trauerten, unter anderem eine Margot.

»Sieht nach einer Sackgasse für uns aus«, sagte Ruth. »Schade, ich hätte die 250 000 gut gebrauchen können.«

»Quatsch. Denk positiv! Es ist eine heiße Spur. Irgendetwas haben sie mit diesem Friedhofsbesuch vor. Sie riskieren ja nichts. Sie gehen davon aus, dass die Patientin unter Drogen steht und sowieso kaum etwas mitkriegt. Fred sagt, dass der Chefarzt mit seiner Therapie nicht weiter-kommt. Es könnte entweder eine Maßnahme sein, um ihn in Sicherheit zu wiegen, dass er nicht anfängt grundsätzli-che Zweifel zu bekommen. Oder um Maria endgültig ein-zureden, dass sie Margot ist.«

»Etwas weit hergeholt.« Der Pudding war nicht süß ge-nug. Sie holte die Flasche mit dem Ahornsirup aus der Küche.

»Bei großen Beerdigungen laufen viele Leute rum, von de-nen viele sich nicht kennen. Versetz dich in die Situation. Du glaubst, du bist Maria, aber du bist völlig verunsi-chert. Dann kommen angebliche Margot-Verwandte und holen dich ab. Es müssen nur noch zwei, drei andere Leu-te so tun, als ob sie dich erkennen. Irgendwann wirkt die Gehirnwäsche und du brichst zusammen.«

»Absurd. Bisher waren wir davon ausgegangen, die Leu-te, die Maria unter Verschluss halten, haben den Namen Drengski gewählt, damit die Suche nach Verwandten im Sande verläuft. Und nun taucht plötzlich doch eine Fami-lie Drengski auf, und du glaubst, dass extra eine Tante zum passenden Zeitpunkt stirbt?«

»Nein.«

»Sondern?«

»Denk nach!«

»Die Sterbeurkunde ist gefälscht und die Todesanzeige auch, es findet gar keine Beerdigung statt, sondern der Bruder fährt mit Margot auf dem Wannsee Boot, bevor er sie wieder abliefert? Oh, Fred hatte Recht. Du bist ein Verschwörerungstheoretiker.«

»Ich muss zugeben, dass es nicht besonders plausibel

klingt. Aber vielleicht ist der Tod der Tante ein Zufall. Und sie nutzen ihn, um zu sehen, wie weit Margot-Maria inzwischen an ihre neue Identität glaubt.«

»Wenn sie so weit gehen, dass sie sie tatsächlich herauslassen, könnten wir theoretisch Kontakt mit ihr aufnehmen«, sagte Ruth langsam.

Ruben nickte. »Ich strecke morgen ein paar Fühler aus, um nachzuprüfen, ob die Frau wirklich gestorben ist. Falls ja: Hast du dezente schwarze Kleidung?«

»Wenn du dich mal an meine statt an Marias Lebensgeschichte erinnerst: Vor zwei Jahren ist mein Großvater gestorben. Er liegt auch in Ohlsdorf.«

»Dann kennst du dich ja aus. Übermorgen um drei hast du einen Termin in Kapelle 8.«

»Ist dir klar, dass ich eine berufstätige Frau bin?«

»Natürlich. Aber für deine Recherchen und die Location-Suche für zukünftige Wunder musst du dann und wann weihevolle Stätten aufsuchen. In Ohlsdorf wimmelt es von Engeln.«

16

Abenteuerurlaub

Um 10 Uhr morgens fuhren H und H in der Villa in Berlin vor. Elegante schwarze Anzüge, frisch gerötete Augen. Sie hatten für die Aktion einen Volvo gemietet und zur Sicherheit Nummernschilder von einem VW aus einer Werkstatt anmontiert.

Als sie ausstiegen, saßen auf den Pappeln am Eingang der Villa ein Dutzend Raben.

»Gut, dass wir nicht an böse Vorzeichen glauben«, sagte H1.

»Nicht daran glauben heißt nicht, dass sie nicht trotzdem eintreffen«, murmelte H2.

Eine Pflegerin holte sie ab, schleuste sie durch verschiedene Sicherheitstüren ins Foyer und entfernte sich, um Willer zu benachrichtigen.

»Tut mir Leid, dass es etwas länger gedauert hat«, sagte er, als er endlich herbeieilte. »Kommen Sie bitte mit in mein Zimmer!«

Fred besah sich die Szene von der Galerie aus. Die Gäste waren zu beschäftigt, um auf seine Kamera zu achten. Er machte zwei Profilaufnahmen der beiden Besucher, als sie bei seinem Chef verschwanden. Dann erkundigte er sich beim Pförtner, mit welchem Wagen sie gekommen waren, und schlenderte nach draußen auf den Parkplatz, um das GPS-Gerät mit dem Sender an die Stoßstange anzubringen. Ruben hatte es mit einem Magneten versehen. Es war kaum größer als eine Streichholzschachtel.

Willer musterte seine Gäste. Der Ausflug widerstrebte ihm. Er untergrub seine therapeutische Oberhoheit. Aber jetzt, da die beiden da waren, konnte er ihn wohl nicht mehr unterbinden. »Ich muss Sie warnen. Der Zustand Ihrer Schwester ist so instabil, dass ich Sie Ihnen ungern aushändige.« Hatte er tatsächlich aushändigen gesagt? »Ich habe ihr aus Sicherheitsgründen eine doppelte Dosis ihres Beruhigungsmittels verabreichen lassen. Sie wird von der Feier kaum etwas …«

»Sie brauchen sich keine Sorgen zu machen«, unterbrach ihn H1 schroffer als nötig. Er hielt dem Doktor eine große Plastiktüte hin. »Wir haben meiner Schwester schwarze Kleidung mitgebracht. Ist es möglich, dass sie sie schon hier anlegt?«

»Selbstverständlich.« Er klingelte nach einer Pflegerin und übergab ihr die Tüte.

Die Frau, die in Schwarz das Zimmer betrat, war so bleich, als ob sie zu ihrer eigenen Beerdigung unterwegs wäre. Sie trug über dem langen Kleid eine Art weiten Kaftan, auf dem Kopf einen Turban. Die Augen waren geschwollen, die Lider halb geschlossen. Die Mundwinkel hingen herab.

»Margot, wie schön dich zu sehen!«, rief H2 aus. »Gott, ist das lange her! Lass mich überlegen … Ich hab's. Weihnachten vor zwei Jahren bei Tante Annemarie! Und nun ist sie tot. Und du Arme hast so schwere Zeiten hinter dir.« Er beugte sich zu ihr herüber und packte sie fest an den Armen, als wolle er Erinnerung in sie hineinschütteln.

Sie versteifte sich.

H1 beließ es bei einem vieldeutigen: »Ach, Margot!«

Sie versuchte mit fahrigen Bewegungen, den Kaftan aufzuknöpfen, und nestelte am Stoff herum. »Wisst ihr nicht?«, hauchte sie. »Schwarz, die Farbe des Bösen …«

Willer stellte sich vor sie hin. »Margot, ich habe Ihnen nichts vorher gesagt, aber der heutige Anlass könnte eine Wende im Therapieprozess einleiten. Ihre Tante in Hamburg ist gestorben. Ihre Familie wünscht, Sie bei der Beerdigung bei sich zu haben. In Ordnung?«

Ihre Hände wurden ruhig. Sie deutete ein gehorsames Nicken an. »Ich bin sehr müde.«

Willer begleitete die Gruppe mit seinem Generalschlüssel durch die Schleusen. Draußen krächzten die Raben. Es klang nach Aufmunterung.

*

Sie ließ sich in den Fond des Wagens verfrachten, legte den Kopf zurück, schloss die Augen und röchelte leise vor sich hin. Die Begegnung hatte ein Gutes. Sie war sicher, diese beiden Typen nie im Leben vorher getroffen zu haben. 98 Prozent. Den angeblichen Cousin hätte sie bei seiner schlecht aufgesagten Rede am liebsten unterbrochen. Klappe! Wiederholung! Augen aufs Objekt richten, wenn du jemanden emotional ansprichst!

Hamburg-Ohlsdorf, hatte Fred gesagt. Dort würden Freunde von ihm mit ihr Kontakt aufnehmen.

Es war halb elf. Sie kannte die Strecke, seit sie in Babelsberg gedreht hatte. Ausfahrt Staaken. Dann knapp drei

Stunden Autobahn. Zeit, sich vorzubereiten. Die Hoffnung, die Männer würden etwas Verräterisches sagen, während sie sich schlafend stellte, trog. »Au Mann, sie ist ja reichlich daneben«, war das Einzige. Die Feststellung kam von dem Größeren, der fuhr. Dann stellten sie das Autoradio an und schwiegen. Vielleicht sollte sie wirklich etwas schlafen.

Es wurde warm an ihrer Stirn. Sie blinzelte vorsichtig durch die Lider. Die weißen Wolken am Himmel stoben auseinander und machten der Sonne Platz. Das grelle Licht blendete. Vorne wedelte der Fahrer über seinem Kopf mit der linken Hand. Es gab ein Knacken. Er fluchte: »Blöde schwedische Karre.« Der andere lachte. Der Fahrer hatte die Schattenklappe abgebrochen.

»Hast du eine Sonnenbrille hier?«, fragte er. »Nee«, sagte der andere, »es war Scheißwetter angesagt.«

Ihr tat die Wärme wohl. Dann sah sie das blaue Schild und zuckte innerlich zusammen, als ihr klar wurde, was es bedeutete. Sonne von vorn? Am späten Vormittag? Das passte ganz und gar nicht. Sie fuhren nicht nach Nordwesten, sondern nach Osten.

Tempo 70, sah sie auf dem Tacho. Die Kindersicherung an ihrer Tür hatte sie gleich beim Einsteigen registriert. Noch waren sie in der Stadt. Die Straße war breit, Läden rechts und links. Seitenstreifen mit Parkbuchten. Als sie an einer Ampel stehen blieben, sah sie das blaue Zeichen wieder. A 10, Richtung Frankfurt/Oder.

»Ich, ich, ich …«, stöhnte sie gequält und beugte sich nach vorn. Augen im Rückspiegel musterten sie aufmerksam. »Ich, ich muss mal!«, brachte sie heraus. Sie heulte fast.

»Unsinn«, befand ihr Bruder. »Die werden dich doch wohl auf den Topf geschickt haben, bevor sie dir so eine lange Reise zumuten.« Leichter Zweifel klang mit.

Sie schüttelte den Kopf und verkrampfte sich und stöhnte eine Weile vor sich hin. Dann der nächste Anlauf, bettelnd, winselnd: »Wirklich, ich kann nicht …«

»O nein!« Es kostete Überwindung, in die Hose zu machen, aber sie tat es. Uringeruch breitete sich aus.

Der Cousin auf dem Beifahrersitz hatte die bessere Nase. »Hör zu, ehe sie uns hier die Sitze vollpischert. Da hinten ist ein Woolworth. Da können wir dir auch eine Sonnenbrille besorgen.«

Der andere hatte wenig Neigung anzuhalten. Immerhin bremste er etwas ab. Sie waren schon am Kaufhaus vorbei, als ein Opel aus einer Parkbucht ausscherte. »Na gut«, sagte er, »aber nimm eine normale Brille, keine mit Spiegel. Und lass unsere Margot nicht aus den Augen!«

Der Mann entriegelte ihre Tür. Sie stützte sich auf seinen Arm und zog ihn ins Kaufhaus. Die Kundentoilette war im zweiten Stock. Sie stöhnte weiter und zog ihn hinter sich her, jetzt unterbrochen von »Gott sei Dank«. Er blieb wie ein Wachhund vor der Toilettenfrau stehen.

Sie zog ihren Slip aus und warf ihn in den Behälter für den Binden.

Als sie herauskam, lächelte sie ihren Begleiter debil, aber dankbar an. »Das war gut! Ich, ich bin …«, lallte sie und hängte sich schwer bei ihm ein. Er gab ihr einen leichten Klaps, um sie auf Distanz zu halten. »Ist ja gut!«

Während er eine Sonnenbrille aussuchte, sah sie sich am Tisch nebenan die Geldbörsen an. Sie nahm die teuerste heraus. Er bezahlte die Brille und steckte sie in seine rechte Jacketttasche. Sie stützte sich wieder schwer auf seinen Arm. Ihre Finger fanden seine linke Tasche. Sie verstaute die Börse dort und betete, dass das Kaufhaus ein Warensicherungssystem besaß.

Als das Schrillen ertönte, versperrten zwei unscheinbare Mitarbeiter den Kunden den Weg, die dabei waren, den Ausgang zu passieren. Sie ließ seinen stützenden Arm los und hob ihre Arme wie eine Passagierin auf dem Flughafen. Man tastete sie ab, bedankte sich und schob sie weiter. Sie sah den Volvo 20 Meter entfernt auf dem Parkstreifen stehen. Der Fahrer saß im Auto. Ausgezeichnet. Ihr Begleiter wurde bleich, als die Detektive die unbekannte Börse aus seiner Tasche fischten. Er wurde noch bleicher, als er sah, wie eine phlegmatische Cousine, die er nicht aus den Augen verlieren sollte, plötzlich forschen Schrittes ins Kaufhaus zurückkehrte, um einen anderen Ausgang zu suchen.

»Nein«, schrie er und wollte ihr nachsetzen.

»Doch!«, sagten die Detektive und hakten ihn von beiden Seiten unter. »Kommse mal mit ins Büro!«

Sie hätte die Männer umarmen können. Sie achteten nicht auf sie. Ließen sie ziehen – Maria-Margot, das Phantom. Ohne Papiere. Ohne Geld. Ohne Unterhose. In viel zu warmen Trauerklamotten. In einer Stadt, in der ihr niemand glaubte, dass sie die war, die sie zu sein glaubte. Doch. Einer. Halbwegs. Wenn das Glück ihr treu blieb, würde sie sogar seine Adresse herausfinden.

Auch die Kleiderfrage war zu lösen. Als sie das Kaufhaus durch den Seiteneingang verließ, stolperte sie bewusst und fegte dabei ein paar Jogginganzüge von einem Sonderangebots-Ständer draußen vor der Tür. Sie hängte sie sorgfältig wieder zurück; ein hübsches Modell in Hellblau und Weiß verschwand unter ihrem Kaftan. Es gab keinen Grund mehr, schwarz zu tragen. Schwarz, die Farbe des Bösen.

*

Ruth schaute zur Uhr. Zehn vor drei. Gut drei Dutzend Menschen hatten sich versammelt, um von Annemarie Schulte Abschied zu nehmen. Die aus Berlin avisierte Gruppe war nicht darunter. Obwohl das GPS-Gerät nach Rubens Auskunft gemeldet hatte, dass das Auto nach einem Schlenker gen Osten Richtung Hamburg unterwegs war.

Alle Anwesenden außer Ruth selbst waren gut über sechzig. Es waren fast ausschließlich Frauen. Sie plauderten in kleinen Grüppchen, ohne Anzeichen tiefer Trauer zu zeigen. Ruth glättete die Seiten im Kondolenzbuch, als sie eine Gruppe neugierig zu sich hinüberblicken sah. Sie hoffte, dass man sie für eine Friedhofsmitarbeiterin hielt und keiner fragte, in welcher Beziehung sie zu der Verstorbenen gestanden hatte.

Sie war früh gekommen, um einen Blick auf die Kränze und ins Kondolenzbuch zu werfen. Kein Bezug zum Namen Drengski. Es schien auch niemand nach noch vermissten Gästen Ausschau zu halten. Die Familie stand beim Pfarrer am Eingang und drückte den anderen Gästen die Hand. Den Kränzen nach zu urteilen, hatte Annemarie Bruder und Schwester hinterlassen sowie zwei Cousinen. Sie hatten sich auf einem Kranz mit Lilien und Efeu verewigt. Der größte und pompöseste Kranz mit rosa Nelken kann von der Firma Betten Uhl (»unserer Pensionärin«), der Rest stammte aus Freundinnenkreisen. Lilien und weiße Rosen (»Deine Handarbeiterinnen«), Gerbera und Nelken (»Die Skatschwestern vom ›Goldenen Blatt‹«). Das eindeutig schönste Gesteck enthielt Sommerblumen in allen Gelb-, Orange- und Rot-Tönen (»Deine Ikebana-Freundinnen«).

»Entschuldigen Sie, können Sie mir sagen, wo hier die Toilette ist?« Anscheinend nahm man ihr die Friedhofsangestellte ab. Ruth zeigte der Frau den Weg zum dezenten WC-Zeichen auf der Rückseite der Kapelle. Genau dort würde sie Maria/Margot nach dem Gottesdienst kontaktieren.

Die Glocken begannen zu läuten. Ruth warf einen letzten Blick auf die Zufahrtsstraße. Ein schwarzer Volvo mit Hamburger Kennzeichen, hatte Fred gesagt. Kein Volvo, kein Saab und kein Mercedes – bis auf den Leichenwagen. Kein Auto, das auch nur entfernt auf die Finanzen schließen ließ, die nötig waren, um eine Patientin in der Villa Moravis unterzubringen. Die Polos und Opels und Daihatsus sahen eher nach Cousin Willi, nach Skatschwestern und Ikebana aus.

Ruth setzte sich an den Rand der hintersten Reihe neben die wohl älteste Anwesende, eine zierliche Dame mit dünnem, weißem Haar, auf das sie ein keckes schwarzes Hütchen gesteckt hatte, mit einer rosa Moosrose geschmückt. Die alte Frau lächelte ihr ermutigend zu.

Die Akustik der Kapelle war miserabel, der Pastor kein begnadeter Redner. Ruth hatte Mühe, der Ansprache zu folgen. Sie entnahm ihr immerhin, dass Annemarie Schulte eine kinderlose Witwe gewesen war, deren Mann ihr vor 13 Jahren »in die Obhut des Herrn vorangegangen« war. Auch nach dem Ausscheiden bei einer alteingesessenen Hamburger Bettenfirma hätten ihre fleißigen Hände nicht geruht. Trost und Freude seien ihr bis zuletzt das Blumenstecken und ihr »über alles geliebter Handarbeitskreis« gewesen.

Der einzige Lichtblick der Feier war ein Musikstück, das nicht von der Orgel kam, sondern vom Tonband eingespielt wurde. »Niemals geht man so ganz. Ein Stück von mir bleibt hier«, sang eine fröhliche Frauenstimme. Ruth kannte das Lied nicht. Ihre Nachbarin summte versonnen mit. »Trude Herr«, flüsterte sie Ruth zu. »Das hab' ich ausgesucht.«

Dann Orgel zum Letzten. Die Träger kamen und hoben den Sarg an. Annemarie Schulte schien keine schwere Frau gewesen zu sein. »Da gehst du dahin, Annemariechen. Kein Grand und kein Contra mehr.« Der Seufzer kam von einer korpulenten Frau in der dritten Reihe. Sie schwenkte ein Taschentuch hinter dem Sarg her. Ein Mann aus dem Familienclan drehte sich um und schüttelte missbilligend den Kopf.

Die Träger verzogen keine Miene. Sie schritten an Ruth vorbei, und mit einem Mal schossen ihr Tränen in die Augen. Tränen um diese Fremde. Tränen um ihre Eltern. Tränen um ihren Großvater, an dessen Beerdigung sie starr wie eine Puppe teilgenommen hatte. Von links wurde ihr ein Stofftaschentuch in die Hand gedrückt. »Weinen Sie, Kindchen! Weinen Sie. Das tut gut.«

Sie stand auf. Die Gemeinde formierte sich hinter dem Sarg und schritt feierlich Richtung Grabfeld. Immer noch kein Volvo. Keine Margot Drengski. Kein Bruder. Kein Cousin.

Die Taschentuchspenderin hatte einen Stock und hakte sich bei Ruth ein. »Ich bin nicht mehr so gut zu Fuß«, entschuldigte sie sich fröhlich und stellte dann die neugierige Frage, die Ruth befürchtet hatte: »Woher kannten Sie Annemarie denn, mein Kind?«

Sie tupfte sich die Tränen von den Augen und dachte an das achte Gebot. Sie wollte sich an diesem Platz nicht in komplizierte Schwindeleien über entfernte Verwandtschaftsverhältnisse verstricken. Zumal sie von Leni wusste, dass alte Damen schärfere Unwahrheits-Sensoren besaßen als Lügendetektoren. Sie sagte: »Ehrlich gesagt, kannte ich sie überhaupt nicht. Ich gehöre zu einer Gruppe, die sich ›Maria‹ nennt. Ich finde es schön, Toten die letzte Ehre zu erweisen.«

Nur eine kleine Notlüge.

»Maria?«, fragte ihre Nachbarin interessiert. »Die aus dem Fernsehen?«

Ruth nickte.

»Aber das ist ganz wunderbar, Kindchen! Was für eine gute Idee. Wo es so viele Menschen gibt, die gar keine Lieben haben zum letzten Geleit.« Sie drückte ihren Arm.

Ruth gab ihr das Taschentuch zurück und lächelte. »Danke sehr. Es geht wieder.«

Der Trauerzug war an der Gruft angekommen. Ein schöner Platz unter einer alten Buche. Auf dem Marmor-Grabstein waren die Lebensdaten des Ehemanns eingraviert. Ob von seinem Körper noch etwas übrig war nach all den Jahren? Von seiner Kleidung, seinem Sarg? Und ob seine Seele im Himmel ungeduldig gewartet hatte und nun froh war, dass Annemarie sich endlich bereit gefunden hatte, ihr Gesellschaft zu leisten?

»Lassen Sie uns dieses Bewerfen mit Erde auslassen«, sagte Ruths Begleiterin munter. »Ein scheußlicher Brauch. Ich finde überhaupt den Gedanken unerträglich, so tief unten verbuddelt zu werden. Ich möchte, dass meine Asche auf der Wiese in meinem Garten verstreut wird.«

Sie blieben etwas abseits stehen und sahen zu, wie die Träger den Sarg langsam an Seilen in die Grube hinabließen.

Kein Grand mehr, kein Contra ... Oder doch? Ob der Skat-Club Karten in den Sarg geschmuggelt hatte? Womit konnte man sich im Himmel groß beschäftigen, als auf die nächsten Ankömmlinge zu warten? Wer aus der Gruppe mochte beim nächsten Mal dran sein? Ihre Taschentuchspenderin hoffentlich nicht.

»Wie war Ihre Beziehung zu Annemarie?«, fragte Ruth.

»Wir haben uns erst kennen gelernt, als er schon hier lag. Sie war in meiner Ikebana-Gruppe. Jetzt sind wir nur noch zu viert; ich und die dort« – sie zeigte auf drei Frauen, die nebeneinander standen und auch Hüte mit Blumenschmuck trugen. »Zuletzt war ich vielleicht ihre beste Freundin.«

»Dann stammt von Ihnen also das wunderbare Gesteck!«

Sie lächelte stolz und nickte.

»Ich möchte Sie etwas fragen«, hörte Ruth sich sagen. »Kennen Sie zufällig die Drengskis in Annemarie Schultes Verwandtschaft? Ich habe die Todesanzeige gelesen und kenne selbst eine Familie Drengski. Ich habe überlegt, ob da vielleicht eine Verbindung besteht.« So viel zum Thema achtes Gebot, schalt sich Ruth. Aber galt es für winzige Notlügen in detektivischer Mission? Zumindest Katholiken würden sie als lässliche Lügen ansehen.

»Drengski? Nein, mein Kind.«

»Klar, wenn Sie sich erst spät kennen gelernt haben, können Ihnen nicht alle weitläufigen Familienmitglieder vertraut sein.«

Ihre Begleiterin zog etwas beleidigt die Augenbrauen hoch. »Oh doch, das können sie, meine Liebe. Annemarie hatte keine weitläufige Familie. Sie hätte sich gefreut heute. Alle, die übrig geblieben sind, sind gekommen.«

Sie zeigte auf die erste Gruppe, die jetzt am Grab vorbeidefilierte und Schaufeln voller Sand auf den Sarg warf. Jedes Mal ein klatschendes Geräusch, bei den Männern stärker. Sie schaufelten wie auf der Baustelle, während die Frauen den Sand eher sanft nach unten rieseln ließen.

»Von welcher Todesanzeige sprechen Sie? Ich kann mich an den Namen, den Sie erwähnen, nicht erinnern.«

Ruth hatte die Fax-Kopie in ihrer Manteltasche.

Ihre Begleiterin faltete sie auseinander und kramte nach ihrer Lesebrille. Sie fand die Drengski-Zeilen und schüttelte den Kopf: »Nenntante? Großtante? Blödsinn!« Ihr sorgfältig manikürter Zeigefinger wanderte nach oben und ging von einem Namen zum anderen. Sie hakte sie durch Nicken ab. »Sehr seltsam. Es ist dieselbe Anzeige, die wir gemeinsam ins *Abendblatt* gesetzt haben. Ich bin mir sicher, diese Drengskis standen nicht dabei. Und von ihnen erzählt hat Ännchen auch nie.«

Sie gab Ruth die Anzeige zurück. »Jetzt haben Sie mir ein feines Rätsel aufgegeben: Das geheime Leben der Annemarie Schulte!« Sie musterte noch einmal die Trauergäste, die sich jetzt nach und nach vom Pastor verabschiedeten. »Hier sind jedenfalls keine Drengskis.«

Ruth begleitete sie bis zur Bushaltestelle. Sie schlenderte noch einmal langsam zurück zur Kapelle und holte den Sack mit der Perücke und der Friedhofsgärtner-Verkleidung aus der Toilette, die sie für Maria/Margots eventuelle Flucht deponiert hatte. Als die Glocke viermal schlug, war klar, dass der Tagesordnungspunkt ausfallen würde.

*

»Zum Schluss hat sie mich schon mal ganz herzlich zu ihrer eigenen Beerdigung eingeladen!«, erzählte Ruth, als sie abends in Rubens Garten saßen. »Wirklich. Sie hat sich meine Adresse notiert und gesagt, dass ich eine Todesanzeige kriege und Maria auch.«

Ruben war das erste Mal, seit sie ihn kannte, ungeduldig. »Mach nicht dein Problemgesicht«, neckte sie ihn.

Er lächelte gequält. »Nur bis Fred angerufen hat. Wir waren blöd, blöd, blöd. Der ganze Beerdigungsquatsch war nur eine große Show für diesen Willer. Sie wollten die Frau aus der Villa raushaben. Warum sind wir darauf reingefallen?«

210

»Immerhin hat er ein Foto von ihnen und von ihr.«

Kurz nach sieben meldete sich Fred endlich. Ruben stellte die Lautsprecher laut und begann ohne Vorrede: »Hör zu. Irgendwas ist schief gelaufen. Die drei sind nie in Hamburg angekommen. Habt ihr in der Klinik etwas gehört? Haben sie sich gemeldet? Oder sind sie wieder zurück?«

»Nein«, sagte Fred.

»Hat keiner angerufen? Dass sie einen Unfall hatten? Eine Panne?«

»Nein«, sagte Fred.

»Bist du denn nicht beunruhigt?«

»Nein«, sagte Fred.

»Aber die Frau ist in den Händen dieser Typen, die sie offenbar wirklich nicht kennt. Oder hattest du das Gefühl, dass sie die vorher schon mal getroffen hat?«

»Nein«, sagte Fred.

Ruben seufzte. »Dann verstehe ich deine Ruhe nicht ganz. Diese Drengski-Connection ist ein einziges Lügenmärchen. Wie einiges andere in dieser Geschichte. Ich habe die Autonummer durchlaufen lassen, die du mir gegeben hast. Die ist nicht auf den Volvo zugelassen. Die Typen sind mit ihr auf und davon!«

»Das wäre eine Möglichkeit«, gab Fred zu.

»Und sie erschreckt dich gar nicht?«

»Nein«, sagte Fred.

Irgendetwas an seinen lakonischen Wiederholungen klang vergnügt, fand Ruth. Ruben schien es nicht zu bemerken.

»Aber das bedeutet Entführung! Warum bloß? Wohin wollen sie sie bringen?«

»Keine Ahnung«, sagte Fred.

»Es sei denn, sie ist entwischt«, spekulierte Ruben. »Wo würde sie dann hingehen? Wahrscheinlich zu Kotte.«

»Nein«, sagte Fred.

»Bitte? Woher willst du das wissen?«

»Sie sitzt in meinem Wohnzimmer und schaut XTC-TV.«

»Sie tut *was*?«

»Fernsehen. Das durfte sie in der Villa nicht.«

»Aber wie kommt sie zu dir?«

»Zu Fuß. Gute Leistung. Wir haben es ausgerechnet. Es sind 19 Kilometer.«

Fred erzählte die Geschichte mit der Fahrt Richtung Frankfurt/Oder und dem Zwischenaufenthalt im Kaufhaus. Maria hatte im Telefonbuch seine Adresse gefunden und in einer Buchhandlung im Stadtplan den Weg nachgeschlagen. Als er nach Hause kam, saß sie vor seiner Wohnungstür und massierte ihre Blasen.

»Unglaublich«, sagte Ruben.

»Ja«, sagte Fred.

»Hast du noch mehr verrückte Geschichten zu bieten?«

»Ja«, sagte Fred.

»Nämlich?«

»Um halb sechs hat der angebliche Bruder bei Willer angerufen. Margot hätte sich bitter über die Bedingungen in der Villa beschwert. Ungeziefer. Schlechtes Essen. Aus diesen Gründen sähe er sich gezwungen, eine andere Bleibe für sie zu suchen. Willer hat getobt.«

»Was werdet ihr jetzt machen?«

»Zusammen fernsehen. Gleich kommt die Maria-Show.«

17
Tanzstunde

Ruth fuhr allein nach Berlin. Sie hatte beim Kostüm-verleih eine blonde Lockenperücke aufgetrieben. Die Sache mit den Jalousien als Kommunikationsmittel war im Sande verlaufen. Die nächste Stufe der Erpressung würde konkreter sein, denn jetzt gab es einen neuen Trumpf. Sie war gespannt auf Margot/Maria.

Fred kam zur Tür, als sie klingelte. Er war ein südländischer Typ, dunkles Haar, dunkle Augen. Sie hatte sich immer den Pfleger vorgestellt, einen Mann in Weiß. Aber in der Freizeit schien er schrillbunte Farben zu bevorzugen. Er trug ein Hawaiihemd, auf dem sich Papageien beschnäbelten, und grüne Bermuda-Shorts. Er hatte einen festen Händedruck.

»Sie schläft noch«, sagte er. »Hat die ganzen Tage die meiste Zeit im Bett verbracht. Diese Flucht hat sie unglaublich viel Kraft gekostet. Lass dich nicht erschrecken; sie wirkt ziemlich ruppig. Aber im Grunde ist sie nur tief verunsichert und hat Angst. Kein Wunder. Sie traut sich nicht nach draußen, weil sie glaubt, dass Kottes Männer sie verfolgen.« Er wirkte etwas verlegen. »Ich habe ihr erzählt, was ihr vorhabt, und muss dich warnen. So begeistert, wie ich dachte, war sie nicht von der Idee. Besonders, als sie gehört hat, dass du bei XTC-TV arbeitest.«

Ruth nickte. Und war dann doch erschrocken über die

213

verhuschte Person mit dem Stoppelhaar, die sie eine halbe Stunde später auf Badelatschen und in einem Flanell-schlafanzug durch die Diele schlurfen sah. Das sollte die wahre Maria Coral sein? Sie wirkte nicht nur weit unscheinbarer als das Fernseh-Idol, sondern schien auch älter zu sein und wesentlich kleiner. Die Augen hatten die richtige Farbe, allerdings mit einem matten Schleier. Sie signalisierten Misstrauen.

Nach dem Duschen, in einem Jogginganzug, sah sie nur unwesentlich besser aus. Sie reichte Ruth die Hand. Die Fingernägel waren kurz, einer abgebrochen.

»Na, enttäuscht?« In dem kurzen, belustigten Blitz aus ihren Augen gab es etwas, das Ruth bekannt vorkam. Genau – die kleine zickige Schwester aus der »Four Sisters«-Serie.

»Ich brauch zwei Liter Kaffee.« Die Stimme hatte mit dem akzentuierten Ton der Fernseh-Predigerin nicht allzu viel zu tun.

Fred schob ihr die Kanne hin. »Hier ist noch ein Rest. Ich mach neuen.«

»Wenn es geht, etwas stärker als diese Plörre hier.«

Sie rührte zwei Löffel Zucker hinein, starrte auf die Tischdecke und zog mit den Fingern die Karos nach.

Eines wurde Ruth deutlich. Wenn die Fernseh-Maria wirklich eine Kunstfigur war und diese Frau sie ver-körpert hatte, war das eine exzellente schauspielerische Leistung. Es brauchte sehr viel Willenskraft, in ihr die Maria aus der Sendung zu sehen. Die Predigerin mit all ihrem Witz und Charisma. Die übellaunige Frau am Frühstückstisch schien zumindest augenblicklich nichts von der Ausstrahlung und der tiefen inneren Weisheit zu besitzen, mit der Maria ihre Fans faszinierte.

Sie wandte sich Ruth zu. »Sie sind also beim Sender. Was halten Sie von Kotte, dem Arsch?«

»Ich bin ihm noch nicht begegnet.«

»Danken Sie Gott!«

Der Smalltalk war zu Ende. Ruth gab vor, sich den Politikseiten der Zeitung zu widmen, während sie die Frau weiter beobachtete, die missmutig ein halbes Brötchen auseinander zupfte, sich die Stückchen trocken in den Mund steckte und dabei die Annoncen-Seiten studierte. Sie hatte tiefe Ringe unter den Augen. Folgen des tiefen Traumas, das sie erlitten hatte? Oder hatten sie sich alle in eine absurde Verschwörungstheorie hineingesteigert und hatten tatsächlich diese Margot Drengski mit ihrer multiplen Persönlichkeitsstörung vor sich, die sie hinters Licht führte?

Fred kam zurück und goss Kaffee nach. Er nahm sich den Sportteil.

»Komm, lass es uns hinter uns bringen«, sagte die Stoppelhaarige gähnend nach der dritten Tasse.

Ruth hatte Make-up-Utensilien mitgebracht und ein Leinen-Sackkleid im Maria-Stil gekauft, wie es sie inzwischen überall gab.

»Und wo, bitte sehr, soll ich mich schminken in dieser Männerbude?«

Fred hängte den großen Spiegel vom Flur ab und improvisierte eine Ecke vor dem Sofa. Er räumte ab. Ruth sah zu, wie seine Besucherin gekonnt mit Lidschatten, Wimperntusche und Lidstrich hantierte. Zum Schluss probierte sie die Perücke auf, rückte sie zurecht, erhob sich und drehte sich langsam um. Die Verwandlung war verblüffend.

»Unglaublich«, sagte Ruth.

Fred kam ins Zimmer zurück, pfiff durch die Zähne und bekreuzigte sich.

»Noch einmal Augen zu«, kommandierte die Frau im Sackkleid, jetzt mit einer neu gewonnenen Sicherheit. Sie hielten sich gehorsam die Hände vor die Augen wie auf einem Kindergeburtstag beim Kostümspiel.

Als sie wieder schauen durften, saß eine Person auf dem Sofa, die in keiner Weise an die Stoppelhaarige vom Frühstück erinnerte. Sie hatte eine Decke über die gekreuzten Beine gebreitet, ganz nach dem Fernseh-Vorbild. Sie schaute ihre beiden Zuschauer eine Weile prüfend und schweigend an, bevor sie die Stimme erhob.

»Na, ihr Lieben? Seid ihr fehlgegangen im Glauben? Habt ihr gezweifelt? Es scheint ja nicht so weit her zu sein mit eurem Gottvertrauen!«

Der Spott, die Frechheit. Alles war da.

Ruth und Fred klatschten.

Aber der Frau auf dem Sofa liefen Tränen übers Gesicht.

»Verdammt, versteht ihr nicht? Dass ich so ein paar Zeilen herbeten kann, ist doch kein Beweis. So ein Zeug kann jede aufsagen. Es ist ein einziger verdammter Albtraum. Ich will aufwachen, aufwachen, aufwachen!« Sie fetzte sich die Perücke vom Kopf und warf sie gegen die Wand, trommelte mit den Fäusten aufs Sofa und vergrub ihr Gesicht in ein Kissen.

Fred kniete sich vor das Sofa und nahm sie in den Arm. Ruth hob die Perücke auf, sortierte die Locken und setzte sich zurück an den Tisch. Sie bekam ein schlechtes Gewissen. Für sie war es eine Art Spiel. Für die andere nicht.

Irgendwann endeten die Schluchzer, und die Frau schob Fred weg und richtete sich auf. »Sorry«, sagte sie. »Lasst uns losfahren.«

Der Plan war einfach. Sie würden Maria vor jenem Studio fotografieren, in dem sie mit Kotte einen ihren ersten ganz großen Erfolge gefilmt hatte.

»Es gibt da einen Baum, unter dem wir beim Drehen immer Picknick gemacht haben. Er wird sich daran erinnern.« Wie in einem Krimi würden sie eine aktuelle Zeitung in der Hand halten, damit dem Intendanten keinerlei Zweifel blieben, dass das Foto neu war.

Die *Bild* vom Vortag eignete sich ideal für das Projekt. PR-Kopf war vom Erfolg völlig berauscht durch die Flure gerannt und hatte die Ausgabe persönlich verteilt. »Wir sind ein Dreamteam! Der Top-Level ist geknackt. Jetzt fehlten nur noch der Kanzler und der Papst. Und wahrlich, wahrlich, ich sage euch: We will get them.«

Eine ganze Seite war dem jüngsten Maria-Coup gewidmet. Die Überschrift in Riesenlettern: »FDP-Vorsitzender beichtet: ›Ich glaube an Maria!‹«

Der Politiker saß in seinem Reichstagsbüro hinter dem Schreibtisch, adrett in edlen Zwirn und blau-gelbe Schrägstreifen-Krawatte gekleidet, die Hände wie üblich gefaltet. An der Wand hing ein riesiges Porträt der XTC-TV-Maria. Auf dem Tisch selbst waren einige kleine geschnitzte Marienstatuen arrangiert. Der Artikel offenbarte, dass der Vorsitzende einen parteiübergreifenden Maria-Fanclub im Bundestag gegründet hatte. Im Interview ließ er sich außerdem darüber aus, wie wichtig es sei, die Idee der Selbstverantwortung kosmisch zu fundieren, um sie in die Politik zu integrieren. Der Erguss endete mit dem Ausspruch: »Maria ist Liberale!«

Die andere Maria hatte die Zeitung auf dem Schoß und sagte: »Ich könnte kotzen.«

Die Schranke vor dem Studiogelände war geschlossen. Es war Samstag, wenig Betrieb. Der Pförtner saß in seiner Kabine und sah Bundesliga. Ruth zeigte ihren XTC-TV-Hausausweis hoch. Der Sender hatte zwar keine Außenstelle in Berlin, doch der Mann öffnete die Schranke und winkte sie durch.

Die Parkplätze auf dem Gelände waren kaum besetzt. Der Baum war noch da. Eine kleine Gruppe von Menschen stand rauchend und ins Gespräch vertieft in Sichtweite vor einem der Studios. Als ihre Pause zu Ende war, drückten sie ihre Zigaretten aus und gingen hinein.

Ruth schaute sich um. Kein Mensch in Sichtweite. Fred holte seinen Fotoapparat heraus, Maria nahm die Zeitungsseite und stellte sich in Positur. Die Art, wie sie agierte, ließ erkennen, dass sie Kameras gewohnt war. Sie drehte sich in den richtigen Winkel zum Licht. Sie warf die Perückenmähne gekonnt in den Wind. Sie brachte ein kokettes Lächeln zustande.

»Danke. Das hat fast Spaß gemacht«, sagte sie, als sie wieder ins Auto stiegen.

Sie nahm die Perücke ab und setzte Freds Baseball-Cap auf.

Ruth setzte sich zu ihr auf den Rücksitz. Fred fuhr los.

Maria streifte die Sandalen ab und zog die Knie auf den

Sitz unter ihr Kinn. Jetzt sah sie aus wie ein verstörter Teenager. »Wisst ihr, mein Gedächtnis ist eigentlich inzwischen wieder ziemlich okay. Und gerade deswegen bin ich völlig fertig. Weil logisch einfach manches nicht passt. Mitte Februar ist die Predigt-Serie gestartet. Fast gleichzeitig bin ich in die Klinik eingeliefert worden. Davor gibt es ungefähr fünf Wochen, die mir fehlen. In der Zeit muss ich ziemlich heftig getrunken haben. Aber an die Zeit um Weihnachten herum kann ich mich erinnern. Ich habe ein paar Werbeaufnahmen für einen Katalog gedreht. Rio. Copacabana. Ich weiß noch, dass wir Silvester unter Palmen gefeiert haben. Tequila und Caipirinha bis zum Abwinken.«

»Das möchte ich auch mal«, sagte Fred von vorne. Er gab dem Pförtner ein Zeichen, der die Schranke für sie öffnete. »Weißt du, wo ich gefeiert habe? In der Villa. Mit Miss Mars und dem Professor.«

»Ich glaube, Kotte ist überraschend in Rio aufgetaucht, aber da bin ich mir schon nicht mehr ganz sicher. Und danach ist Filmriss. Deshalb stellt sich die Frage, wann ich die Serie eigentlich aufgenommen haben soll.«

»Vorher«, schlug Ruth vor.

»Das glaube ich eben nicht. Der Herbst ist mir relativ klar im Gedächtnis. Aber ich kann mich um alles in der Welt an keine einzige dieser verdammten Predigt-Szenen erinnern.«

Sie hielten an einer Ampel. »Schon wieder, schaut mal da drüben! Ich kann es einfach nicht mehr ertragen!«

Ruth und Fred sahen, was sie meinte. Draußen war eine McDonald's-Filiale. Fans hatten das große M zum Maria-M umgestaltet und einen Spruch angebracht: »Big-Mac für den Körper, Maria für die Seele«.

Sie presste die Fäuste vor die Augen, bis sich das Auto wieder in Bewegung setzte. Dann ließ sie sich von Fred eine Zigarette geben und steckte sie an. »Ich habe jetzt die Sendungen aufgezeichnet, die gelaufen sind, seit ich draußen bin. Ich sitze einen Meter vor dem Fernseher und sehe mir das an. Es ist gespenstisch. Da hockt diese Frau. Sie ist ich. Optisch. Mimisch. Aber was sie sagt, ist mir völlig fremd.«

Sie sog den Rauch ein, nahm dann die Zigarette aus dem Mund und sah eine Weile zu, wie sich die Glut durch das Papier fraß. »Ich weiß nicht, wie ich euch das klarmachen soll. Wenn du eine Rolle lernst, bleibt sie irgendwo in dir auf Dauer präsent. Ich kann jederzeit wieder rauchen wie die Minou aus der ›Four-Sisters‹-Serie.« Sie steckte die Zigarette mit dem äußersten Ende in den Mundwinkel und redete dann weiter. »Sie hat diesen Proletentrick draufgehabt, zu rauchen und gleichzeitig zu quatschen. Und wenn sie die Lulle aus dem Mund nahm, dann nicht zwischen Zeige- und Mittelfinger, sondern so: mit dem Daumen nach unten und den beiden Fingern oben.«

Sie machte es vor. Ruth schaute fasziniert zu.

»Außerdem konnte sie Ringe blasen.« Sie spitzte den Mund und stieß einen perfekten Rauchring aus.

»Wie Dana«, sagte Ruth.

»Genau. Von der stammte die Idee. Die eigentlich überhaupt nicht zu der Figur der Minou passte. Aber Kotte hat ein großes Herz für Dana, und wenn Madame einen schöpferischen Einfall hat, wird er umgesetzt.«

Sie drückte die Zigarette aus, öffnete das Fenster und schnipste den Stummel gekonnt durch den Spalt. »Auch ein Trick, den ich für die ›Four Sisters‹ trainiert habe. Aber zurück zu Maria. Sie könnte genauso gut Uigurisch sprechen. Diese Zitate von irgendwelchen buddhistischen Heiligen. Ich kann schwören, dass ich sie nie in meinem Leben gehört habe; genauso wenig wie die Prophezeiungen aus dem Alten Testament.«

»Vielleicht doch am Anfang dieser fünf Wochen? Und dann kam der Alkoholexzess, der die Erinnerung getilgt hat«, meinte Ruth.

»Nein, das kann eigentlich auch nicht sein. Das aufzunehmen muss Monate gedauert haben«, schaltete sich Fred ein. »Denkt an diese Webkamera-Einstellungen rund um die Uhr.«

Sie kamen gerade rechtzeitig für die nächste Predigt bei Fred zu Hause an. Die XTC-TV-Maria im Leinenumhang hatte sich als Wort zum Sonntag Mitgefühl und Nächstenliebe vorgenommen: »›Liebe deinen Nächsten wie dich selbst!‹, heißt es in der Bibel. Klingt logisch, oder? Wo liegt das Problem?« Sie wartete ein Weilchen und wippte langsam mit dem Oberkörper vor und zurück. »Das Problem liegt darin, dass ihr buchstäblich genau das tut! Ihr liebt eure Nächsten wie euch selbst. Genauer: Genauso wenig wie euch selbst. Denn ich sage euch auf den Kopf zu: In Wirklichkeit könnt ihr euch nicht leiden. Ihr schafft es nicht, über eure Unzulänglichkeiten hinwegzusehen. Und weil ihr das nicht könnt, hasst ihr auch eure Umwelt, hasst ihr die anderen, seid neidisch, eifersüchtig, widerlich.«

»Da ist was dran, das kann ich aus meinen Erfahrungen in der Villa bestätigen«, sagte Fred, der dabei war, die Fotos auf den Laptop zu überspielen, den Ruth mitgebracht hatte. »Kannst du dich nicht vielleicht doch erinnern, solch tiefe Weisheiten vor der Kamera ausgesprochen zu haben?«

Marias Alter Ego aus Fleisch und Blut saß im Jogginganzug auf dem Teppich vor dem Apparat und rauchte Kette. »Ich würde mich liebend gern erinnern. Weil ich nämlich vieles von dem, was sie da von sich gibt, reichlich gut finde. Aber wir drehen uns im Kreis. Ich habe die Serie nicht gedreht. Aber ich kann auch keine Doppelgängerin haben.«

Sie sahen die Sendung schweigend an, bis die Predigerin bei der Hausaufgabe angelangt war. »Die klingt mal wieder einfacher, als sie ist: Seid eine Viertelstunde nett zu euch selbst. Wie? Es gibt viele Möglichkeiten. Streichelt euch. Geht zum Spiegel und küsst euch auf den Mund. Ruft von irgendeinem Anschluss aus euer eigenes Handy an, nehmt ab und hört zu, wie ihr zu euch selbst sagt: Ich liebe dich, ich liebe dich, ich liebe dich! Schreibt euch einen Brief, in dem ihr euch verzeiht.« Sie hob die Hand zu einem Winken. »Und seid sicher: Ich liebe euch alle. Ciao, bis zum nächsten Mal.«

Die Zuschauerin im Jogginganzug hob die Hand, als wollte sie zurückwinken. Aber Ruth sah, dass sie gebannt auf die Finger ihrer rechten Hand schaute. Sie tat es immer noch, als Fred den Apparat schon abgestellt hatte.

»Hört zu, es gibt vielleicht doch einen Beweis«, sagte sie. »Ich erinnere mich an einen Film aus der ›River-Revier‹-

Serie, bei dem ich die Verdächtige war. Man hat mir Fingerabdrücke abgenommen. Und für die Promotion des Films wurde ein Fingerabdruck meines Zeigefingers in Übergröße abgebildet. Das muss noch irgendwo im Archiv rumliegen.«

Ruth überlegte. Wenn das stimmte, würde es diesen Abdruck wohl noch geben. Und sie könnte ihn im Rahmen ihrer First-Aid-Aktivitäten anfordern. Aber dann? Vielleicht hatte Ruben Kontakte und Möglichkeiten, einen Vergleichsabdruck auf Identität prüfen zu lassen.

»Wasch ein Glas ab, Fred!« Er tat es gründlich. Dann wurde ein rechter Zeigefinger mehrmals darauf gedrückt. Ruth umarmte Fred und die Frau im Jogginganzug zum Abschied, nahm Laptop und Glas und fuhr nach Hamburg zurück. Es gab nun etwas, das die Unsicherheit beenden würde. Etwas, mit dem Margot-Maria Drengski-Coral eindeutig nachweisen konnte, wer sie war.

Die Datei schickte Ruth vom Internet-Café aus. Die Botschaft der Mail hatte sie mit Ruben überlegt: »Der FDP-Vorsitzende glaubt an Maria. Wir glauben an zwei. Noch können Sie den Skandal vermeiden. Bleiben Sie am Mittwochabend in Ihrem Büro. Nehmen Sie Ihr Handy mit und bereiten Sie ein Paket mit 100 000 Euro in kleinen Scheinen vor. Warten Sie auf weitere Anweisungen.«

Nach einer kleinen Überlegung fügte sie noch einen neuen Satz ein. »So üben Sie praktizierte Eigen- und Nächstenliebe!«

Danach fuhr sie zu Ruben. Sie hatte ihm etwas versprochen. Sie würde an diesem Abend für ihn tanzen.

Er hatte ihr die CD geschenkt. José Feliciano. Ein Sänger,

von dem sie vorher nur ab und zu ein Stück im Radio gehört hatte und dem sie inzwischen so verfallen war wie Ruben. Weil er nicht auf, sondern mit seiner Gitarre spielte. An ihr zupfte und zerrte, sie schlug und kitzelte, sie lachen und trillern und brüllen und heulen ließ. Der Blinde mit der Stimme eines Orpheus aus dem Slum, einer Stimme, die streichelte und forderte und seine Sehnsucht in hundertfache Verkleidung steckte: Trauer, Angst, Tapferkeit, Zärtlichkeit, Hingabe.

Ruben lag auf dem Rücken auf der Bettdecke; in Jeans und T-Shirt, die Hände unter dem Kopf gefaltet, Brille auf dem Nachttisch, Schaulust-Augen auf sie gerichtet.

Sie streifte ihre Schuhe ab, zog die Strümpfe aus und nahm ihre Haarspange heraus. Locken fielen auf die Schultern. Sie senkte den Kopf, schloss die Augen. Der Walzertakt von »Windmills of your mind« setzte ein.

Der Text dieses Liedes war seltsam, sie hatte ihn nicht recht begriffen. Aber ihre Füße verstanden die Musik. Zeichneten die Kreisbahnen des Daseins nach, große und winzige, Rundreisen von Spinnrädern, Windmühlenflügeln und Planeten. Ihre Zehen illustrierten flüchtig trippelnd das nie endende Ringelreihenspiel der Gedanken, halb bewusst, halb im Traum. Ihr Körper entzog sich der Schwerkraft, wurde selbst Kreisel, erst leicht wiegend, dann kühn und schnell. Füße hoben sich vom Boden, Haare flogen. Sie schwebte. Drei Minuten, siebenundvierzig Sekunden. Schluss.

»Wunderschön«, sagte Ruben nach einer langen Weile.

Sie steckte die CD in die Hülle zurück und legte sich neben ihn. Angezogen. Auch auf den Rücken. Ohne ihn anzufassen. Schaute an die Decke und fragte: »Wärst du lieber blind als lahm?«

»Im Augenblick schon.« Er lachte ein wehmütiges Lachen. »Aber dann hätte ich dich nicht sehen können. Hättest du mich lieber blind als lahm?«

»Im Augenblick schon«, wiederholte sie seine Worte langsam mit einem kleinen Seufzer. »Aber ich mag dich ziemlich genau so, wie du bist, Ruben Langer.«

»Was machen wir mit uns?«, fragte er.

»Wir nehmen uns Zeit«, sagte Ruth. »Und irgendwann, wenn die Gedanken nicht mehr ängstlich kreiseln, lassen wir den Blinden wieder für uns singen. Und ich zieh mich aus und tanze zu ›I'll be your baby tonight‹. Und dann erfinden wir eine neue Form von Sex, speziell für laszive Lahme und lüsterne Tänzerinnen.«

18
Zahltag

Der FC Bayern ist nicht zu knacken. Dortmund haben wir ziemlich sicher in der Tasche. Der Präsident von Werder Bremen überlegt noch.«

Seeler blätterte in seinen gesammelten Zetteln zu den Versuchen, Maria bei den Fußballclubs zu etablieren. »Eine Sache ist vielleicht noch erwähnenswert. Die Damen vom SV Lützellinden sind von sich aus auf uns zugekommen. Sie wollen keine zusätzlichen Sponsorengelder. Wir bräuchten nur die Trikots mit dem M bereitzustellen.«

»Lützelwas?«, fragte Dana belustigt. Die Stimmung war ausgelassen. Nicht nur die Zahlen der Show selbst brachen alle Rekorde. Selbst Beiwerk im Umfeld wie die Sendebeiträge des Maria-First-Aid-Teams machte die Konkurrenz nervös. Kulke von Quiz & Games hatte vor der Konferenz erzählt, dass sich der blauäugige Starmoderator der ARD eingeschnappt weigerte, sein Quiz auf dem Sendeplatz zu lassen, der eine Viertelstunde damit überlappte.

Kotte ließ ab und zu ein befriedigtes Grunzen hören, aber seine Gedanken schweiften ab.

Er hatte Maria unterschätzt. Und das Schlimmste: Seine eigene Dummheit hatte es möglich gemacht, dass sie aus der bombensicheren Festung entwich. Aber wenn schon: Eine große Gefahr dürfte von ihr nicht ausgehen, beruhigte er sich selbst. Sie besaß keinen Cent. Keine Papiere.

»Einer der besten Handballclubs der Liga, meine Liebe«, antwortete Seeler Dana im Ton eines enttäuschten Pädagogen. »Wenn du dich einmal in den letzten zehn Jahren hättest durchringen können, andere als deine eigenen Sendungen anzuschauen, wäre dir das möglicherweise nicht entgangen. Bei den Volleyballerinnen sieht es auch gut aus. Der SC Detmold …«

Der News-Chef unterbrach ihn. »Eigentlich hätte ich erwartet, dass du es mindestens schaffst, die Formel 1 in Formel M umzubenennen.«

»Und da du weißt, dass wir Banausen sind, erspar uns die Skatclubs und die Seifenkisten-Vereine«, fügte Dana hinzu.

Seeler lachte und warf ihr eine zum Papierball zerknüllte Pressemeldung zu. Sie prallte am Rand ihrer Kaffeetasse ab. »Schade, ich hätte noch ein paar Bonbons gehabt, aber bitte!«

Nächster in der Runde war Kopf, der weitere Erfolge von der PR-Front meldete. »We're going strong.«

Sicher, die Joker hätten besser aufpassen müssen. Aber es war seine Idee gewesen, Maria dort herauszuholen und in vermeintlich noch größere Sicherheit zu bringen. Und nun lief sie irgendwo frei herum und hatte sogar die Chuzpe, ihn unter Druck zu setzen. Wie hatte sie von der Villa in Berlin aus einen Komplizen in Hamburg organisieren können, mit Zugang zur Hauspost? Es musste irgendjemand aus dem Sender sein. Und mit einem gewissen Technikverständnis; die Absender der Mails waren verschlüsselt.

Höchstwahrscheinlich war es jemand aus dieser Runde. Er blickte auf Kulkes Glatze und Weilands Pferdeschwanz. Keine Frau, darauf würde er wetten. Maria hatte es immer verstanden, sich mit allen Frauen anzulegen, die ihren Weg kreuzten. Seeler schied auch aus. Kopf, der jetzt eine Liste herunterratterte, welche Parlamentarier sich der Maria-Initiative im Bundestag angeschlossen hatten? Knallkopf war unfähig, ihn anzuschwindeln. Blieb der News-Mann. Die Joker hatten Weiland in den vergangenen Tagen beschattet. Herausgekommen war allerdings nur, dass er das vermutete Verhältnis mit Dana hatte.

Na gut, es gab noch den direkten Weg. Er würde zum Schein auf die Forderung eingehen und hoffen, dass die Joker herausfanden, wer dahinter steckte.

Kotte merkte, dass alle in der Runde plötzlich schwiegen und ihn anstarrten. Anscheinend hatte jemand eine Frage gestellt.

»Nochmal, bitte.«

Er tat, als fische er eine Fliege aus seinem Tomatensaft und habe deshalb nicht zugehört.

»Ob du dir schon überlegt hast, wie es mit dem Programm weitergeht, wenn unser Zugpferd, vielmehr unsere Zugstute, ihre Isolationshaft verlassen hat«, wiederholte Dana. »Beziehungsweise, ob du langsam geruhst, uns deine Überlegungen dazu mitzuteilen, Marius. Es sind nur noch sechs Wochen. Zumindest, wenn sie bei ihrem ursprünglichen Plan bleibt und die Sache nach

228

einem halben Jahr beendet. Was sie hoffentlich tut – denn dass sie sich auf Dauer dort einnistet und wir von Ewigkeit zu Ewigkeit ihre Predigten übertragen müssen, wäre mir noch wesentlich unangenehmer.«

Gelächter.

Würde Dana so reden, wenn sie mit Maria unter einer Decke steckte? Kotte hielt es für unwahrscheinlich. Würde Weiland mit Maria paktieren und gleichzeitig mit Dana schlafen, ohne sie einzuweihen? Kotte hielt das für weniger unwahrscheinlich. Wer einen IQ von 131 mitbrachte, neigte zum Multitasking.

»Nicht von Ewigkeit zu Ewigkeit, höchstens bis der letzte Ungläubige bekehrt ist«, gab er zurück.

»Besser: die letzte Ungläubige«, verbesserte der News-Chef.

»Wir müssen natürlich den Hype nutzen!« Kopf hatte Kotte schon von seinen eigenen Ideen dazu erzählt.

Es munterte Kotte auf, sich Kopfs Gesichtsausdruck an jenem 15. August vorzustellen.

Wo keine Maria aus dem Studio treten würde. Wo ein aufgeregter Kopf gemeinsam mit zigtausend Fans vor der Tür und Millionen Fans vor dem Bildschirm vergeblich warten würden. Zunächst enttäuscht. Und dann überrascht, verblüfft. Schließlich ehrfürchtig ob des Wunders, das sich zugetragen hatte.

Pech für Kopf. Er hatte detaillierte Tournee-Pläne für Maria ausgearbeitet und schüchtern nachgefragt, ob bereits jemand dazu ausersehen sei, sie in Zukunft zu betreuen.

»Wir machen zu dieser Frage eine Extra-Konferenz«,

sagte Kotte. »Ich gebe Bescheid. Lassen wir uns bis dahin von göttlicher Inspiration leiten.«

»Om«, brummte Weiland.

Ende der Sitzung.

Die anderen verließen den Raum. Seeler bewarf Kulke mit den übrig gebliebenen Papierbällchen, Kulke erzählte halblaut von einer Kandidatin bei Mirco Mata, die nicht gewusst hatte, dass die Hauptstadt von Schleswig-Holstein nicht Heck, Bug, Steuer oder Segel, sondern Kiel hieß.

Kotte nahm das Glas mit dem restlichen Tomatensaft. Auf dem Rand saß jetzt tatsächlich eine Fliege. Er verscheuchte sie und trank aus. Marias kleiner Erpressungsversuch störte seine Pläne nicht wirklich. Er komplizierte sie allerdings. Er hatte mit Carla gesprochen. Sie würden umdisponieren und die Pontius-Pilatus-Episode ein wenig vorziehen. Etwas ungünstig für die Gesamt-Dramaturgie, aber nur unwesentlich. Die Serie war inzwischen genau an dem Punkt, an dem die Wahrheit ihr nichts mehr anhaben konnte. Weil keiner sie glauben würde. Seinen stärksten Trumpf hatte er noch nicht ausgespielt.

Er sah auf die Uhr. Noch acht Stunden bis zu dem avisierten Anruf. Er wollte sich Tomatensaft nachschenken. Aber die Fliege war wiedergekommen. Sie krabbelte innen am Glasrand herum und widmete sich den Resten. Mit einem geschickten Handgriff drehte Kotte das Glas auf den Kopf. Die Saftreste rannen am Rand herunter. Es tropfte Rot auf rotbraun gemasertes Teak. Für die Fliege stand nicht mehr Hunger, sondern Flucht auf dem Programm. Doch wohin sie sich auch wendete, sie stieß an die Wände ihres gläsernen Gefängnisses.

*

Es war Zufall, dass Maria in der Abendpredigt ein passendes Thema behandelte, irdischen Besitz. Kotte hörte nur mit halbem Ohr zu. Wie ein Mantra wiederholte sie wohl zwei Minuten lang, was sie »das verruchte M-Wort« nannte: »Money, money, money, money, money, money ...« Schneller und schneller wie in dem Song aus »Cabaret«. Es ging darum, wie man mit materiellen Gütern umgehen sollte. Wie man inmitten von Tand ein wahrhaftiges Leben führen konnte. »Erkennt an, dass das Leben ein Spiel ist, mit Gewinnen und Verlusten. Ein Spiel, dessen Regeln ihr nicht erfunden habt und nicht ändern könnt. Ein Spiel, das von einer höheren Macht inszeniert ist!«

Sie lachte. »Und wenn es für euch gut läuft, dann denkt ihr, ein Magier führt Regie. Und wenn es beschissen läuft, denkt ihr, es ist ein Irrer.« Sie schlug die Bibel auf. »Dabei hättet ihr die Story namens ›Gute Zeiten, schlechte Zeiten‹ längst bei Jesaja nachlesen können.« Sie hob die Stimme: »›Der Wein ist dahin, der Weinstock verschmachtet, und alle, die von Herzen fröhlich waren, seufzen. Die Freude der Pauken ist vorüber, das Jauchzen der Fröhlichen ist aus, und die Freude der Harfen hat ein Ende. Nur Verwüstung ist in der Stadt geblieben, und die Tore sind in Trümmer geschlagen.‹ Finito!«

Sie warf das Buch hinter sich und schloss dann die Augen.

Ihr Gesicht nahm einen gesammelten und zugleich entrückten Ausdruck an. Und dann sang sie den ganzen Liza-Minelli-Song: »Life is a cabaret.« Ihre Singstimme war nie besonders eindrucksvoll gewesen, aber zu der Predigerinnenrolle passten die kleinen Unstimmigkeiten und Brüche.

Kotte fühlte sich müde. Er trat ans Fenster. Es war ein lauer Abend. Unten auf dem Platz vor dem Großbildschirm hatten sich ein paar Hundert Fans versammelt. Viele trugen Sackkleider. Sie sangen nicht mit. Aber sie wiegten sich im Takt.

Er blickte aus dem anderen Fenster. Ein Frachter kam herein und tutete, weil eine der Hafenfähren seine Route gefährlich kreuzte. Stromabwärts kämpfte sich einer der beiden Schaufelraddampfer vorwärts. Ein Vergnügungsschiff à la Mississippi, das nach Hamburg passte wie eine Lederhose zum Matrosen-Look. Das riesige rote Rad am Heck trug zum Vortrieb nichts bei; es drehte sich in der Luft. Die Touristen liebten es trotzdem.

Die Predigt war schließlich vorbei. Nun merkte er, wie angespannt seine Nerven waren. Er rekapitulierte die Standorte der Joker. Hätte man bessere Plätze wählen können? Nein. Ganz egal, was die anderen mit ihm vorhatten – der Startplatz war der Sender.

Der Anruf verspätete sich. Typisch Maria. Psycho-Kleinkrieg hatte sie immer gut beherrscht. Sie wusste, dass er Unpünktlichkeit hasste. Als das Handy eine Viertelstunde später endlich klingelte, war er versucht, auf die Mailbox umzuschalten. Aber billige Revanche war falsch.

»Ja?«

»Nehmen Sie die Hafenfähre 62 nach Finkenwerder um 20 Uhr 12.« Die Stimme war elektronisch verzerrt. »Denken Sie an die Wundertüte. Und lassen Sie Ihr Handy eingeschaltet.« Ehe er die Anweisung kommentieren konnte, wurde am anderen Ende aufgelegt.

Offensichtlich ein Mann. Weiland? Egal. Gut, dass er an die Möglichkeit mit dem Boot gedacht hatte. Wahrscheinlich würden sie ihn auf die andere Elbseite lotsen.

Er steckte die vorbereitete Plastiktüte in einen Leinenbeutel mit Maria-Emblem, nahm seinen Aktenkoffer in die andere Hand und meldete sich bei den Jokern. H1 wartete im Wagen eines Pizza-Service vor dem Haus, H2 in Kottes kleinem schnellen Boot mit dem Außenborder. »Ich soll die Finkenwerder-Fähre nehmen. Habt ihr alles? Fahrräder, Ferngläser, Kameras?« Beide bejahten.

Im Fahrstuhl traf er Kopf. Der hob verwundert die Augenbrauen, als Kotte mit im Erdgeschoss ausstieg, und nicht bis in die Tiefgarage weiterfuhr. »Oh, heute nicht mit dem Wagen?«

Kotte schüttelte den Kopf. Der PR-Chef machte vor der Tür keine Anstalten, sich zu verabschieden und auf die Brücke abzubiegen, die über den Fleet führte. Er steuerte ebenfalls zielstrebig auf die Haltestelle der Fähre zu.

»Es ist nichts entspannender, als abends per Schiff nach Hause zu fahren, nicht wahr?«, fragte er. Dann fing er an, vergnügt eine Melodie zu summen. Auch er war kein begnadeter Sänger, doch nach ein paar Takten war Kotte klar, was er hörte: ›Money makes the world go round, the world go round …‹«

Kopf schaute ihn Beifall heischend an und fügte verschwörerisch flüsternd hinzu: »Money, money, money …«

Also nicht Weiland, sondern Kopf? Sein devoter Pressemann? Oder beide? Beinahe hätte Kotte laut herausgelacht. Wirrkopf war kein Gegner. Wenn er im Spiel war, würde er es garantiert vermasseln. Ein kleiner Einsatz von H1, und er würde um Gnade winseln. Die Kotte ihm vielleicht sogar gewähren würde. Ein seltsames Komplott. Soviel er wusste, kannte Maria Weiland kaum. Und mit Kopf hatte sie sich nie besonders gut verstanden. Was mochten sie vorhaben? Ihn an einen Ort lotsen, wo Maria wartete, um über den Preis des Schweigens zu verhandeln?

Kopf schaute ihn wissend von der Seite an. »Tja, es muss auch Events geben, bei denen kein Chauffeur mit von der Partie ist. An einem so schönen Abend!« Er blieb stehen, und sog die Luft ein.

Kotte sah zur Uhr.

»Keine Eile, sie kommt 20 Uhr 12. Wir haben noch genug Zeit«, sagte der PR-Mann und setzte sich wieder in Bewegung.

Knallkopf war kein echter Gegner. Es war Maria, die er isolieren musste. Denn sie würde sich nicht mit Geld abspeisen lassen. Ihr Motiv war Rache. Sie würde ihn auffliegen lassen wollen. Er konnte es ihr nach der Behandlung, die er ihr hatte angedeihen lassen, nicht verübeln.

Zunächst musste er mitspielen.

Am Haltepunkt stand ein Fahrkartenautomat mit mehr

als einem Dutzend Tasten. Kopf war Monatskartenbesitzer und kümmerte sich nicht darum. Kotte drückte auf einen Knopf, neben dem »Tageskarte« stand.

»Stopp it!«, rief Kopf und hinderte ihn daran, die Münzen einzustecken. »Nie unnötig Geld zum Fenster hinauswerfen!« Es klang fast ernsthaft besorgt. So viel gut gespielte Harmlosigkeit hätte Kotte seinem PR-Mann kaum zugetraut. Kopf zeigte auf den Nachbarknopf, der eine andere Tageskarte zu einem billigeren Tarif versprach.

»Take this one! In manchen Situationen des Daseins gelten Sondertarife.«

Kotte hatte keine Gelegenheit, über die neue Anspielung nachzudenken. Die Fähre näherte sich, und er war noch dabei, das Restgeld, das aus dem Schlitz klimperte, wieder in der Brieftasche zu verstauen. Den Koffer hatte er abgestellt, den Beutel in der Hand behalten.

»Darf ich Ihnen vielleicht etwas abnehmen?«, fragte Kopf.

Kotte lehnte ab.

Sie stiegen ein. Hinter der Fähre wurde ein Außenborder angelassen. Das Boot mit H1.

Sie setzten sich nebeneinander aufs Oberdeck und fuhren in Richtung Sonnenuntergang.

»Sie hat so Recht, finden Sie nicht?«, fragte Kopf.

»Wer?«

»Na, Maria! Wir rennen alle dem Materiellen hinterher. Money, money, money … Dabei ist eigentlich nichts unwichtiger als das. Das da ist das Entscheidende, the real thing!« Er deutete mit einer großen Geste Richtung Sonne, ganz wieder in seiner alten Rolle als Blubberkopf.

Dann versank er in Schweigen. Kotte tat ihm nicht den Gefallen, von sich aus den Anfang zu machen.

Die Fähre legte an und ab. An den Landungsbrücken, am Fischmarkt. Es wurde voller. Touristen setzten sich an ihren Tisch. Neben Kotte nahm eine ältere Frau Platz.

Als sie sich dem Museumshafen von Övelgönne näherten, zeigte Kopf auf den Altenheimklotz. Die Dichte der Maria-Ms hier war die höchste der Stadt. Inzwischen war wohl jedes dritte Fenster damit bestückt. Die Kameras der Touristen klickten.

»Eine wunderbare Frau, Maria, nicht wahr?« Kottes Nachbarin hatte sich ihm zugedreht. Sie trug ein keckes Hütchen. Er schaute sie irritiert an.

»Maria Coral, haben Sie noch nicht von ihr gehört? Sie tritt im Fernsehen auf!«, hakte sie nach und legte ihm vertraulich ihre dünne Hand auf den Arm.

»Doch, doch, natürlich«, sagte er. »Sie haben völlig Recht.«

Kopf lachte und machte ein Victory-Zeichen.

Das Schiff legte an. Kopf erhob sich. »So long, Boss! Schönen Abend noch!«

Er war verschwunden. Ehe Kotte sich wundern konnte, fiepte das Handy.

Die Blechstimme. »Sind Sie allein?«

»Das sollten Sie doch wissen.«

»Ja oder nein?«

»Yes.«

»Sie gehen zur Theke, holen sich ein Stück von dem Brot, das dort liegt. Dann gehen Sie ans Heck und fangen an, Möwen zu füttern. Es gibt eine Bedarfshaltestelle. Bubendey-Ufer. Die Fähre wird dort halten. Sie steigen nicht aus, sondern werfen die Tüte vom Boot aus in den Müllcontainer, der dort steht. Er wird offen sein.«

Der Mann legte erneut auf, ohne sich rückzuversichern, ob Kotte alles verstanden hatte. Auf der Theke lag tatsächlich ältliches Toastbrot. Er nahm sich zwei Scheiben. Die Möwen kamen, bevor er auch nur das erste Stück abgebrochen hatte. Anscheinend hatte die Maria-Crew ihre Statisten gut im Griff. Ob die Alte auch dazu gehörte? Nein, er musste sich hüten, Gespenster zu sehen.

*

Ruth sah von fern die Fähre näher kommen. Sie sah die Möwen, erkannte den Mann, der sie fütterte, gab Gas und fluchte.

Sie hatten sich alles so gut ausgerechnet. Um fünf war sie aus dem Büro gekommen. Um halb sechs hatte Ina ihr die selbst gebastelte Abdeckung und das Klebeband vorbeigebracht, das aus dem HH-ZA 373 auf dem Nummernschild ein HH-Z 87 machte. Sie hatte alle Zeit der Welt. Aber dann ging alles schief. Ihr Auto war zugeparkt. Kein Zentimeter vor und zurück. Sie wartete eine Viertelstunde. Sie musste Monikas nehmen. Dummerweise war der Tank fast leer. Durch die Verzögerung kam sie in die Rushhour. Stau.

Nun stand das richtige Auto samt den gefälschten Schildern in Eimsbüttel. Ruth saß im falschen Wagen, und der sorgfältig ausgetüftelte Zeitplan war Makulatur.

Das Schiff kam schnell heran. Eigentlich hätte Ruth jetzt

mit Maria-Perücke und Sackkleid am Container stehen wollen, das Auto auf einem der Werksparkplätze der Containerfirma hinter dem Deich geparkt. Dafür war keine Zeit mehr. Sie musste es darauf ankommen lassen und relativ dicht an den Pier heranfahren. Hoffentlich schirmte der Deich den Wagen halbwegs ab. Sie hatte gerade noch Zeit auszusteigen und hinter der dicksten Pappel zu verschwinden, als die Fähre anlegte.

Zwei Männer, die gewartet hatten, stiegen ein. Keiner stieg aus. Auch Kotte machte keine Anstalten, das Boot zu verlassen. Er schleuderte die Tüte mit einem gekonnten Schwung vom Oberdeck in Richtung auf den Container. Treffer. Die drei Angler am hinteren Teil des Piers waren beschäftigt und schenkten der Aktion keine Aufmerksamkeit. Die Fähre legte wieder ab.

Ruth sollte warten, bis die Fähre außer Sicht war. Aber dann hörte sie vom Wasser her ein anderes Motorengeräusch, schriller als das Tuckern, eher ein Jaulen. Ein Motorboot hüpfte über die Wellen und näherte sich dem Pier in einem großen Bogen. Ein einzelner Mann saß darin. Mit einer Leine in der Hand stand er auf und suchte nach einer geeigneten Anlegestelle. Das verschaffte ihr einen kleinen Vorsprung. Sie zog ihre Kapuze über den Kopf, rannte zum Container und fischte die Tüte heraus. Jetzt keine Zeit verlieren.

Es waren kaum mehr als 200 Meter bis zum parkenden Auto. Sie nahm die Abkürzung über das verbrannte Rasenstück vor dem Deich. Die Kapuze beengte sie. Sie streifte sie ab und schüttelte ihren Pferdeschwanz aus. Auf halbem Weg sah sie sich um. Der Mann hob gerade ein Fahrrad aus dem Boot. Sie rannte weiter und glaubte, ein Keuchen hinter sich zu hören, als sie über die Deichkrone lief. Aber seine Distanz zu ihr hatte sich kaum verringert. Es war ihr eigener schwerer Atem. Der Deich war ein Glücksfall, zu holprig und zu steil für Fahrräder. Ihr Verfolger musste schieben. Das Rad nützte ihm nichts, es behinderte ihn.

Als sie das Auto erreicht hatte, war er noch nicht wieder in Sicht. Sie warf die Tüte auf den Rücksitz.

Ihre Hand zitterte so stark, dass der Schlüssel das Zündschloss verfehlte. Ruhig, ruhig, ruhig, sagte sie laut. Du hast ein Auto, er hat nur ein Fahrrad. Du hast ausreichenden Vorsprung. Der Toyota ist ein verlässliches Modell einer der führenden Industrienationen der Welt. Von Null auf 100 in wahrscheinlich 15 Sekunden. Und 100 km/h sind keinesfalls nötig. Gegen ein Fahrrad reichen 50 locker.

Ihr Gehirn weigerte sich, dem Körper die richtigen Schlussfolgerungen aus dieser Analyse zu übermitteln. Es fing an zu rechnen, wie viele Sekunden zum Erreichen der 50 Stundenkilometer nötig waren. Einfacher Dreisatz, oder? Nein, die Beschleunigung folgte komplizierteren Regeln. Die rechte Hand zuckte noch immer wild. Ruths Herz pochte, nicht in der Brust, wo es hingehörte, sondern irgendwo am Hals. Die Frequenz war beängstigend. Und nahm nicht ab, als ihre Augen im Rückspiegel eine Veränderung über der Deichkrone entdeckten. Erst einen Männerkopf, dann den Vorderreifen eines 28-Zoll-Rennrads.

Der Schock half. Wie von einer unsichtbaren Macht geführt, fand der Schlüssel seinen Weg ins Schloss. Der Toyota sprang an. Die Fahrerin erlebte den ersten Kavalierstart ihres Lebens. Ihr Gehirn überlegte, ob es eine weibliche Form von Kavalier gab. Wenn ja, würden auch beim Kavalierinnenstart Reifen quietschen und kleine Steinchen hilfreich nach hinten in Richtung auf Fahrradverfolger aufwirbeln?

Im Rückspiegel sah sie, dass der Mann keine Anstalten machte, das Rennen aufzunehmen. Stattdessen hob er ein Teleobjektiv.

19
Falschgeldsegen

Sie hatten sich am Autobahnrastplatz verabredet. Es wurde inzwischen dunkel, und Ruth fuhr zaghaft wie eine Anfängerin. Sie kroch, von LKWs eingekeilt, auf der rechten Spur und wagte nicht zu überholen. Die Möglichkeit, dass auf dem Rücksitz 100 000 Euro lagen, versetzte sie in Panik. Bisher war alles Spiel gewesen. Und jetzt? Machte diese Plastiktüte sie zur Kriminellen? Ruben hatte sie gewarnt, das Paket darin zu öffnen, bevor er es inspiziert hatte. Es gab eine Reihe von Tricks, Geldscheine zu markieren, um Tätern auf die Spur zu kommen.

Scheinwerfer schossen an ihr vorbei. Konnte der Mann mit dem Teleobjektiv ihre Verfolgung aufgenommen haben? Am liebsten wäre sie an den Straßenrand gefahren und hätte die Tüte im Wald verbuddelt.

Sie verpasste beinahe die Ausfahrt, blinkte zu spät und bog in einem wenig eleganten Schlenker ein.

Der Parkplatz war mäßig besetzt. Ruben hatte sein Innenlicht angeschaltet und die Augen geschlossen. Wahrscheinlich hörte er Radio. Ruth fuhr in die Nachbar-Parklücke. Als sie gegen seine Scheibe klopfte, schrak er auf. Sie kletterte auf den Beifahrersitz und warf ihm die Tüte auf die Schoß. »Einmal und nie wieder! Ich habe kein Talent für Bonnie und Clyde.«

Er zog ihren Kopf zu sich herüber und küsste sie. »Das kommt mit dem Training. Wo ist denn dein Auto?«

»Zu Hause.«

»Und das da?« Er zeigte auf den Toyota.

»Gehört Monika.«

Das Paket war in eine Fernsehzeitschrift eingewickelt. Ein handliches Format. Nicht besonders schwer. Ruben tastete daran herum. »Fühlt sich gut an. Wusstest du eigentlich, dass Geldscheine aus Baumwolle bestehen?«

Ruth schüttelte den Kopf. »Meinetwegen können sie aus gebrauchten Taschentüchern oder reiner Seide bestehen. Von mir aus brauchst du nicht reinzuschauen. Mir ist schlecht. Ein Typ war hinter mir her. Beinah hätte er mich erwischt. Lass uns diese Sache abbrechen.«

Sie sah hinaus. Ihre Hand hielt sich am Türgriff fest. Eine Bewegung, und sie hätte auf Nimmerwiedersehen hinausspazieren können. Aus Rubens Wagen. Aus Rubens Leben.

Er antwortete nicht, sah sie nur an. Mit Psychologen-Augen.

»Du hast Maria heute versäumt. Ich hab dir die Predigt aufgenommen. Sie war gut. Es ging um Geld und um Jesaja.«

»Auch das noch«, sagte Ruth und deklamierte eine der Lieblingsstellen ihres Großvaters: ›Zu der Zeit wird der Herr heimsuchen die Könige auf der Erde, dass sie verschlossen werden im Kerker, und der Mond wird schamrot werden und die Sonne sich schämen …‹ So etwa? Und wer kommt in den Kerker, Kotte oder wir?«

»Wir nicht«, sagte Ruben entschieden. »Gleich im Anschluss kommt etwas Tröstliches, warte, hier: ›Herr, du bist mein Gott, dich preise ich; ich lobe deinen Namen. Denn du hast Wunder getan.‹ Und irgendwann geht es weiter: ›Du bist der Geringen Schutz gewesen, der Armen Schutz in der Trübsal …‹«

Ruth fiel ein »›… eine Zuflucht vor dem Ungewitter, ein Schatten vor der Hitze, wenn die Tyrannen wüten wie ein Unwetter im Winter, wie die Hitze in der Zeit der Dürre.‹«

Es war seltsam, wie die Worte aus ihrem Mund kamen und sie gleichzeitig aufrührten und beruhigten.

»Hör zu, wir haben das doch schon besprochen. Es gibt kein Risiko«, sagte Ruben. »Wenn wir Recht haben mit unserem Verdacht, wird Kotte nie und nimmer die Polizei einschalten. Und wenn wir falsch liegen, hat er auch keinen Grund dazu. Mit Spinnern wird er reichlich Erfahrung haben. Aber selbst wenn er die Erpressung anzeigt, dürfte es Staatsanwälte heutzutage wohl nur mäßig interessieren, wenn irgendjemand behauptet, dass eine Fernsehsendung fingiert und manipuliert ist.«

Ruth hörte kaum zu. Sie war in ihre Kindheit zurückgekehrt. Die Angst vor dem Gott ihres Großvaters war wieder spürbar, einem Gott, der jähzornig und unberechenbar war. Und Menschen zertreten wollte, »wie Stroh in einer Mistlache zertreten wird«.

»Warum denn, was haben sie Böses getan?«, hatte sie gefragt.

»Sie waren hochmütig«, hieß die Antwort. Und Leni hatte ihr über den Kopf gestreichelt und gesagt: »Lass das Kind doch. Wie soll sie das denn verstehen?«

»Aufwachen!«, sagte Ruben leise. Er blies ihre Backe an. »Und wenn wir erwischt werden, schreiben wir im Knast für die Konkurrenz ein Drehbuch für einen Dokumentarfilm. Das Komplett aus einer Putzfrau, einem Gelähmten und einer Irren samt Pfleger – Ina und Leni bauen wir auch noch ein.«

Er holte ein Gerät heraus, mit dem er an der Tüte entlangfuhr. »Brav, der Herr Intendant. Einen Sender oder eine Kamera hat er nicht eingeschmuggelt.« Er zog Handschuhe an, um das Päckchen zu öffnen. »Eine Farbbombe auch nicht«, meldete er, während er das Papier auswickelte.

Ruth beugte sich zu Ruben hinüber. »Viel echtes Geld aber anscheinend auch nicht.«

Bündel von aufeinander gestapelten und mit Gummibändern zusammengehaltenen Zeitungsausschnitten fielen ihnen entgegen. Immerhin hatte sich jemand die Mühe gemacht, sie auf Geldscheingröße zu trimmen.

Ruth nahm einen Gummi, zog ihn lang und ließ ihn gegen die Windschutzscheibe fliegen. Sie seufzte erleichtert. »Liebe Maria, danke schön. Ich bin für manche Proben im Leben nicht geschaffen.«

Ganz unten lag ein Zettel. »Liebe Ungläubige. Schaut euch die Show am nächsten Samstag an. Es wird eine Botschaft geben, speziell für euch. Viele Grüße, Maria.«

»Er nimmt uns nicht ernst«, sagte Ruth.

»Noch nicht«, meinte Ruben. Er lächelte. »Ehrlich gesagt, war mir klar, dass es ein längeres Vorgeplänkel geben wird. Wer es in der Fernsehbranche bis zum Intendanten gebracht hat, wirft Fremden nicht widerstandslos solche Summen in den Rachen – vor allem nicht sein eigenes Geld. Wenn es das Geld des Senders wäre, wäre das vielleicht eine ganz andere Sache. Ich habe da schon eine weiterführende Idee ...«

Seine Lieblingsbeschäftigung: Pläne schmieden, Strategien überlegen, bluffen, Scheitern einkalkulieren, alte Einfälle verwerfen, neue entwickeln. Im Hintergrund agieren und andere Mitspieler einsetzen – wie beim Basketball. Normalerweise faszinierte Ruth, wie spielerisch Ruben mit Ideen jonglierte. Jetzt, wo ihr der Horrortrip noch in den Gliedern steckte, hatte sie nichts für Winkelzüge übrig.

»Danke für die Lektion!«, erwiderte sie ironisch und merkte, wie gereizt sie war. »Sehr zuvorkommend, dass du mir das nachträglich mitteilst. Und es ist interessant zu wissen, dass man als Versuchskaninchen in einem Privatfeldzug benutzt wird, dessen Strategie General Ruben Langer in Alleinregie festlegt.«

Er antwortete nicht. In seine eigenen Überlegungen versunken, nahm er eines der Pseudogeldbündel, blätterte es auseinander und mischte es dann bedächtig wie ein Kartenspiel, schob es zusammen, mischte erneut.

Die demonstrative Gelassenheit, die er dabei zur Schau stellte, regte sie erst recht auf. Am liebsten hätte sie ihm den Papierstapel aus der Hand gerissen. Sie sah im Seitenspiegel ihr blasses, angespanntes Gesicht. War ihre Reaktion übertrieben? Von dem Mann mit dem Fahrrad war wohl nicht allzu viel zu fürchten gewesen. Die Verfolgung, eine reine Einschüchterungstaktik. Und trotzdem ...

»Leg endlich diese blöden Papiere weg! Und versetz dich in meine Lage!« Der Versuch, den schrillen Ton in ihrer Stimme unter Kontrolle zu bringen, misslang. »Dieser Kerl, der mir gefolgt ist – es mag ja idiotisch sein, aber ich habe für einen Moment gedacht, er reißt eine Waffe hoch. Während du ...« Sie verbot sich, weiter zu reden, aber sie tat es doch und wurde sogar lauter. »Während du hier seelenruhig gesessen und Radio gehört hast!« Sie biss sich auf die Zunge, weil ihr der Satz herausgerutscht war.

Seine Hände wurden langsamer und hörten dann ganz auf zu mischen. Sie strichen den Papierstapel sehr sorgfältig glatt und legten ihn in Zeitlupe auf das Armaturenbrett. Er sah sie nicht an.

Sie hob die anderen Bündel auf, die zu Boden gefallen waren, und legte sie daneben. »Tut mir Leid«, sagte sie. »Ich weiß, dass du liebend gern herumturnen und Lösegeld-Päckchen abholen würdest. Aber es nicht meine Schuld, dass du das nicht kannst.«

Er legte den Kopf zurück und studierte die Innenverkleidung des Autodachs. »Heißt das, dass ich dich in Zukunft nicht mehr belästigen soll?« Nachtfrost in der Stimme.

»Versteh doch, ich hatte einfach eine Riesenangst!«, schrie sie.

Lange Pause. Dann nickte er. Sein Blick blieb gen Autohimmel gerichtet, aber seine Hand fand ihren Kopf, löste den Pferdeschwanz, streichelt ihr Haar. Sie schloss die Augen und legte ihren Kopf auf seine Schulter. Langsam entspannte sie sich.

»Vertrau mir!«, sagte er irgendwann. »Ich glaube, ich kann die Sache einschätzen. Lass uns noch abwarten, was bei der Geschichte mit dem Fingerabdruck herauskommt.«

Ein Friedensangebot. Fair. Ruth öffnete die Augen wieder und sah sich im Spiegel leise nicken. Sie wollte heute Abend nicht mehr über die Fortsetzung krimineller Aktivitäten streiten. »Allzu viel nützt der Abdruck ja nicht, solange wir ihn nicht vergleichen können«, sagte sie sachlich. »Gibt es etwas Neues von deinem Kripo-Informaten?« Wenn Ruth ehrlich war, hoffte sie jetzt, dass Rubens Bekannter sich weigern würde, Fingerabdruckdateien für einen privaten Freundschaftsdienst zugänglich zu machen.

»Nein, der Typ ist in Urlaub.«

*

»Wir haben die Autonummer. Und wir haben eine Verbindung.« Die Stimme von H1 klang befriedigt.

»Schnelle, gute Leistung«, lobte Kotte. »Mann oder Frau?«

»Eine Frau. Sagt Ihnen der Name Monika Liebherr etwas?«

»Nein.«

»Sie ist Putzfrau in einer Firma namens Putzfee GmbH.«

»Und?«

»Raten Sie, wo ihr Einsatzort ist!«

»Ein Fernsehsender?«

»Sie haben es erfasst.«

Also nicht Weiland, nicht Kopf, nicht Dana. Eine Putzfrau? Kotte versuchte, die Puzzleteile zu ordnen. Ja, sie
passten ineinander. Ein guter Schachzug von Maria.
Putzfrauen arbeiteten buchstäblich im Dunkeln. Keiner
kannte sie. Keiner achtete auf sie. Sie hatten Zugang
zu allen Büros außer seinem eigenen. Natürlich zu den
Hauspost-Kuverts. Und zwar zu Zeiten, wo keiner störte.
Also gehörte die metallische Stimme doch nicht zu einem
Mann.

»War sie allein?«

»Ja. Eher klein. Vielleicht 1,58 m. Pferdeschwanz. Dunkle Haare. Gute Kondition.«

Wie mochte der Kontakt zustande gekommen sein?
Wahrscheinlich kannte Maria die Frau von früher und
hatte sich jetzt an sie erinnert, um sie für ihre Rache zu benutzen. Hatte ihr Geld versprochen. Zu Karrierefrauen à
la Dana hatte sie nie einen Draht gehabt. Mit Frauen aus
der Unterschicht war das anders. Mit denen konnte sie
sich stundenlang unterhalten. Sie verehrten die Coral, die
es geschafft hatte. Und sie fragte sie aus, recherchierte für
Rollentypen.

Ein Zwei-Mädel-Job also. Hoffentlich nur zwei Mädel.

»Sind Sie noch dran?«, fragte H1 am anderen Ende.

»Wissen Sie schon, wo die Dame wohnt?«, fragte Kotte
zurück.

»Wir arbeiten daran. Was sollen wir machen, wenn wir
sie gefunden haben?«

Kotte überlegte.

»Eine Drohung Stufe 3«, sagte er dann. »Am Samstag zwischen 19.15 und 20.00 Uhr. Und anschließend ein

Ticket in den Briefkasten. Nicht ins Jenseits; es darf ein nettes Plätzchen sein. Weit genug weg.«

»Wann soll die Reise losgehen?«

»So bald wie möglich. Buchen Sie einen günstigen Flug.«

*

Die Turbulenzen begannen am Mittwoch. Der Vikar war der Erste, der davon erfuhr und dem First-Aid-Team erzählte. »Die Fan-Clubs werden mit Anrufen überschüttet. Irgendwer hat das Gerücht in die Welt gesetzt, dass Maria Schwindel sei. Erweckung nach Drehbuch. Alles soll vorproduziert worden sein. Die echte Maria Coral ist angeblich in einer Villa von Kotte in Key Largo in Florida entdeckt worden.«

Im Internet kursierte ein unscharfes Bild einer Frau mit großer Sonnenbrille und Kopftuch. Es hätte Maria sein können, aber genauso gut Jackie Kennedy oder Prinzessin Di.

In der XTC-TV-Kantine gab es kein anderes Thema mehr.

»Eine Vorproduktion, clever! Wer die Coral kennt, hat sich doch von Anfang an gewundert, dass sie sich freiwillig ein halbes Jahr einsperren lässt.«

»Und die Rund-um-die-Uhr-Überwachung?«

»Alles im Voraus arrangiert. Zumindest gibt es dann vielleicht die eine oder andere Auszeit, von der das Publikum nichts mitbekommt. Und in der Maria, wie wir sie kennen, zum einen oder anderen Fläschchen greifen konnte.«

Die Branchendienste berichteten süffisant, Marius Kotte

sei rechtzeitig zu einer Dienstreise nach New York auf-
gebrochen. Ein Fotograf hatte ihn auf dem Flughafen
erwischt. »Zum Tête-à-tête mit dem falschen Engel?«,
hieß es auf der Medienseite der *Süddeutschen*. Das telefo-
nische Statement, das eine Radioreporterin Kotte entlockte, klang eher defensiv: »Es hat mich fast gewundert,
dass die Verschwörungstheoretiker nicht schon sehr viel
eher mit solchen absurden Thesen aufgetreten sind«, sagte er genervt. Nach seiner Rückkehr werde er »Schritte
unternehmen, um jeden Verdacht zu entkräften«.
Im Sender selbst waren Pro- und Contra-Fraktionen
ziemlich gleich verteilt. Bei der Morgenkonferenz, die
ohne Chef stattfand, führte Weiland die Pro-Fraktion an,
während Kopf zu denen gehörte, die bedingungslos an die
Echtheit der Predigerin glaubten: »Denkt doch an die
Webkameras!«
»Vielleicht gibt es ein Double«, überlegte Seeler. »Nachts,
wenn sie schläft, sieht man das Gesicht doch fast nie.«
Kopf war so verunsichert, dass ihm keine angelsächsische
Replik einfiel. Er nahm Zuflucht zur Bibel. »Falsche Lip-
pen bergen Hass, und wer verleumdet, ist ein Tor.«
Eine absehbare Folge hatte das Gerücht. Es heizte das In-
teresse an der Show weiter an. Am Freitag war Maria
Aufmacher der *Bildzeitung*.
»Ist sie echt?« Drei Zeilen in Riesenlettern.
Ruth hatte kaum Zeit, darüber traurig zu sein, dass die
Fantasie vom schnellen Geld damit wohl ausgeträumt
war. Sie war ein bisschen enttäuscht, aber Erleichterung
überwog. Ruben hätte Kotte mit Sicherheit weiter reizen
wollen. Ihr hatte die Erfahrung mit dem Verfolger ge-

reicht. Nun war ihnen also jemand zuvorgekommen. Hatte nicht verhandelt, sondern die Öffentlichkeit gesucht. Seltsamerweise mit einer neuen Unwahrheit. Denn dass es eine dritte Maria in Key Largo gab, war dann doch zu unwahrscheinlich.

Viel Muße, um über Theorien nachzusinnen, blieb nicht. Ruths Team hatte überreichlich zu tun. Dana hatte sie angewiesen, das gesteigerte Publikumsinteresse zu nutzen und weiter aufzuheizen. Ruth nahm Kontakt zu Wahrsagern und Sterndeutern auf. Sie fand eine Astrologin, die auf Grund eines vedischen Horoskops errechnet hatte, dass Maria eine Reinkarnation der Hindugöttin Lakshmi war. Sie schlug ein Interview vor.

»Nicht schlecht, aber noch zu lahm«, beschied die Redaktion. »Dana will echte Zuspitzung. Wir brauchen einen Knalleffekt! Am besten so viele Marias wie möglich.«

»Wie wäre es mit einem Doppelgängerinnen-Wettbewerb?«, schlug Ruth vor.

Die Idee wurde weitergetragen und schlug ein.

Eine begeisterte Dana rief Ruth an. »Glückwunsch. Ich habe Marius in New York kontaktiert. Er findet den Vorschlag genial. Organisieren Sie das. So schnell wie möglich!«

Und so verbrachte das Team Stunden und Überstunden damit, Fanclubs, Schauspielschulen und Agenten abzutelefonieren, um Kandidatinnen zusammenzutrommeln. Jede sollte eine Fünf-Minuten-Predigt halten. Preis für die beste Annäherung waren 10 000 Euro.

Als Ruth versuchte, Maria in Berlin zum Mitmachen zu

überreden, schrie die sie an: »Denkst du, das ist ein Spiel, oder was? Das ist doch genau das, was Kotte will. Dass ich mich aus meinem Loch hier raustraue. Das werde ich schön bleiben lassen.«

Schon beim Casting wurde klar, dass die Double-Idee tückisch raffiniert war. Keine, aber auch keine der Darstellerinnen konnte auch nur ansatzweise mit der Maria aus der Show mithalten. Die Armseligkeit der Kopien unterstrich, wie echt, wie ehrlich, wie außergewöhnlich das Original war.

Der offizielle Wettbewerb fand am Donnerstag nach der Predigt statt. Sie hatten es geschafft, kurzfristig die AOL-Arena zu mieten. Der Eintritt war frei, das Wetter gut, die Arena voll. Das Publikum pfiff alle Darstellerinnen aus. Die Jury vergab den Preis an eine junge, talentierte Amateurin aus einem Fanclub in Oberhof. Sie hieß Nadine, war 19 Jahre alt, Pfarrerstochter: »Ich weiß, was Maria mit dem Geld tun würde und mache dasselbe. Ich nehme es nicht an.«

*

Am Freitagabend kam Kotte aus den USA zurück. Zwischen den Sieben-Uhr-Nachrichten und der Predigt gab er sein Statement ab. Er wies alle Unterstellungen zurück, irgendetwas an der Predigt-Show sei nicht echt und ehrlich. Doch er sei Medienmann genug, um zu wissen, dass ein Gerücht sich so lange halten würde, wie es nicht ausgeräumt werde.

Er habe Maria am Anfang ihres Aufenthaltes versprochen, ihren Wunsch nach vollständiger Isolation zu verteidigen und zu respektieren, doch in Anbetracht der neuen Lage sei eine Güterabwägung notwendig. Deshalb habe er beschlossen, jene bisher verplombte Leitung ins Studio X, die für akute Notfälle gedacht war, zu einem Kontakt zu nutzen. Alles Weitere könnten Zuschauer und Medien am nächsten Tag um zehn Uhr morgens verfolgen.

20
Triumph

Die Quote am Freitagmorgen war nicht überwältigend. Zu wenige hatten von der kurzfristigen Aktion gehört. Punkt zehn Uhr wurde die Notfall-Leitung vom Studio in der Kehrwiederspitze ins Experimentalstudio X auf dem Gelände in Hamburg-Tonndorf freigeschaltet.

Die Webkamera dokumentierte, wie ein Blinklicht in Orange den Raum erhellte, in dem die Predigerin sich aufhielt. Zumindest ihr Körper schien sich dort aufzuhalten, in tiefer Meditation, die den Geist in anderen Sphären schweben ließ. Denn die Lider flatterten nicht, als der grelle Scheinwerfer sie im Zwei-Sekunden-Rhythmus beleuchtete.

Das Lichtsignal war das Zeichen für Maria, jenen Knopf in ihrer Studiozelle zu drücken, der aus der Einbahn-Verbindung mit der Welt der anderen einen Dialog machen konnte.

Das Blinklicht flackerte weiter.

Nichts geschah.

Als genau so lange nichts geschehen war, dass selbst hartnäckige Fans zu fürchten begannen, sie hätten eine Puppe vor sich, öffneten sich die strahlend grauen Augen.

»Maria, hören Sie mich?«

Sie drückte auf die Taste. Das Blinklicht stoppte.

»Ich höre eine Stimme. Und ohne Sie kränken zu wollen: Ich habe das Gefühl, es ist nicht die Stimme Gottes, die ich hier so manches Mal vernehme, sondern eine Stimme aus der neugierigen Welt, die ich verlassen habe.« Ein Lächeln, eine angedeutete Verbeugung im Sitzen. »Ich grüße Sie. Darf ich fragen, was die Stimme im Schilde führt? Und zu wem sie gehört?«

Es war lange beratschlagt worden, wer den Erstkontakt herstellen sollte. Schließlich war die Wahl auf den Ex-Vorsitzenden der Landesmedienanstalt gefallen, dessen Unparteilichkeit außer Frage stand. Die Bildregie hatte ein Professor der Filmhochschule übernommen. Auf seinem Mischpult lief der Output von beiden Studios zusammen. Er entschloss sich, den Fernsehzuschauern durchgehend beide Gesichter zu präsentieren. Links Maria, rechts den silberhaarigen Medienanstalts-Mann.

Der stellte sich vor und antwortete: »Es hat sich in der neugierigen Welt eine Situation ergeben, die einen Dialog wünschenswert erscheinen lässt.«

Ein gewisses Zögern. Dann die Rückfrage: »So? Gibt es Probleme?«

»Eines hat sich durch unser kleines Gespräch bereits erledigt. Es gab Zuschauer, die bezweifelten, dass überhaupt ein Wesen aus Fleisch und Blut in Ihrer Zelle sitzt. Sie glaubten an eine Aufzeichnung. Jetzt geht es allerdings noch darum zu prüfen, ob Sie wirklich Sie sind.«

Maria krauste ungläubig die Stirn. Dann hob sie die Hand, kniff sich in ihr Ohrläppchen, zuckte zusammen und stieß einen kleinen Schrei aus. »Doch, ich glaube, ich bin ich. Wer, bitte schön, sollte ich sonst sein?«

Ihr Interviewpartner lachte. »Vielleicht eine Doppelgängerin. Vielleicht ein virtuelles Gespenst.«

Der Professor am Mischpult versuchte die Einstellung, die ihm von Studio X übermittelt wurde, so dicht wie möglich heranzuzoomen, um das rote Ohr in Großaufnahme zu zeigen. Aber die Vergrößerung blieb begrenzt.

»Und wer will das wie herausfinden?«, hieß die Rückfrage.

»Ihr Sender hat einige Journalisten eingeladen, ein Live-Interview mit Ihnen zu führen. Sie werden sich Fragen überlegen, die nur die echte Maria Coral beantworten kann.«

»Wer wird mich befragen?«

»Die Moderatoren von *Tagesthemen* und *heute journal,* außerdem eine Reporterin der *Bildzeitung* und je ein Journalist von *Spiegel, Bunte* und *stern.*«

Die Auswahl hatte Kopf getroffen, um eine größtmögliche Öffentlichkeit zu garantieren.

Die Predigerin nickte bedächtig, so als ob sie das Problem langsam begriff. »Ich bin mit allem einverstanden, was mir erlaubt, mein Gelübde einzuhalten. Ich habe versprochen, die Kutte der Einsiedlerin zu tragen. Ich kann und will sie nicht ablegen. Noch nicht. Aber ich bin einverstanden, dass man mich befragt. So lange mir niemand hier in der Zelle zu Leibe rückt.«

»Das wird nicht nötig sein. Wir hatten an eine Konferenzschaltung gedacht. Genau dieselbe Situation wie jetzt. Sie werden die Fragen der Journalisten aus dem Studio in der Stadt hören. Die Zuschauer werden sowohl Sie als auch die Reporter sehen.«

»Wann?«

»Heute Abend um 19.15 Uhr. Statt der Predigt ein Frage-und-Antwort-Spiel.«

»Akzeptiert. Jeder darf genau eine Frage stellen.« Maria strich über die Falten ihres Leinengewands, als ränge sie mit sich, noch etwas hinzuzufügen. »Kaum höre ich eine fremde Stimme, schon hat sie mich mit den Problemen der neugierigen Welt infiziert. Verraten Sie mir doch bitte eins: Was Sie sagen, lässt mich schließen, dass dort draußen ein gewisses Interesse an meinen Ausführungen herrscht. Stimmt das?«

Ihr Gesprächspartner hatte 25 Dienstjahre in der Landesmedienanstalt hinter sich. Die Wellen von Softsex-Shows à la »Tutti frutti«, exhibitionistischen Talksendungen, Gerichts-Shows. Den Hype um Big Brother, um die Superstarsuche und das Dschungelcamp. Nun schnaubte er leise und sagte fast träumerisch: »Interesse? Ja, das könnte man so sehen.« Und dann: »Wir schalten die Leitung jetzt wieder ab und verplomben sie bis morgen Abend.«

Die Kamera verfolgte, wie jemand in dem Studio, in dem der Interviewer stand, auf den roten Knopf drückte. Die Sprechverbindung zu Studio X war wieder unterbrochen. In Marias Miene war eine Art freudige Genugtuung zu entdecken. Sie ging ein wenig in ihrer Zelle hin und her, um sich zu sammeln. Dann schlug sie die Bibel auf und las mit stummen Lippenbewegungen.

*

Als Tony eine Viertelstunde später auf die Vollsimulation umschaltete, war jedes einzelne Haar auf seinem Handrücken mit einem Schweißfilm überzogen. Er hatte Mühe, seine Glieder zu bändigen, rupfte an seinem krausen Bart, schnipste mit den Fingern, trommelte mit den Fäusten auf die Knie und mit den Füßen auf den Boden. Schließlich legte er sich auf den Rücken, zappelte und stieß Tarzan-Laute aus. Nach fünf Minuten rappelte er sich wieder hoch und atmete tief aus.

»Wisst ihr, was das war? Eine Premiere. Echtzeit mit Frage und Antwort. Nicht als Probe, sondern ausgestrahlt. Es ist passiert. MESSIAS hat es geschafft!«

Carla warf ihm eine Kusshand zu. »Du hast doch wohl nicht an dir gezweifelt?« Sie war noch dabei, ihre Tochter aus dem Anzug zu pellen. Maggie machte mit der schon freien Hand ein Victory-Zeichen. Dann warf sie sich einen Bademantel über und drückte Tony einen Kuss auf die Wange. »Glückwunsch! Lass uns die Aufzeichnung sehen!«

Als Tony die Champagnerflasche schwenkte, entrang Carla sie ihm. »Bist du verrückt? Du weißt genau, dass die wahre Prüfung erst heute Abend kommt.« Sie stellte die Flasche zurück in den Eisschrank. »Werdet nicht übermütig. Das Geplänkel mit dem Silberhaarigen war ja eine nette Vorübung. Aber unterschätzt diese Journalisten nicht. Wenn die auch nur ein bisschen raffiniert sind, werden wir es verdammt schwer haben.«

*

Marius Kotte hatte eine Runde Darts mit sich selbst gespielt, während er die Sendung sah. Genau in dem Moment, als der rote Knopf zum zweiten Mal gedrückt wurde, versenkte er einen letzten Pfeil in den Dreifachring und kostete den doppelten Triumph aus. Ein Interview in Echtzeit war das Sahnehäubchen, das Nonplusultra für die neue Technik.

Denn in diesem Fall waren es Nichteingeweihte, die der Manipulation die Aura höchster Seriosität und die letzte Weihe verliehen. Sympathieträger, die in fester Überzeugung beteuern würden: Ja, ich habe mit Maria gesprochen. Oder mit dem amerikanischen Präsidenten, dem Chef von Daimler-Chrysler, Microsoft ...

Er nahm keinen Champagner aus dem Eisschrank, sondern griff zu dem Dutzend Tomaten auf dem Fensterbrett, die seine Haushaltshilfe am Vortag gepellt hatte, und füllte sie in die Saftmaschine. Es war Bioware von einem Südhang in Teneriffa, die ein Farmer freitags frisch für ihn einfliegen ließ. Ein Spritzer Angostura, eine Prise Salz, viel frisch gemahlener Pfeffer. Köstlich.

Wer Tonys Technik beherrschte und klug einsetzte, würde wahrlich als Messias in die Geschichte eingehen können. Jede Grenze zwischen Fiktion und Realität war aufgelöst, wenn ein Interviewer davon überzeugt war, er spreche mit dem Original. Die Generalprobe hatte geklappt. Die Fragerunde am Abend würde noch ein Quäntchen komplizierter sein.

Kotte sammelte die Pfeile ein, trat zurück, wandte sich mit dem Rücken zur Scheibe und schoss einen nach dem anderen über die Schulter ab. Einer prallte ab und fiel zu

Boden. Ein anderer verfehlte die Scheibe. Er zählte die Treffer zusammen. 93.

Die Zahl hatte eine Bedeutung in seinem Leben. Es war das Jahr, in dem er Maria kennen gelernt hatte. Die echte. Die ihm nun eigentlich hätte Leid tun sollen. Er fragte sich, ob sie ihre Niederlage wohl begriffen hatte. Dass ihr Erpressungsversuch schief gegangen war, musste ihr und ihrer Komplizin nach der Sendung dieses Vormittags dämmern. Spätestens am Abend würde sie besiegelt sein.

Danach würde auch der letzte Verschwörungstheoretiker nicht mehr an die wirre Geschichte einer Patientin Drengski glauben, die sich für die wahre Maria hielt. Ihr stand ein Leben als Margot bevor. Vielleicht würde ein anonymer Gönner ihr dabei helfen, dieses Leben zu erleichtern. Er war kein Unmensch. Und er verdankte Maria einiges.

*

Maria hatte die Sendung am Vormittag versäumt. Seit dem Doppelgängerinnen-Wettbewerb hatte sich ihre Stimmung weiter verschlechtert, von Dunkelgrau in Richtung auf Dunkelschwarz. Oh, sie war durchaus fähig, ihre Lage realistisch einzuschätzen. Das Ganze war ein doppelt perfider Trick. Wahrscheinlich eine Falle, um sie aufzustöbern. Und darüber hinaus der schlagende Beweis für ihre Unzulänglichkeit. Denn eines war klar: Selbst wenn sie mitgemacht hätte, gut geschminkt und mit einer passenden Perücke, hätte sie allenfalls optisch punkten können. Und nicht einmal das. Seit sie kaum noch aß, sah sie dünn und ungesund aus.

Inhaltlich war sie von einer Performance erst recht meilenweit entfernt. Die Predigten dieser anderen Maria boten eine Nonchalance, einen natürlichen Charme, den sie in ihrem Zustand nie und nimmer imitieren konnte. Maria Coral, die erste, war zum Abdanken verurteilt. Ein Hoch auf die Kopie.

Eines hatte sie sich geschworen. Sie würde sich niemals wieder auf andere verlassen. Nicht auf Fred, der sie behandelte wie ein Kind. Nicht auf seine Freunde aus Hamburg, die ihre eigenen Interessen hatten. Die Geschichte mit dem Fingerabdruck konnte höchstens ihre Identität mit einer Person beweisen, die sie früher einmal gewesen war. Wollte sie diesen Beweis überhaupt noch? Wozu?

Sie hatte sich in der Nacht schlaflos im Bett gewälzt und zuckte zusammen, als es kurz vor zehn an der Tür klingelte. Quälte sich hoch, schlüpfte in ihren Jogginganzug und schaute durch den Spion. Zwei Männer in Anzügen. Beide trugen ein Kreuz um den Hals. Der eine hielt ein Heftchen in der Hand. Sie versuchte, ihre Panik zu unterdrücken. Die Tür war abgeschlossen, und es lag eine Kette davor. Außerdem waren die beiden eindeutig jünger als Kottes Männer, die angeblichen Verwandten. Trotzdem begann sich in ihrem Kopf alles zu drehen.

In ihren Flipflops floh sie über die Veranda aus Freds Haus. Streifte zwei Stunden ruhelos durch den Bezirk. Setzte sich auf eine Parkbank und schrak hoch, als ein alter Mann herbeischlurfte und sie anbetteln wollte.

Schrie, dass sie kein Geld besäße. Er sah auf ihre Schuhe. Kramte in seiner Hosentasche und warf ihr einen Euro zu.

Ihr Herumirren führte sie schließlich auf einen Parkplatz. Er gehörte zu einem Getränkemarkt. Gut. Übersichtlich. Im Notfall gab es Verstecke hinter den Autos. Sie lehnte sich erschöpft an die Mauer, an der die Einkaufswagen aufgereiht standen. Studierte die Sonderangebote, um nicht aufzufallen. Veuve Cliquot 27,73 Euro. Baker's Bourbon 48,90 Euro. Das Billigste an Promille im Angebot war Doppelkorn, 0,7 Liter für 4,83. Sie schaute auf das Ein-Euro-Stück in ihrer Hand. Wagen fuhren vor. Kunden luden kästenweise Bier ein, hantierten mit Weinkisten und Schnapsflaschen.

Wie lange war es her, dass sie in der Villa aufgewacht war und beim Falken Champagner bestellen wollte? Fred war gnadenlos. Er duldete keinen Alkohol im Haus. Dabei war ein ordentlicher Schluck genau das, was ihr die ganze Zeit gefehlt hatte. Nervenbalsam. Die Erkenntnis ließ sie nicht zittrig, sondern mit einem Mal sehr ruhig werden. »Bommerlunder, ich komme!«, flüsterte sie. Sie stand immer noch an die Wand gelehnt. Aber jetzt nicht als Gejagte, sondern als Jägerin, die auf eine Chance lauerte.

Für eine Sache war der Euro gut. Sie steckte ihn in den Schlitz eines Einkaufwagens. Ihre Chance kündigte sich mit lautem Flaschengeklapper an. Eine Kundin leitete ihren voll gepackten Wagen energisch zu ihrem Daimler. Sie wollte den Kofferraum öffnen, starrte dann aber auf die Einkäufe, konsultierte den Einkaufszettel und zog die

Stirn kraus. Einen Moment zögerte sie, dann ließ sie die Karre allein und ging zurück.

Maria wartete nicht lange. Sie schob ihren eigenen Einkaufswagen an die verwaiste Beute heran und griff sich drei Flaschen: einen Scotch, einen Brandy, einen Freixenet.

»Was tun Sie da?« Der Protest kam von der Ladentür. »Das ist Diebstahl!« Maria beschleunigte ihre Schritte, so gut es die Flipflops erlaubten, und schob den Wagen rennend durch eine Gasse von parkenden Autos in Richtung auf eine kniehohe Hecke, die den Parkplatz begrenzte. Sie schaute sich um und sah einen der Stilettos durch die Luft fliegen. Sie duckte sich. Er flog über sie hinweg. Der zweite traf sie an der Schulter.

Ein erneuter Blick zurück ergab, dass die weibliche Munition verschossen war. Dafür setzte ein Mann im Kittel zum Sprint an, offensichtlich ein Bediensteter. Noch hatte sie Vorsprung. Sie erreichte die Hecke; der Zeitpunkt war gekommen, die Flucht ohne Einkaufswagen fortzusetzen. Sie nahm zwei der Flaschen in die Hand und versuchte, die dritte in der Tasche ihres Kapuzenpullis zu verstauen.

Der Mann war näher gekommen. Sie wendete den Einkaufswagen und gab ihm einen kräftigen Schubs, so dass er dem Verfolger entgegenrollte. Der Falken-Trick. Sie hörte ein Fluchen. Dann die Frauenstimme. »Lassen Sie sie. Es ist nicht so wichtig.«

O doch, es war wichtig. Das erste Mal seit Monaten verspürte sie so etwas wie Glück.

Der Tag war gerettet.

21
Jurytest

Für die Abendsendung wurde das Team der Unparteiischen leicht aufgestockt. Derselbe Professor übernahm die Bildregie am Steuerpult, jetzt assistiert von einem Doktoranden, denn diesmal gab es auch Kamerateams, die Reaktionen auf die Sendung auf der Straße und bei Fanclubs einfangen sollten. Der Ex-Direktor der Medienanstalt hatte sich nicht zweimal bitten lassen, wieder zu moderieren. Kopf hatte ihm eine hübsche Helferin zugeteilt, die für das Knopfdrücken zuständig war.

Der Moderator saß in der Mitte eines halbrunden Tischs im Hafenstudio, drei Reporter links, drei rechts.

Bevor Maria zugeschaltet wurde, deutete er für die Zuschauer auf den roten Knopf, der inzwischen wieder durch eine Plombe gesichert war. »Meine sehr verehrten Damen und Herren, Sie erleben in diesem Moment eine ungewöhnliche Premiere. Wie Sie alle wissen, ist Maria Coral …« Er verbesserte sich: »… beziehungsweise die Person, die wir bisher für Maria Coral halten, in ihrer Studio-Zelle vollständig isoliert. Doch sobald wir hier auf diesen geheimnisvollen Knopf drücken, wird eine Telefonleitung ins Studio X freigeschaltet. Noch kann die Frau dort einen Rückzieher machen, um den kritischen Fragen des heutigen Abends auszuweichen. Sie muss genauso wenig auf das Blinklicht reagieren, wie Sie, liebe Zuschauer zu Hause, den Hörer abnehmen müssen, wenn das Telefon klingelt.«

Der *Tagesthemen*-Moderator verdrehte die Augen. »Wenn er so umständlich weitermacht, sitzen wir morgen früh noch hier!«, flüsterte er. Seine *heute*-Kollegin lachte.

Tatsächlich ließ sich der Silberhaarige noch weitschweifig über die Historie aus, die an genau diesen Punkt geführt hatte, bevor er seine Ausführungen abschloss. »Es geht ums Ganze«, verkündete er. »Denn für den Fall, dass die Frau im Studio nicht antwortet, hat XTC-TV beschlossen, das Experiment der Maria-Show abzubrechen. Das gilt auch, wenn die Reporterjury zu dem Urteil kommt, dass es sich bei ihrer Gesprächspartnerin nicht um die wahre Maria Coral handelt.«

Er sah sich Beifall heischend um und zögerte dann, als habe er doch noch etwas vergessen. Die Helferin tänzelte von hinten an ihn heran und beugte sich zu seinem Ohr hinab. Er nickte. »Eines will und soll ich noch einmal klarstellen. Wir können Maria sehen, sie uns nicht. Sie wird lediglich unsere Stimmen hören. Und jetzt: geht es los!«

Die folgende Szene glich der am Morgen. Der rote Knopf im Hafenstudio wurde gedrückt. Das orange Licht in Studio X fing an zu blinken. Diesmal wartete die Predigerin mit offenen Augen auf ihrem Podest. Sie reagierte sofort. Das Blinklicht erlosch.

»Maria, hören Sie mich?«, fragte der Moderator.

Sie legte den Kopf etwas schief und nickte. »Ich grüße

meine Inquisitoren! Auf welchem Scheiterhaufen werde ich landen, wenn ich Ihren Test nicht bestehe?«

Fünf Reportergesichter auf Interviewerseite grinsten. Nur der Mann vom *stern* zog die Augenbrauen nach oben und die Mundwinkel leicht nach unten.

Der Moderator war kein Mann der schnellen Worte. Nach einem beschwichtigenden »Also« gelang ihm doch noch eine schlagfertige Antwort: »Da möchte ich doch von historischen religiösen Irrwegen Abstand nehmen und mich statt an Papst Innozenz VII. an Marx halten: nicht auf dem Scheiterhaufen, höchstens auf dem Misthaufen der Geschichte.« Dann konnte er noch den Satz unterbringen, den er sich zurechtgelegt hatte. »Nach unserem Gespräch heute Morgen bin ich fast sicher, dass es nicht so weit kommen wird, Frau Coral.«

»Bitte nennen Sie mich Maria. Ich werde Pontius Pilatus zu Ihnen sagen.«

»Bitte nicht, Maria. Die Spielregeln sind klar. Sechs Reporter, sechs Fragen.«

»Sex-Fragen während des Zölibats, Pontius? Sie wollen, dass ich rot werde?«

Diesmal lachten alle am Tisch.

Sie hatten die Reihenfolge vor der Sendung ausgelost.

Die Frau von der *Bunten* fing an. »Maria, Sie haben sehr früh in einem Film mitgespielt, der nie an die Öffentlichkeit kam. Warum war das so, wie hieß der Film und wer war Ihr Partner?«

Das Ein-Grübchen-Grinsen, das Maria sehen ließ, schien direkt von Minou aus der »Four-Sisters«-Serie zu stammen. Sie kniff ein Auge zu: »Schon ertappt. Nicht ich, sondern Sie! Wenn ich richtig mitgezählt habe, waren das drei Fragen auf einmal.«

Ins Bild kam wieder die Journalistin, eine gewiefte Schlüsselloch-Reporterin Mitte 50, die schon Politiker hatte über Rotlichtaffären stolpern lassen und im kleinen Kreis gern pikante Intimitäten aus höchsten Adelskreisen verbreitete. Sie hatte die alte Maria Coral häufig interviewt und konterte: »Ach, Herzchen, ich gehe in diesem Fall einfach von Dreieinigkeit aus.«

Maria drohte scherzhaft mit dem Finger. »Keine Gotteslästerungen, bitte. Aber ich will Milde walten lassen.«

Tony zauberte ein effektvolles Strahlen auf ihr Haar, das durch einen Lichtschlitz im Studio die späte Sonne einzufangen schien und ganz entfernt an einen Heiligenschein erinnerte. »Unglaublich, wie souverän sie ist«, sagte er zu Carla, die neben ihm saß und tippte. »Findest du etwas?«

Der Trick bestand darin, die Interviewer durch kurzes Geplauder hinzuhalten, sobald Maggie eine Frage nicht aus dem Stegreif beantworten konnte. Dann kam Carla ins Spiel, und Tempo war nötig. Sie hatten den Vorgang an Hunderten von Beispielen geübt. Noch während die Frager ihren Text formulierten, zapfte Carla das Maria-Internet-Fanportal an, in dem jedes noch so belanglose Detail der Coral-Karriere aufbereitet war. Verknüpft damit war eine Datenbank, in der sie alle Zusatz-Informationen gespeichert hatte, die Kotte über Maria wusste.

»Ja«, sagte Carla kurz. Sie hatte die Stichwörter »Film« und »nicht gesendet« in die Suchfunktion eingegeben. Die drei Ergebnisse, die erschienen, sortierte Carla chronologisch. Sie las und hob ein grünes Schild hoch, das Signal für Maggie im Nachbarraum, dass die Antwort schnell gehen würde. Um sie verfügbar zu machen, tippte Carla die Lösung in Kurzform ein: »1996. Pilotfilm zur Serie: Jahr des Jägers. Co-Star: Rainer Kühl. Kühl verunglückte bei Dreharbeiten. Autounfall.«

Sobald der Text formuliert war, konnte Maggie ihn von einem Teleprompter ablesen, einem Laufband mit großen elektronischen Buchstaben, wie es Nachrichtensprecher benutzen und das für die Zuschauer unsichtbar vor ihren Augen ablief.

Sie ließ die Fragerin ein wenig zappeln. »Sie werden doch nicht im Sperrmüll den Nachlass meines Vaters gefunden haben und auf meine erste Rolle als zweijähriger Nacktstar mit Windel anspielen? Die zweite Hauptrolle spielte mein Opa. Ich habe ihn, so sagt die Familienlegende, mit Spinat vollgekotzt.«

Als das Gelächter der Interviewer abebbte, erzählte Maggie die korrekte Story von Rainer Kühl und seinem tragischen Unfall.

Die *Bunte*-Frau bedankte sich höflich. Für die Zuschauer zu Hause blendete die Bildregie eine Kamera-Einstellung ein, die das Geschehen vor dem XTC-TV-Großbildschirm vor dem Sender zeigte. Man sah Fans klatschen und Flaggen mit dem Maria-M schwenken. Es folgte eine Werbe- bzw. Meditationspause.

In Blankenese machte Marius Kotte ein Victory-Zeichen vor dem Spiegel. Er war allein und schloss die Manschette an, um seinen Puls zu kontrollieren. 135. Höher als morgens auf dem Trimmfahrrad.

Auch in der Villa Moravis hatten die Zuschauer die Antwort beklatscht. Bis auf Fred, der die Sendung im Dienst und gemeinsam mit den Patienten anschaute. Die Dicke nahm die Hände des Pflegers vorwurfsvoll in ihre und versuchte ein Patschen zustande zu bringen. Fred ließ es sich gefallen. Aber er dachte an die ehemalige Patientin, die alle hier als Margot kannten. Er hatte versucht, sie tagsüber telefonisch zu erreichen. Ohne Erfolg.

Die Frau in seiner Wohnung schwenkte die Whisky-Flasche, setzte sie an die Lippen und merkte, dass sie sehr leicht geworden war. Sie sah hinein. Kein Tropfen mehr. Sie rollte sie Richtung Papierkorb und stieß einen Rülpser aus. Dann lallte sie in Richtung Fernsehgerät: »Schtimmp nich mit dem Schpinat. Pappa hat nie gefilmt. Hast du Tusse dir ausgedacht. Mir wurscht.« Sie bewegte sich auf allen vieren Richtung Tisch, zog sich an einem Tischbein hoch, tastete nach dem Brandy und schaffte es nach einigen Versuchen, ihn zu öffnen.

»Ja, schau, Maria zeigt es allen!« Leni trank zur Feier des Tages ein Glas Sherry und betrachtete die Sendung mit höchster Befriedigung, während Ruth verwirrt und in stummem Unglauben auf den Bildschirm starrte. Die beiden waren allein. Monika war zum Babysitten bei einer Freundin. Ruben hatte ausgerechnet an diesem Abend sein Auswärtsspiel. In Köln. Die Mannschaft würde dort übernachten und erst am nächsten Nachmittag zurückkommen.

»Lass uns anstoßen«, forderte Leni. Ruth hob ihr Glas, während sie weiterbrütete. Bis zum heutigen Morgen hatte sie keinen Zweifel gehabt, dass die Frau in Freds

Wohnung die eigentliche Maria Coral war. Aber wer, um Himmels willen, sollte dann diese Person sein, die sich nun tatsächlich interviewen ließ und offensichtlich Vergnügen an dem Geplänkel fand? Ein erwachsener Klon? Sie musste der Tatsache ins Auge blicken, dass sie und Ruben sich gewaltig getäuscht hatten. Fred war auf ein Lügenmärchen hereingefallen. Oder er war sogar daran beteiligt. Die Frau in Berlin war eine Schwindlerin, die genau dorthin gehörte, wo sie hergekommen war. In die Psychiatrie.

Sie nippte am Sherry. Aber das zu wissen klärte noch nicht alle Fragen. War die Sendung selbst die Botschaft, von der Kotte in seinem Brief gesprochen hatte? Aber zu dem Zeitpunkt hatte er die Entwicklungen der letzten Woche doch nicht vorhersagen und nicht wissen können, dass er so eine Sendung überhaupt ins Programm heben würde. Oder doch?

Es ging weiter. Der Mann vom *Spiegel*-Feuilleton war an der Reihe.

»Sehr geehrte Predigerin! Wer immer Sie sind – haben Sie eine Narbe am Bein?«

Tony gähnte und streckte den Daumen siegesgewiss hoch. Carla entspannte sich. Damit, dass dieses Thema kommen würde, hatten sie gerechnet. Und waren vorbereitet. Die Narbe befand sich an der linken Wade. Die Maggie im Studio griff langsam ins Nichts über ihrem linken Bein, das sie im halben Lotossitz über das andere gelegt hatte. Sie hob eine Hand voller Luft und präsentierte eine Stelle ihres Latex-Anzugs. Die Maria in Tonys Computer und auf Deutschlands Fernsehbildschirmen zog den Stoff ihres Leinengewands hoch und legte ein nacktes Bein frei. Zum Vorschein kam eine fast kreisrunde Narbe.

Kottes Puls war bei 128. Noch vier.

Ruth stöhnte.

Maria in Berlin zog am Hosenbein ihrer Jogginghose und musterte ihre Wade. »Da issie ja. Proscht!«, sagte sie befriedigt, träufelte Brandy auf die Narbe und leckte ihn ab. Die beiden nächsten Fragen waren simpel. Der *Tagesthemen*-Moderator wollte wissen, welche Heiligen und welche Moralvorstellungen Maria am nächsten waren. Maggie improvisierte und ließ durchblicken, dass sie seine Stimme erkannt und sein Buch über Ethik gelesen hatte. Die *heute-journal*-Frau fragte nach dem Vornamen ihrer Großmutter mütterlicherseits. Sie hieß Elsa. Maggie wusste es, ohne Carlas Hilfe bemühen zu müssen.

Als Vorletzte kam die kecke Rothaarige von der *Bild* an die Reihe, deren Karriere seit der Bootstour mit Kotte einen rasanten Aufschwung genommen hatte. Sie fragte: »Maria, welches Erlebnis in Ihrem Leben hat Sie am meisten aufgewühlt?«

Die Maria in Berlin starrte auf den Bildschirm, nahm einen Schluck und kommentierte: »Wetten, jetzsch gibss wieder ne Lügenstory von Opa! Los, mach schon, du Schlampe.«

Doch die Predigerin blieb eine lange Weile stumm. Nur ihr Blick trübte sich. Sie schluckte. Sie schaute nach oben, wie um sich zu sammeln, bis sie sah, dass Carla den Arm hob und der Teleprompter auch für diese Frage eine Antwort bereitstellte. »Sehr gutes Thema. Ausschmücken!«, stand hinter den Informationen. Sie las, begriff und zögerte die Pause nach innen gekehrt weitere Sekunden in die Länge. Tonys Kamera zoomte auf Maggies Gesicht, die Zuschauer sahen Marias Nasenflügel beben, einen zuckenden Mund.

Tiefes Atemholen leitete die Antwort ein. »Sie wissen vielleicht, dass meine Mutter Alkoholikerin war«, begann Maria und streichelte das Wasserglas, das neben ihr stand. »Mein Vater litt darunter wie ein Tier. Er sperrte alles weg, was Promille hatte, sogar den Hustensaft.«

Neues Atemholen, jetzt schneller. »Es gibt da eine Situation. Ich bin vielleicht acht Jahre alt, mit ihr allein. Sie bekommt diesen Rappel, sucht die Schlüssel zu der Vitrine und findet ihn nicht. Da nimmt sie eine Seltersflasche und wirft das Glas kaputt. Ich höre das Geräusch bis heute.« Maria biss sich auf die Lippe und fuhr tapfer fort: »Sie setzt die Flasche an und trinkt und trinkt. Und dann hebt sie eine Scherbe vom Boden auf, und ich ...« Der Rest des Satzes war unhörbar.

In Freds Berliner Wohnung war es eine Brandy-Flasche, die in diesem Moment mit voller Wucht geschleudert wurde und am Ziel scharfes Klirren verursachte. Sie war nicht gegen eine Vitrine geflogen, sondern gegen den Fernsehbildschirm, der das unterdrückte Weinen der Predigerin in Großaufnahme zeigte.

Die Werferin nahm mit Genugtuung wahr, wie der Apparat ein Puffen des Protests von sich gab, während seine Elektronik kapitulierte und das Bild erlosch. Dann sah sie nichts mehr, weil auch das Licht im Raum ausging. Sie schlug die Hände vor die Augen, rollte sich auf den Teppichboden und wimmerte.

Auf den Millionen anderer Geräte, auf denen der Sender XTC-TV eingestellt war, schaltete in diesem Moment kein einziger Zuschauer aus oder um. »Ist Ihre Frage beantwortet?«, hauchte Maria.

»Konnten Sie sie retten?«, fragte die *Bild*-Reporterin leise zurück.

»An diesem Tag, ja.«

Als Letzter kam der Interviewer vom *stern* dran. Er war als investigativer Kopf bekannt. Sein Akzent klang leicht süddeutsch, seine Frage harmlos.

»Maria, ich grüße Sie und mache es kurz. Wie hieß der Klassenkamerad, der Sie in der Achten vom Fahrrad gestoßen hat?«

Maria schien die Frage nicht gehört zu haben. Ihr Blick suchte das Weite. Lange.

Maggie sah Carla tippen, den Kopf schütteln und die linke Hand zur Warnung heben. Es war das Zeichen, die Antwort möglichst lange hinauszuzögern.

»Meine Mutter hat es zwei Jahre später geschafft, sich von dieser Erde zu verabschieden«, knüpfte Maria ans vorige Thema an, jetzt scheinbar sachlich. »Ich habe mich furchtbar schuldig gefühlt. Weil ich an dem Morgen, wo sie es tat, nicht in der Nähe war.« Sie versank in Schweigen.

Carlas Finger trommelten ungeduldig auf die Tastatur.

»Feuerwehr oder Polizei«, schlug Tony vor.

Carla tippte und schüttelte den Kopf. Sie hatte schon »Schule«, »Schulzeit«, »Klasse« eingegeben und fügte fieberhaft neue Stichworte hinzu: »Unfall«, »Unglück«, »Sturz«, »Rad«, »Fahrrad«, »Zweirad«, »Pedal«. Es gab

diverse Schul-Anekdoten, Masern mit zwölf. Verweise wegen Rauchens. Keinen Unfall. Sie tippte für den Teleprompter: »Keine Fundstelle. Du musst dich rausreden.«
Die Maria auf den Bildschirmen zu Hause schien sich einen Ruck zu geben. »Entschuldigen Sie, Sie wollten etwas über einen Fahrradunfall wissen.« Sie dachte ein Weilchen nach und bekannte dann: »Ehrlich gesagt, kann ich mich an keinen solchen Unfall erinnern. Wer immer der Schuldige war, ich habe ihm wohl verziehen.«
Für die Zuschauer rückte jetzt der *stern*-Reporter ins Bild. Auch er wartete einige Sekunden, bevor er sich äußerte. »Meine Hochachtung, Maria. Einfach zu überführen sind Sie nicht. Ich lege jetzt eine für Journalisten unübliche Beichte ab: Ich habe den Unfall erfunden!«
Es gab Beifall bei den anderen im Studio. Der Moderator übernahm wieder die Gesprächsführung, bedankte sich bei allen, sah voraus, dass dieses hohe Gericht gerechter sein würde, als Pontius Pilatus es gewesen war.
Das Urteil war klar, der Triumph war perfekt. Ruth streckte sich. Sie brauchte Luft. Sie stand auf, um die Balkontür zu öffnen.
Den Knall hörte sie in dem Moment, wo sie den Türhebel nach unten drückte. Ein seltsamer Knall. Nicht wie ein Zusammenstoß, eher wie ein gewaltiger Feuerwerkskörper. Eine Explosion?
Als sie hinaustrat, sah sie Flammen. Sie kamen aus einem Auto direkt vor ihrem Hauseingang. Ruth registrierte, dass es ein Toyota war. Monikas Toyota.
Was hatte auf dem Zettel gestanden? Schaut euch die Show am nächsten Samstag an. Es wird eine Botschaft

geben, speziell für euch … Nein, das konnte nicht wahr sein. Sie sah Gespenster. Dann fiel ihr der Typ mit dem Teleobjektiv ein. Vielleicht hatte er gar nicht vorgehabt, sie einzuholen. Vielleicht hatte es ihm genügt, die Autonummer zu knipsen.

*

Die nächsten Stunden waren ein Albtraum. Die Sirenen. Die Gaffer. Das Wrack. Als die Feuerwehr mit ihrem Löschzug abgefahren war, war von dem Kleinwagen ein stählernes Gerippe mit stinkenden eingeschäumten Polstern übrig. Die Polizei war auch da gewesen, aber abgezogen, ohne zu klingeln. Die Fahrzeugführerin war anderswo gemeldet.
Für Leni war die Aufregung zu viel. Sie nahm zwei Schlaftabletten und ging zu Bett. Ruth setzte sich auf den Balkon, sah es dunkel werden und wartete. Sie kannte die Telefonnummer von der Freundin nicht, bei der Monika zum Babysitten war.
Das Telefon klingelte. »Ja?«
Erst als sie merkte, dass es nicht Ruben war, wurde Ruth klar, wie dringend sie darauf wartete, seine Stimme zu hören. Stattdessen war Fred am Apparat. Ebenfalls in heller Aufregung. Seine Besucherin hatte sich betrunken und seinen Teppich vollgekotzt.
»Ich kann mir vorstellen, warum«, sagte Ruth bitter. »Madame Drengski ist aufgeflogen. Und weißt du was? Es ist mir scheißegal.«
Sie knallte den Hörer auf die Gabel, ging zurück auf den

Balkon und starrte auf die Straße in die Richtung, aus der Monika kommen würde. Nicht nur die rauchige Luft, die immer noch von unten aufzusteigen schien, verursachte ihr Übelkeit. Wie sollte sie Monika beibringen, dass ihr Toyota Kollateralschaden eines missglückten Erpressungsversuchs geworden war? Ihr fielen immer krudere Geschichten ein, um den Vorfall anderweitig zu erklären. Selbstentzündung durch eine Lupe auf dem Sitz. Ein fehlgeleiteter Feuerwerkskörper von Maria-Fans. Was würde Ruben jetzt raten? Ob er wusste, wie die Sendung ausgegangen war? Warum rief er nicht an? Das Spiel musste seit Stunden zu Ende sein.

Als Monika um elf leicht beschwipst nach Hause kam, waren weder die Wahrheit noch Ausflüchte nötig. Für Monika stand sofort zweifelsfrei fest, wer der Täter war. Dennis. »Dieses Arschloch, hat er also doch noch rausgekriegt, wo ich untergekommen bin.« Er hatte sie in den letzten Wochen mehrfach angerufen. Wenn sie auflegte, hinterließ er Nachrichten auf der Mailbox, mal flehte und mal drohte er. »Ich hab alles so satt, die Putzerei, diesen Typen im Nacken. Am liebsten würde ich irgendwohin verschwinden!«

Sie schärfte Ruth ein, der Polizei auf keinen Fall etwas von ihrem Verdacht zu verraten. »Sonst lässt der Kerl mich nie mehr in Ruhe.« Darüber hinaus nahm sie die Sache erstaunlich gelassen. »Irgendwie drehen wir es so, dass die Versicherung zahlt. Mein Vater hat damals Vollkasko für mich abgeschlossen. Irgendeinen Sinn muss so was doch haben.«

»He, du bist ja völlig fertig!« Monika legte Ruth den Arm

um die Schulter und begann sie zu trösten: »Ist doch alles gut gegangen. Dennis tickt so. Er braucht seine Rache. Und er weiß, dass ich immer mit dem Bus zum Babysitten fahre. Komm, lass uns auf ein Bier in die Kneipe!« Ruth ließ sich mitziehen. Sie war zu geschockt und zu müde, um Monika ihre eigene Attentäter-Theorie zu unterbreiten.

Als sie nach Hause kamen, hatte sich ein fröhlicher Ruben auf dem Anrufbeantworter verewigt. Sie hatten gewonnen. 73:56, der erste Sieg in der Rückrunde.

Wenigstens eine gute Nachricht.

22
Ernüchterung

Ruth schlief schlecht, und als es dämmerte, beschloss sie, sich nicht weiter im Bett herumzuwälzen. Bimbo war zu jeder Tageszeit für einen Spaziergang zu haben. Sie hinterließ einen Zettel auf dem Küchentisch. Sie hatte das dringende Bedürfnis, etwas Einfaches und Nützliches zu tun. Ein wenig bei Ruben im Garten zu arbeiten, würde sie ablenken, bis er nach Hause kam. Sie fragte sich, wie enttäuscht er wohl sein würde, vom kläglichen Ende ihres Projekts zu hören.

Sie selbst hatte nie ernsthaft an den Erfolg der Erpressung geglaubt. Aber sie war sich nicht klar darüber, ob der Plan für ihn nicht doch mehr gewesen war als ein verrücktes Lotteriespiel, bei dem im Glücksfall ein Gewinn heraussprang. Nun war daraus im Wortsinn ein Spiel mit dem Feuer geworden.

Unten klopfte sie routinemäßig von außen gegen den Hausbriefkasten. Es war Sonntag. Keine Chance für einen Liebesgruß aus Köln. Doch das Geräusch klang eigenartig. Nicht leer.

Der Umschlag trug keine Marke und keinen Absender. Es war das längliche Büroformat, das sie auch im Sender verwendeten. Weiß, ohne Sichthülle. Mit einem Aufkleber im Adressbereich. Für Monika Liebherr, Leerzeile, dann Straße, Hausnummer, Postleitzahl.

Bimbo sprang an ihr hoch und schnüffelte. Ruth hielt ihm das Kuvert vor die Augen. »Da, für dein Frauchen. Wahrscheinlich Anthrax. Oder eine Briefbombe.« Bimbo schnupperte und wandte sich desinteressiert ab. »Du hast Recht«, sagte Ruth, »blöder Witz von mir.« Sie befühlte das Kuvert und präzisierte ihre Auskunft. »Es ist zu dünn und raschelt nicht. Vielleicht doch unser 100 000-Euro-Scheck.«

Sie streichelte den Hundekopf. Den Brief steckte sie in ihre Handtasche, das neue Rätsel, das er darstellte, zu den ungelösten alten in ihrem Kopf. Gestern war der Umschlag mit Sicherheit noch nicht im Kasten gewesen. Sie hatte die Post selbst herausgeholt, als sie vom Einkaufen zurückkam. Und eigentlich konnte kein Mensch wissen, dass Monika hier wohnte. Sie hatte ein Postfach eingerichtet.

Kein Mensch außer den Brandattentätern.

Ruth wollte so schnell wie möglich am Wrack vorbeigehen. Aber Bimbo zog an der Leine und stand eine Weile ratlos davor, ganz so, als ob er sich fragte, wie das Gefährt, mit dem er so oft unterwegs gewesen war, in diesen erbarmungswürdigen Zustand gelangen konnte.

»Meine Schuld!«, sagte Ruth. Der Hund schaute zu ihr auf. Und dann spazierten sie den ganzen Weg zu Fuß, mit ausgedehnten Baumpausen. Nach welchen Gesichtspunkten suchten Hunde ihre Lieblings-Pinkelbäume aus? Natürlich hatten die Geruchsspuren der Vorgänger Bedeutung – aber es musste zusätzliche Vorlieben geben. Buche, Birke, Robinie? Bimbo schien besonders dicke Stämme zu bevorzugen. Ruth überlegte wohl zum hundertsten Mal, seit sie Ruben kannte, wie es wohl war, kein Gefühl mehr für die eigenen Ausscheidungen zu besitzen. Weder den Druck zu spüren noch die Erleichterung danach.

Der Wetterbericht hatte Regen angekündigt, aber es war wieder ein strahlend schöner Morgen. Ruhiger als sonst, wegen der Sommer- und Semesterferien. Die Stadt erwachte langsam. Sie ging die Grindelallee entlang, am Bezirksamt vorbei. Ein Joggerpaar überholte sie. Ein fast leerer Bus fuhr an ihnen vorbei. Am U-Bahnhof Hoheluft baute der Zeitungshändler gerade seinen Stand auf. Ruth trat näher und überflog die Überschriften. *Bild am Sonntag* und *Welt am Sonntag* verkündeten auf Seite 1 den XTC-TV-Triumph. Sie kaufte dem Mann ein Exemplar ab. Er war Türke, zeigte Goldzähne und deutete strahlend auf die Titelseite: »Maria, bravo!«

Der Bäcker in Rubens Straße hatte schon geöffnet.

Die Wohnung war Ruth inzwischen vertraut. Ina war auf Klassenreise. Es war kein Überraschungsbesuch von ihr zu erwarten. Ruth kochte sich einen Kaffee, ging in den Garten, holte den Liegestuhl heraus und fütterte sich und Bimbo mit Croissantstückchen. Die Zeitung rekapitulierte den Auftritt noch einmal in voller Länge. Man hatte ehemalige Schauspielerkollegen von Maria Coral um eine Begutachtung der gestrigen Performance gebeten. Die schlechteste Note war eine 2 minus. Sie kam vom Chefkomiker von SAT1. Er behauptete, eine Großmutter namens Elsa sei ein solches Klischee, dass Maria einen schöneren Namen hätte nennen müssen, selbst um den Preis der Unwahrheit.

Ruth legte das Blatt weg. Sie versuchte, das Thema Maria im Allgemeinen und den Sonntagsbrief im Besonderen aus ihrem Kopf zu verscheuchen. Vergeblich. Gab es ein Gebot 37a: Du sollst die an deine Freundin gerichtete Post nicht lesen? Bestimmt. Aber in diesem Fall würde jeder Anwalt mildernde Umstände geltend machen. Denn höchstwahrscheinlich war der Brief ja nur an Monika adressiert, weil die Absender Ruth für Monika hielten. Also war sie die rechtmäßige Empfängerin. Wenn die Absender diejenigen waren, die sie vermutete. Um es herauszufinden, müsste sie ihn öffnen.

Im Wasserkocher war noch Wasser vom Kaffeekochen übrig. Sie schaltete ihn noch einmal an, hielt das Kuvert über den Wasserdampf und verbrühte sich die Hand. Eine gerechte Strafe. Sie zu erleiden machte den Verstoß gegen das Postgeheimnis etwas weniger verwerflich.

Die Kleberänder ließen sich vorsichtig auseinander ziehen. Zum Vorschein kam ein Zettel. Drei Zeilen, mit einem PC-Drucker ausgedruckt: »Feuer und Rache werden die erleben, die in Unglauben und Ungehorsam verharren. Doch Maria lässt Gnade walten, auch gegenüber den Sündern – die schwach im Glauben sind, schickt sie in den Himmel. Wer jedoch nicht gehorsam ist, den wird ihre Wut zermalmen. Amen.« Eine Unterschrift fehlte.

Das Feuer zumindest hatte sie schon hinter sich. Die Himmelfahrt war ein Rätsel, das sich schnell aufklärte. Der Brief enthielt ein Flugticket von Air Berlin. Nach Ibiza. Für Dienstag. Ausgestellt auf den Namen Monika Liebherr. Rückflug vier Wochen später.

Ruth steckte beides wieder in den Umschlag zurück.

»Hund«, sagte sie zu Bimbo, »irgendwer dreht langsam durch. Und es wäre mir lieber, wenn ich sicher sein könnte, dass ich es nicht selbst bin.«

Sie seufzte, zog sich Gartenkittel und Arbeitshandschuhe über, setzte einen Sonnenhut auf und ließ ihren Blick über den Wildwuchs schweifen. Die Hecke beim Komposthaufen war fällig. Sie sah aus wie ein Mensch, der mitten im Haare Schneiden vor Messer und Schere geflüchtet war: Unten in Rollstuhlhöhe hatte Ruben sie akkurat gestutzt, aber weiter oben wucherten die Zweige in alle Himmelsrichtungen.

Die Arbeit war mühselig – die Heckenschere war zu klein und nicht frisch geschliffen. Die Handschuhe scheuerten. Ruth fühlte, wie die strafende Macht erneut zuschlug. Direkt neben der verbrühten Stelle bildete sich eine Blase. Als die Sonne höher stieg und sie merkte, dass trotz Hut auch noch ein Stück Haut im Nacken zu brennen anfing, gab sie auf, obwohl sie kaum mehr als ein Drittel geschafft hatte. Bimbo hatte sich längst ins Wohnungsinnere verkrochen.

Sie schaute auf die Uhr. Erst zwölf. Vor zwei war Ruben nicht zu erwarten. Ruth sammelte noch ein paar Dutzend Nacktschnecken aus den Bierfallen, erntete ein paar Bohnen und zog sich ebenfalls wieder in die Wohnung zurück, die Wohnung, die schattig und kühl war.

Sie ging ins Arbeitszimmer, um eine DVD auszusuchen, mit der sich die Restzeit totschlagen ließ. Die Überwachungsmonitoren waren schwarz. Sie stellte den Bildschirm ganz links an, auf dem sie damals den gelockten Pizza-Esser beobachtet hatte. Da war er wieder, mit

einem Tanga bekleidet. In einem Zimmer mit einem gro-
ßen Bett stand er mit dem Rücken zur Kamera vor dem
Fenster und stemmte Hanteln. Der Schweiß lief ihm in
Bächen am Körper herunter. Rann durch die Furchen von
Bizeps und Trizeps, die er seinem Muskelprotzbody sorg-
fältig antrainiert hatte.

Sie stellte den Monitor wieder aus und durchstöberte die
DVD-Sammlung. Ziemlich bunt. Viel Walt Disney und
Zeichentrick. Unten war eine ganze Reihe selbst Aufge-
nommenes. Sie griff wahllos etwas heraus.

Zuerst verstand sie nicht, was da für Szenen vor ihren Augen abliefen. Als sie es begriff, wurde ihr kalt. Es handelte
sich um Auto-Crashs. Verkehrsunfälle der hässlichsten
Sorte, offensichtlich zusammengeschnitten aus Spielfil-
men, Nachrichtensendungen, Unfällen bei Motorsport-
veranstaltungen von Amateur-Rallyes bis zur Formel 1.
Blech krachte auf anderes Blech. Autos schlugen Salto,
schlingerten gegen Leitplanken, landeten quer auf der
Fahrbahn, und zwei, drei, Dutzend andere Wagen rasten
hinein. Karosserien wurden zusammengequetscht, ver-
keilten sich ineinander, Scheiben splitterten, Tanks ex-
plodierten. Fahrzeug- und Körperteile flogen durch die
Luft. Blut und Tränen in Großaufnahme. Schwerverletz-
te. Tote. Opfer im Straßengraben, Opfer auf Zebrastrei-
fen, Opfer, die vom Fahrrad gefegt wurden.

All das war untermalt mit Geräuschen aus dem Horror-
kabinett: Dröhnende Motoren, Knallen, Klirren, Schreie,
Polizeisirenen. Ruth drückte den Schnellvorlauf, klickte
verschiedene Spuren an. Es ging weiter und weiter. LKWs
rammten Kleinwagen, ein Kombi raste in eine Menschen-

gruppe an einer Bushaltestelle. Gesamtlänge 123 Minuten, 12 Sekunden.

Sie holte tief Luft, steckte die DVD wieder zurück in ihre Hülle und holte eine andere heraus. Diesmal handelte es sich um leichtere Kost. Der blond gelockte Mr. Pizza-Hantel hatte seinen Auftritt. Wieder in dem Raum von eben, der sein Schlafzimmer zu sein schien. In diesem Fall war er nackt und nicht allein. Es gab eine Aufschrift auf der Hülle: »Guido Highlights.«

Wer mochte dieser Guido sein? Warum »Highlights«? Vielleicht Rätsel, die interessanter und lösbarer waren als das Maria-Puzzle. Als sie noch darüber grübelte, wie sie zu lösen waren, bellte Bimbo. Dann hörte sie das Türschloss. Statt die DVD an ihren Platz zurückzustellen, steckte sie sie in die Cargo-Tasche ihrer Shorts. Es war an der Zeit, sich den Geheimnissen des Mannes intensiver zu widmen, der gerade nach Hause kam.

*

Ruth war noch bleich, als sie in die Küche kam. Ruben merkte es nicht. Er rollte vergnügt in seinem Sportrollstuhl zur Tür herein, nahm den Basketball, der unter dem Sitz verstaut war, drückte einen langen Kuss darauf und warf ihn ihr zu.

»Das erste Gebot des heutigen Tages: Du sollst deinen Nächsten fragen, warum es ihm so gut geht. Das zweite: Du sollst ihm alles von gestern erzählen, nichts hinzufügen und nichts verschweigen.«

Ruth sah ihn an. Ruben strahlte. Erwartungsvoll. Mit der

unbekümmerten Fröhlichkeit, die sie so faszinierte. Sah so ein Mann aus, dessen Hobby darin bestand, blutige Reality-Crashs mitzuschneiden?

Sie versuchte, sich auf seine Stimmung einzulassen. »Warum, Nächster, geht es dir gut?«, fragte sie matt.

»Wir haben gewonnen, die Sonne scheint, wir grillen heute Abend, du bist bei mir, und ich habe eine Überraschung.«

Sie drückte auch einen Kuss auf den Basketball und warf ihn ihm zurück. »Du bist ein Unwissender!«

»Bin ich nicht!« Er verstaute den Ball, fuhr an Ruth heran, schlang seine Arme um ihre Taille und lehnte den Kopf an ihren Bauch, erst vorsichtig, dann etwas fester. Es gluckerte. »Croissants«, sagte er. »Mit Ökobutter und Himbeermarmelade. Stimmt's?«

Die Reste standen noch auf dem Küchentisch.

Sie lachte. Plötzlich fiel es ihr leicht, die Umarmung zu genießen. Auf unergründliche Weise hatte er das Talent, seine gute Laune auf sie zu übertragen. Sie streichelte ihm das Haar, nahm die Locke an der Stirn, zog sie lang. So blieben sie stehen, bis Bimbo eifersüchtig zu knurren begann. Ruth kitzelte Ruben unter dem Arm. Er lockerte seinen Griff und ließ sie los.

»Nein«, sagte sie. »Ich habe gefastet. Unter anderem aus Kummer, weil du deine Prioritäten nicht besonders nett verteilst. Ich komme erst an Platz vier. Hinter der Grillwurst.«

»Nicht Wurst. Hirschsteak, aufbewahrt für besondere Gelegenheiten. Aber ich lasse mit mir handeln. Von mir aus schiebe ich dich zwischen Grill und Wetter.«

285

Sie goss Ruben ein Glas Mineralwasser ein und nahm die Reste des Frühstücks mit in den Garten. Sie setzten sich in den Schatten unter die Markise.

»Ich wette mit dir, dass du nicht mehr so fröhlich bist, wenn du hörst, was jenseits eurer Sporthalle in Köln vorgefallen ist«, sagte Ruth.

»Gut, lass uns wetten«, sagte er. »Wenn ich verliere, verpflichte ich mich, die Holzkohle zum Brennen zu bringen. Ohne Blasebalg, nur mit Pusten.«

»Und wenn du gewinnst?«

Seine Stimme war rau. »Dann tanzt du noch einmal für mich.«

Sie erzählte von der Sendung. Vom endgültigen Beweis, dass sie sich getäuscht hatten und die Maria im Studio die echte Maria Coral war.

Er hörte aufmerksam zu, zog die kleinen Vertiefungen im Basketball auf seinem Schoß nach. Seine Miene verriet Erstaunen und leichte Verwirrung, aber nicht die erwartete Bestürzung. Selbst dann nicht, als er vom Attentat auf den Toyota und der Botschaft aus dem Briefkasten hörte.

»Mach schon einmal ein paar Atemübungen für den Grill«, schlug Ruth vor, als sie fertig war.

Er schüttelte den Kopf. »Warte ab. Erstmal eine kleine Auszeit.«

Er hielt ihr den Basketball hin, täuschte, als sie ihn greifen wollte, machte eine 180-Grad-Drehung mit dem Rollstuhl, warf den Ball hoch, deckte ihn mit dem Körper ab, als sie danach greifen wollte, fing ihn auf, dribbelte ihn ein paar Mal um den Rollstuhl herum.

Ruth reckte und duckte sich, versuchte selbst eine Finte, vergeblich. Als sie kurz davor war aufzugeben, griff Bimbo ein. Irgendwann mitten im Dribbeln schoss er hoch, erwischte den Ball im Flug mit der Nase und stupste ihn in Ruths Richtung.

»Jetzt erzähle ich dir meine Überraschung. Wir werden doch noch reich! Ich habe eine neue Theorie.«

»Hör bitte auf.«

Ruth hatte schon befürchtet, dass er ihr nicht glauben wollte. Aber sie ließ sich nicht beirren. »Vergiss es. Ich habe die Sendung gestern gesehen. Es kann nicht sein, dass Freds Patientin Maria ist.«

»Doch. Es muss so sein. Warum sonst hätte Kotte denn Monikas Auto in die Luft gehen lassen?«

»Als Vergeltung, zusätzliche Abschreckung, was weiß ich?« Ruth zuckte mit den Schultern.

»Ja, aber wozu braucht er das, wenn wir gar nichts mehr gegen ihn in der Hand haben? Nein, es muss anders zusammenhängen: Kotte denkt, wir wissen mehr über ihn, als wir wirklich wissen. Irgendetwas haben wir übersehen.«

Er dozierte: »Möglichkeit eins: Diese Reporter stecken alle mit Kotte unter einer Decke.«

»Nie und nimmer«, sagte Ruth überzeugt. »Dass die *Bunte* sich auf so etwas einlassen würde, kann ich mir noch vorstellen. Aber *Tagesthemen* und *Spiegel*? Die wären doch vor Begeisterung aus dem Häuschen, wenn sie berichten könnten, dass dieser ganze Rummel der letzten Monate nur ein Windei war.«

Ruben dachte nach und nickte widerstrebend. »Lass uns

mal völlig von vorne denken. Grundannahme: Die Frau bei Fred ist die echte Maria Coral.«

»Unsinn!«, beharrte Ruth. »Sie müsste sich verdoppeln können. Verrenn' dich nicht. Seit gestern ist klar, dass diese Maria gleichzeitig live im Studio sitzt, denn sie sieht erstens aus wie die andere und hat zweitens dasselbe Leben geführt«, fügte sie hinzu. »Mir ist das zu hoch. Der Sender hat Recht: Es ist ein Wunder. Lasset uns beten. Und danach den Grill anwerfen.«

»Nicht so schnell«, sagte Ruben. »Lass uns die Fakten trennen. Der Coup muss damit zusammenhängen, dass wir alle die Predigerin Maria nur auf dem Monitor sehen. Bisher dachten wir, das Ganze ist eine Aufzeichnung. Das ist nach der Sendung gestern nicht haltbar. Aber es gibt eine andere Möglichkeit. Vielleicht ist sie gar keine reale Person.«

»Sondern?«

»Eine Animation. Eine Art zum Leben erweckte Puppe. Kennst du diese Sendung ›Holt mich hier raus, ich bin ein Star?‹«

»Allerdings. Beinah wäre sie bei XTC-TV gelaufen. Dana muss schwer wütend gewesen sein, als RTL den Zuschlag bekommen hat. Die Mitspieler dabei agieren zwar wie Puppen. Aber sie sind so echt wie du und ich.«

»Die menschlichen Mitspieler. Aber es gab in England, wo die Urfassung herkommt, einen kleinen Skandal. Die Aufnahmen in diesem Dschungelcamp finden ja irgendwo in der Wildnis in Australien statt, und den Zuschauern wird suggeriert, dass die Stars da gefährliche Aufgaben lösen müssen. In der ersten Staffel bei den Engländern musste eine Mitspielerin in den Fluss springen und wurde prompt von zwei riesigen Krokodilen verfolgt.«

»Da habe ich wenig Mitleid. Selber schuld, wenn sie da mitmacht.«

»Pass auf! Irgendwelche Biologen wunderten sich über die Krokodile. Denn in dieser Gegend kommen sie in dieser Größe gar nicht vor. Sie forschten nach. Und der Sender musste zugeben, dass es keine echten waren, sondern unglaublich geschickt gemachte mechanische Konstruktionen mit Latex-Überzug. Animatronics. Roboter. Naturgetreue Comicfiguren.«

»Pervers.« Ruth dachte nach. »Aber das ist noch vorstellbar. So ähnlich wie die Dinosaurier in *Jurassic Park*. Die haben auch ziemlich bedrohlich gewirkt. Aber ich sehe noch nicht, was das mit Maria zu tun hat. Nehmen wir einmal an, du hast Recht, und sie wäre so eine extrem perfekt gemachte Kunstfigur. Dann bleiben trotzdem noch reichlich Fragen offen. Krokodile predigen nicht. Und sie erzählen selten Anekdoten aus ihrem Leben, wenn sie befragt werden.«

Ruben wiegte den Kopf. »Richtig. Wenn die Idee stimmt, muss es einen ganzen Stab an Hilfskräften geben. Aber dass Maria ganz allein im Studio sitzt, ist ja nur eine Behauptung eures Senders. Es sieht so aus, weil die Kameras sie so zeigen. Aber es ist unbewiesen. Das hat nur nie jemand in Frage gestellt.«

»Aber die Stimme! Ich habe die Frau bei Fred gehört und inzwischen reichlich viele Coral-Filme angeschaut. Es ist eindeutig dieselbe Stimme. Weißt du, wie elektronische Stimmen klingen? Denk an die Ansagen in der U-Bahn.

Oder beim Telefonbanking.« Ruth hielt sich die Nase zu und imitierte den Klang, indem sie auf Betonungen verzichtete und hinter jedem Wort eine Pause machte. »Möchten-Sie-eine-Überweisung-ausführen-, dann-drücken-Sie-eins.«

»Vielleicht probiert Kotte heimlich eine neue Technik aus.«

Ruth sah Ruben an. Was er sagte, klang so absurd, dass es fast hätte wahr sein können. Sie seufzte. »Wenn es so ist, ist es genial. Jetzt, wo all die seriösen Journalisten davon überzeugt sind, die echte Maria vor sich zu haben, ist die Sache für Kotte gelaufen. Stell dir vor, unsere Maria geht zum *stern*, zur *Bunten*, zur *Bild*, zum Fernsehen. Jetzt wird ihr garantiert keiner mehr glauben.«

Sie dachte einen Moment länger nach. »Was immer Kotte mit der Sendung vorhat, er hat gewonnen. Es ist zu Ende.«

Hinter Rubens Brillengläsern blitzte Abenteuerlust. »Er scheint es nicht so zu sehen. Sonst hätte er der mutmaßlichen Erpresserin wohl kaum die Brandstifter und das Ticket geschickt.«

Ruth sah ihn an. »Wie könnte man ihm denn jetzt noch schaden?«

»Man könnte ihm damit drohen, dass die echte Maria drauf und dran ist, eine einstweilige Verfügung gegen ihn zu erwirken, weil sie ihre Identität beweisen kann. Mit dem Fingerabdruck. Ich wette, sie hat auch die Narbe an der richtigen Stelle. Und ich wette noch etwas: Ihre ist echt, und auch das lässt sich beweisen. Lass uns Fred anrufen.«

Er zog sein Handy aus der Tasche.

Als Fred sich gemeldet hatte, hörte Ruben ihm erst einmal eine Weile zu. »2,9 Promille? Ach du lieber Himmel. Die Arme! Und du Armer!« Dann erzählte Ruben von seiner neuen Theorie. »Auch wenn sie nicht ansprechbar ist – kannst du vielleicht etwas nachprüfen?«

Er musste nicht weiter reden. Als er auflegte, sah er Ruth nachdenklich an. »Fred hat schon selbst daran gedacht. Maria hat die Narbe. Linke Wade, fast kreisrund. Sie ist allerdings nicht in der geeigneten Verfassung, sich darüber zu freuen.«

Sie gingen mit dem Hund spazieren.

Ruth wurde schweigsam. Warum war Ruben nicht fähig, die Sache auf sich beruhen zu lassen? Einer Verrückten wie Margot Drengski war es durchaus zuzutrauen, sich eine brennende Zigarette an die Wade zu halten, um die Ähnlichkeit mit dem Star weiter auszubauen.

»Hör zu«, sagte Ruth, »es war ein nettes Gedankenspiel. Aber irgendwann muss Schluss sein. Was wir hier treiben, erinnert mich an die Typen, die glauben, dass die Mondlandung nie stattgefunden hat, sondern ein Trick der CIA war. Wir können froh sein, dass wir unbeschadet aus der Sache rausgekommen sind. Wir haben uns kennen gelernt dabei, ist das nicht Belohnung genug?«

Ruben grinste sie an, ohne im Mindesten überzeugt zu sein.

Als sie zurückkamen, studierte er den Brief aus dem Briefkasten, die Flugkarte. Hatte sofort einen dieser strategischen Pläne, die lose Fäden verknüpften und sie gegenüber Kotte in die Offensive bringen würden. Er schlug

Ruth vor, Monika zu überreden, tatsächlich nach Ibiza zu fliegen – ohne ihr den Hintergrund zu nennen. Ruth könnte sagen, dass sie am Flughafen gewesen war und sich spontan entschlossen hatte, Monika die Reise zu schenken. Als Trostpflaster für das kaputte Auto. Das Angebot sei günstig gewesen.

»Hast du nicht gesagt, dass sie Urlaub dringend nötig hat?«, fragte Ruben. »Kottes Leute beobachten sicher, ob sie den Flug antritt. Wenn sie es tut, haben wir freie Hand. Dann denken sie, die Erpressung ist ein für alle Mal gescheitert.«

Eine raffinierte Idee. Und zu Monikas eigenem Besten ... Ruth fühlte sich selbst langsam nicken.

Es war dieser Moment, in dem sie innerlich zurückzuckte. Hatte sie ihm nicht eben deutlich gemacht, dass sie nicht mehr an die Geschichte glaubte und von kriminellen Spielchen genug hatte? Dass ihre Grenze erreicht war? Ein hässlicher Gedanke überfiel sie. Ruben manipulierte Menschen, genau wie Maria. Auf ganz eigene charmante Weise, fröhlich und unaufdringlich, brachte er andere dazu, Vertrauen zu ihm zu haben und das zu tun, was er sich vorstellte. Aber er selbst vertraute nicht. Eine Hälfte seines Lebens war abgespalten. Momente, in denen er ausrastete, wie bei jenem Kunden damals. Stunden, in denen er Menschen hinterherspionierte, die davon nichts wussten. Stunden, in denen er blutige Unfälle aufzeichnete.

Sie beobachtete ihn, die Aufmerksamkeit, mit der er sich den Bohnen widmete, mit der er das Fleisch in einen Sud aus Walnussöl und Zitrone einlegte. Aber sie sah nicht mehr Selbstsicherheit, sondern Selbstherrlichkeit. Er war ihr unheimlich.

Sie wurde einsilbig. Er ließ es zu. Auch das gehörte zu seiner Philosophie: Nicht nachfragen, bloß keine Problemgespräche anfangen – ein kleiner Spaß zur rechten Zeit, ein Kompliment, eine sanfte Berührung, und alle Konflikte werden sich in Luft auflösen, alles klärt sich von allein. Er hatte Unrecht. Manches klärte sich nicht von allein.

Sie kochte Rosmarinkartoffeln, während er den Grill vorbereitete. Doch als der Holzkohlenrauch Ruth in die Nase stieg, verschwand endgültig ihr Appetit. Sie stocherte in ihrem Essen und dachte an ein ausgebranntes Auto. Die Szene gestern war kein Spiel gewesen, sondern bittere Wirklichkeit. Ein Brand mit hoch lodernden Flammen, die leicht jemanden hätten verletzen können. Hitze war gefährlich. Schon das Vorhaben, einen Brief über Wasserdampf zu öffnen, war fatal für die Haut.

Sie schob ihr Steak auf seinen Teller.

Sie sagte nichts. Er sagte nichts. Er schnitt alles Fleisch in kleine Stücke, ihres und seins, und stellte den Teller für Bimbo hin. Ein Teil von ihr hätte ihn umarmen können dafür. Aber ihr neu erwachter kritischer Geist sah, wie der Hund schwanzwedelnd ankam und fraß und Ruben anschließend die Schnauze auf sein Knie legte und es genoss, wie seine Hände sanft und zärtlich durch sein Fell fuhren. Noch ein Opfer der Manipulation.

»Kein Tanzen heute?«, fragte Ruben, als sie ging.

Sie schüttelte den Kopf.

»Haben wir Streit?«

Sie zuckte die Schultern und drehte sich weg.

Es war ihr egal, dass jetzt sie diejenige war, die einem Gespräch auswich. Sie musste in Ruhe nachdenken, warum sie sich so bereitwillig auf seine Spielregeln eingelassen hatte. Sie war keine Erpresserin. Sie würde aussteigen. Und sie würde Monika auf keinen Fall das Flugticket zukommen lassen.

23
Streit

Sie gab es ihr doch. Und hasste sich selbst dafür, hasste Ruben dafür. Denn er hatte die Sache perfide eingefädelt. In der kurzen halben Stunde, die Ruth für den Rückweg nach Hause brauchte, hatte er mit Monika telefoniert. Ihr das Geschenk schon einmal angekündigt. Angeblich, um ihr Gelegenheit zu geben, sich die Sache durch den Kopf gehen zu lassen. Ruth kannte das wahre Motiv. Ruben wollte in einer Situation, in der ihr Gehorsam ihm zu entgleiten drohte, nichts dem Zufall überlassen.

Und natürlich reagierte Monika, wie er es sich ausgemalt hatte. Sie war euphorisch, bedankte sich voller Überschwang bei Ruth. »Wie bist du darauf gekommen? Es ist absolut das, was ich brauche. Ich such mir irgendwo ein billiges Zimmer mit Balkon und Meer vor der Tür. Morgens ins Wasser. Vier Wochen ohne Angst, dass Dennis irgendwo auftaucht.« Sie sprudelte spanisch weiter: »Ibiza. Agua, sol y discotecas. Nadar, bailar, soñar – Muchas gracias, señorita!«

Ruth fühlte sich überrumpelt, in der Defensive. Nein, das war nicht die Situation, um auseinander zu setzen, dass es sich erstens um ein Missverständnis, zweitens um eine Einladung krimineller Herkunft und drittens um eine Gemeinheit von Ruben handelte. Sie zog das Ticket aus dem

Briefumschlag in ihrer Handtasche und rang sich ein Lächeln ab: »Buen viaje!«

»Würdest du denn so lange den Hund nehmen?«

»Aber klar! Leni freut sich, dann ist sie nicht allein.«

Sie feierten am Montagabend Abschied. Monika und Leni wollten Ruben einladen. Ruth log ihnen vor, dass er an dem Abend Basketballtraining hatte. Bevor sie den Rioja köpften, schauten sie die Predigt an. Ruth setzte sich ein paar Minuten ganz dicht vor den Bildschirm, versuchte zu eruieren, ob es Unstimmigkeiten zwischen Worten und der Lippenbewegung gab. Sie entdeckte nichts. Maria erzählte von der Dreigestalt des Weiblichen der Urgottheit. Jungfrau, Mutter und Göttin. Sie forderte die Zuschauer auf zu prüfen, wann und wo in ihrem eigenen Leben Verkörperungen dieses ursprünglich Göttlichen eine Rolle spielten oder gespielt hatten.

Monika rief erstaunt aus: »Wisst ihr, dass ich mir heute Morgen einen Reiseführer angeschaut habe, bei dem genau auf der Seite, die ich zuallererst aufgeschlagen habe, von dieser Muttergöttin die Rede war? Da stand, dass auf Ibiza Tausende Jahre vor Christus Tanit regierte, die phönizische Version der Großen Mutter.«

»Kindchen, das ist doch Zufall«, sagte Leni.

Ruth musste lachen. »Ich hol gleich ein Kamerateam, und du erzählst es.«

Monika beharrte: »Egal, für mich ist es ein Wunder!«

Es wurde ein netter Abend. Sie tranken auf Tanit. Auf Ibiza. Auf die Phönizier. Auf Maria. Eine animierte Puppe? Für Ruth waren solche Hirngespinste erledigt. Schlimmer: Ruben war für sie erledigt.

Warum war diese idiotische Erpressung für ihn so wichtig? Er brauchte das Geld nicht. Sein Laden lief gut. Die Arbeit schien ihm Spaß zu machen. Warum also verfolgte er dieses verrückte Projekt so verbissen, selbst um den Preis, dabei ihre Beziehung aufs Spiel zu setzen? Um Fred einen Gefallen zu tun? Oder vielleicht, um heimlichen Groll gegen XTC-TV loszuwerden, weil der Sender keine Rollstuhlbasketball-Übertragungen ausstrahlte? Es gab keine einleuchtende Erklärung. Aber es gab eine schmerzliche Einsicht: Ruben machte keinerlei Anstalten, sich zu rechtfertigen. Kein Anruf. Keine Mail. Er hatte sie in dem Moment fallen lassen, wo sie sich nicht mehr wie seine Marionette verhielt.

Der Rest der Woche verlief so turbulent, dass Ruth nicht zu langen Grübeleien kam. Sie brachte Leni jeden Morgen in einen Seniorentreff, den Monika entdeckt hatte. Rüstige alte Damen vertrieben sich dort fröhlich die Zeit mit Kartenspielen, Chor und Handarbeiten. Leni fühlte sich wohl, und Bimbo war der König.

Im Sender war die Stimmung ausgelassen. Kopf lief angesichts der Superquote vom Samstag selig herum. Kotte lud am Dienstagabend alle Mitarbeiter zu einem Ad-hoc-Buffet. Es gab die Gerichte aus Marias Zelle: Wasser und Knäckebrot. Eine Ökobäckerei hatte sich ein Rezept für Manna ausgedacht, das ähnlich wie Franzbrötchen schmeckte. Auch der Rest des Mahls hatte biblische Anklänge: Milch und Honig, Fisch, Lamm und Wein aus Judäa. Der fand besonders viel Zuspruch.

Es war das erste Mal, dass Ruth Kotte persönlich zu Gesicht bekam. Zumindest er war keine Puppe. Er wirkte väterlich und überlegen. Spielte den Erfolg eher herunter. Hob hervor, dass es noch andere erfolgreiche Programme im Sender gebe, deren Ausbau im Vordergrund stehen würde, sobald die Maria-Show zu einem Ende gekommen sei. Wobei man natürlich Wege finden werde, den Triumph auch nach Marias Wiedereinzug in die Welt der Neugierigen fortzusetzen.

Marias Gefolgschaft wuchs noch immer – und damit der Arbeitsanfall für die Teams, die für die Begleitprogramme zuständig waren. Auf den großen Wiesen der Stadt, an der Alster und im Stadtpark versammelten sich Fans neuerdings dreimal täglich, um sich um sieben, um zwölf und um fünf Uhr nachmittags zu einem überdimensionalen Maria-M zu postieren. Ein Nachwuchs-Choreograf der Staatsoper sah seine Chance zu einem Großauftritt und nahm sich der willigen Statistenmassen an. Er überredete die Getreuesten, sich ihm in der Mittagspause eine Stunde zur Verfügung zu stellen. Die Luftbildkamera zeigte das Ergebnis. Menschen, die sich häufchenweise zu Buchstaben, Worten, Sätzen gruppieren ließen. Am Ende konnte die Kamera aus dem Flugzeug heraus eins der Lieblingszitate der Predigerin ins Bild bringen: »Des Gerechten Lippen erquicken viele; aber die Toren werden an ihrer Torheit sterben.«

Das First-Aid-Team wurde von den Fans mit außergewöhnlichen Erlebnissen überschüttet, in denen Muttergottheiten vorkamen und die kaum überzeugender waren als Monikas unverhoffte Begegnung mit der Urgöttin Ibizas. Einige waren darauf gestoßen, dass ihre Ahninnen ihnen Fruchtbarkeits-Symbole vererbt hatten. Eine 60-

Jährige mit rot gefärbtem Hexenhaar und wildem Blick brachte eine kleine Statue mit, die der Familienlegende nach aus Mammutelfenbein stammte und erstaunlich ähnlich wie ein Maria-M geformt war. Die Teams waren inzwischen geübt darin, auch kleinere Sensationen so aufzubereiten, dass sie eindrucksvoll wirkten. Ruth arbeitete fast wie in Trance.

Ruben rief sie nicht an. Sie rief ihn nicht an.

Am Donnerstag machte sie früher Feierabend. Da hatte sie genug Mut gesammelt, die DVD anzuschauen. Sie war auf ihre Weise noch schrecklicher als die mit den Auto-Crashs. Sie zeigte den Blondgelockten in Aktion. Genauer gesagt: seinen Schwanz, den Ruth schon von der Pinkel-szene her kannte. Nun hatte sie eine volle Stunde Gelegenheit, ihn in meist erigierter Form von allen Seiten zu betrachten. Während sein Besitzer sich breitbeinig vor ein Blatt seines Pin-up-Kalenders stellte, sein wertvolles Stück in die Hand nahm und an ihm herumrieb, bis es spritzte. Oder während er eine Gummipuppe mit Riesenbrüsten aus seinem Kleiderschrank holte, sie aufs Bett warf, Plastik knetete, immer wieder »Du fettes geiles Biest« stöhnte, bis er schließlich mit Brunftgeheul in sie eindrang. Die versteckte Kamera musste über der Tür hängen. Sie hatte fast den ganzen Raum im Blick.

Es gab auch Szenen, über die Ruth fast lachen musste. Wie er nach dem Masturbieren die Menge seines Ejakulats in einem Messbecher maß. Wie er den Stöpsel aus dem »fetten geilen Biest« zog, die Luft entweichen ließ und die schlaffe Hülle in seinen Koffer packte, als er offensichtlich auf Reisen gehen wollte.

Aber es gab die schäbigen Szenen, in denen echte Frauen auftraten, große und kleine, blonde, rote, schwarzhaarige und brünette, junge und sehr junge. Er schätzte Abwechslung und fand sie. Kein Wunder, er sah passabel aus, wenn man den Bodybuilding-Typus mochte. Der Spaß endete allerdings im Schlafzimmer. Er ging mit Frauen um, wie er Pizza aß, gierig und ohne Genuss. Der Akt hatte nichts von Vergnügen an sich, er wirkte wie eine lästige, auf jeden Fall eilige Pflicht. Tür zu. Los, zieh dich aus! Nach dem Zwei-Minuten-Fick folgte das, worauf es ihm ankam: Lass deinen Slip hier, ich hab ne Sammlung. Die Frauen waren sichtlich froh, wenn sie, um eine Unterhose ärmer und eine Erfahrung reicher, wieder draußen waren.

Die Unterhosen wanderten in einen Wandsafe. Die Kamera bot Spitzenleistung. Ruth konnte sogar die Kombination sehen, die er drückte. Nicht sehr originell: SEX666.

Das Schlimmste war die letzte und längste Aufnahme. Er kam sichtlich alkoholisiert ins Zimmer. Seine Begleiterin war in diesem Fall eine junge, bildschöne Asiatin. Vielleicht war es der Alkohol, vielleicht die Tatsache, dass sie unter ihrem Minikleid keinen Slip trug. Sein sonst so nimmermüdes Glied hing auch, nachdem sie in ihrer tadellosen Nacktheit vor ihm stand, schlaff herab. Sie versuchte es mit allen Mitteln der Kunst zu erregen, fingerfertig, mit pendelnden Brüsten, mit den Haaren, mit dem Mund. Vergeblich. Nach zehn Minuten fing er an zu fluchen und schüttelte sie ab. Er stieß sie mit den Beinen aus dem Bett, nahm ihr Kleid und warf es aus dem Fenster. Sie nutzte den Moment, um das Laken von der Matratze zu ziehen, es sich um den Körper zu schlingen und barfuß zu fliehen. Anschließend bestieg er die arme Gummipuppe.

Ruth war angeekelt und verwirrt. Warum hatte Ruben diese DVD, die er »Highlights« nannte? War das ein Überwachungsauftrag? Aber von wem? Irgendjemand, der Zugang zum Haushalt des Gelockten hatte, musste die Kameras angebracht haben. Eine Ehefrau konnte man sich angesichts der wechselnden Geschlechtspartnerinnen, die er wahllos auf seine Kingsize-Matratze schleppte, nicht vorstellen. Aber sonst kam eigentlich nur dieser Guido selbst in Frage. Gab es eine Spielart von Voyeuren, die sich bei der eigenen Erniedrigung filmen ließen? Bei Flirt samt Hochzeitsnacht mit Aufblas-Puppen? Wenn ja, passte es zu Ruben, solche Aufträge anzunehmen?

Sie rief Ina an.

»Wer ist dieser Guido?«

Die Antwort war patzig. »Frag doch Ruben.«

»Ich frage dich.«

»Oder frag gar nicht und denk einfach mal nach!« Ina klang gelangweilt wie eine Nachhilfelehrerin, die sich mit einer besonders begriffsstutzigen Schülerin abgeben muss. »Auf wen hat man wohl den meisten Hass, wenn man überfahren wird?«

Sie hatte Recht. Die Lösung lag auf der Hand. »Verstanden«, sagte Ruth leise. »Ich war dumm. Ich kenne ihn einfach noch nicht sehr lange, weißt du.«

»Er spricht darüber auch nicht mit jedem.« Ina schien etwas besänftigt. Ihr Ton war jetzt halb mitleidig, halb gönnerhaft.

Also war es kein Auftrag, sondern Rache. Ruth war unsicher, ob es anständig war, noch weiter in Ina zu dringen. Aber er behandelte sie als Vertraute, fast wie eine Erwachsene. Höchstwahrscheinlich würde sie wissen, wie er es geschafft hatte, die heimliche Überwachung zu organisieren und die Kameras dafür anzubringen. Ruben selbst kam dafür aus nahe liegenden Gründen nicht in Frage. Hatte er einen Privatdetektiv beauftragt? Oder Hilfe von Kollegen aus der Sicherheitsbranche in Anspruch genommen, mit dem Vorwand, technisches Equipment unter realen Bedingungen testen zu wollen?

»Wie hat er denn die Kameras in die Wohnung gekriegt?«
Längeres Schweigen. Dann: »Er hatte schon ziemlich gute Freunde, bevor ihr euch kennen gelernt habt.« Diesmal war der Unterton zickig.

»Alte Freunde?« Ruth tat so, als ob sie die Nebenbotschaft überhörte.

»Alte und junge.«

Ina wartete auf Ruths Reaktion und redete weiter, als keine kam. »Wie einfach das mit der Kamera funktioniert, weißt du ja inzwischen selbst. Und eine Tür zu knacken ist auch nicht besonders kompliziert. Jedenfalls, wenn man sich ein bisschen geschickt anstellt. Die Zylinder von Schnappschlössern sind ein Klacks.«

Ruth ahnte, sie hätte diese Information schweigend verdauen sollen. Aber sie war zu verblüfft, um nicht zu reagieren. »Du meinst, du bist in die Wohnung von diesem Guido eingestiegen und …«

»Willst du mich verpfeifen, oder was?« Jeder Hauch von Sympathie war verschwunden.

»Nein, Ina.« Ruth konnte nicht verhindern, dass in ihrer Stimme Ärger mitschwang. Dass Ruben Rachegefühle hatte, war verständlich. Dass er sie in dieser Form auslebte und dazu seine Spionage-Gerätschaften einsetzte, war schon schwerer nachzuvollziehen. Aber wie konnte er so unverantwortlich sein, dieses Kind, das ihn liebte, zu kriminellen Aktionen aufzustacheln? Ina auszunutzen für seine Selbstjustiz-Gelüste, getarnt als Hilfe für den armen Rollstuhlfahrer, das ging eindeutig zu weit. Wahrscheinlich hatte er ihr ein kleines Agentinnen-Abenteuer ohne Folgen versprochen. Strafmündig wurde man erst mit 14 – sehr praktisch!

Ina reagierte, als ob sie Ruths Gedanken lesen könnte. »Tu doch nicht so scheinheilig. Du wärst doch die Erste, die für ihn irgendwelche krummen Dinger drehen würde. Denkst du, ich weiß nichts von eurer Maria-Geschichte?«

Telefonierten hier eine 13-Jährige und eine 27-Jährige? Es klang eher wie ein Schlagabtausch zwischen der Ehefrau und der Geliebten. Ruth überlegte, welches ihre Rolle war. Sie war drauf und dran zu lachen.

»Du hast wieder Recht«, gab sie zu. »Aber ich finde es trotzdem nicht richtig. Jedenfalls danke, dass du mir davon erzählt hast.«

Es war nicht unbedingt aufbauend, von einer altklugen Teenagerin Unterricht in Selbsterkenntnis zu erhalten. Aber was hatte Maria neulich gelehrt? »Fehler sind das Wichtigste, das Beste, das Notwendigste. Umarmt jeden als Engel der Barmherzigkeit, der euch auf Fehler hinweist. Wer Fehler erkennt, wandelt auf der Spur der Heiligen. Und je schmerzhafter die Lektionen sind, desto besser.«

Diese Lektion war tatsächlich schmerzhaft. Ina hatte gezielt die offene Wunde getroffen. Ruth selbst war genauso naiv und bereitwillig auf Rubens Vorschläge eingegangen wie die Kleine. Hatte sich einen Helden im Rollstuhl erträumt, eine männliche Maria, St. Ruben – einfühlsam, liebe- und humorvoll, immer gut gelaunt, ohne Fehl und Tadel. Aber Heilige waren Schwindel, im Sender wie im richtigen Leben. Heilige schienen deshalb heilig, weil die anderen ihren Verstand ausschalteten und sich lammfromm dirigieren ließen.

Sie ließ die vergangenen Monate Revue passieren. Ein Blick aus seinen Hypnotiseurs-Augen – und schon schrieb eine erwachsene Frau brav Erpresserbriefe, fälschte, trickste, log, schlich sich mit gefälschten Urkunden in einen Job ein, öffnete fremde Post, versuchte Gegner unter Druck zu setzen. Empfand es als Normalstes der Welt, dass die gegnerische Gang das Auto ihrer Freundin in Schutt und Asche legte.

Und jetzt, wo sie nicht mehr mitspielte, schrumpfte der Heiliggesprochene. Zu einem Gedemütigten mit der fixen Idee, sich auf seine Weise an dem Raser zu rächen, der sein Leben zerstört hatte. Ihm die Intimität zu rauben. Lust daraus zu ziehen, das funktionsfähige und funktionsgierige Sexualorgan dieses anderen in jeder noch so dürftigen Pose zu erleben. Wie würden Psychologen so etwas nennen? Kontrollwahn wahrscheinlich. Vielleicht sollte sich Ruben von Fred und dem Falken ein Zimmer in der Villa Moravis neben Margot Drengski reservieren lassen.

Liebe deinen Nächten wie dich selbst ... Wie soll das gehen, Maria, bitte schön? Wie soll man einen Nächsten lieben, der nur den netten Teil von sich preisgibt und seine Abgründe auf elektronischen Speichermedien ablädt? Als »Highlights«.

Sie versuchte sich vorzustellen, mit welchem Gesichtsausdruck Ruben diese Szenen betrachtete. Wütend? Lüstern? Verächtlich? Es klappte nicht. Vor ihrem inneren Auge erschien stattdessen immer wieder der andere, der lächelnde, vergnügte, der verständnisvolle Ruben. Der Koch. Der Gärtner. Der Basketballspieler. Der Ina-Tröster. Der Hunde- und Menschenstreichler. Sie musste sich zwingen, daran zu denken, wie skrupellos und systematisch er sie von Anfang an ausgenutzt hatte. Annette Pfeiffer? Nicht vielleicht Ruth Neumann, 28 Jahre, nein, noch 27, fünf Punkte in der Flensburger Kartei? Und Sie arbeiten bei XTC-TV?

Wobei ihre eigene Rolle zugegebenermaßen nicht besonders schmeichelhaft gewesen war. Nimm einen Hundekuchen! Aber gern. Geh ins Internetcafé! Natürlich. Fahr nach Berlin! Sofort. Tanz für mich! Mit dem größten Vergnügen ...

Am Donnerstag klingelte ein Bote. Blumen von Ruben. Nicht für sie, sondern für Leni. Gut ausgedacht, Herr Regisseur! So traue ich mich nicht, sie wegzuwerfen. Ruth nahm sie wütend in Empfang, packte sie aus. Bunte Ranunkeln, ein perfekter Strauß, nicht zu mickerig, nicht zu üppig. Dass Leni diese Blumen seit ihrer Kinderzeit mochte, hatte sie Ruben einmal anvertraut.

»Ist er nicht entzückend?«, fragte Leni, als sie nach Hause

kam. Sie meinte nicht den Strauß, sie meinte den Spender. Ruth schwieg, als habe sie die Bemerkung nicht gehört. Leni wusste nichts von ihrem Konflikt, und natürlich hatte er das in sein Kalkül einbezogen.

Für sie selbst kam am Freitag ein dicker, großer Umschlag. Sie erwog, ihn ungeöffnet wegzuwerfen. Aber da hatten ihre Hände den Klebstreifen schon voller Spannung gelöst und den Inhalt auf dem Schreibtisch verteilt. Ausdrucke aus dem Internet. Über Manipulationstechniken. Ein Artikel über eine Professorin aus Lausanne, die eine elektronische Marilyn Monroe geschaffen hatte. Eine Diplomarbeit aus Erfurt über »Mixed Reality«. Ein Prospekt einer Firma namens »NoDNA«, die »virtuelle Charaktere« produzierte.

Sie blätterte und ärgerte sich darüber, wie begierig ihre Finger jedes einzelne Blatt in die Hand nahmen, hoffnungsvoll drehten, wendeten, prüften. Wie ihre Augen über die gedruckten Zeilen glitten, um etwas anderes zu finden als Informationen, Daten, Grafiken.

Aber es gab kein Anschreiben. Kein persönliches Wort. Sie warf das Material in den Karton fürs Altpapier.

24
Zeit ohne Ziel

Die Fans rechneten. Maria hatte nicht offenbart, wann genau sie ihre Klausur beenden würde. Aber es war ein offenes Geheimnis, dass nur der 15. August in Frage kam: Allein das Datum, an dem jene andere im Christentum hoch verehrte Maria, die Mutter Gottes, gen Himmel gefahren war, besaß die passende Symbolkraft. Wie der Auszug aus Studio X verlaufen sollte, blieb allerdings das Geheimnis der Predigerin. Klar war, dass die Menschen ihr einen triumphalen Empfang bereiten wollten. Das Bedürfnis, Maria nah zu kommen, sie von Angesicht zu Angesicht zu sehen, war übermächtig.

Ruths Gruppe hatte den Auftrag, den Enthusiasmus nach Kräften anzustacheln. Sie selbst beobachtete ihn, ohne ihn zu teilen. Sie fühlte sich in einer Art desinteressierter Trance, wenn sie Ideen beisteuerte, Drehorte besuchte, für ihre Recherchen und Treatments gelobt wurde. Trotzdem blieb sie meist lange im Büro. Denn Beschäftigung, so stellte sie fest, war am ehesten geeignet, Entzugserscheinungen zu lindern. Bedenklich, wie leicht es war, sich an Streichelhände zu gewöhnen. An eine Stimme, die Sätze sagte wie »Fräulein Neumann, ich kann dich ziemlich gut leiden.« An ein Lachen, das sich frech über Schwierigkeiten hinwegsetzte. Sie ertappte sich dabei, mildernde Umstände für den Angeklagten zu suchen.

Und verbot sich, rückfällig zu werden. Für die Spionage-Affäre Guido gab es keine Entschuldigung. Irgendwann hatte sie Rubens Material doch vom Altpapierstapel auf ihren Schreibtisch geholt. Er hatte einiges Beunruhigende über die Möglichkeiten der Trickfilm-Animation herausgefunden. Doch es gab Grenzen. Ruth hatte die Aussage eines Insiders rot angestrichen. Der Mann war sicher, dass Live-Interviews mit virtuellen Darstellern noch lange Zukunftsmusik bleiben würden. Sprache und Gesichtszüge eines lebendigen Redners auf eine Kunstfigur zu übertragen erforderte monatelange Nachtarbeit am Computer. Spontanes Frage-Antwort-Spiel, wie es mit Maria stattgefunden hatte, war ausgeschlossen. Nur eines an dem Interview störte. Es war zwei Jahre alt.

Ruth sehnte den Tag herbei, wo eine Maria Coral aus Fleisch und Blut aus dem Studio treten und die letzten Zweifel zerstreuen würde. Noch gut zwei Wochen. Zwei Wochen, in denen der Maria-Kult blühte und die Spannung bei den Fans fast in Hysterie umschlug. Ruth bekam den Auftrag, mit einem Kamerateam nach Berlin zu fahren. Die Fan-Fraktion im Bundestag hatte geschafft, eine Sitzung während der Parlamentsferien anzuberaumen. Einziger Tagesordnungspunkt: Ein Eilantrag, der vorsah, den 15. 8. auch in den nicht-katholischen Bundesländern als offiziellen Feiertag zu etablieren. Der Vorstoß hatte hochrangige Feinde. Doch dann gelang ein Coup, der die Gegner entschieden schwächte.

Die Ehefrauen von zwei Ministern, die Tochter des Chefs der Deutschen Bank und die Geliebte des Arbeitgeberpräsidenten waren Maria-Fans – und ließen sich überreden, am Vortag der Abstimmung vor die Kamera zu treten. Die Banktochter trug ein Prada-Kostüm, eng und chic, aber aus ähnlichem Sackleinen wie das, aus dem Marias Kutte bestand. Sie hielt ein flammendes Plädoyer für den neuen Feiertag.

»Ich liebe meinen Vater«, sagte sie schlicht. »Aber ich glaube, in diesem Fall ist altes Denken im Spiel. Materieller Gewinn spielt darin eine zu große Rolle. Maria hat unserem Land etwas geschenkt, was in den vergangenen Jahren kein Vorstandsvorsitzender und kein Politiker zustande gebracht hat. Sie hat uns zu innerer Einheit verholfen, zu echter Moral. Das ist wahrer Gewinn, ein Gewinn, der in Euro, Dollars und Yen nicht zu ermessen ist. Dafür sollten wir ihr danken. Das sollten wir mit ihr gemeinsam feiern.«

Ruth stand hinter dem Kameramann. Sie sah die Fans, die ihr Aufnahmeteam umringten. Die meisten hörten mit der leicht entrückten Hingabe zu, die für Maria-Jüngerinnen und -Jünger typisch war. Die Rednerin, die etwa so alt war wie sie selbst, sprach mit echter Begeisterung und ruhiger Überzeugung. Sie war promovierte Betriebswirtin. War es wirklich möglich, dass all diese positive Energie einer Predigerinnenpuppe galt? Dass die halbe Republik wegen eines Riesenschwindels einen Feiertag einführen wollte?

Ruth dachte an den letzten Berlinbesuch. Das Frühstück bei Fred. Die Fahrt zum Studio in Babelsberg. Die verrückte Idee, Kotte zu erpressen. Jene Person, der gegenüber Ruth trotz allem ein schlechtes Gewissen hatte: die Patientin aus der Villa, die um ihre Identität rang. Ihre

Erschütterung damals war nicht gespielt gewesen. Sie verscheuchte die Erinnerung. Die Kameraleute hatten die Einstellung im Kasten und packten ein.

Die Gesetzes-Initiative wurde tatsächlich angenommen. Ausschlag gab letztlich, dass die Abgeordneten sonst völlig umsonst aus ihren Ferien nach Berlin gekommen wären. Und dass am Tag der Tage sowieso kaum jemand am Arbeitsplatz erscheinen würde. Und so fiel das Plädoyer des FDP-Vorsitzenden und Maria-Fans an seine Kollegen auf fruchtbaren Boden, »einmal in der Legislaturperiode den Wählerwunsch der überwältigenden Mehrheit des Volkes zu erfüllen«.

*

Für die Animateure schleppte sich die Zeit dahin. So gekonnt Maggie die Themen rund um Sünde, Vergebung, inneren Frieden immer wieder neu aufbereitete, es war inzwischen zunehmend eine Wiederholung des Gleichen.

Sie hatte die erste August-Predigt beendet, ein wenig zäher als sonst. Tony saß an seiner Konsole, Nägel feilend, Macadamianüsse kauend und verkündete: »Mir reicht es.«

Carla tröstete ihn. »Nur noch zwei Wochen.«

»Du verstehst nicht. Wenn ich sage, dass es mir reicht, meine ich heute. Sofort.«

»Du weißt, dass du nicht einfach aufhören kannst. MESSIAS muss seine Aufgabe bis zum bitteren Ende erledigen. Oder besser: bis zum himmlischen Höhepunkt.«

»Und wer soll mich denn daran hindern, diesen Höhepunkt vorzuziehen?« Er warf eine Nuss an die Decke und fing sie mit dem Mund auf. »Dein Marius Kotte?«

»Er ist nicht mein Marius Kotte. Dein Berufsehrgeiz wird dich hindern.«

»Gerade der nicht. Ich verliere den Anschluss, wenn ich hier in Deutschland rumsitze und verschimmele. Am Wochenende ist ein Kongress in Atlanta. Ich habe beschlossen hinzufahren. Und ich werde hinfahren.«

»Du verlierst den Anschluss? Würdest du bitte mal zur Kenntnis nehmen, dass wir zur Zeit ganz oben sind mit meilenweitem Abstand zu jeder Animationsgruppe auf diesem Planeten?«

»Und? Leider ohne dass es irgendjemand mitkriegt.« Er stand auf. »Ich meine es ernst. Ruf deinen Kotte an. Unsere Schluss-Power-Szene ist längst fertig. Wir bringen sie morgen und verschwinden dann hier. Was spricht denn dagegen?«

»Die Bibel. Beziehungsweise der Kirchenkalender. Der Papst. Der neue Feiertag. Das Datum ist nun einmal nicht der 2., sondern der 15. August.«

Maggie kam von hinten aus der Garderobe. »Ich finde, ihr habt beide Recht. Wir hätten uns nicht darauf einlassen sollen, das Interview so früh zu führen. Das hat die Spannung draußen unheimlich angeheizt. Aber jetzt ist die Frage, wie wir dieses Niveau noch zwei Wochen halten können. Ich fürchte, die Stimmung kann kippen. Die Fans wissen es noch nicht, aber sie beginnen unmerklich, sich zu langweilen. Ich glaube, sie erwarten insgeheim, dass Maria jetzt noch einmal etwas ganz anderes und Neues bringt.«

»Ich könnte sie im Lotossitz in die Luft fliegen und Salto schlagen lassen«, sagte Tony, jetzt wieder ernsthafter interessiert. »Kein Problem. Damit habe ich schon mal gespielt. Ich habe einen tollen Projektionskörper, eine Akrobatin vom chinesischen Zirkus. Technisch sehr reizvoll. Allein zu berechnen, was die Schwerkraft mit den Haaren macht, hat den Computer Stunden gekostet.«

Er wollte weiterreden, aber Carla schnitt ihm das Wort ab. »Vergiss es.«

Tony grinste. »Tja, ich fürchte auch. Zu glauben, dass Maria fliegen kann, so weit hat selbst Maggie ihre Schäfchen noch nicht.«

Maggie sah ihn an. »Nein. Aber fast. Wir haben doch damals diese Probeaufnahmen gemacht, angelehnt an so eine japanische Buddhismus-Praxis, wo ich eigentlich nur rumsitze und meditiere und zwischendurch ein bisschen plappere. Die wir als Notfall in Reserve behalten wollten, falls technisch etwas schief geht.«

»Stimmt«, sagte Carla. »Wir haben sie gar nicht gebraucht.«

»Aber du hast sie noch auf dem Rechner?«, fragte Maggie an Tony gewandt.

Er klopfte zustimmend auf den Apparat.

»Na also, wo ist das Problem? Ich glaube, so weit, dass sie da mitziehen, haben wir unsere Fans inzwischen. Das Material reicht für eine ganze Predigtwoche. Carla macht Regie. Tony kann nach Atlanta fahren.«

*

Die Fans waren erst beunruhigt, dann irritiert, dann begeistert. Von einem Tag auf den anderen hatte sich die Predigt-Show verändert. Maria war still geworden. Sie gab den Zuschauern eine Aufgabe für eine ganze Woche. Sie ähnelte einem Koan, einem jener paradoxen Rätsel, mit deren Hilfe Schüler des japanischen Zen-Buddhismus die Erleuchtung erfahren.

»Ihr müsst lernen«, sagte sie, »dass Gedanken und Worte nur eine Krücke zur Welterklärung bieten. Und – wenn wir uns umschauen, keine besonders gute. Die so genannte Vernunft hat zu Kriegen geführt. Zu Verbitterung und Hass. Aber können Worte zum Beispiel Schönheit erklären? Oder Liebe?«

Ziel ihres neuen Ansatzes war es, einen Zugang zur Wirklichkeit jenseits des Intellekts zu erreichen. Worte zu benutzen, um die Stufe der Worte zu überwinden. »Ich gebe euch eine Wendung zum Experimentieren. Sie heißt: ›Raum ohne Grenze, Zeit ohne Ziel.‹ Ich bitte euch: Wiederholt diese Worte wie ein Mantra. Traut euch! Sprecht sie aus! Beim Aufwachen, beim Waschen, beim Pinkeln, beim Frühstück, bei der Arbeit. Beim Sex. Kaut auf diesen Worten herum. Lasst sie ins Gehirn einsickern, bis die Schaumblase platzt. Bis kein Denken und keine Sprache mehr übrig ist, nur Liebe, Ehrfurcht und Demut.«

»Raum ohne Grenze. Zeit ohne Ziel.« Zuerst waren es die Jugendlichen, die den Vorschlag aufgriffen und die vorgegebenen Worte als Refrain ihres Alltags benutzten, als Begrüßung, als Gesprächseinleitung, als Antwort auf Fragen ihrer Eltern, ihrer Lehrer – oder als einzigen Satz, der überhaupt über ihre Lippen kam: »Raum ohne

Grenze. Zeit ohne Ziel. Raum ohne Grenze. Zeit ohne Ziel.« Einige murmelten pausenlos die Abkürzung vor sich hin, die sich eingebürgert hatte. Rogzoz, Rogzoz, Rogzoz.

Man hörte die Formel auf der Straße. Im Bus. Beim Zeitungshändler. Im Kaufhaus. In der Apotheke. Beim Arzt. Sie wurde Ausgangsmaterial für Kabarettisten und Nachwuchsdichter bei Poetry Slams. Erfuhr vielfältige Veränderungen, philosophisch gewagte und Nonsens-Versionen. Traum ohne Grunzen, Baum ohne Pflanze, Polizei in Zivil, zwei sind zu viel, Zeit ohne Raum, Raum ohne Ziel. Nur ein Bruchteil der Fangemeinde nahm sich die Aufgabe so zu Herzen, wie Maria es gefordert hatte. Aber diese Minderheit reichte als kritische Masse. Selbst bei den hartnäckigen Verweigerern gab es kaum einen, der die Parole nicht zumindest ab und zu heimlich probehalber vor sich hersagte, um zu beobachten, ob sie womöglich Zugang zu höheren Weihen gewährte.

Kopf rannte wie ein Irrwisch durch den Sender. »Raum ohne Grenze. Zeit ohne Ziel. Das toppt alles«.

In einem Zeitungsessay war zu lesen, mit »Rogzoz« sei der Schritt in eine Eventkultur geglückt: »Jeder wird einbezogen. Nicht nur Kandidaten, nicht nur Zuschauer, nicht nur Fans. Der Virus greift auf völlig Unbeteiligte über. Zu Anfang irritiert, dann infiziert. Widerstand ist zwecklos. Raum ohne Grenze, Zeit ohne Ziel.«

Im Sender galt das Mitmachen als freiwillige Pflicht. Die Moderatoren von News & Weather leiteten ihre Nachrichten mit dem Maria-Spruch ein. Mirco Mata begrüßte seine Kandidaten bei EUROmania damit. Es gab die neue

Sendung »Flirt ohne Grenze«. Dabei wurden die Zuschauer ermuntert, ihrer oder ihrem Angebeteten vor laufender Kamera durch Wort und Tat ihre Liebe zu bekennen. Bedingung: Maria musste mit von der Partie sein.

Die Mitarbeiter, die nicht selbst vor der Kamera standen, zollten der Parole am Telefon Tribut. Einige machten es nur bei Außenkontakten. Andere auch bei Gesprächen mit Kollegen. Ruth gehörte zu den wenigen, denen die Worte nicht über die Lippen kamen. Sie hatte Dana bei einem Telefongespräch belauscht; die benutzte sie auch nicht.

Ruth war dankbar, dass sie sich dem Kult verweigerte, als eines Nachmittags Fred aus Berlin am Apparat war. Sie hatte von ihm genauso wenig gehört wie von Ruben und war froh darüber. Wenn alles vorbei sein würde, könnte sie vielleicht abgebrochene Kontakte wieder aufnehmen. Sogar einen Laden in der Osterstraße betreten. An ein Gespräch anknüpfen. Haben wir Streit? Ja. Hatten wir zumindest. Es gibt da einiges zu klären.

»Hör zu, ich muss dir was sagen«, fing Fred an. »Es geht ihr beschissen.«

»Wem?«, fragte sie, um Zeit zu gewinnen. Allzu viele gemeinsame weibliche Bekannte besaßen Fred und sie nicht.

»Maria.«

»Du meinst Frau Drengski. Warum erzählst du mir das?«

»Ich mache mir Vorwürfe. Ich hätte sie in die Villa zurückbringen sollen. Aber als ich das erwähnt habe, ist sie ausgerastet. Hat geschworen, keinen Tropfen mehr anzurühren. Und sie hat es durchgehalten. Glaube ich jedenfalls. Aber mit heftigen Delirien zwischendurch. Sie verflucht Kotte und erzählt von diesem Fingerabdruck und dass man ihr den weggenommen hat und alle Freunde sie im Stich gelassen hätten. Und dann ist sie selbst wieder überzeugt, Margot Drengski zu sein. Schabt mit Sandpapier an ihrem Fingerkuppen herum und steigert sich in die Maria-Fan-Rolle hinein. Gestern hat sie den ganzen Abend dagesessen und ›Raum ohne Grenze, Zeit ohne Ziel‹ gemurmelt.«

Ruth sagte matt: »Na, dann ist doch eigentlich alles in Ordnung. Im Studio die Maria, draußen die Margot.«

»Ich habe bloß Angst. Sie ist inzwischen völlig durchgedreht. Ich kann sie doch nicht einsperren, wenn ich im Dienst bin. Sie könnte gefährlich werden.«

»Wem?«

»An wem rächt man sich, wenn es einem beschissen geht? Sie hat etwas von Darts-Pfeilen erzählt. Und dass sie mal eine ziemlich gute Werferin war.«

»Du meinst, sie will zu Kotte.«

»Ja. In ihren Fantasien sind wir alle schlimme Teufel, aber er spielt die Hauptrolle. Und ich sage dir, es sind ziemlich düstere Fantasien.«

»Es ist nicht so, dass es mir nicht Leid tut. Aber ich will damit nichts mehr zu tun haben. Ruben und ich haben uns …« Sie zögerte einen Moment. Aber das Wort getrennt wollte ihren Mund nicht verlassen. »Wir haben zur Zeit keinen Kontakt.«

»Ich weiß. Hart für ihn. Aber das wird sich wieder ändern.«

Was? Dass es hart für ihn war? Oder dass sie keinen Kontakt hatten? Sie unterdrückte den Impuls nachzufragen. Fred war auf Rubens Seite. Bei der Gegenpartei. Vielleicht war er inzwischen als Ersatzmann für sie für neue Erpressungsspielchen eingesprungen. Sie musste ihn abwimmeln: »Wenn sie im Sender auftaucht, sag ich Bescheid. Ich muss Schluss machen.«

Es hatte geklopft. Sie holte tief Atem. Doch die Vision, dass Maria hereinstürmen und sich mit Darts-Pfeilen auf sie stürzen würde, trog. Vor der Tür stand ein Mann mit dichtem schwarzem Haar und asiatischen Gesichtszügen. Er verbeugte sich leicht und stellte sich auf Englisch als Europa-Korrespondent des japanischen Fernsehsenders mit Sitz in London vor. Er habe gehört, dass es in Hamburg eine Heilige gäbe, die christliche und zen-buddhistische Traditionen verbinde. Und das Wunder wahr mache, seine Landsleute zu ihren Wurzeln zurückzuführen. Mr. Kopf habe ihn an Ruth verwiesen. Ob sie ihm weiterhelfen könne?

25
Drahtseilakt

Sie verabredeten Dreharbeiten für den nächsten Tag vor dem Hamburger Michel. Die Japaner, eine Touristengruppe auf Deutschlandbesuch, waren sehr ernsthaft. Sie hatten kleine Isomatten dabei und setzten sich auf den Fußboden. Einer schlug zwei Holzstäbe gegeneinander, und alle begannen zu murmeln: »Raum ohne Grenze, Zeit ohne Ziel.« Es klang würdig. Es war eine Fehlinformation, dass Japaner kein »r« sprechen konnten.

Ruth hatte für das TV-Team anschließend ein Interview mit dem Hauptpastor vereinbart. Er traf die Gruppe vor der Kirchenpforte. Die japanischen Gäste waren sichtlich beeindruckt von seinem Hamburger Ornat, der großen, kreisrunden weißen Halskrause mit Plisseefalten, die dem Talar als Kragen diente.

Alle außer dem Pastor hatten hinterher zusammen in der Börsenstube gegessen, Aprikosenlikör getrunken und viel gelacht.

Jetzt war Ruth müde und freute sich auf eine kalte Dusche und eine Stunde im Liegestuhl.

Leni winkte ihr vom Balkon aus. Sie hatte Handwäsche in der Badewanne verteilt, obwohl sie genau wusste, wie gern Ruth nach der Arbeit duschte. Als Ruth die Leine nahm, um stattdessen mit dem Hund spazieren zu gehen, stellte sich Leni ihr in den Weg. »Ach lass, ich war gerade mit ihm unten. Ich glaube, ihm ist zu warm.«

Ruth schaute Bimbo an, schaute Leni an. Irgendetwas stimmte nicht.

»Na gut, dann döse ich eben eine halbe Stunde auf dem Balkon.«

Kurze Zeit später war der Teufel los. Ein Hubschrauber flog im Tiefflug über die Straße hinweg, drehte dann und kehrte wieder, um genau über ihrem Haus Halt zu machen. Sie sah das Maria-M auf dem Rumpf. Kollegen im Einsatz. Sie erinnerte sich, dass irgendjemand heute von einem Dreh aus der Luft gesprochen hatte. Und fluchte, dass es ausgerechnet in ihrer Nähe sein musste.

Sie floh vom Balkon und ging in ihr Zimmer. Leni warf ihr einen schwer deutbaren Blick zu. Und dann klingelte es schon.

Eine ganze Gruppe von Menschen polterte die Treppe hoch. Aus dem Fahrstuhl kam ein Kameramann, mit dem sie schon zusammengearbeitet hatte. Er verbiss sich ein Lächeln und ging an ihr vorbei auf den Balkon.

»Der Liegestuhl muss weg, sonst reicht der Platz nicht«, kommandierte er ins Leere und scheuchte sie hoch. Einer der beiden Assistenten, die Ruth nicht kannte, ging erst in die Küche, dann in Lenis Schlafzimmer, um nach geeignetem Alternativ-Mobiliar zu fahnden. Statt ihn rauszuwerfen, ging Leni hinterher und zeigte ihm stolz sämtliche Sitzgelegenheiten. »Und dieser Stuhl stammt aus der Familie meines verstorbenen Mannes, ein Lutherstuhl!« Er entschied sich für einen ausgemusterten Kniestuhl. »Der ist perfekt, die richtige Pose«, lobte der Kameramann.

»Und für ihn etwas Solideres!« Er zeigte auf Lenis Fernsehstuhl mit den geschnitzten Armlehnen. Der Hiwi schleppte ihn auf den Balkon.

Ruth sah die Aktion mit einer Mischung aus Ärger und Belustigung. Für wen bot der Kniestuhl die richtige Pose? Für welchen »ihn« wurde etwas vorbereitet? »Könnt ihr mich bitte mal aufklären, was ihr hier treibt?« Sie musste schreien. Der Helikopter stand immer noch dicht über ihrem Haus. Sie konnte sehen, wie jemand ein Stahlseil herunterließ, das an ihrem vierten Stock vorbei langsam in Richtung Straße pendelte.

Das Team war zu sehr mit Verkabelung beschäftigt, um ihr zu antworten. »Wir müssen schnell machen«, sagte der Hiwi und steckte ihr ein Mini-Mikrofon an den Pullover. Erst da sah sie nach unten. Sah, dass auch dort ein Team stand. Erkannte eine Kollegin von der »Flirt-ohne-Grenzen«-Crew, die auf jemanden einredete. Erkannte, dass dieser Jemand im Rollstuhl saß.

Leni schaute Ruth ein wenig verängstigt und doch triumphierend an. Bimbo bellte vergnügt.

»Schafft den Hund raus, der verdirbt mir den Ton«, wies der Kameramann an. »Ich hab genug Ärger, das Heli-Geknatter rauszufiltern!«

Er richtete seine Kamera nach unten. Dort hatte der Rollstuhlfahrer das Drahtseil gepackt. Er sah von oben sehr, sehr klein aus. Langsam und nur mit der Kraft seiner Arme zog er sich Stück für Stück am Seil hoch.

Der Hiwi dirigierte Ruth von der Brüstung weg und drückte sie auf den Kniestuhl. Es war einer jener Sorte, die beim Arbeiten einen geraden Rücken garantieren und angeblich die Gelenke entlasten sollten. Tatsächlich fühlte man sich so wie auf den Betbänken einer katholischen Kirche.

Ruth stand wieder auf, sobald der Assistent sie aus den Augen ließ. Ruben war inzwischen in Höhe des zweiten Stocks angekommen. Dort standen die Schulze-Kinder mit offenem Mund und sahen dem Mann zu, der in Tarzan-Manier das Seil erklomm. Der Helikopter stand so in der Luft, dass sich das Seil einen guten Meter jenseits der Balkons befand.

»Schau mal!«, rief Leni begeistert. Ruben hatte eine Hand vom Seil gelöst und winkte den Mädchen zu. Woher holte er die Kraft, sich ohne Hilfe der Beinmuskeln zig Meter nach oben zu hangeln, und dann noch einhändig? Jetzt hielt er sich wieder mit beiden Händen fest und schaute nach oben, direkt in Ruths Gesicht. Kobold-Augen hinter Brillenglas. Sie las verschiedene Botschaften. Anstrengung. Trotz. Siegesgewissheit. Reue? Eher nicht.

Der Hiwi kam wieder von hinten und platzierte Ruth endgültig auf ihren Stuhl. Sie ließ es geschehen. Die Kamera schwenkte auf sie, sie sah das rote Licht. Dann trat der Kameramann zurück, um auf dem engen Balkon eine Totale zustandezubringen. Rubens Kopf wurde sichtbar, kurze Zeit später tauchte sein ganzer Körper oberhalb der Brüstung auf.

Der Helikopter flog ein Stück vom Haus weg. Ruben fing an zu pendeln. »Unglaublich«, flüsterte der Hiwi, »sagenhafte Körperbeherrschung!« Irgendwann stieß das Seil an den Balkon. Die beiden Hiwis griffen Ruben unter die Arme und hievten ihn in den Sessel.

Der Kameramann hatte die Rollen ungerecht verteilt. Ruth konnte sich lebhaft vorstellen, wie es auf dem Bildschirm wirken würde: Die Angebetete kniend vor dem Helden, überrumpelt, ratlos, ein bisschen glücklich. Ruben beugte sich nach vorn, so weit, dass ihre Stirnen und Nasen sich fast berührten. Er küsste sie nicht. Er sagte, ein bisschen atemlos, aber nicht sehr: »Allererstes Gebot: Du sollst deinen Nächsten nicht vorschnell verurteilen!« Mit diesen Worten zog er eine etwas zerfledderte rote Rose aus seinem Gürtel und drückte ihr eine CD-ROM mit Maria-M in die Hand.

Die Reporterin vom Team unten war inzwischen dazu gekommen. »Was sagen Sie zu diesem Drahtseilakt?«

Ruth wusste, was nun erwartet wurde. Das Zitat. »Raum ohne Grenze ...« Oder Tränen, Stottern, Überwältigung. Gab es eine Alternative? Sie erhob sich langsam, ohne Ruben aus den Augen zu lassen. Ihre Füße begannen wie von selbst auf dem winzigen Balkonfreiraum zu tanzen. Und sie sang, was sie sich für einen anderen Termin und einen anderen Ort ausgemalt hatte – ein paar Takte von Billy Joels »Honesty«: »I don't want some pretty face / to tell me party lies / All I want is someone to believe ...«

Die Reporterin schaute etwas verdutzt, fing sich aber schnell. »Oh, die Dame Ihres Herzens verlangt Aufrichtigkeit«, sagte sie zu Ruben. Und dann in die Kamera: »Da scheint etwas vorgefallen zu sein, was nach Aufklärung verlangt, die wir Ihnen, liebe Zuschauer, aber leider, leider vorenthalten müssen. Denn: Der Himmel wartet schon.«

Ruben nahm den beiden Hiwis das Stahlseil, das sie festgehalten hatten, wieder ab. Sie halfen ihm über die Balkonbrüstung. Er ließ sich nicht abwärts gleiten, sondern hangelte sich weiter hoch, bis er beim Hubschrauber war und sich von der Besatzung ins Innere ziehen ließ.

*

Die Crew war abgezogen. Ruth hatte kalt geduscht und dabei laut weitergesungen: »But when I want sincerity / Tell me where else can I turn …«
Leni und Bimbo hatten sich nicht sonderlich beschämt in Lenis Schlafzimmer verzogen.
Auf der CD öffnete sich eine Konservendose. Pichelsteiner Eintopf. Ruth erkannte einen Konsy-Safe. Sie klickte auf den Deckel. Ein Passwort wurde verlangt. Sie versuchte es vergeblich mit Ruben, Ruth, Ina, Guido. Irgendwann landete sie bei »Entschuldigung«.
Der Dosendeckel öffnete sich. Sie hörte Rubens Stimme. »Du hast ja Recht. Es gibt Dinge, die man allein zu Ende bringen muss. Auch wenn es weniger Spaß macht.« Ein Seufzer. »Also ein Kompromiss. Ich lade dich ein, dabei zu sein, als Zuschauerin, sozusagen als aufgeklärte Voyeurin. Eines vorweg: Es hat lange gedauert, aber dann hat sich mein Freund von der Kripo doch ein bisschen für mich angestrengt und die Fingerabdrücke verglichen. Sie sind identisch. Jetzt kannst du die Datei Kotte öffnen. Und danach Intro 2.«
Die Kotte-Datei war ein pdf-Format. Ein zweiseitiger Brief. Sie druckte die beiden Seiten aus. Seite 1 enthielt nur zwei Absätze, in einer großen altmodischen Schrift

gedruckt, wie man sie aus sehr alten Bibelausgaben kannte. Zuerst ein Zitat aus der Bergpredigt: »Und so sagt Jesus Christus: Sorget nicht für den anderen Morgen, denn der morgende Tag wird für das Seine sorgen.« Der zweite schien eine Art Erklärung zu sein. »Was mag das bedeuten zu Beginn des Zeitalters, in dem ein neuer Messias aufstrahlt? Es wird kommen einer, der sich nennt Fan Tom. Und siehe, er wird seinen Anteil beanspruchen am Stilleschweigen bis zum Tage des Erwachens.«

Auf der nächsten Seite war hellgrau als Untergrund wie ein Wasserzeichen ein vergrößerter Fingerabdruck zu sehen. Darüber war der Text gedruckt. »Sie wissen es, wir wissen es: Manche wünschenswerten finanziellen Transaktionen scheitern am Problem der Geldübergabe. Wir schlagen deshalb ein neues Arrangement vor: Der Austausch findet unter den Augen der Öffentlichkeit statt. In einem Fernseh-Quiz, in dem die Million ohnehin zur Verfügung steht! Wir bestimmen, wer als Überraschungskandidat(in) teilnimmt. Nennen wir diese Person bis zu ihrem Auftritt ›Fan Tom‹. Sie garantieren den Gewinn. Der zusätzliche Vorteil liegt auf der Hand: Ihr persönliches Vermögen wird nicht angetastet.

Warum Sie kooperieren sollten? Jetzt, wo Sie Ihrem Ziel so nah sind, wäre es schade, noch vom Wege abzukommen. Wir kennen eine junge Dame, die belegen kann, dass sie Maria Coral ist. Sie hat nicht nur eine Narbe an der linken Wade. Sie trägt auch noch einen unschlagbaren Beweis auf der Fingerkuppe. Die Identität des Fingerabdrucks mit dem aus der Serie ›River Revier‹ ist polizeilich geprüft und notariell beglaubigt – bisher ohne dass

Notar oder Polizei wissen, um welch brisanten Fall es sich handelt. Das kann sich leicht ändern. Falls Sie unserem Vorschlag nicht entsprechen, wird Maria Coral eine einstweilige Verfügung mit Sofortvollziehbarkeit erwirken. Sie wird dafür sorgen, dass das Studio X am 14. August polizeilich durchsucht wird.

Was müssen Sie tun? Reservieren Sie Reihe 17, Platz 5 für die Person, die sich an der Abendkasse nach genau diesem Platz erkundigen wird. Lassen Sie sich beruhigen: Es ist nicht Maria. Sorgen Sie dafür, dass Fan Tom auf den Kandidatenstuhl kommt. Und lassen Sie vorab zur Hilfe ein paar kleine Elektroden auf der Lehne des Sitzes anbringen, die gewährleisten, dass ein winziger Strom fließt, sobald Mirco Mata unter den fünf möglichen Antworten die richtige verliest.«

»Fan Tom« – ziemlich gut ausgedacht. Wer kam in Frage? Ruben selbst? Nach dem Auftritt von eben war das wohl eher unwahrscheinlich. Ina? Oder Fred?

Sie klickte auf die Intro-Datei. Rubens Stimme war von neuem zu hören. »Na, wer wird ›Fan Tom‹ sein? Lass dich überraschen! Ich hab dir und Leni auch Karten zurücklegen lassen. 6. Reihe, Platz 28 und 29. Auf den Namen Annette Pfeifer. Ein ›f‹. Am 13., 15 Uhr, Studio 2 in Tonndorf. Die Sendung wird abends ausgestrahlt, aber schon am Nachmittag aufgezeichnet.«

*

Im Studio kein Fred. Keine Ina. Hatte Ruben vielleicht den Erpresserbrief an Kotte verändert? Stand im Original vielleicht nicht Reihe 17, Platz 5, sondern Reihe 6, Platz 28? Hatte er wieder den allmächtigen Regisseur gespielt und ihr selbst die Rolle als Fan Tom zugedacht? Nein, sie glaubte ihm. Sie war als Voyeurin eingeladen, nicht als Aktive.

Der Publikumsbereich des Studios ähnelte einem Theatersaal. Ein Oval, von Reihe zu Reihe erhöht. Sie stand auf und versuchte, die Reihen durchzuzählen, um den Platz zu identifizieren. Es war schwierig. Wie überall strömten die Zuschauer mit den Mittelplätzen zuletzt ins Studio hinein und zwangen die am Rand zum Aufstehen. Das ständige Auf und Ab verdeckte die Köpfe.

Außerdem zupfte Leni Ruth dauernd am Ärmel, um sie auf Dinge aufmerksam zu machen, die sie aus dem Fernsehen wieder erkannte: die Dekoration. Die Treppe, auf der gleich Mirco Mata herabsteigen würde. Ein Kameramann, der ihm entfernt ähnlich sah: »Ist er das? Ist er das?«

Kurz bevor der große Zeiger der Studio-Uhr auf die Zwölf rückte und das Licht abgedunkelt wurde, hatte Ruth den Platz endlich identifiziert. Ein Mann in einem dunkelroten Polo-Shirt, unter dem die Muskeln spannten. Oh ja, sie kannte Fan Tom. Sie hatte ihn bisher allerdings nur im Umfeld seines Schlafzimmers und meist ohne Kleidung gesehen. Guido.

Ruth hatte keine Zeit, das zu verdauen. Ein kleiner Typ mit Mikrofon war auf die Bühne gesprungen. Nicht über die Treppe, sondern aus einer unscheinbaren Tür im Hintergrund. Die Scheinwerfer richteten sich auf ihn. Er blickte sich um. »Was ist das, liebes Publikum? Ich sehe

Verwirrung auf Ihren Gesichtern? So klein, so bärtig und so schlecht angezogen hätten Sie sich den großen EURO-mania-Star nicht vorgestellt?« Er blickte an seinen karierten Hosen herunter und erntete die ersten kleinen Lacher. Dann schaute er in einen Spiegel, den er aus der Tasche zog. »Entwarnung: Er ist es auch nicht!« Mehr Lacher. »Es ist der arme Kerl, der Ihnen beibringen soll, wie man applaudiert.«

»Ein Einpeitscher«, flüsterte Ruth Leni zu. Seine Vorbereitung dauerte fast zehn Minuten. Zum Schluss hatte er die Zuschauer so weit, dass sie so eifrig wie gewünscht klatschten, trappelten und begeistert taten, wenn das Licht, auf dem »Applaus« stand, leuchtete.

»Und nun viel Vergnügen bei EUROmania!«

Ein Tusch, und schon hüpfte Mirco Mata die Treppe herunter und verbeugte sich. Und auch ohne Applaus-Licht klatschte und johlte das Publikum. Einmal pro Woche gab es eine besondere Variante: Der Kandidat wurde aus den Reihen der Zuschauer ausgewählt.

Wie bei einem riesigen Roulette rollte eine elektronische Kugel, zitterte, stoppte bei der 17. Neuer Umlauf. Die 5. Die Scheinwerfer suchten den Punkt im Zuschauerraum. Guido riss die Arme in die Höhe.

Das Abendquiz war eine Variante jener Shows, die seit Jahren auf allen Kanälen nach ähnlichem Schema abliefen. Die erste Fragerunde begann harmlos bei 100 Euro. In acht Schritten konnten die Kandidaten zur Million gelangen. Wer versagte, hatte immer noch die Chance, die bis dahin erreichte Summe zu erhalten, in diesem Fall allerdings mit einer besonderen Schikane: Die Geldscheine wurden von oben in eine überdimensionale Glaskugel geblasen, die der Kandidat betrat. Jeder Zuschauer verfügte über eine Art Fernbedienung. Damit ließ sich eine Windmaschine in Gang setzen, mit der die Scheine verwirbelt wurden. Je nach Sympathie für den Kandidaten ließ sich die Windstärke zwischen 1 und 12 einstellen. Die Kandidaten durften nur das Geld behalten, das sie innerhalb einer Minute ergatterten, was zu bizarren Verrenkungen führte; es war eine Idee, um die andere Sender XTC-TV beneideten.

»Raum ohne Grenze, Zeit ohne Ziel«, begrüßte Mirco Mata den Gast, der zu ihm aufs Podium kletterte, fragte nach seinem Namen, erfuhr, dass er als Bademeister arbeitete, und verlangte: »Daumendrücken und Applaus für Guido Grau!«

Ruth konnte sich im Nachhinein kaum an den Verlauf der Sendung erinnern. Guido hangelte sich von einer Frage zur nächsten. Manche waren leicht, manche schwer. Irgendwie bewältigte er die Aufgaben. Einmal zeigte er sich unsicher, setzte einen Joker ein und ließ das Publikum befragen. Die meisten tippten auf die falsche Antwort. Guido entschied sich zum Erstaunen der Zuschauer und des Moderators dann doch anders. Und behielt Recht.

Auf den Joker »Zwerg Allwissend«, der für Spezialdisziplinen zur Verfügung stand, verzichtete der Kandidat. Selbst als es um Feinheiten der Antike ging und er entscheiden sollte, wer den Begriff Aporetik in die Denkgeschichte eingeführt habe: Anaxagoras, Demokrit, Hippokrates, Sokrates, Pythagoras?

Guido blickte auf den Bildschirm vor sich, auf dem die Alternativen aufgereiht waren. »Joker?«, bot Mirco Mata an. »Zwerg Allwissend steht bereit.«

Guido lehnte ab.

»Nummer 4, Sokrates«, antwortete er nach kruzer Pause. Er betonte den Namen auf der zweiten Silbe.

Der Moderator fragte verwundert, woher sein Interesse für griechische Philosophie rühre. Guido meinte, die alten Griechen interessierten ihn nicht die Bohne. Die Antwort sei »mehr so Intuition«.

Das Ende der Sendung war spektakulär. Die Million kam als riesiger Geldregen von Tausenderscheinen herunter. In diesem Fall blieb die Windmaschine ausgestellt. Der Kandidat durfte in einer Minute soviel wie möglich erraffen. Guido schaffte alle Scheine. Körperlich war er fit.

Leni applaudierte noch, als die meisten Zuschauer längst aufgestanden und die Kameras abgeschaltet waren.

*

Als sie aus dem Studio kamen, war es früher Abend. Ruth brachte ihre Großmutter nach Hause und fuhr zu Ruben.

Sie stand minutenlang vor der Tür, ohne zu klingeln. Ging zur Drogerie nebenan, kaufte nichts. Stand erneut vor der Tür.

Irgendwann saßen sie sich dann in der Küche gegenüber. Sahen sich in die Augen. Schwiegen. Hielten ziemlich lange durch.

»Warum hast du das gemacht?«, fragte Ruth schließlich.

»Hat es tatsächlich geklappt?«, fragte er zurück.

Ruth nickte. »Wenn du mit geklappt meinst, dass ein Bademeister jetzt reicher ist, dann ja.«

Ruben schenkte ihr ein Mineralwasser ein. »Es war Zeit, die Sache mit Guido ins Reine zu bringen, findest du nicht? Es war übrigens ein Tipp von einer guten Freundin.«

»Okay, lass uns weiter vorn anfangen. Warum hast du ihn überwacht?«

»Das war Freds Idee. Sie hat mich damals gerettet. Fred hat gefragt: Was ist das Schlimmste für dich? Setz dich damit auseinander. Wenn du darüber wegkommst, kannst du es schaffen.«

Er nahm eine Zigarette aus der Schachtel und legte sie vor sich hin, ohne sie anzuzünden. »Das Schlimmste ... Es gibt vieles, was schlimm ist, wenn du aufwächst und hörst, dass ein Lendenwirbel kaputt ist. Das Schlimmste ist nicht, keinen ›normalen‹ Sex mehr zu haben. Der beste Sex spielt sich im Kopf ab. Ganz abgesehen davon, dass es auch noch so etwas gibt wie Liebe.«

Bei den letzten Worten war er leiser geworden, dann fuhr er im alten sachlichen Tonfall fort. »Trotzdem: Zu wissen, dass der Typ, der das verschuldet hat, rumhuren kann, so viel er mag – entschuldige den Ausdruck –, hat mich ganz schön fertig gemacht.«

»Und das wolltest du dir ansehen?«

Ruben stellte die Zigarette hochkant auf den Tisch und fuhr mit den Fingern am Papier auf und ab. »Wahrscheinlich hätte Sigmund Freud viel dazu zu sagen, warum es so erregend ist, andere dabei zu beobachten. In Guidos Fall war es eine doppelte Therapie für mich. Ich nehme an, du hast die Aufzeichnungen gesehen. Sein Sexualleben ist – wie soll man es nennen – nicht besonders erfüllt. Das hat mich angemacht. Ich wollte ihn bei seinen kümmerlichen Nummern sehen. Ich habe hier gesessen und applaudiert, wenn er mit seiner Aufblaspuppe rumgefuhrwerkt hat.«

Ruth unterdrückte ein Grinsen. »Aber wie konntest du Ina da reinziehen?«

»Es ist schwer zu erklären. Ich habe sie nicht ›reingezogen‹. Wieder Freds Idee. Wir haben uns gegenseitig aus dem Sumpf gezerrt. Nachdem ich den Unfall hatte und die Sache mit Chantal aus war, hatte Ina eine echte Krise, eine handfeste Depression. Fred ist auf den Gedanken gekommen, dass wir sie da langsam rausholen können, wenn sie etwas für mich tut. Mehr als Konsys bauen. Etwas, was mir wirklich hilft. Etwas Gefährliches.«

»Und da seid ihr auf Einbruch verfallen?« Die Frage klang weniger sarkastisch, als sie hätte klingen sollen.

Ruben nickte. »Fred schätzte, dass es mir gut tun würde, Guido zu beobachten. Jederzeit zu wissen, was er macht, ohne dass er weiß, dass ich es weiß. Er hat ihr das erklärt, ohne dass ich dabei war. Und sie haben mich mit der Idee überfallen, ein paar Kameras in der Wohnung unterzubringen. Auch im Schlafzimmer. Wir haben ihr nicht gesagt, dass ich ihm beim Sex zuschauen will.«

»Und sie ist bei ihm eingestiegen?«

»Ohne Probleme. Das erste Mal hat sie das Schloss geknackt. Danach war das nicht mehr nötig. Sie hat vorsichtigerweise einen Nachschlüssel von seiner Wohnung machen lassen.«

Ruben rollte zum Schlüsselbrett. »Hier, du kannst ihn haben.«

Er warf Ruth einen Schlüssel zu. Sie entzifferte die klein-gedruckte Adresse, die jemand aufgeklebt hatte. »Tha-denstraße 31. Altona, oder? Nicht gerade die beste Adres-se. Was soll ich damit?«

»Ihn wegwerfen. Oder ihn behalten als kleine Aufmerk-samkeit von einem bekannten Voyeur. Oder benutzen?« Sie steckte den Schlüssel kommentarlos ein. Sie wollte noch etwas anderes wissen. Die Sache mit den Autoun-fällen.

Ruben seufzte. »Das war mein ursprünglicher Plan für ein Finale. Irgendeinen Knalleffekt wollte ich Guido zu-muten. Ich wollte eine Karambolage-Szene zusammen-schneiden. Ihn auf der Straße, nackt. Und dann ein Auto, das von ferne kommt und auf ihn zufährt. Schneller, immer schneller. Der Mensch, der dasteht und sich nicht bewegen kann. Eine Albtraum-Szene. Dabei ist mir übri-gens klar geworden, dass Simulieren verdammt harte Ar-beit ist. Ich hab die Sache aufgegeben.«

Er steckte sich die Zigarette an, bevor er weitersprach. »Keine Angst. Es ist mir schon klar, dass das Ganze nicht besonders ehrenvoll ist. Ich hatte schon beschlossen, dass es reicht. Sogar schon, bevor ein Fräulein Neumann in meinen Laden spaziert ist. Ich schalte die Kameras ab. Versprochen.«

Er lachte. »Halt, noch nicht versprochen. Eine Sache will ich dir noch zeigen. Wie er reagiert hat, als er heute mit dem Geld nach Hause kam.«

»Ist er nicht zur Bank gefahren? Den erfolgreichen Kandidaten wird doch ein Panzerfahrzeug mit Fahrer zur Verfügung gestellt, damit sie ihre Scheine abliefern können.«

»Nein, schau!« Ruben suchte eine Einstellung auf seinem Rechner und deutete dann auf den Überwachungsmonitor.

Guido stand vor seinem offenen Safe, leuchtete hinein und pfiff. Er nahm Höschen heraus, die zusammengeknüllt darin lagen, schwarze, rote, durchsichtige; Stringtangas, Spitzenborten, Schiesser Doppelripp. Er zog sie glatt, stapelte sie auf der rechten Seite. Dann drehte er sich um, griff nach dem Geld auf dem Bett, das inzwischen ordentlich gebündelt war, und legte es auf die andere Seite.

Ruth musste unfreiwillig lachen. Dann seufzte sie tief. »Verstehen tu ich dich jetzt erst recht nicht«, sagte sie. »Warum hast du ausgerechnet ihm die Million verschafft? Diesem Widerling? Schuldgefühle? Oder ein seltenes Syndrom – voyeuristischer Megamasochismus.«

Eine sehr lange Pause. Diesmal hielt Ruben den Blick gesenkt.

»Es ist noch gar nicht sicher, ob ich sie ihm verschafft habe.« Die Betonung lag auf dem *ihm*. »Er bewirbt sich schon seit Jahren bei allen Talk- und Rateshows. Meistens fliegt er beim Casting raus. Er ist aber schon aufgetreten. Ich fand, es ist eine elegante Möglichkeit, Kotte die Million auf legale Weise zu entlocken. Ohne dass er weiß, wer dahinter steckt. Und es ist nicht einmal ein Verlust für ihn.«

»Aber sobald Guido das Geld eingezahlt hat, kommt doch auch niemand anders mehr ran.« Aufhören, Ruth, warnte sie sich. Du denkst schon wieder in seinen Bahnen.

Ruben grinste. »Zugegeben, eine Gefahr. Aber ich kenne Guido inzwischen ganz gut. Er ist nicht der Typ, der das Geld auf sein Konto legt. Das ist ein bisschen wie mit der Slip-Sammlung. Er will die Scheine sehen, fühlen, daran riechen.«

Mit ein wenig Stopfen hatte Guido alle wertvollen Besitztümer untergebracht und schloss den Safe. Ungefragt fiel Ruth die Kombination ein.

SEX666.

Ruth war klar, dass ihr immer noch Puzzleteile fehlten, um Rubens Coup zu begreifen. Sie ahnte, dass er auf entsprechende Fragen wartete, und stellte nur eine einzige: »Wann genau hast du die neue Version der Geldübergabe eigentlich ausgetüftelt?«

Rubens Blick war immer noch auf Guido gerichtet, der jetzt das Zimmer verließ. Seine Antwort blieb bewusst vage. »Oh, das ist schon ein bisschen länger her.«

Es war eine Aufforderung weiterzubohren. Aber sie hatte keine Zeit mehr. Sie schaute auf die Uhr. Sie hatte Leni versprochen, rechtzeitig zur Ausstrahlung von Mirco Matas Sendung wieder zu Hause zu sein.

»Haben wir noch Streit?«, fragte Ruben.

»Ich weiß nicht«, antwortete Ruth.

»Ich bin großzügig. Dein Zuschauerticket gilt auf jeden Fall weiter. Kauf dir morgen früh eine *Morgenpost* für die nächste Überraschung.«

Sie seufzte, nickte und stand auf.

»Machs gut, Fräulein Neumann. Schön, dass du da

warst.« Ruben fuhr langsam zur Spüle, um nicht in Versuchung zu kommen, Ruth zur Tür zu begleiten.

»Ja.« Ruth steckte die Hände in die Hosentaschen, damit sie sich nicht selbstständig machten und ihn berührten. Rechts spürte sie Metall. Den Schlüssel von Guidos Wohnung.

26
Konfusion

Die *Morgenpost* war ausverkauft, als sie am nächsten Morgen am Kiosk vorbeikam. Sie fuhr weiter zum Sender. Dort war der Bericht Gesprächsthema. Schon der Pförtner begrüßte sie aufgeregt: »Haben Sie schon gesehen?«

Den oberen Teil der Titelseite nahm ein Porträt des Quiz-Kandidaten Guido G. ein, der etwas einfältig aussah. Die Titelzeile darunter lautete: »Skandal bei EUROmania!« Daneben gab es ein zweites Bild. Ein wenig unscharf war der Ellenbogen des Kandidaten zu sehen, darum ein roter Kreis und ein Pfeil.

Ruth überflog den Inhalt. Der Zeitung lag angeblich der Mitschnitt eines Telefonats vor, aus dem eindeutig hervorging, dass die Sendung mit Guido G., dem Millionen-Gewinner des gestrigen Abends, abgekartetes Spiel war. Eine Manipulation in der Armlehne habe dem Kandidaten offenbart, welche Antwort-Alternative die richtige war.

Ruth ging hoch, griff sich die *Morgenpost* aus dem Sekretariat, setzte sich an ihren Schreibtisch und las den Artikel in Ruhe.

Die Zeitung hatte Experten hinzugezogen und ihnen die Aufzeichnung in vielfacher Vergrößerung zur Verfügung gestellt. Der eine, ein Elektronik-Professor, hatte ein mit bloßem Auge nicht wahrnehmbares verräterisches Zucken im Ellenbogen identifiziert. Der andere war Psychologe. Er hatte sich mit der Mimik und Körpersprache des »Bademeisters« befasst. Er bemerkte süffisant: »Wer offensichtlich noch nie in seinem Leben etwas von Sokrates gehört hat, sollte sich erst recht dessen Worte zu Herzen nehmen: ›Ich weiß, dass ich nichts weiß‹.«

Ein Jurist war befragt worden, ob die gewonnene Geldsumme im Fall einer solchen Manipulation zurückgegeben werden müsse. Er kam zu keinem eindeutigen Schluss, da der Sender ja offensichtlich nicht die geschädigte Partei sei, sondern sogar zu dem Coup angeregt habe.

Rubens Coup. Ziemlich raffiniert. Peepshow, adieu. Das Objekt der Rache stürzt ab aus hoher Höhe. Eben noch bejubelter Millionär, dann Opfer öffentlichen Gelächters.

Ruth konnte sich vorstellen, wer der angebliche Fernsehredakteur war, der Guido angerufen hatte. In einem Extrakasten war das Telefongespräch dokumentiert.

»Hier XTC-TV, es geht um EUROmania.«

»Ja?«

»Sie haben sich beworben. Hätten Sie am 13. August Zeit?«

»Zum Casting?«

»Ein bisschen mehr als das könnte es schon werden.«

»Wie meinen Sie das?«

»Wir hatten in letzter Zeit Pech mit unseren Kandidaten. Nicht telegen genug. Zu früh gescheitert. Wir brauchen einen Gewinnertyp. Einen, der auch optisch etwas hermacht.«

»Und wie soll das Ganze ablaufen?«

»Verlangen Sie an der Kasse den Platz Reihe 17, Platz 5. Den Rest überlassen Sie uns. Wir werden etwas nachhelfen. Achten Sie auf Ihren rechten Arm!«

Am Ende des Artikels war Kopf zitiert. Als Sprecher des Senders hatte er alle Vorwürfe empört zurückgewiesen. XTC-TV habe um die Herausgabe der angeblichen Tonbandaufzeichnung gebeten, um die Sache entkräften zu können. Er persönlich halte alles für »ein durchsichtiges Manöver der Konkurrenz, um vom Erfolg der Maria-Show abzulenken – kompletter Nonsens!«

War Ruben zuzutrauen, dass er die Erpressung von Anfang an als Hebel geplant hatte, um mit Guido abzurechnen? Ganz unmöglich war das nicht. Aber worin bestand dann das letzte Ziel dieses Coups? Mit Sicherheit nicht nur in der öffentlichen Bloßstellung des Bademeisters. Genial wäre der Plan erst, wenn es gelänge, den Bettler zuerst zum König und dann wieder zum Bettler zu machen. Denn ein Typ wie der Pizzaschönling würde wohl kaum länger als eine Woche unter der Entlarvung leiden. Eine Million Euro war genug Geld, um sich über Spott und Demütigung hinwegzutrösten. Und viele Damen mit bunten Schlüpfern anzulocken.

Hatte Ruben fest damit gerechnet, dass der Sender Geld von Guido zurückforderte? Nein, das passte nicht zur Durchtriebenheit des ganzen Projekts. Es war vorauszusehen, dass XTC-TV die Manipulation zu peinlich war, um einen Streit über das Preisgeld auszutragen. Aber eine andere Erklärung fiel Ruth nicht ein.

Ihr Telefon klingelte. Fred aus Berlin.

»Was sagst du zu Rubens Rache?«, fragte sie ihn.

Er klang bedrückt. »Verrückt. Völlig unverständlich. Den Mann zum Millionär zu machen, nur um ihn hinterher bloßstellen zu können ... Aber deswegen rufe ich nicht an. Maria ist weg. Seit heute Morgen.«

»Ohne Geld wird sie nicht weit kommen, oder?«

»Sie hat mein Versteck gefunden. Dabei ist es so gut. Ich hab einen von Rubens Konsy-Safes in der Speisekammer stehen.«

»Welche Sorte?«

»Ravioli mit Pusztasauce.«

»Wie viel war drin?«

»500 Euro.«

Ruth pfiff durch die Zähne. »Und was verlangst du von mir?«

»Ich habe etwas gefunden, was sie vor mir versteckt hat. Eine Dartsscheibe. Völlig zerlöchert. Sie muss sich irgendwo Pfeile besorgt haben und geworfen haben, während ich im Dienst war.«

»Ein ideales Hobby für einen Psychiatriefall.«

Ruths Ironie kam nicht an.

»In den letzten Tagen hat sie immer wieder von Kreuzigung gesprochen. ›Kreuzigung wäre die gerechte Strafe für das Schwein!‹«

Ruth schwieg.

»Ich weiß, es ist eine Zumutung. Und höchstwahrscheinlich sehe ich auch Gespenster. Aber du bist nun mal am nächsten an Kotte dran. Kannst du ihn nicht warnen?«

Die Verzweiflung in Freds Stimme machte Ruth müde. Sie sah die Frau aus Berlin vor sich, verwirrt, gedemütigt, unberechenbar. Fred hatte das Beste für sie gewollt. Er

war derjenige gewesen, der ihr wider alle Wahrscheinlichkeit geglaubt und beigestanden hatte. Er hatte Recht
behalten. Und nun war vielleicht eine Furie unterwegs.

»Natürlich ohne dass Kotte denkt, dass du irgendetwas
damit zu tun hast«, setzte Fred schnell hinzu. »Vielleicht
eine verschlüsselte E-Mail?«

Ruth brachte die Zeitung ins Sekretariat zurück. Sie
schaute in ihr Fach. Es lag nichts Dringendes an. Sie füllte
eine Urlaubsmeldung aus und legte sie der Sekretärin auf
den Tisch.

Dann fuhr sie in das Internet-Café. Inzwischen hatte sie
Routine im Formulieren okkulter Nachrichten. Ohne
langes Zögern wählte sie als Absender »Kassandra« und
schrieb in die Betreff-Zeile: »Horoskop für einen Hoch-
mütigen«. Die Botschaft lautete: »Vorhersage für die
nächsten Tage: Wo Hochmut blüht, wächst auch die Gefahr. Ein Pfeil könnte Sie treffen, und es ist nicht der Pfeil
Amors. Vorsicht ist geboten auf all Ihren Wegen, sonst
könnten es die letzten sein.«

Dann brach sie auf, um Rubens Plan zur Vollkommenheit
zu verhelfen.

*

Die Vermisste war bester Laune. Am liebsten wäre sie ge-
ritten. Im Galopp auf einem Rappen. Mit 30, 40, 80
km/h. Von Berlin den Randstreifen der A 24 entlang bis
zum Horner Kreisel. Erstes Absatteln im Horner Krug.
Einen Sack Hafer fürs Pferd, einen doppelten Korn für die
Amazone.

Dann weiter. Sievekingsallee, Bürgerweide, Sechslings-pforte, an Joggern, Radlern und Rollerblades vorbeipre-schen die Außenalster entlang. An einem der Fleete hi-nunter zum Hafen. Und von da aus am Elbufer fluss-abwärts mit Segeljollen und Containerschiffen um die Wette bis Blankenese.

Ein Rabe auf ihrer Schulter würde unheilvoll krächzend ihre Ankunft verkünden. Sie würde die Zügel freigeben und freihändig weitergaloppieren, denn die Hände muss-ten den Bogen spannen und den Pfeil anlegen, im Augen-blick, wo ihr Feind auf seine Veranda trat.

»Die Fahrkarte bitte!«

Ein Mann in Uniform, der dachte, er könne sie ertappen. Aber sie hatte ihr Inkognito klug gewählt und sich am Schalter am Bahnhof Zoo ein Stück bedrucktes Papier ge-ben lassen, das es ihr erlaubte, am 14. August die 2. Klas-se der Eisenbahn zu benutzen. Es stellte den Mann zufrie-den. Er sah kurz auf ihr Sack-Kleid. »Wollen Sie morgen dabei sein?«

Ihre Antwort bestand aus einem Lächeln. Er flüsterte: »Raum ohne Grenze. Zeit ohne Ziel.« Dummkopf. Er schloss die Tür und ließ sie allein im Abteil zurück.

Sie hatte noch einen Tag Zeit. Der 15. war der Tag der Tage. Mariä Himmelfahrt. Und zugleich auch: Marius' Himmelfahrt. Klang komisch. Wahrscheinlich müsste es heißen Marii, Genitiv. Und was hieß Himmel? Vergessen. Nur ein Jahr Latein hatte sie gehabt. Sonst hätte aus ihr etwas anderes werden können als Margot Drengski, die Bekloppte.

Ob sie noch versuchen sollte, einen Rappen aufzutreiben?

Im Klövensteen gab es reichlich Pferdekoppeln. Und rund um die Trabrennbahn in Bahrenfeld. Aber nein, Kotte hatte keine Annäherung hoch zu Ross verdient. Das Wiehern würde ihn warnen. Außerdem war sie mit den Pfeilen der Amazone nicht so geschickt und treffsicher wie mit denen ihrer neuen Kollektion.

Sie schloss die Gardine zum Gang des Abteils hin und zog ihre Schätze aus dem Futteral. 20 Pfeile, zehn rote, zehn schwarze. Sie hatte bei Fred geübt und traf wieder wie früher. Den Zeitungsausschnitt mit dem Portrait einer Blondine, die Maria hieß, über die Zielscheibe geklebt. Das Bull's Eye markiert – es lag genau auf der Nasenspitze der Fremden. Mit sich selbst »Blind Killer«, »Shanghai« und »Elimination« gespielt. Und Zielwerfen: Augenbrauen rechts, Augenbrauen links. Den Kopf umrahmen. Den Mund perforieren, erst die Oberlippe, dann die Unterlippe.

Als der Zug in Ludwigslust hielt, stahl sie sich mit einem roten Pfeil zur Tür des Wagons. Menschen stiegen aus, stiegen ein. Auf dem Bahnhofsdach krächzte ein Rabe. Der Uniformierte stand am nächsten Wagen und drehte ihr den Rücken zu. Wedelte mit seiner Kelle.

Arm heben, langsam, langsam, befahl sie sich. Ziel fixieren. Ganz wichtig: der letzte kleine Drall aus dem Handgelenk. Dann Augen zukneifen und den Pfeil in Gedanken auf seiner Reise zum Ziel begleiten, während er durch die Luft sirrt. Innerlich jubeln, sobald er trifft. Stecken bleibt im festen Stoff der Mütze. Drei Zentimeter über dem Stammhirn, nicht schlecht. Sich blitzschnell ducken, bevor das Opfer sich verdutzt umdreht und an seine lädierte

Kopfbedeckung fasst. Nicht feixen. Eilig ins Abteil zurück, als käme man von der Toilette. Schade um den Pfeil, aber der Prachtschuss war es wert.

*

Marius Kotte war wütend. Er hatte sich leimen lassen mit der idiotischen EUROmania-Erpressung.

Zum Glück hielten sich die Reaktionen und der Spott über die Millionen-Pleite in Grenzen. Außer der *Morgenpost* war niemand groß auf die Sache eingestiegen. Kopf hatte sich gut herausgeredet und groß eine interne Untersuchung im Sender angekündigt. Die entweder gar nicht stattfinden oder im Sande verlaufen würde. Intern gab es natürlich reichlich Spekulationen. Die meisten vermuteten, dass der Bademeister ein Spezi von Kulke bei Quiz & Games war.

Er wusste es besser. Und das ärgerte ihn. Der Brief mit dem Fingerabdruck war eindeutig gewesen. Sehr, sehr schlau. Die Gegenseite hatte es geschafft, tatsächlich etwas gegen ihn in die Hand zu bekommen. Aber es wurde immer undurchsichtiger, wer die Drähte zog. Vielleicht war es gar nicht Maria selbst. Vielleicht war es irgendjemand, der Maria in seine Gewalt gebracht hatte. Ob die Joker sie gefunden hatten, ohne es ihm zu sagen, und nun ihr eigenes Spiel spielten? Zumindest war es mit Sicherheit nicht dieser Kandidatentrottel von gestern. Kotte hätte einiges darum gegeben zu durchschauen, was der mit der Sache zu tun hatte.

Seine Gedanken drehten sich im Kreis. War der Typ ein

Trittbrettfahrer, der zufällig von dem Coup gehört hatte? Ein neuer Lover von Maria? Aber dann hätte er die Sache doch mit Sicherheit für sich behalten und sich nicht am nächsten Tag selbst entlarvt.

Egal, die Fans hatten die Unruhe kaum wahrgenommen. Sie bereiteten sich auf den Tag der Tage vor, fastend, betend, rezitierend. Raum ohne Grenzen, Zeit ohne Ziel. Für ein Banalprogramm wie EUROmania war in ihren Gedanken kein Platz. Die Quote war die schlechteste der letzten Monate gewesen. Zum Glück.

Das Sinnvollste war, das Ganze auf sich beruhen zu lassen. Spätestens morgen würden die Menschen im Land über etwas anderes reden. Es war Zeit für wirkliche Wunder.

Bevor er das Büro verließ, sichtete er seine E-Mails. Schon wieder eine Botschaft aus Absurdistan. Nein, er brauchte keine Kassandras mehr. Es reichte. Er löschte die Nachricht ungelesen.

Er kam rechtzeitig zur vorletzten Maria-Show nach Hause. Ließ sich hinreißen, mit Millionen anderen »Raum ohne Grenzen, Zeit ohne Ziel« zu murmeln. Es entspannte tatsächlich. Der lang erwartete Augenblick folgte am Ende der Sendung: Maria kündigte an, dass sie am nächsten Tag zur gewohnten Stunde predigen und das Studio anschließend verlassen würde.

27
Dornenkrone

Die Meteorologen hatten Gewitter angekündigt. Aber bis weit in den Nachmittag hinein strahlte die Sonne. Die Menschen genossen den neuen Feiertag. Aus allen Städten trafen Sonderzüge und -busse ein. Vor dem Studio X drängelten sich die Massen. »Mary's Sisters«, freiwillige Ordnerinnen, sorgten sanft, aber energisch dafür, dass bei allem Trubel »P und U« herrschte, Peace and Understanding. Die Stimmung war aufgedreht und heiter, »ein bisschen Woodstock, ein bisschen Kirchentag, ein bisschen Love Parade«, wie ein Radioreporter kommentierte.

XTC-TV hatte für die eigene Führungsriege und ausgewählte Journalisten ein Boot bestellt. Um 17 Uhr würden sie vom Alsteranleger am Jungfernstieg durch die Kanäle zum Studio X nach Tonndorf im Hamburger Osten schippern. Dass das Studio vom Wasser aus erreichbar war, löste einige Probleme. So würden sie das große Spektakel hautnah erleben können, ohne von den Menschenmassen allzu sehr belästigt zu werden.

Kotte verließ sein Büro gegen Mittag und ließ sich nach Hause fahren. Er wollte die letzten Stunden vor dem Finale allein verbringen. Auf seiner Veranda, im Schatten unter der Markise, ein Glas Tomatensaft neben sich. Die sechs Monate waren vorbei. Es war glatter gegangen als erwartet. Fast zu glatt. Die Elbe floss noch immer Richtung Nordsee. Menschen gingen spazieren, radelten, sonnten sich am Strand. Hunde balgten sich.

Er musste für einen winzigen Moment eingedöst sein und schreckte auf, als er ein Geräusch von der Veranda unter seiner eigenen hörte. Seltsam. Der Anwalt, der unter ihm residierte, war seit Monaten in Brasilien. Ein Hanseat, der bei Abwesenheit niemanden in sein 1-Millionen-Euro-Apartment ließ. Bis auf die Putzfrau – und die war erst gestern da gewesen.

Kotte stand auf, um hinunterzuschauen. Im gleichen Moment schob sich das Ende einer Aluminium-Leiter von unten auf seine eigene Verandabrüstung. Er hörte ein Fluchen. »Scheisssding, willsu gefälligchs aufhörn ssu wackeln!« Die Stimme kam ihm bekannt vor, der Zustand der Sprecherin auch.

Kotte trat an die Seite, hinter den Terrakottatopf mit dem Oleander, dem sein Gärtner zu einer Blütenpracht verholfen hatte, um die ihn halb Blankenese beneidete. Musste ein Lachen unterdrücken, als er sah, wie sich eine offensichtlich derangierte Person von der Anwaltsveranda aus bemühte, mit der Teleskop-Leiter zu hantieren und sie so aufzustellen, dass das darüberliegende Stockwerk erreichbar war.

Ihre letzte Begegnung lag eine Weile zurück. Es war der Abend gewesen, an dem die Joker sie als Margot Drengski in die Villa eingeliefert hatten. Kotte konstatierte, dass sie sich seitdem nicht zu ihrem Vorteil verändert hatte: Kurze Haare. Sackkleid. Kein Make-up. Vom Suff blutunterlaufene Augen. Vor dieser Gegnerin hatte er Angst gehabt?

Er beobachtete mit einer Mischung aus Mitleid und Belustigung, wie sie es irgendwann schaffte, die Leiter schräg gegen die Wand zu wuchten, ohne dass sie umzukippen drohte. Dabei nuschelte sie pausenlos vor sich hin, um sich abwechselnd zu kritisieren und zu bestärken. Irgendwann war sie mit ihrem Werk zufrieden. Sie sammelte sich einige Sekunden. Dann erklomm sie leicht schwankend Sprosse für Sprosse, den zornig-triumphierenden Blick nach oben gerichtet.

Kurz vor dem Ziel wäre die Sache beinahe schief gegangen. Kotte hielt den Atem an, als ein Bein neben die Sprosse ins Leere trat, der Schwerpunkt sich daraufhin verdächtig nach rechts verlagerte und die Leiter ins Wanken geriet. Die Frau konnte die Stabilität im letzten Moment wiederherstellen, indem sie sich mit der linken Hand an der Bepflanzung von Kottes Balkonkästen festkrallte. Glyzinien ade.

Als sie schwer atmend über die Kästen krabbelte, trat auch Kotte hinter seinem Busch hervor. Er hatte Zeit gehabt, sein Vorgehen zu planen, während er die unbeholfene Kraxelei beobachtete. Sie konnte nicht wissen, dass er zu Hause war. Also hineingehen und die Panzerglastür hinter sich schließen? Um sich dann in der Wohnung zu verstecken oder durch die Haustür zu verschwinden? Das war unwürdig. Dass die wahre Maria genau zu diesem Zeitpunkt in seine Wohnung trat, hatte etwas Apokalyptisches. Doch noch ein Überraschungsmoment kurz vor Schluss. Kein Regisseur hätte es besser inszenieren können. Es war wie bei jeder guten Produktion. Eine letzte Prise Spontaneität machte sie vollkommen.

Maria zeigte kein Erstaunen, als er hinter dem Strauch hervortrat und ihr galant die Hand reichte, um zu vermeiden, dass sie noch mehr Blumen platt drückte und trampelte. Sie schlug die Hand weg. »Da bissdu ja, Blödmann!« Giftiger Blick.

Er deutete auf die Hollywoodschaukel neben seinem Stuhl. »Willst du dich von deinem kleinen Abenteuer ausruhen? Was darf es sein? Gin Tonic, wie üblich?«

»Scheisss drauf.«

Er nahm es als Zustimmung, kam mit den Flaschen und der Eisbox zurück und mixte ihr einen großzügigen Drink. »Schöner Blick. Hassu nich verdient.« Sie war an die Elbseite der Veranda getreten. Eine leichte Brise wehte. Auf dem Airbusgelände wurde trotz des Feiertags gearbeitet. Drum herum waren viele Boote unterwegs, unter anderem ein voll betakelter Dreimaster.

Sie standen eine Weile nebeneinander. Vor vier Jahren hätte er ihr jetzt den Arm über die Schulter gelegt und dann hätte sie die Schulter in Zeitlupe hochgezogen, und sein Arm wäre langsam, sehr langsam abwärts geglitten, über das Schulterblatt, dann Millimeter für Millimeter durch die Armbeuge hindurch nach vorn an die Brust. Und sie wären mit dem Drink oder nach dem Drink im Schlafzimmer verschwunden. Vor einem Jahr hatte er so etwas Ähnliches das letzte Mal versucht. Da hatte sie ihm das Gesicht zerkratzt. Heute blieben sie stehen, ohne sich zu berühren. Er schaute unauffällig auf ihre Hände. Keine Krallen mehr, mädchenhaft kurze Fingernägel.

Sie sah weiter geradeaus. »Jetz kannsssus mir verraten. Was gibss heute Abend?«

Hatte er noch etwas zu verlieren? Der Drang, seinen Triumph zu teilen, siegte. Er erzählte, was die Fans und die Reporter am Abend vor dem Studio X erwarten würde.

Die Ehrlichkeit schien vergeudet. Sie runzelte die Stirn, schaute ihn verständnislos an und beschied. »Iss mir sssu hoch!«

Er spielte mit dem Kreuz an seinem Goldkettchen. »Sie suchen am völlig falschen Platz!«, sagte er versonnen. »Den richtigen kennt keiner und wird keiner rechtzeitig finden. Erinnerst du dich? Als die Bundeswehr ihre ehemaligen Kasernen verscherbelt hat, habe ich doch das kleine Studio in Wandsbek eingerichtet.« Er sah sie Beifall heischend an.

Sie zuckte mit den Schultern. »Brauchn Drink!«, verkündete sie.

Sie gingen zum Tisch. Sie setzte sich in die Hollywoodschaukel, stieß sich ab und versetzte sie in heftiges Schaukeln. Er hob sein Glas mit dem Tomatensaft. »Skol!«

Und dann, als er eigentlich den Ton aneinanderstoßender Gläser erwartete, brach die Hölle los. Er griff sich ans Gesicht, um seine Augen zu schützen. Es war zu spät. Ein perfides Brennen verriet ihm, dass der Gin Tonic nicht in ihrer Kehle gelandet war. Dann prallte das schwere Glas gegen seine Augenbrauen und ließ ihn vor Schmerz zusammenzucken.

Er hörte Scherben klirren. Und dann spürte er, wie sein Stuhl kippelte. Er landete in einer grotesken Rückenlage, weil sie den Schwung der Schaukel genutzt hatte, ihn erfolgreich zu Fall zu bringen. Noch immer halb blind, versuchte er sich aufzurappeln. Vergeblich. Als er die Augen öffnete, flog Erde aus dem Oleandertopf hinein. Maria war aufgestanden. Sie riss den Stuhl unter seinem Körper weg, nutzte den damit erzeugten Impuls geschickt und bugsierte ihn in Bauchlage.

Kotte versuchte, seine Hände unter die Brust zu klemmen, aber das hatte sie vorausgesehen. Er spürte, wie sich eine Schlinge um seine Hände legte und sie hinter dem Rücken festzurrte.

All das geschah schweigend. Nur ihre und seine Atemstöße waren zu hören. Er zappelte mit den Füßen, stieß den Tisch weg, trat in alle Richtungen, die die Lage zuließ. Traf etwas sehr, sehr Hartes und schrie auf. Es war die Wand, die er mit voller Wucht und verdrehtem Knöchel traktiert hatte. Einen ähnlichen Schmerz hatte er das letzte Mal mit 18 beim Fußball erlebt, als ihm ein Gegner mit Stollen absichtlich den Unterschenkel weggekickt hatte.

Er konnte jetzt wieder etwas sehen, geometrische Schlieren von Grün und Rot in Nahaufnahme. Moos, das zwischen den Sandsteinplatten der Veranda wuchs.

Er stieß mit gebremster Kraft weiter um sich. Aber der Fuß tat höllisch weh. Deshalb wurden auch die Tritte des anderen Beins schwächer. Nach kurzer Zeit spürte er, dass sich eine zweite Schlinge um die Füße legte, erst um den verletzten, dann um den heilen, dann wurde sie zugezogen. Hände knoteten eifrig; wahrscheinlich verbanden sie die Handfessel mit der Fußfessel.

Und plötzlich erkannte er das Skript: die Übertölpelung durch eine angeblich Betrunkene, das Fesseln in Bauchlage – all das hatten sie zusammen in einer River Revier-

Folge abgedreht. Damals war er derjenige gewesen, der das Kommando hatte.

Die Opferrolle war eindeutig unbequemer. Wenn Kotte die Beine ausstrecken wollte, zog die Bewegung Kopf und Rumpf nach oben; wenn er den Kopf ablegte, musste er die Beine nach hinten anwinkeln, was ihm erträglicher schien.

»Schade, ich habe keine Kamera mit«, waren die ersten Worte, die er von ihr hörte, ganz und gar nicht mehr alkoholisiert. »Ich musste mein Gepäck aufs Notwendigste beschränken.«

Schritte entfernten sich und kamen wieder. Er drehte den Kopf leicht zur Seite und sah, dass sie den Kelim aus dem Schlafzimmer hinter sich herschleifte. 12 000 Euro. Sie hatten ihn zusammen auf einer Reise nach Dubai erstanden.

»Hilf mir, dich da draufzulegen«, kommandierte sie. »Ich hab keine Lust, mir meinen Rücken zu verrenken, wenn ich dich ins Zimmer schleppe.« Sie legte den Teppich an seine Seite und packte ihn unter Bauch und Arm. Es schien für den Moment das Beste zu sein zu gehorchen. Er rollte seinen Körper, so gut er konnte, auf den Teppich. Nun war er zumindest in Rückenlage. Sie zog ihn durch die Verandatür in den Salon. Sein Blick fiel auf die Uhr. Fast vier.

Auf den Armen zu liegen war lästig. Ansonsten war die Stellung komfortabler als die Bauchlage, weil er die Beine aufstützen konnte. Und interessanter, weil er beobachten konnte, was Maria tat.

Sie saß am großen Esstisch ihm gegenüber und hatte die

große Vase mit den gelben Rosen und eine Rolle Tesaband vor sich. Sie nahm eine Rose heraus und wollte sie so zurechtbiegen, dass Stielende und Blüte zusammentrafen. Der Stiel zerbrach. »Was sind denn das für Scheißrosen?«, beschwerte sie sich.

»Von der Frau von Seeler. Gloria Dei. Aus ihrem Garten«, sagte er. »Was willst du denn machen?«

»Eine Dornenkrone für dich«, erklärte sie. Sie ging in die Kammer.

Ihm wurde heiß. Was nicht nur damit zu tun hatte, dass er unter dem großen Westfenster lag, auf dem jetzt direkt die Sonne stand. Er sah etwas, das er in den zehn Jahren, in denen er die Wohnung besaß, nicht wahrgenommen hatte. Den Schatten, den die Sonne in dieser Position auf die gegenüberliegende Wand warf. Ein perfektes Kreuz.

Er schaute Richtung Decke. Das Fensterkreuz war etwas höher als mannshoch. Und sehr stabil. Ungarische Robinie.

Maria kam zurück, einen Hammer aus der Werkzeugkiste in der Hand. Er zog unwillkürlich die Beine näher an den Körper. Sie lachte nur, setzte sich wieder an den Tisch und schlug auf die Blumenstiele ein. Tatsächlich wurden sie biegsamer. Sie band ein Dutzend mit Tesaband zusammen, besah sich ihr Werk, war noch unzufrieden, hämmerte auf weitere Stiele ein, band neue dazu.

»Setz dich auf«, sagte sie.

Er tat es.

Sie platzierte die Dornenkrone auf der Stirn und drückte und drehte daran herum, bis sie zufrieden war. Er spürte, dass etwas Blut von der Stirn an seiner Wange herunterrann, aber es schmerzte nicht. Falls er je aus dieser Situation herauskam, würde er sich bei Seelers Frau bedanken. Die Dornen waren höchstens mittelscharf. Außerdem hatte er beim Aufsetzen die Chance bemerkt, auf die er lauerte. Der Knoten an der Schlinge hinter seinem Rücken war so platziert, dass die Finger seiner rechten Hand einen Zipfel zu fassen bekamen. Mit etwas Geschick und viel Glück würde er ihn vielleicht aufbekommen.

Maria holte den Spiegel aus dem Badezimmer und stellte ihn vor ihn hin. »Ziemlich blöd, dass du nicht wenigstens einen Fotoapparat hast. Oder hast du einen?«

Er sah sein Spiegelbild und erschrak. Er sah furchtbar aus. Verschwitzt und faltig. Panik in den Augen. Die lächerlichen Rosen über den Ohren. Er senkte den Blick und schüttelte den Kopf.

Sie stellte den Spiegel beiseite. Ihr Gesicht nahm einen lauernden Ausdruck an. »Und ob du einen hast! Von dem Wochenende in Madrid vor drei Jahren.« Sie ging in sein Schlafzimmer, wühlte und kam mit dem Apparat zurück. »Noch fünf Aufnahmen, das reicht.« Der Blitz funktionierte.

Es war inzwischen bestimmt schon nach fünf. Die anderen würden ungeduldig werden.

Maria ging auf die Veranda und mixte sich einen Gin Tonic.

»Du auch?«, fragte sie durch die Tür.

Er schüttelte den Kopf.

»Stimmt, für dich steht etwas anderes im Drehbuch.« Sie holte den Schwamm aus dem Badezimmer (gemeinsame Maledivenreise, vor fünf Jahren) und träufelte Balsamico

Essig (Romreise, vor sechs Jahren) drauf. Sie presste den Schwamm über seinem Kopf aus. Er schloss die Augen. »Mund auf!«, kommandierte sie. Die Mischung schmeckte eher nach Seife als nach Essig. Er hustete.

Sie blickte auf die Stelle des Fensters, wo die Balken zusammentrafen. Ging noch einmal hinaus, suchte eine Weile, ehe sie mit einer starken Wäscheleine zurückkam. »Wird ein schwieriges Stück Arbeit, dich da raufzuhieven. Aber wir haben ja den ganzen Abend Zeit. Heute sind die meisten Leute wohl anderweitig beschäftigt.«

Wie zur Bestätigung klingelte das Telefon. Maria ging zum Apparat und schaltete auf den Anrufbeantworter um. Nach einer Weile sprang er an. Kopfs Stimme. »Boss, wir fahren jetzt los. Wahrscheinlich sind Sie nicht durchgekommen. Kein Wunder. Incredible, was sich hier auf den Straßen abspielt. Wir sehen uns dann später. Have fun!«

Maria holte die Darts-Pfeile aus einer Tasche ihres Kuttenkleides. Legte den Hammer daneben. Kramte noch einmal in der tiefen Tasche und förderte eine Spritze und ein Apothekenfläschchen zu Tage.

»Valium«, erklärte sie. »Damit du nicht so zappelst, wenn es aufwärts geht.«

*

Als sie merkten, dass sie nicht mehr weiterkamen, hatten viele Pilger ihre Autos kurz entschlossen geparkt und waren zu Fuß weitergegangen. Die klügsten hatten von Anfang an U- und S-Bahn genommen. Danach waren

354

Fußmärsche fällig. Die Busse kamen im Hamburger Osten nicht mehr durch.

Die meisten Journalisten hatten wie die XTC-TV-Leute Motorboote gechartert. Aber auch sie kamen weit langsamer voran als erwartet. Denn auch viele Fans hatten entdeckt, dass das Studio Anschluss an einen der Hamburger Kanäle besaß. Wer immer ein Kanu, Ruder-, Tret-, Schlauch-, Paddel- oder Drachenboot zur Verfügung hatte, nahm den Wasserweg. Die Temperatur betrug noch um halb sieben fast dreißig Grad. Einige versuchten auf Luftmatratzen ans Ziel zu gelangen.

Die Atmosphäre war nach wie vor ausgelassen. Musik lag in der Luft – Maria, Maria, Maria … Auf Asphalt- und Wasserstraßen dröhnten alle Titel, die mit dem Namen in Verbindung zu bringen waren. Von der Maria, die weihnachtlich durch den Dornwald ging, über die Mother Mary der Beatles bis zum schmetternden Musicalsong.

Der Verkehrshubschrauber schätzte die Menge, die rund um Studio X wogte, auf 300 000 Menschen. XTC-TV hatte auf allen Kreuzungen Großbildschirme aufstellen lassen. Noch zeigten sie die Aufnahmen der Webkamera. Maria beim üblichen Tagesablauf. Bis 18 Uhr Meditation, dann eine kleine Mahlzeit. Zur Vorbereitung der Predigt eine knappe Stunde Lektüre.

*

Gegen halb sieben tauchten erste Anzeichen eines Unwetters am westlichen Himmel auf. Die Luft wurde schwer und drückend. In seiner unbequemen Stellung sah Marius

Kotte, wie sich hinter dem Fensterkreuz der Himmel über Blankenese bezog. Maria hatte inzwischen den dritten Gin-Tonic getrunken, war aber erstaunlich nüchtern geblieben.

Kopf hatte noch dreimal angerufen. Jedes Mal teilte er Kottes Handy das extrem langsame Vorankommen des Charterschiffs mit. Um 18 Uhr 45 war es noch betrüblich weit vom Studio entfernt. »Shit happens.«

Maria nickte.

Kotte rang sich zu einer Frage an sie durch: »Was immer du vorhast, willst du es nicht hinter dich bringen?«

»Keine Eile«, antwortete sie. »Du darfst deine Sendung noch sehen, bevor es ernst wird. Aber gut, ich kann schon mal messen.«

Sie holte ein Maßband aus der Werkzeugkiste und maß die Spitze eines Dartspfeils nach. »Spezialanfertigung, extra lang, sechs Zentimeter«, kommentierte sie. Dann beugte sie sich zu seinen gefesselten Füßen hinunter.

Er trug seine Lieblingshausschuhe, feine, weiche Lederslipper (Mailand, vor drei Jahren – oder waren es doch schon vier?). Sie streifte sie ab.

Er wimmerte, als sie den verletzten Fuß berührte.

Sie kümmerte sich nicht darum und zerrte an der Ringelsocke. »Dass dich von diesem Spleen niemand abbringen konnte!«, wunderte sie sich. »Na, nun ist es zu spät.«

Sie blieb über den Fuß gebeugt. Der Moment war günstig.

Kotte biss die Zähne zusammen und versuchte, ihr seine Füße so ruckartig wie möglich gegen die Brust zu stoßen.

Sie fiel hintenüber, rappelte sich aber auf, ehe er die Situation zu seinem Vorteil nutzen konnte.

Er bereute seinen Fehler sofort. Solange er den Knoten an den Händen nicht gelöst hatte, blieb sie ihm überlegen.

»Lass das!«, brüllte sie, hob die Hand und schlug ihm ins Gesicht. Er ließ es sich gefallen. Die Hauptsache war jetzt, dass sie nicht hinter seinen Rücken schaute. Er war kurz davor, die Hände freizubekommen.

Sie hatte andere Prioritäten. Sie setzte das Maßband an seinem Knöchel an. Es schien ihr um die Strecke zwischen Spann und Sohle zu gehen. Sie maß erneut den Darts-Pfeil aus und ritzte probehalber mit der Spitze ein winziges Loch über dem mittleren Zeh des einen, dann des anderen Fußes. »Übereinander wird das knapp«, sagte sie, wie zu sich selbst. Und legte den Hammer zurecht.

28
Showdown

Über den Straßen der Stadt hatten sich die Haufenwolken zu Ungetümen getürmt. Ab und zu blitzte und donnerte es. Noch fiel kein Regen.

»Zum letzten Mal hallo«, begrüßte die Predigerin ihr Publikum. Punkt 19:15 Uhr. Sie sah vergnügt aus, ätherischer als sonst. Vielleicht aus Vorfreude über ihre Rückkehr in die Welt der anderen, vielleicht aus einem Grund, den sie noch offenbaren würde.

»Glaubt ihr an Wunder?«, fing sie an. »Wir haben schon häufiger darüber gesprochen, dass alles um uns herum ein Wunder ist. Das Universum. Dieser winzige Planet. Das Leben. Aber das meine ich jetzt nicht.«

Sie trank einen Schluck Wasser: »Manchmal gibt es besondere Tage, an denen besondere Wunder geschehen. Ich habe das Gefühl, dass heute ein solcher Tag ist.« Sie lachte spitzbübisch und leicht ironisch. Ihr Grübchen wurde sichtbar. »Weil ich euch erscheinen werde und ihr mich erkennen werdet in meiner wahren Gestalt.« Sie schaute auf die Studio-Uhr. »In ungefähr 28 Minuten und 7 Sekunden.«

Sie senkte die Lider und blieb ein Weilchen still sitzen. Als sie wieder aufschaute, wirkte sie sehr ernst. »Eines will ich euch vorher noch sagen. Jesus, der Messias, musste Verrat und Leid erfahren, musste ans Kreuz geschlagen werden.

Ein bitterer Weg, um zur Auferstehung zu gelangen. Ein Weg, der zu seiner Zeit notwendig war. Aber nicht der Einzige. Auch die reine Liebe führt zum ewigen Licht.«

Sie sprach noch eine ganze Weile über Licht und Feuer, Asche und Reinigung. Die Stimme hatte eine neue Färbung, war so betörend, dass kaum jemand auf den Inhalt der Sätze achtete. Jener Sätze, die im Nachhinein ihre visionäre Kraft offenbaren würden.

Irgendwann endete die Rede. Maria saß schweigend.

»Schließt die Augen! Spürt die Energie! Und jetzt: Sammelt sie! Zehn Minuten lang.«

Was am Ende der Meditationszeit folgte, war – darüber waren sich später alle einig – höhere Gewalt. Ungläubige sprachen von einem Zusammenprall eines Tiefdruckgebiets über den Azoren mit einem über der Ostsee. Die anderen waren überzeugt vom einem Eingreifen jener allerhöchsten Macht, die von den Menschen Gott, Jahwe, Allah, Brahma, Gaia, Tanit genannt wurde.

Als Marias Gong das Ende der Meditation ankündigte, erhellte ein gewaltiges Wetterleuchten die schwarzen Gewitterwolken. Minutenlang. Es gab kein Donnerkrachen mehr, nur reines Licht. Und dann erscholl aus den Kehlen der Fans an den Großbildschirmen und an den Fernsehapparaten zu Hause ein millionenfacher Schrei.

Um Maria herum züngelten Flammen.

Sie kamen von unten, umspielten den Saum ihrer Kutte. Sie schienen sie nicht zu stören. Mit feinem Lächeln flüsterte sie: »Spürt ihr es? Spürt ihr es auch?«

Die Menschen auf den Straßen blickten sich um. Sie sahen das Himmelslicht im verdunkelten Tag. Sie sahen, wie es sich widerspiegelte in Tausenden von Kerzen, Fackeln, Teelichten, Feuerzeugflammen und Wunderkerzen, die Fans zu Ehren der Feier entzündet hatten. Sie tauchten die Silhouetten der Anwesenden in mystisches Geflacker.

Die Flammen um Maria herum schlugen höher und wuchsen sich zum rechtschaffenen Feuer aus. Schon brannte die Kutte. Schon hatte das Züngeln das Haar der Predigerin erreicht.

Vor dem Eingang des Studios, dort, wo die treuesten Fans schon seit Tagen ausharrten, spielte sich eine gespenstische Szene ab. Mary's Sisters, die Wachfrauen, standen in dichten Reihen hintereinander, Arm in Arm zur Kette formiert, und riegelten das Studio ab. Doch nun kannten die Reporter kein Halten mehr. Hunderte drängten in Richtung auf den Eingang, mit Foto- und Fernsehkameras. Fans folgten, hin- und hergerissen zwischen dem Wunder und dem Bedürfnis, über Handy die Feuerwehr zu alarmieren.

Die Kette trotzte dem Ansturm. Hilfreich dabei war, dass Regen einsetzte, heftiger Regen, den die Meteorologen am nächsten Morgen als Jahrhundertguss bezeichnen würden. Mary's Sisters stimmten einen »Om«-Chor an. Immer mehr Umstehende fielen ein. Und irgendwann gaben auch die Reporter nach und beschränkten sich darauf, das triefende Umfeld zu filmen. Manche merkten erstaunt, dass der heilige Laut auch von ihren eigenen Lippen kam.

Während von oben die Wassermassen prasselten, loderte auf den Bildschirmen nach wie vor das Feuer. Es verbrannte die karge Zellen-Einrichtung: das Bett, das Regal

mit den Büchern. Es ließ das Wasser in dem Glas ver-
dampfen, aus dem Maria eben noch getrunken hatte. Und
es verschonte die Predigerin nicht. Schon waren ihre Züge
nicht mehr zu erkennen. Ihre Kutte hatte sich in Asche
verwandelt, und das Feuer zehrte an ihrem Leib. Aufrecht
wie eine Statue bot sich der Körper den Flammen dar,
ohne dass ein Klagelaut über Marias Lippen gekommen
wäre. Und irgendwann schien die brennende Silhouette
sich der Schwerkraft zu entziehen und nach oben zu
schweben. Gen Himmel.

*

»Hättest du dir das so vorgestellt?«, flüsterte Ruben.
»So belanglos? Nein!« Ruth war fasziniert und geschockt. Sie sah eine junge Frau in einem seltsamen haut-
engen Anzug auf einem Podest. Kameras und Scheinwerfer waren auf sie gerichtet. Eine Unzahl von Reflexpunk-
ten auf ihrem Anzug und ihrem Gesicht glitzerten. Die
Frau hatte keinerlei Ähnlichkeit mit Maria. Sie war dun-
kelhaarig. Sie war klein. Nur das Interieur war identisch
mit dem aus der Serie.
»Überraschung, letzter Teil«, hatte Ruben gesagt, als er
Ruth von zu Hause abholte. »Es gibt doch einen Unterschied. Die echte Wirklichkeit. Und die gefühlte Wirklichkeit. Ich zeige dir die echte.«
Auch ihr Ziel lag im Osten Hamburgs. Einige Straßen
waren wegen des Trubels gesperrt. Sie mussten zweimal
umkehren und einen Umweg suchen.
»Du hast die Animateure aufgestöbert?«, fragte Ruth.

Ruben nickte. »Es war gar nicht mehr besonders schwer, als ich wusste, wonach ich suchen musste. Es ist eine unübersichtliche Branche, aber es gibt nur wenige Einzelne auf Spitzenniveau. Und noch weniger deutschsprachige. Ich habe mich als Reporter ausgegeben und in der Szene herumtelefoniert, wer international ganz vorn mitspielt. Vielleicht zwei Dutzend Namen. Darunter ein Mann und eine Frau, die seit Wochen keiner mehr gesehen hat. Sie Schweizerin, er Deutsch-Amerikaner. Rate, wie die Software heißt, an der sie basteln.«

Ein verspäteter Bus mit Fans und Maria-Logo kam ihnen entgegen. Der Fahrer drückte dreimal kurz auf die Hupe und winkte fröhlich.

»Maria?«, tippte Ruth.

»Nicht schlecht. Nur noch etwas unbescheidener: MESSIAS.«

»Du spinnst!«

Er lachte. »Eine Abkürzung mit Motion und Simulation. Das hat mir verraten, dass ich auf der richtigen Spur bin. Mobilfunknummern herauszubekommen ist für einen angeblichen Journalisten einfach. Und der Rest ist in unserer Branche ein Selbstgänger. Kennst du das, was man stummen Alarm nennt? Man peilt ein Handy an, ohne dass der Angerufene es merkt. Und findet damit heraus, in welchem Umkreis er sich befindet.«

»Und sie waren in Hamburg?«

»Ja. Beide.«

»Aber nicht in Studio X.«

»Das hat mich zu Anfang irritiert. Aber dann ist mir aufgegangen, dass das vielleicht der eigentliche Clou ist. So können sie sich nach dem Finale, wie immer es auch aussieht, in Ruhe absetzen, während vor Studio X die Hölle los ist.«

»Und wie bist du auf diesen Ort gestoßen? Beim Mobilfunk kann man doch nur einen Radius um den Sender ermitteln und nicht die exakte Position, oder?«

Er nickte anerkennend. »Ja, eine Hürde gab es noch. Ich habe mir die Grundstückskataster der Gegend vorgenommen. Und Glück gehabt. Kotte hat vor Jahren hier einen Teil einer aufgegebenen Bundeswehrkaserne gekauft. Anschließend hat er das Gebäude einem Strohmann überschrieben. Aber ich habe getippt, dass das der Ort sein könnte. Und er ist es.«

Die Kasernengelände sah verwaist aus und wirkte unheimlich. Mehrere Dutzend lang gestreckte einstöckige Bauten mit schwarzen Fensterhöhlen auf ungepflegtem Rasen. Eines am Rand hatte eine Besonderheit. Auf dem Dach war eine Satellitenschüssel angebracht. Und um dieses Gebäude herum war ein hoher, starker Metallzaun gezogen, darüber gab es zur weiteren Abschreckung Natodrahtrollen. Durch die Stäbe hindurch konnte man ein geparktes Wohnmobil erkennen. Auf der Metalltür prangte die Warnung »Privateigentum«. Eine Klingel war nicht vorhanden, nur eine Codesicherung.

Ruben hielt vor dem Tor und schaute auf die Uhr. »Keine Angst, sie sind schon auf Sendung.« Er holte ein Täschchen mit Werkzeug aus dem Handschuhfach und hievte sich auf den Rollstuhl. »Traust du dich?«

Ruth nickte und sprang aus dem Wagen. Die leeren Gebäude, der Zaun, die gespenstisch dunklen Wolken – all das signalisierte vordergründig Bedrohung und Gefahr. Doch über allem knisterte eine andere, mächtigere Grundstimmung. Es lag Elektrizität in der Luft, die nach Entladung strebte. Ruth spürte ein Prickeln im Körper. Übermut, Abenteuerlust, Leichtigkeit.

Sie hatte den Wagen gerade verlassen, als ein gewaltiges Wetterleuchten einsetzte. In wenigen Minuten würden sie klatschnass werden. Sie sah eine filmreife Szene vor sich: der Held im Rollstuhl, mit den Einbruchsutensilien auf dem Schoß und von Blitzgeflacker erleuchtet, während seine Komplizin ihm beschützend den Schirm über den Kopf hielt und herunterrinnende Tropfen von seinem Nacken küsste. Dummerweise hatte sie keinen Schirm mitgenommen. Wie lange mochte ein Schlosskünstler bei strömendem Regen brauchen, eine Codesicherung zu knacken? »Ich könnte mir ein Trampolin besorgen und über diesen Zaun fliegen«, sagte Ruth. »Aber was machen wir mit dir?«

»Ich bin Zauberer, ich brauche kein Trampolin.« Ruben zog einen Zettel aus der Tasche und tippte ein paar Zahlen in die Tasten ein. Ein Summen ertönte; das Tor gab mit einem Quietschen den Weg frei. Das nächste Hindernis war die Eingangstür des Gebäudes. Diesmal griff er zu seinem Werkzeug. Doch es dauerte nicht lange, da stand auch diese Tür offen.

»Das ging zu schnell für eine Premiere«, stellte Ruth fest.

»Stimmt«, gab Ruben zu. »Aber ich erzähle es dir nur, wenn du nicht schimpfst.«

»Gut. Allererstes Gebot. Ausnahmesituation« Sie überlegte kurz. »Du hast wieder Ina ausgenutzt?«

Sie seufzte.

»Ein Notfall«, bestätigte Ruben. »Sie hat beim Auskund-schaften einen idealen Logenplatz für Voyeure im Dienst gefunden. Sogar rollstuhltauglich. Komm!«

»Nein«, sagte Ruth. Sie zögerte. »Oder nur, wenn du mir versprichst, dass du ihr das in Zukunft nicht mehr er-laubst.«

»Es wird zumindest seltener vorkommen. Sie ist ver-liebt«, tröstete Ruben sie.

»O Gott, der Arme«, entgegnete Ruth. »Sie wird ihn be-stimmt 24 Stunden am Tag abhören!«

»Er ist ihr gewachsen. Ein Hacker aus dem Computer-kurs in ihrer Schule.«

Draußen fing es an zu schütten.

Im Gebäude war es dunkel. Ruben knipste eine Taschen-lampe an. Er fuhr Ruth voraus über einen langen Flur, leuchtete die Türen an und hielt an einer mit der Auf-schrift »Kontrollraum«. Das Zimmer war nach außen hin abgedunkelt. Aber durch ein Innenfenster drang Licht aus einem Nachbarraum. Vorn saßen in einem Glaskas-ten mit einer Art Regiepult eine Frau mit einem langen weißen Zopf und ein ungeheuer dicker Mann. Dahinter befand sich das Studio, in dem sich die Darstellerin im Reflektoranzug aufhielt. Die Wände schienen schalldicht zu sein. Kein Ton war zu hören.

Ruben holte ein Fernglas aus der Tasche und beobachtete eine Zeitlang abwechselnd die Studiofrau und die Moni-tore im Regieraum. Er reichte das Glas an Ruth weiter.

»Rechts unten«, flüsterte er.

Ein Monitor mit dem Logo von XTC-TV. Maria saß in

derselben Pose wie die Frau im Studio. Allerdings brannte sie gerade vor den Augen von 28 Millionen Zuschauern lichterloh. Auf dem Nachbarmonitor war eine Außenaufnahme zu sehen, eine Szene vor Studio X: ergriffenes klatschnasses Publikum, tanzend und »Om« singend im strömenden Regen.

Ruben leuchtete mit seiner Taschenlampe die Seitenwand in ihrem Raum ab. Er fand einen Schaltkasten.

»Schau mal, da oben«, flüsterte er Ruth zu. »Ich komme nicht ran.«

Ruth öffnete den Kasten. Es gab einen Knopf mit Lautsprechersymbol. Sie drehte daran. Stimmen. Die Unterhaltung der beiden im Nachbarraum.

»... nicht zu glauben, dass auch das Wetter noch so mitspielt!«, sagte der Mann.

»Hast du je an Wundern gezweifelt?«, fragte die Frau.

Er lachte. »An denen, die wir nicht selbst inszenieren, schon.«

»Es gibt eben doch noch mehr zwischen Himmel und Erde als MESSIAS.«

Der Mann schaute auf die Uhr am Regiepult. 19:58 Uhr. »Gut, dann müssen wir jetzt nur beten, dass bei unserem finalen Wunder nicht irgendwelche Durchgedrehten doch noch dieses Studio stürmen!«

Er nahm sein Handy, tippte etwas ein und starrte auf den Monitor, der die Kameraeinstellung von Studio X wiedergab. Es war nicht auszumachen, ob der Blitz vom Himmel oder aus dem Gebäude kam. Auf jeden Fall veränderte sich etwas hinter der Kette der Wachfrauen. Man sah Steinbrocken nach oben fliegen und herabregnen. Die

Flammen, die hochschlugen, hatten nun das gesamte Studiogebäude erfasst. Eine Explosion.

»Perfekt«, sagte Carla.

Tony nickte und klickte auf eins der Bilder im Kontrollmonitor an seinem Regiepult. Jetzt zeigte auch der Bildschirm mit dem XTC-TV-Logo die Feuerszene.

»Was ist da passiert?«, fragte Ruth erschrocken.

»Ich glaube, das war echt.« Ruben schaute durch das Fernglas auf den Monitor, sah Menschen vom Studio weglaufen, die eben noch ins »Om« vertieft gewesen waren. Sah Reporter ihre Kameras auf den Brand halten. Sah andere hektisch in Mikrofone sprechen. Es gab immer noch keine Panik, der Rückzug verlief halbwegs geordnet. »Ich glaube, der Mann dort drüben hat mit seinem Handy eine Fernzündung ausgelöst und das Studio X in Brand gesetzt.«

»Um Himmels willen«, sagte Ruth.

»Es ist nur konsequent«, sagte Ruben. »Wenn wir alle Puzzleteile zusammenfügen, ist das Studio dort ja die ganze Zeit über leer gewesen.« Er dachte nach. »Genial. Millionen können schwören, gesehen zu haben, wie Maria verbrannt ist. Aber man wird keine Überreste von ihr finden. Himmelfahrt ohne Opfer – das perfekte Wunder des 21. Jahrhunderts.«

Im Nachbarraum knallte ein Champagnerkorken. Die drei Akteure lagen sich in den Armen.

Maggie hatte sich ihren Anzug vom Leib gerissen und war in einen Bademantel geschlüpft. »Wir haben es geschafft!«, jubilierte sie. »Tony, du bist ein Genie! Wir sind Helden. MESSIAS hat die Welt überzeugt!«

Sie zerrte den Dicken aus seinem Regiestuhl. Und dann hüpften die drei durch das Studio, traten nach den Requisiten, pfefferten Bücher, Knäckebrot und den Beistelltisch INGO durch die Luft. Die junge Frau hielt der älteren Luftschlangen vor den Mund und streute Konfetti aus.

»Vielleicht die ideale Gelegenheit, die Party zu verlassen«, schlug Ruth vor.

Ruben nickte.

Im selben Augenblick hörten sie beide ein Geräusch vom Flur her.

»Noch ein später Besuch«, flüsterte Ruben.

»Vielleicht Kotte?«, spekulierte Ruth. »Das wäre doch passend.«

Aber es war nicht Kotte. Es war eine blonde Frau mit kurzem Haar. Sie betrat ein wenig schwankend den Raum, aus dem die lauten Stimmen kamen.

»O Gott!«, murmelte Ruth.

Maria schaute sich um. Sah drei fröhliche Unbekannte, von denen niemand ihr in irgendeiner Weise ähnelte. Sah Monitoren, die nicht mehr eingeschaltet waren. Sah einen Raum, der nicht mehr viel mit der Kulisse der Predigt-Show zu tun hatte.

»Hallo, wer sind Sie?«, fragte Carla freundlich.

»Und wie sind Sie hier reingekommen?« Tonys Stimme klang nicht ganz so freundlich.

Maggie lachte. »Das ist doch ziemlich egal, oder? Es gibt eine viel wichtigere Frage: Mögen Sie Champagner? Wir feiern gerade. Und wir haben noch ein paar Flaschen!«

Maria nickte.

29
Schlussakkord

Marius Kotte war nicht zum ersten Mal stolz auf seine Anpassungsfähigkeit an ungewöhnliche Situationen. Am Morgen in der leeren Badewanne aufzuwachen, abgepolstert mit einem halben Dutzend Frotteehandtücher und mit seinem Bademantel als Bettdecke, war eine Premiere. Sie war nicht unbedingt eine Wiederholung wert, aber der Schlaf war dank der Tabletten plus einem Zahnbecher voll Wodka erstaunlich tief gewesen. Jetzt machte sich der Fuß bemerkbar, angeschwollen und pochend. Kotte empfand den Schmerz nicht als Pein, sondern fast als Belohnung – ein Zeuge dafür, dass er lebendig war.

Es war Tag 1 nach Mariä Himmelfahrt. Zeit, Hilfe herbeizutelefonieren. Kotte rief die Joker an.

»Ich befinde mich in einer Notsituation«, sagte er gut gelaunt. »Ich bin in Gefangenschaft geraten.«

Er hörte die zu Recht besorgte Stimme am anderen Ende und lachte. »Nein, Lösegeld erübrigt sich. Glücklicherweise in der eigenen Wohnung. Und allein. Bringen Sie aber bitte Werkzeug mit. In die Schlösser ist Sekundenkleber geraten.«

Auf Seiten der Joker wurden Spekulationen über die Einbrecher und Räuber angestellt. Kotte unterbrach sie. »Es war eine Dame. Und es hätte schlimmer kommen können.«

Sein Magen knurrte. Aber die kleine Bar im Spiegel-
schrank enthielt nur Alkoholisches. Außer Zahnpasta
war nichts Essbares in greifbarer Nähe. Er wuchtete sich
aus der Wanne, humpelte zum Spiegel und drückte sich
aus der Tube ein Maria-M auf die Zunge.

Er musterte sich. Die Panik war aus seinem Blick verschwunden, aber die übliche selbstverständliche Über-
legenheit war noch nicht zurückgekehrt. Er musste zugeben, er hatte Angst gehabt. Schlimmer als je zuvor in
seinem Leben. Zum Glück hatte sie seinen Überlebens-
instinkt nicht gelähmt.

Die Chance war gekommen, als eine heftige Windbö als
Vorbotin des Gewitters die offene Verandatür gegen die
Außenwand scheppern ließ. Maria war aufgestanden, um
die Tür zu schließen. Das war der Moment gewesen, in
dem es Kotte gelang, seine Hände zu befreien. Er nahm
die schwere, noch mit Wasser gefüllte Vase, in der zwei
Restrosen übrig geblieben waren, und warf. Maria duckte sich nicht schnell genug. Die Vase traf sie im Rücken
und brachte sie zu Fall, zumindest kurzfristig.

Es war das erste Mal, dass Kotte die Größe seiner Wohnung bedauerte. Denn seine Strategie war nicht Kampf,
sondern Flucht. Flucht über den Flur ins rettende, ab-
schließbare Badezimmer. Etwa zehn Meter Wegstrecke.
Für einen Mann mit zusammengeknoteten Füßen, von
denen einer verletzt war, zehn unendlich lange Meter. Er
ignorierte den Schmerz und fing an, sich hüpfend aufzu-
machen. Die Bewegung glich der eines Kängurus. Zwischendurch griff er alles, was ihm in die Quere kam und
warf es hinter sich, um den Weg für die Verfolgerin zu

blockieren: einen Papierkorb aus Japanpapier (gemeinsame Tokioreise), einen geschnitzten Beistelltisch mit Splitterintarsienplatte (gemeinsame Kairoreise).

Ein Pfeil traf seine Wade, ein zweiter prallte an der rechten Gesäßtasche ab. Dann hatte Kotte das Bad erreicht. Lautes Fluchen dicht hinter ihm, aber nicht dicht genug – die Würfe hatten wertvolle Zeit gekostet. Ein letzter großer Hüpfer seinerseits, dann der Versuch, die Tür von innen zuzudrücken. Vergeblich. Maria klemmte einen Pfeil in den Spalt. Kotte riss die Tür noch einmal kurz auf, der Pfeil fiel zu Boden. Er kickte ihn mit dem falschen Fuß nach draußen und brüllte vor Schmerz. Dann stemmte er sein ganzes Gewicht gegen die Tür, bis der Gegendruck nachließ. Er drehte den Schlüssel herum. Zweimal. Setzte sich auf die geschlossene Klobrille. Stützte den Kopf in die Hände und zuckte zurück, als er in Dornen fasste. Dann heulte er. Vor Wut. Vor Erleichterung. Vor Erschöpfung.

Es gab den Telefonanschluss im Bad. Er hätte die Polizei rufen können. Aber den Vorfall aktenkundig machen? Wieder von einer Verrückten namens Margot Drengski erzählen? Es war nicht mehr nötig. Ohne Fesseln würde er leicht mit ihr fertig werden.

Er zog den Pfeil aus der Wade. Fand eine Schere und löste die Beinfessel. Sah in den Spiegel. Nahm die Dornenkrone vom Kopf. Tupfte die Wunden ab. Gut, dass auch im Bad ein Fernsehgerät war.

Es war genau 19:15 Uhr. Himmelfahrtszeit.

Er hörte, wie Maria den Apparat im Wohnzimmer einschaltete.

Nach der Sendung fiel die Tür ins Schloss. Maria hatte die Wohnung verlassen. Kampflos, aber nicht ohne letzte Tücke: Als er die Badezimmertür aufschließen wollte, ließ sich der Schlüssel nicht mehr drehen.

Es war ihm egal. Er hatte die aufregendste Nacht seines Lebens vor sich. Er machte es sich in seiner Wanne bequem, goss sich Wodka ein und verfolgte in seinem Verlies die Live-Berichte vom Tatort. Die Feuerwehr versuchte, den Brand zu löschen – ein beschwerliches Unterfangen, weil die Fangemeinde noch immer das Studio blockierte, lachend, weinend, betend.

Der Regen hatte aufgehört. Sterne funkelten. Und ungezählte Maria-Fans legten Zeugnis ab, beschrieben das Wunder von Tonndorf. Erzählten wieder und wieder, wie die Predigerin in Flammen aufgegangen war und dann ihre Himmelfahrt angetreten hatte. Irgendwann, nachts um zwei oder drei, war Kopf vor die Kamera getreten. »Der Sender hatte sich noch so viel vorgenommen mit Maria. Es hat sich anders ergeben. She did it her way.«

Kotte würde XTC-TV verkaufen. Der Name war Kult geworden; die letzten Übernahmeangebote hatten bereits 25-mal so hoch gelegen wie vor Beginn der Maria-Show. Nach dem gestrigen Abend dürfte sich der Wert noch einmal vervielfacht haben.

Und MESSIAS war mehr wert als Geld, MESSIAS bedeutete Macht und Einfluss von ungeahntem Ausmaß. Er plante gemeinsam mit Carla, Tony und Maggie in den USA eine kleine, aber feine Agentur für besondere Interventionen.

Die Wirklichkeit nach beliebigen eigenen Vorstellungen

formen zu können, war Sciencefiction live, eine neue Stufe der Evolution.

*

»Ich habe dir etwas zu beichten.« Ruth sah Ruben nicht an. Sie blies ins Grillfeuer, das langsam zu glimmen anfing. Sie hatte Hirschsteak mitgebracht.

»Ich dir auch«, sagte Ruben.

»Ich war bei Guido in der Wohnung.«

»Ich weiß. Ich habe dich beobachtet. Der allerletzte Kameraeinsatz. Ehrenwort.«

»Er war nicht da.«

»Nein. Er hat gleich nach einem gewissen Zeitungsartikel die Aufblasbare in die Reisetasche gesteckt und ist mit unbekanntem Ziel verschwunden.«

»Aber ich hatte einen Schlüssel.«

»Ach ja?«

»Ich habe ihn an sein Schlüsselbrett gehängt, als ich gegangen bin.«

»Gut so.«

»Aber etwas anderes habe ich mitgenommen.«

»Unterhosen?«

»Nein. Geld.«

»Verstößt das nicht gegen das siebente Gebot?«

»Ich habe auf das Gebot für die Ausnahmesituationen zurückgegriffen. Außerdem hatte er sich selbst schon bedient. Zwei Stapel waren schon weg.«

»Bleiben acht. Was machen wir damit?«

»Sparen. Und teilen. Mit Ina. Leni. Fred. Maria. Dann ist

da dieser unverschämt teure Tanzkurs in Avignon im September. Du brauchst eine größere Heckenschere. Hirschsteaks sind nicht billig. Bimbo liebt unbezahlbares Gourmet-Hundefutter. Wir können Monika auf Ibiza besuchen.«

Nach dem Essen schüttete Ruth die restliche Glut in die Steinumrandung und schichtete ein paar Holzscheite darüber. Sie loderten schnell auf. Sie nahm eine DVD aus der Tasche ihrer Cargo-Hose und warf sie Ruben zu. Er rollte an die entfernteste Ecke des Gartens und ließ sie wie einen Frisbee durch die Luft segeln. Sie schien sich im Aufwind der Flammen zu drehen, bevor sie sich senkte und verbrannte. Ruben rollte in die Wohnung und holte ein paar andere Scheiben. »Guido beim Essen, Guido beim Fitnesstraining, Karambolagen«, las er vor. Das Feuer flackerte. Er warf sie nacheinander hinein.

Von ferne erklang eine Art Jubelgesang, der sich näherte. Menschen, die schon den ganzen Tag durch die Straßen zogen, um eine neue Religion ins Leben zu rufen. Der Text ihres Chores war nicht genau zu identifizieren, aber ein Refrain tauchte immer wieder auf: »Maria, die Königin, Maria, die Heilige …«

*

Wieder derselbe Schaffner. Er hatte ein gewisses Misstrauen im Blick, als er sie kontrollierte, griff unwillkürlich hinten an seine Mütze und schüttelte leicht verwirrt den Kopf. Kein Wunder, der 150-Euro-Haarschnitt und das taubenblaue Armanikostüm hatten sie seit ihrer letzten

Begegnung gründlich verändert. Außerdem lag jetzt ein großer Samsonite-Koffer im Gepäckfach – sie hatte einiges an Kleidung in Kottes Schrank gefunden.

Sie lächelte dem Schaffner aufmunternd zu. Sie freute sich auf Berlin. Sie würde eine Weile bei Fred wohnen bleiben können. Mit Kotte würde sie eine angemessene Abfindung aushandeln. Die Dornenkronenfotos waren scharf geworden.

Und dann hieß es: Zeit verstreichen lassen. Sie schaute auf ihre frisch manikürten Hände und küsste ihre Fingerspitze. Ein unendlich wertvoller Besitz – der Fingerabdruck jener Frau, die gestern ihre Himmelfahrt angetreten hatte. Zu gegebener Zeit würde sie davon Gebrauch machen: als Auferstandene, als Reinkarnation der Heiligen Maria.

Der Zug hielt. Ludwigslust. Sie nahm ein Futteral aus ihrer Tasche und schlenderte zur Tür. Menschen stiegen aus, stiegen ein. Ein Rabe krächzte. Der Schaffner stand vor dem Nachbarwagon. Er hatte sich wohlweislich so platziert, dass die offene Tür ihn vor unverhofften Flugobjekten schützte. Sie lachte. Diesmal hatte sie ein anderes Ziel im Visier. Hob die Hand, warf, hob die Hand, warf, wieder und wieder. Als der Zug wieder anfuhr, trug der Eichenstamm neben dem Bahnhofsgebäude eine frische Verzierung. Ein Maria-M.

Dichtung und Wahrheit

Die in diesem Roman auftretenden Personen und Institutionen sind frei erfunden. Der Sender XTC-TV muss noch gegründet werden. Selbst der Schauplatz Hamburg entspricht nicht in allen Einzelheiten der wirklichen Stadt.

Bedrohlich wahr ist jedoch, dass die Techniker und Informatiker in der Simulations- und Animationsbranche rasant daran arbeiten, die Grenzen zwischen Wirklichkeit und Schein aufzulösen. Ihre Hilfsmittel dafür heißen nicht MESSIAS, sondern »X-ist«, »Famous 3D«, »Motionbuilder« oder »Renderman«.

Perfekte Illusion wird erst erreicht sein, wenn das Publikum sie nicht mehr als solche erkennt. Zum Leben erweckte Dinosaurier in Filmen wie »Jurassic Park« oder in einer Dokumentation über prähistorische Welten sind in dieser Hinsicht ungefährlich. Sie wirken zwar höchst real, aber jeder weiß, dass sie es nicht sind. Bei den ferngesteuerten Latex-Krokodilen in der englischen TV-Show »I'm a celebrity, get me out of here« war das anders. Sie haben sich als täuschend echte »Animatronics« ins Unterhaltungsprogramm geschlichen – in der begründeten Hoffnung, dass die Zuschauer keinen Argwohn hegen würden. Damit sind sie das bisher vielleicht spektakulärste Beispiel für eine Manipulation, die der in diesem Buch beschriebenen nahe kommt. Dass die Täuschung letztlich aufflog, lag nur daran, dass Biologen stutzig geworden waren, weil die gewählte Krokodilart im falschen Lebensraum durchs Wasser schoss.

In weniger brisanter Form ist »Mixed reality« heute schon allgegenwärtig. Beispiel Fußballübertragungen. Die israelische Firma Orad, Marktführer für »Virtual advertising«, hat eine Technik entwickelt, Werbeslogans am Spielfeldrand geisterhaft zu verändern. Wer sich wundert, dass Zuschauern im Stadion von Manchester oder Madrid Werbebotschaften deutscher Baumärkte und deutscher Biersorten präsentiert werden, wundert sich zu Recht. Die im Fernsehgerät sichtbare Bandenwerbung existiert im Stadion gar nicht. Dort gibt es andere oder gar keine Reklame. Das Orad-System »CyberSet« erlaubt es, für das Publikum in verschiedenen Ländern spezifische Werbebotschaften aus dem Computer »zielgruppengenau« ins Fernsehbild einzuspielen. Technisch so perfekt, dass die Werbung jederzeit im richtigen Blickwinkel im richtigen Licht erscheint.

Für Studioaufnahmen greifen Fernsehsender zunehmend auf die »Blue Box«-Technik zurück: Die Moderatoren agieren dabei in einem leeren Raum vor neutralem Hintergrund (in der Regel blau oder grün gehalten). Diese einfarbige Umgebung im virtuellen Studio wird von der Kamera erkannt, »ausgestanzt« und durch eine beliebige computergenerierte ersetzt. All die Möbel, Logos, Schautafeln, die das TV-Publikum wahrnimmt, sind nur 3-D-Kulissen im Rechner. Umbaukosten entfallen. Die Kulissen passen auf eine Diskette.

Zu einem Szenario à la Maria ist der Weg weiter. Glücklicherweise ist es wesentlich schwieriger, realistische virtuelle Menschen zu erschaffen als realistische virtuelle Reptilien. Das liegt daran, dass wir alle von Anfang an andere Menschen beobachten und jede Unstimmigkeit registrieren. Wir erkennen intuitiv, ob Falten im Kleiderstoff »stimmen« oder Haare im Wind »richtig« wehen. Jeder falsche Schatten, jede falsche Gelenkdrehung erzeugt Irritation und Argwohn. Als ein führendes Institut für »virtuelle Realität, Telepräsenz und Animation« gilt das Forschungszentrum MIRALab in der Schweiz. Allein am Modell einer menschlichen Hand wurde dort fünf Jahre lang gearbeitet. Die Visionen gehen natürlich über Gliedmaßen hinaus: Nadia Thalmann, Professorin und Forscherin am MIRALab, hat die virtuelle Marilyn Monroe zur Welt gebracht, außerdem eine digitale Doppelgängerin für sich selbst geschaffen. Solche reinen Computergeschöpfe können zwar täuschend echt aussehen. Ein Makel bleibt: Ihre Handlungen sind vorprogrammiert.

Für eine vollkommene Illusion müssten die Kunstfiguren zu scheinbar spontanen Reaktionen fähig sein. Die Mixtur von lebendigen und computergenerierten Geschöpfen macht das möglich. Die in MESSIAS dargestellte Technik ist etabliert. Die Firma noDNA in Köln hat Dutzende »virtuelle Charaktere« im Angebot, die mit Hilfe echter Schauspieler im Datenanzug zum Leben erwachen. Kunstfiguren wie »Euro«, die sprechende Münze, »Needles«, der hüpfende Baum, oder »Mr. Phisto«, der freundliche Teufel, haben keinen Ehrgeiz, das Publikum über ihre digitale Herkunft zu täuschen. Doch in den noDNA-Rechnern stecken auch »Replikanten«, Doubles realer Personen: Thomas Gottschalk, Wolfgang Clement oder der Rennfahrer Nick Heidfeld. Noch sind deren Abbilder nicht so überzeugend wie im Fall von Maria – alle Details naturgetreu darzustellen erfordert enorme Rechnerleistung. Doch für Olaf Schirm, den Chef von noDNA, sind die prinzipiellen Hürden auf dem Weg zur perfekten Illusion ausgeräumt: »Replikanten zu bauen, die man nicht vom Original unterscheiden kann, ist keine Frage der Technik mehr, nur noch eine Frage der Kosten.«

Danksagung

Danksagung

Die Bibel und Google haben die Entstehung dieses Werks begünstigt. Besonderer Dank gilt darüber hinaus: Detlef, dem ewigen Erstleser. Carolin Graehl für ihr liebevolles Lektorat. Henner für eine besondere Leihgabe. Dem RSC Hamburg für eine Lektion in Rollstuhl-Basketball. Olaf Schirm für Einblicke in die Zukunft jenseits der »Fleischmenschen«. Martin Dilfer vom Spy Shop in Hamburg für Erläuterungen zu den Möglichkeiten der Überwachungstechnik. Das Sortiment seines Ladens ähnelt dem im Roman beschriebenen; der dort agierende Inhaber ist allerdings allein der Phantasie der Autorin entsprungen, sein sorgloser Umgang mit der verfügbaren Technik ebenfalls.